2021中国年度　短篇小说

中国作协《小说选刊》　选编

漓江出版社
·桂林·

图书在版编目（CIP）数据

2021中国年度短篇小说 / 中国作协《小说选刊》选编 .-- 桂林：漓江出版社，2022.2

ISBN 978-7-5407-9200-8

Ⅰ. ① 2… Ⅱ. ①中… Ⅲ. ①短篇小说－小说集－中国－当代 Ⅳ. ① I247.7

中国版本图书馆 CIP 数据核字（2021）第 267896 号

2021 ZHONGGUO NIANDU DUANPIAN XIAOSHUO

2021 中国年度短篇小说

中国作协《小说选刊》　选编

出版人：刘迪才
责任编辑：刘红果
书籍设计：石绍康
责任监印：张璐

出版发行：漓江出版社有限公司
社址：广西桂林市南环路 22 号　邮编：541002
发行电话：010-65699511　0773-2583322
传真：010-85891290　0773-2582200
邮购热线：0773-2582200
电子信箱：ljcbs@163.com
微信公众号：lijiangpress
北京中科印刷有限公司印制
［北京市通州区宋庄工业区 1 号楼 101 号　邮编：101118］
开本：690 mm × 1000 mm　1/16
印张：21.25　字数：300 千字
版次：2022 年 2 月第 1 版
印次：2022 年 2 月第 1 次印刷
书号：ISBN 978-7-5407-9200-8
定价：52.00 元

目　录
contents

老子忘了……

谌 容*

外人都说，马老爷子家日子过得和美，从没听见老两口吵吵嚷嚷的。可俗话说，家家有本难念的经，美不美的外人哪里知道？事实是，老两口在家天天闹矛盾，没有一天消停的。这不，一大早起来老爷子就气不顺，坐在小饭桌前边黑着脸一声不吭。马奶奶看着气就不打一处来，心说，我又泡豆子又砸核桃忙活一早晨熬的营养粥，伺候到你嘴边儿了，你不点个赞也就算了，拉着个脸受多大委屈似的，白眼儿狼不识好歹！越想越气，说出来的话自然也就夹枪带棒的：

“自个儿瞧瞧你这张脸，耷拉得门帘子似的，说出来你别不爱听，活脱脱一张马脸。你们老马家这姓儿真没白给！”

马老爷子仍是木头桩子似的一动不动，双唇紧闭连眼皮儿都不抬，仿佛这屋里根本没人说话似的。要说他耳朵不好使没听见，那可是小瞧了他。想当年，老厂子里的人谁不知道，那个四川来的小马技术员篮球场上打中锋，牛高马大的身体倍儿棒。要不是那一口川腔川调，还以为他是条东北汉子呢。如今，小马技术员虽说变成了马老爷子，架不住身体底子好，依旧是声如洪钟耳聪目明。

---

* 谌容，女，中国当代作家。1975 年第一部长篇小说《万年青》由人民文学出版社出版。1979 年在《收获》发表第一部中篇小说《永远是春天》。1980 年调入北京市作家协会成为专业作家。改革开放四十年间，谌容在全国各地期刊发表多部中短篇小说，作品深受广大读者喜爱，多次获得各种奖项。由其小说改编的电影《人到中年》，获得“百花”“金鸡”和中国文化部优秀影片奖三大奖，得到广泛赞誉。

别说老伴坐小饭桌对面朝他嚷嚷，就是六楼下边两口子吵架他都听得真真儿的。对于老伴这尖酸刻薄的人身攻击，他根本不屑于口头上反驳，只在心里痛痛快快地还击：“你长得好看？两坨肉嘟起，胖得像头猪！”

每当马老爷子使出这种“最高的轻蔑是无言”的招数，马奶奶总是特别生气，知道他心里肯定没好话。不过，马奶奶一点儿都不傻，心里明镜儿似的，知道老头子为什么犯脾气，不就是他眼面前缺了泡菜嘛！

说来话长，自从听营养专家说腌制食品吃了容易得癌，马奶奶就断然采取了措施：把整整一缸腌了半年的芥菜疙瘩忍痛全倒了，又琢磨泡菜也属于致癌一类的危险食品，于是也一并铲除。打从那天起，什么咸菜、咸鱼、咸鸭蛋、松花皮蛋、腊肉香肠等等，凡是与腌制沾边儿的或者疑似沾边儿的食品，在老马家的小饭桌上统统绝迹没影儿了。对于老伴这种大刀阔斧独断专行的处理，马老爷子虽不以为然，倒也听之任之没说什么，直到前两天知道马奶奶把泡菜坛子送给了收废品的，老爷子这才火冒三丈，真急了！

马老爷子生长在重庆郊区的菜农家，那里家家户户都有泡菜坛子。在四川、重庆的广大地区，泡菜可称之为深受群众喜爱的传统平民菜肴。二十世纪八十年代马老爷子在北京结婚分到了房子后，他立刻趁回老家探亲的机会背回来一个泡菜坛子，从此老马家的饭桌上就没断过泡菜。前些年穷的时候荤腥贵菜买不起，经济实惠的泡菜对于老马家可算得功不可没。托改革开放的福，现如今老马家日子富裕了。闺女儿子都结婚生子，小日子过得挺好，也不指着啃老。老两口的退休金每月几千块自己花，想吃什么买什么，鸡鸭鱼肉螃蟹大虾说买掏出手机就扫，不差那俩钱儿。问题是马老爷子仍然固执地认为泡菜是天下不可或缺的美味佳肴！忽然间，伴随他度过了岁岁年年的泡菜说没就没了，老爷子岂能不恼。

为了泡菜的问题，马奶奶也曾无数次地给老爷子讲道理：人老了就怕不学习，不懂点儿科学知识可不行！医院的专家说了，每个人的身体里都潜伏着癌细胞，身体里的好细胞跟癌细胞天天在战斗。你到今天还没有得癌症知道是为什么吗？那是你走运，万幸你的好细胞打败了癌细胞！马奶奶把讲座上听来的有关人体医学科学知识来回细致地讲了又讲。讲完癌细胞的凶狠狡猾无处不在之后，马奶奶又回到正题好言相劝：所以说，咱们就别招惹它，忍忍不吃那些养活癌细胞的东西。少吃一口算什么呀，吃得不科学，是要人命的！你不怕死呀？

“老子活着都不怕还怕死？！”

马老爷子被老伴叨、叨、叨逼急了时，冒出一句话，能把人怼南墙去！说完他瞥了老伴一眼，就低头点烟不言语了。不过，他知道这一下捅了马蜂窝，新一轮劈头盖脸的叨叨正等着他呢！

谁料想，今时不同往日，他猜错了！人家马奶奶只是冲他哼哼冷笑两声，狠狠瞪了他一眼，一句话没说，转身摔门走啦！马奶奶这不同寻常的冷处理倒叫马老爷子一愣：老太婆怎么改了脾气？他哪里知道，马奶奶得了高人的指点，正走在科学养生的康庄大道上。专家怎么说来着？气大伤身！养生关键是要养心。每天平心静气比吃什么补药都管用。所谓药补不如食补，食补不如神补。补神就是补心，补心就要天天开心，不烦躁，不生气，大事小情的千万别钻牛角尖儿，天塌下来还有高个子顶着你怕什么。凡事都往开里想，人的精、气、神九九归一神清气爽，精力旺盛了自然百病全无长命百岁，这才叫养生！

马奶奶想平心静气地养生，没那么容易！首先，最大的障碍就是老头子。他根本不听专家的话，还说：“吃啥子喝啥子我自己不晓得要你说？几点睡几点起要你管？我又不是瓜娃子！”他简直就好像是铁了心地要作死，处处跟养生对着干！就他这态度马奶奶能不着急吗？着急你能拿他咋整？打不得骂不得，说他两句还把你当仇人。丢下他不管吧，忍不下这个心，好歹几十年的夫妻，老了老了，也不能干看着他在火坑里跳自生自灭呀！马奶奶本就心地善良，更何况养儿育女俩人朝夕相处，夫妻间的肌肤之恋早已变换为亲人之情，更是割舍不开，怎么办？

好在马奶奶也不是轻易服软儿的人，她认准的事必须勇往直前干到底，甭管你老家伙乐意不乐意，反正俩人必须一块儿养生，不达目的誓不罢休！她通过各种渠道获取有关养生的秘籍和资料，当然，主要是听专家讲课。每天，她独自一人准时坐在电视机前，拿着笔记本儿圆珠笔，等着听专家讲养生。那天医院的专家在电视上讲，老年人要注意“三白”的危害！马奶奶觉得这个信息至关重要，关上电视急忙转身进小屋，要给老头子传达这重要讲话并采取相应的措施。

马老爷子独自拥有的起居室确系名副其实的小屋，只有十平方米。不过，麻雀虽小肝胆俱全。长方形的小屋里迎门靠墙一张单人床，床上方有一个九十厘米的小窗户。紧靠床头安放着一把旧藤椅。床脚的墙上悬挂着十四寸长虹彩色电视机。电视下方靠墙摆放着一个黄褐色的旧书架。小小的四层书架上整整齐齐全部是中国历史和中国考古的书籍，没有一本其他的杂书。除此之外，就是小床对面靠门的墙边有一个特小的五屉柜。抽屉里是老爷子的换洗衣物以及他存放的香烟、重庆米花糖、合川桃片和外国巧克力。五屉柜的台面上放着一个翠绿色的塑料壳暖水瓶、一个白色的大搪瓷杯子，还有一个玻璃烟灰缸。别看这样小小一片天地，得来也是不容易。要不是三年前的戒烟大战，老爷子可能还没这待遇呢！

三年前，那天正赶上马老爷子的七十七岁生日。儿子儿媳女儿女婿带着孙子孙女一大家子热热闹闹吃完丰盛的酒席，又点小蜡烛唱生日快乐又切大蛋糕，老寿星戴着纸糊的王冠乖乖地配合着子孙们的盛情安排。待一切仪式完美结束后，马老爷子端着一小纸碟子蛋糕，如释重负地往小沙发上一坐，喘口气缓了缓，朝左右看了看，悄悄把蛋糕往边儿上一扔，急忙掏出烟来点上，指望着凭借袅袅青烟进入自己的清平世界！

唉，谁知事与愿违好景不长，他刚抽了几口，正自吞云吐雾渐入佳境时，突然，马奶奶三步并两步冷不丁儿地蹿到了面前，劈手一把夺下他手里的烟卷儿，扔地下还踩了两脚，恨恨地说：“戒烟！戒烟！跟你说多少回了，听不懂人话呀！”马老爷子惊怒交加，翻身站起，跺着脚吼道：“就不戒！”说完他就回小屋了。

寿宴自然是戛然而止不欢而散，这还没完，老爷子这回玩儿真的，开始闹绝食了。他躺床上一天不吃不喝不言语，那样子也就比死人多口气。马奶奶从未见过他这阵仗，心里也慌了，赶忙去找孩子们商量对策。幸亏有俩闺女一儿子，加上女婿儿媳妇，六个年轻人急忙帮着老妈拿主意。大闺女说："您也别太信一个专家的话，爸体检肺部不是没什么问题吗？"小闺女劝："我记得有个医生说过，抽了一辈子烟的老年人，猛不丁戒了可能倒不好！"儿子也帮着分析："我爸就喜欢自由自在地活着，他老人家相信的养生哲学就四个字——随心所欲。我看您二老根本的问题是养生的理念不同，所以……"没等他说完，儿媳妇见婆婆斜眼儿瞪着儿子，知道这话婆婆不爱听，急忙抢过话来："妈让爸戒烟一点儿错没有，你扯那些没用的干吗！现在劝爸起来吃饭才是正事儿！"

有道理！当务之急是不能因为戒烟让老爷子饿死！大伙儿又一起劝老妈："您觉悟高，让爸戒烟完全正确！可您想想，人跟人能一样吗？我爸他就这么点儿觉悟，一时半会儿也提不高，您对我爸高标准严要求没用，闹不好真饿出个好歹来更麻烦！妈您就别跟他一般见识了，这事儿您还真不能急，咱们只能先顺着劝他少抽点儿，慢慢戒，反正他也抽了几十年了，估计尼古丁在我爸身上也起不了什么作用了，早一天晚一天的也不打紧。我们就担心您，可别为这事儿气坏了身体……"好说歹说，总算把老太太安抚住了。

可是，今后老爷子不戒烟，整天叼着烟卷儿满屋溜达，老太太见了准是事儿。为了杜绝后患，必须限定老爷子抽烟的区域，干脆让老爷子自己住小屋，爱怎么抽怎么抽。儿媳妇还说："妈搬外屋住，守着大电视，还省得闻二手烟！"提起电视，大闺女心疼老爸整天一个人在小屋里拘着，也没个电视看，太憋屈，倡议三家联合孝敬老爸一台电视。从此，马老爷子独霸小屋，抽着烟看考古抢救性发掘，倒也逍遥自在。老伴除了时时提醒他开窗户，一般也不踏进小屋。眼不见为净，马奶奶也不再提戒烟的事，老两口的矛盾似乎也减少了许多。谁知专家提出的"三白"警告，又打破了这好不容易得来的和平共处。马奶奶一开口就遇到了老爷子顽强的抵抗——

“第一白，就是白肉。”

“老子吃红烧肉！”

“不行，那也是肥肉！……第二白，是白糖。”

“老子吃红糖！”

“想得美，什么糖都不行！……第三白，是白盐。”

“废话！傻子都晓得盐是白的！”

总之，马奶奶说一句老爷子顶一句，他还故意点上烟，表示决不赞同什么“三白”之说，更懒得听老伴的解释。不过，他太了解老伴说到做到的脾气了，从今往后甭想吃上肉啦！总结上次反戒烟的胜利，他深知口头反对无济于事，绝食抗议也老一套了，必须另辟蹊径方能渡过难关！

别看马老爷子快八十的人了，脑子转得可不慢，一个瞒天过海的计策很快就被他想出来了。每天中午他按时坐在小饭桌前，看着清汤寡水没滋没味儿的菜也不提意见，还凑合着吃两口。然后，回屋睡一小觉，三点多钟打着遛弯儿的旗号，溜溜达达来到他熟悉的重庆饭馆儿，坐下要一份水煮牛肉，再点一盘口水鸡或者是回锅肉，反正全是他喜欢的肉菜。晚饭照例是粥，他勉强喝小半碗儿糊弄了事。“三白”的难关就被老爷子这么机智地悄悄闯过去了！

过了些日子，有专家指出：老年人必须多多摄入脂肪蛋白才有利于健康，主张多吃肥肉、猪油，鸡蛋也要连蛋黄一块儿吃，否则容易得营养不良脑萎缩等疾病。马老爷子得知后喜出望外，连声赞道：“这个专家要得！”马奶奶也觉得专家分析得在理，立即改弦更张遵照执行。于是，老马家的餐桌上天天轮番土鸡炖肘子、清蒸鳜鱼、蒜泥白肉、氽丸子……马奶奶尽心研究烹饪技巧，马老爷子吃得高兴笑口常开，老两口意见一致，自然是云开雾散一片祥和。

一年一度桂花香，又是金秋时节。老马家又开始忙活起来，马老爷子的生日快到了。不知什么朝代传下来的规矩：老年人的生日过九不过十。马老爷子明年满八十，因而今年这七十九岁生日必须格外隆重。马奶奶把手机银行密码告诉了儿子，叮嘱他必须去五星级酒店订桌高档酒席，并坚持刷老两口自己的卡，不让孩子们花钱。她又分别通知儿女们带自己的朋友来，为的是人气儿旺喜庆热闹。马老爷子见老伴为自己的生日忙里忙外，心里挺感动，说出的话是这样的：

“你不累呀?！”

大半辈子了，老两口彼此了如指掌，言外感激之意马奶奶自然是一听就懂的。她没有回应，只呆呆地站在桌前，痴痴地望着灯笼般硕大的寿桃，眼里不经意地泛起了泪光，喃喃地自言自语：

“我到了这一天，还不定怎么着呢！”

马老爷子却听见了，立刻接过话来：

“怕啥子，有我嘛！”

客人来了，寿宴开始了。时下饭店的服务利民周到，带来的折叠桌拼接成大长餐桌，铺上洁白的桌布，把这简陋的民居装点得颇有几分高大上。满桌的菜，醉人的酒，特别是满屋子的年轻人，青春的气息和着满满的欢声笑语，甜甜的话都是赞美两位老人气色好心态好会养生……马老爷子喝了两杯酒，更显得红光满面精神矍铄。他站起来准备离席回小屋待会儿，却被年轻人嘻嘻哈哈拉着衣袖求他透露点儿长寿的独门绝招。马老爷子站定回眸淡淡一笑，悄声道：

“老子忘了死啦！”

寻常百姓

蒋子龙*

老　马

老马，大名步良，年已七十有五。身体羸弱，心脏不好，肠胃不好，睡眠不好，血压还有点高……总之浑身是病。幸好有个好老伴照顾，活得倒也滋润。这天老伴突然觉得喘不上气来，还咳了一摊血，送到医院一查，竟是肺癌晚期。

从老伴住院的那一刻起，他就抓着老伴的手不放，嘴里说个不停："都怪我，都是为了照顾我把你累成这样的，我总以为你比我年轻两岁，身体也比我好，闹了半天你是强撑着！你可不能出事，花多少钱咱都治，咱有积蓄，闺女也有钱，他们都是孝顺孩子。没有你我可没法活，闺女忙，谁管我？咱俩不是早就说好了嘛，我先走，你送我……"老伴的病情越来越重，不是一天比一天重，而是一刻比一刻重，老马神情凄惶，双眼迷离，不再出声，跟谁也不再说话，谁问什么也不搭腔，只是默默地抓着老伴的手，一刻也不松开。直到晚上被逼着回家睡一觉，至于睡着睡不着，那就另说了。

他走后，老伴强打精神嘱咐女儿，我不放心你爸，平时家里的药都是我管

---

* 蒋子龙，男，1941 年生于河北沧州。曾任中国作协副主席、天津作家协会主席。1962 年开始发表作品，曾以《乔厂长上任记》《赤橙黄绿青蓝紫》等多次获全国优秀短篇和中篇小说奖。著有长篇小说《蛇神》《子午流注》《人气》《空洞》《农民帝国》及中短篇小说集和散文集多部。2013 年由人民文学出版社出版了十四卷本的《蒋子龙文集》。

着，放药的抽屉里有个安眠药的小瓶，里面大概还有二十多粒，白天趁你爸在医院的时候你回家一趟，把安眠药片倒出来，数数多少片，再换上谷维素片。

送走老伴从火葬场回到家，女儿跟他说，以后就不要开伙了，跟我们一块儿吃，哪天累了不想动，我就做好饭菜送过来，好在只隔着一个门。老马哪有胃口，几天来都没有好好吃东西，仍然一点不饿，晚上只喝了多半碗面汤，就回到自己的家。家还是原来的那个家，却一下子变得特别空旷而陌生，实际上这也不是他的家了。小时候老娘在哪儿，哪儿就是家，老了有老伴就有家，老伴一走，家充其量就是个安身的窝。老马在火葬场没有掉泪，此时却悲从中来，躲进卫生间，关好门窗，打开水龙头，擗踊拊心放声痛哭。

直到哭够了，洗了个澡，出来换上自己最喜欢的干净衣服，坐在椅子上，对着老伴的遗像开始说话。老梁啊，算啦，还是像刚搞对象的时候叫你惠洁吧。世人都认为长寿好，可对老两口子来说，谁先走谁有福，长寿的那个反而受罪。老话说“过一不过三”，一对老夫妻先走了一个，剩下的那一个大多都活不过一年，即使活过了一年也逃不过三年，我病病恹恹的，就不想再多受那一年的罪了！六号楼的老杨，比我大两岁，自年初老伴死后就不出门，谁劝也不行，理由很奇怪，怕丢人现眼，没脸见人，总觉得心里冤屈得慌，还老哭……谁都不理解，说他脑子出了毛病，我现在倒觉得有点理解他的感受。四号楼的大老王，跟我是一个单位的，每天早晨买一大堆菜、肉，有时还有水产，下午估计儿媳妇们快下班了，就出去遛了。两个儿媳妇特别团结，下班后都到老公公这儿来，两个人合计着把饭菜做好，两家人吃完，再各自带着明天中午吃的，当然也给老头剩一点。等儿孙们都走了，老王才回家，说回家早了看见儿媳妇们连吃再带，怕人家不好意思。他每个月把自己那点退休费花得精光还不够，老伴活着时攒了一点钱，等把那点存款花完，还不知该怎么办。说起来还是咱的闺女好，他们两口子工作都不错，收入也不少，外孙已经上了大学，咱们算是没有牵挂了，只有我是她的累赘。人想人是天下最苦的事了，特别是想死人。这些天我翻过来掉过去，前思后想，决定跟着你一块儿走，比赖赖巴巴活着强。你等我一会儿，我马上就来。

他从抽屉里找出那小半瓶安眠药，从柜子里拿出整瓶的直沽高粱，他打听过了，就着水服死不了人，反而又吐又难受白折腾一通，用白酒送服安眠药则必死无疑，舒舒服服就睡过去了。他去卫生间，把体内的脏东西打扫干净，再穿上几乎没怎么穿过的那身西装，将安眠药全倒进嘴里，仰脖咕咚咕咚喝了几大口白酒，险些没被呛着。随后慢慢仰面躺好，欢欣鼓舞地等着去见老伴了，给她个惊喜。

在去见老伴的路上并不舒服，肚子不好受，脑袋又疼又涨，有一段时间感到身体似乎是飞了起来，显然是要进天堂了……四外一片亮堂，想必天堂已到，他猛地睁开眼，没有万丈祥云，没有五彩霞光，跟人间差不多，心里还有点失望。女儿开门进来，一手端着豆浆、一手拿着烧饼油条……他大叫一声，你怎么来了，你娘呢？眼睛瞪得老大，像中邪一般。

女儿放下早点，顺手把酒瓶子放进柜子里。昨天晚上自己一个人又喝酒了？怎么穿着衣服就睡了？以后馋酒在吃饭的时候喝，不能一个人喝闷酒。她又拿起安眠药瓶晃了晃，说道，安眠药没了，以后睡前我给您拿过来，一次只能吃一片，不能多吃……这时老马清醒过来，自己没有死，只是睡了一大觉，到天堂边上转了一圈又回来了。他把女儿赶走，起来看了看安眠药的瓶子，又到放药的抽屉里翻了半天，没错，就是这一瓶，他数过一共二十七片，足以置人于死地，为什么对他无效？

他突然放声大笑，虽然笑得很瘆人，但好在屋里也没有别人。笑过之后高声对自己说，我想死你不让我死，看来我的命很硬，不该死，不能死。那我还就不死了，活个样给你看。他洗漱完竟然把女儿买的早点都吃光了，将那身西装重新放回衣柜，换上平常的行头，开始琢磨今后怎么个活法。人最难相处的就是跟自己，如果关起门天天跟自己相处，不出两个月，不死也疯，要不就痴呆了。一定得出去，老伴走了没人相处，就想办法找点事干，跟事、跟物相处，尽量减少一个人傻待着的时间。能找到什么事干呢？当下没有补差的地方，哪里都不要老头了……在马路边上跟一帮老头下棋打牌？他不喜欢。到公园唱戏，他不会，也拉不下那个脸，自小唱歌就不好……憋了半天也想不出好主意，不管那么多，先出去溜达溜达再说，实在不行我就一天天地在外边转悠，转悠不动了回来就睡。

他还没有走出小区，不一会儿工夫就看到每个楼栋口前的垃圾箱被两三个人翻腾，好像还都有所收获，不觉心里一动，买了两瓶矿泉水，送给一个捡垃圾的人，并跟他走了大半天，中午还请他吃了半斤包子，傍晚跟他去了最近的废品收购站，算是把捡破烂的全部程序都学会了。

第二天穿上一身旧衣服，背上一个大袋子，开始捡破烂了。中午背回一大兜子，一堆堆分类放好，吃过午饭，躺了一会儿才又出去，傍晚早早收工，送到废品站卖了二十元，十分高兴。回家洗了澡，到女儿家吃晚饭。晚上琢磨好明天的路线，一觉睡到天亮。第二天卖了四十元，第三天五十元……他渐渐摸出了一点门道，路线选好，时间赶巧，每天收获个百八十元是正常的。

更重要的是他原以为自己是病秧子，成天不是这儿疼就是那儿疼，通身上下没有好受的地方，现在才明白，是老伴对自己太好，什么事都不用操心，油瓶子倒了也不用他扶，反倒把他惯坏了。如今上午捡两三个小时，中午在家睡一觉，下午捡两三个小时，反而吃得饱，睡得着，身上也有劲了。看来所谓命硬，首先得心比命硬。

第四天，正在家里将废品分好类，打包送往废品站，女儿特意提前下班将他堵在屋里，跟他大闹，别说你有退休费，就是没有我也养得起你，我妈刚死你就去捡破烂，邻居们都知道了，这不是寒碜人吗？你不嫌丢脸，我还嫌丢脸哪！

老马突然上来脾气，屁话！我捡破烂丢得着你的脸吗？你嫌弃就别认我这个爹，我也不用你管，从今天起我不会再到你那儿去吃饭了，我自己能照管自己。

女儿气得哭着走了，却还是舍不得丢下这个“破烂爹”不管，每天晚上仍然热汤热饭的给送过来。老马自由了，脸也拉下来了，大大方方地开始了“破烂生涯”。每天轻轻松松进账五六十元，赶上运气好上百，甚至过百，自然而然也结识了一些同道中人，特别是老年妇女，有家有口的，穿得干干净净捎带着也捡点破烂。现代社会浪费太大了，年轻人什么都扔，弯弯腰就是钱，不捡白不捡。其中一个沈老太，快七十岁了，是破烂行中的老手，教给老马很多捡破烂的经验。

过去她家里穷，自小捡煤渣，中年下岗后就开始捡破烂，丈夫跑运输赚外快，开夜车缺觉，出车祸死了。她一个人靠捡破烂供儿子念完大学。儿子现在是个小老板，给她在一个比幸福里高档的新小区买了一套一百多平方米的大房子，任她折腾。她和老马很谈得来，还专门到老马的家里指导他怎样进行破烂分类容易装车，这在邻居间引起轰动。

老马捡破烂，还捡了个老伴。

郭振清

郭振清，天生就该是演员。六岁当“喜歌童子”，并且小有名气，远近有办喜事的，都喊他去唱喜歌。戏台上站在观音娘娘旁边的金童，戴着高帽子，引领新郎新娘，嗓音稚嫩但响亮脆生：

入金门，上金堂，
新婚庆典喜洋洋。
新郎才华高八斗，
下凡的嫦娥是新娘……

谁家治丧也要请他去，黑袍黑帽，肃立于大门之外，一见吹鼓手来了，深吸一口气，然后铿然一声“呜……”，一口气不能断，用“呜”声将鼓乐班子引进灵堂前，接上唢呐、管子的“呜喇哇……”

一九五一年不足十六岁的郭振清，主演话剧《三世冤仇》，一炮打响，当时报纸上的评论是：把天津卫震了！冬天演夏天的故事，穿得单薄，与女主角有一场拥抱接吻的戏，常常两个人的鼻子粘上了，拉丝老长。每有此景，场下必掌声雷动，说明演员入戏很深，声泪俱下。

走红后正式进入戏剧界。成年后的郭振清，风骨魁奇，肝胆清朗，主演话剧《六号门》，不只是“震”了天津卫，也轰动了全国的话剧舞台。

后来此戏要搬上银幕，扮演他妻子的女演员在电影界已现明星范儿，每次跟他排感情戏，当他的手抚摸她的后背，或拉她的手，她都有种奇异的火烧火燎的感觉。这说明郭振清的爆发力，演到动情处是真有情，摸她的手如同摸她全身。正好她是剧组团支部书记，声言要给他介绍对象。

郭振清很实在，我是天津卫的，你们电影界的人恐怕高攀不上。

自此以后，戏中的妻子老找戏中的丈夫谈心，帮助他，指出他生活中的一些小毛病，每次都说要给他介绍对象，却又不说介绍谁。一来二去，时间可就不短了，有一次她又这样说，郭振清看着眼前丰姿美质的女明星，越看越爱，接口就问，我爱上你了，行不行呢？

女支书羞红了脸，那怎么能不行呢！或许心里想说的是，我早就等着你这么说呢！

郭振清低声说，咱们去宿舍吧。

女明星点点头。到了宿舍，两人呼吸紧张，闷口无语。在戏内是夫妻，到了戏外，两人又都是名角，竟跟普通的初恋男女没有什么区别，拙嘴笨舌。憋了好一会儿，郭振清终于先出声，把灯关了行吗？

老套子，一关灯就没好事。一个才华横溢的演员，一离开舞台竟如此没有创造力。

她也一样，已经紧张得只会点头了。

关灯后，他凑上去亲了她一口。

再开灯两人就自然多了。原来就差这一口，随后再谈情说爱也顺溜多了。

谈得差不多了，两人出去吃饭，他特意让她喝了点酒。吃完饭，两人踏着大雪往回走，嘎吱，嘎吱……几十年之后郭振清向朋友们谈起这段初恋，还啧啧不已，那才是谈恋爱！

他拍感情戏之前，会坐在将要跟自己配戏的女演员对面，不错眼珠地盯着看，他说这也是一种美。导演一下令开拍，立刻入戏。不是感情戏，则独坐一隅，凡人不理，一开拍也立即入戏。后来出演电影《平原游击队》中的李向阳，成为银幕上的经典，后人翻拍，难以超越。

他喜欢喝酒，酒德也好。酒后各种趣闻、奇人奇事，滔滔乎其来，妙语连珠。朋友们都喜欢约他聚会。一九五七年到农场劳动锻炼了两三年，再回来，练就了一种独门功夫。酒量仍然不小，但酒后不再说笑话、讲段子，而是整篇地或声情并茂或用炒蹦豆般的速度背诵《语录》。

而且他一旦开始背诵，你想不听不行，你想走也不行。故，人送美称“醉马列”。

文人的富豪梦

二〇一六年九月的一天，坐落于鄂西南大巴山余脉山坳里的沙土坪，家家张灯结彩，洋溢着一片铺天盖地的喜气。

本村的富翁王先生说了，今天是他老娘九十寿诞，不收贺礼，谁家只要在门前挂个红灯笼，或在门上贴个大红的“寿”字，全家无论有几口人，中午都可以到村口大榕树前的广场上吃寿宴。而大红灯笼和“寿”字，无须自己准备，可以到王府去领——王先生想得太周到了。

既然富甲一方，就要造福一方。村里唯一能接上官道的大路，就是王先生自掏四十万元修的，大路两旁的电线杆和树干上也都挂上了彩旗……村口的大榕树据传有六百岁了，地下的粗根拱出地面，若虬龙腾挪，上面的气根千条，垂挂如帐，巨榕枝叶繁茂，遮蔽半空，巍巍然立地擎天。极粗大的树干上缠着一条条或黄或红的绸带，树下摆着供果，烧着高香。

古榕系庙神合一，既是沙土坪的庙，也是全村人心目中的神，谁家有病有灾，都到榕树下烧香磕头，祈求树神保佑。古榕当然也是沙土坪全部风水的象征，村民们认为，全仗着这棵树，沙土坪才出了个王先生。

上午十点整，鼓乐声大作，乐队引导着一乘十八人抬的大轿来到王府的正门前停下。十八个抬轿的青年人，黄衣黄裤，头扎红丝巾，在轿前站成“八”字形，等候寿星老太太出来。

眼前的王府，是沙土坪唯一的一座三层“中楼”。为什么说它是“中楼”？比一般的别墅式小洋楼大得多，比城市的办公楼、写字楼又小得多，故称“中楼”。王府中楼，有三个门，中间的正门堂皇而高大，可进汽车，家人和来访的正部级以上的干部，才能走此门。亲戚走南侧门，一般朋友及正部级以下的来访者，走北侧门。

那天我这个没有级别的人却很荣幸地走了正门，因为大门正上方的“王府”两个字是我题的。由此我跟王先生的关系就不能算一般了。大门两侧有一副长联，可以从中窥测王先生的人生追求：

九千里露重飞难进南下北漂一枕黄粱谋社稷；

半世纪风多响易沉刀耕火种十步芳草觅本王。

进门是一个游泳池，我猜测可能是取风水学上“负阴抱阳，冲气以为和”之意，水也象征财嘛。后面是像模像样的三层楼，房间很多，分出不同的区域，二楼一半的房间摆放着王先生的收藏品……这座楼大概就体现了一个文化人成为富翁后的全部梦想。

老寿星也住在二楼，着盛装由王先生和他的姐妹搀扶着下楼，上了十八抬大轿，要在村里悠悠荡荡、风光无限地转上一大圈儿。

趁这个空，我粗略介绍一下王先生。其大名王春，光头，面善，身材精壮，网上称他为“著名作家”。

二十多年前，他离开沙土坪去了深圳，打过工，写了一些文章，策划过各式各样的活动，结交了各种各样的人物，其中不乏高人和奇人……当时中国的所有文学期刊几乎都缺钱，于是他被请到了北京，担任一些国家级文学刊物的“常务副社长”或“总监”之类的职务，利用他广泛的人脉，联系全国各地的企业和机关，举办作家采风、文学评奖等活动，活跃了文坛，帮助文学杂志免除经费不足之虞，专志提高刊物质量、扩大影响……实在也是一种功德。

有一年中秋节前夕，他请我的老熟人——某杂志社副主编陪同，提着一盒精美的月饼来天津找我，让我为一个我所熟悉的重型机器制造业的企业家立传，月饼盒里还装着十万元现金作为预付的定金。后来因那位企业家心机太深，只想用空泛的东西获得没有任何副作用的空泛的声名，我辞掉了那份委托，将十万元退还给王春。却认定这个人可交，大方明正，通达守信，深谙世故人情，又不张扬，很安静，是个能成事的人……

话扯远了，笔墨还是回到沙土坪。老寿星坐着大轿，由儿女陪着在村里兜了一大圈，最后来到村口的古榕树下落轿。大树下搭了一个台子，台子正中央放着一个大沙发，众人扶老人上台在沙发上坐下。

台下的广场上摆开了一百张桌子，全村的人应该都来了，熙熙攘攘，热闹非常，特别是孩子们，像等着开大戏一样嬉笑打闹……所有人都等着千人寿宴开始。

但，开席前还有一项活动，颁发“王春孝顺散文奖”。由他个人出资，三个月前就向全省发出了征文启事，最终收到了数千件稿子，从中评选出三等奖六名，每人奖金三千元，由沙土坪村委会主任颁发。二等奖两名，奖金每人六千元，由王春颁发。一等奖一名，奖金九千元，由九十岁老寿星亲自颁发，引得广场上一阵又一阵的欢呼雀跃。

这是王春的孝，也体现了这个大孝子的文学情怀。

颁奖会结束，王春宣布庆祝他母亲九十大寿的村宴开始，广场两侧有无数系着白围裙的人，端着盘子一拥而出……办这样的全村大宴，光是有钱不行，还得敢想敢干。一千人的寿宴，快赶上国宴了。

这让沙土坪的人开了眼界，也必将载入沙土坪村史，只是不知道对那些不肖子孙到底能有多大的影响。或许还会让他们得到一个反证，我没有王春那么多钱，没法孝顺！

熊冠三

熊冠三，面黑体壮，眼光中正，性烈，至孝。每天必为母亲准备好早饭，才去上班。当过化学兵，中国第一颗原子弹爆炸时，他在现场。转业后任机械局保卫处副处长，后下派到出名的烂摊子——没人愿意去的红星机修厂任厂长兼书记。上任第二天，有警察到厂，要拿走一个职工的档案，送往大西北劳动改造。他为警察斟了一杯水，让其在办公室等候，自己来到人事科，了解事情原委。

犯事的人叫二膘子，真名刘传标，厂里的一个小流氓，除去惹祸干什么都不行。前几年进过公安局，出来后老实了两年，好不容易找了个对象，为讨好丈母娘给修理厨房的下水道，昨天晚上来厂里偷管子被巡逻的民兵当场抓住，算他倒霉赶上了，往大西北一送这辈子就算交代了，媳妇也白娶了。

熊冠三回到办公室对警察说，事情有出入，我跟你去一趟当面再问他一次，如果还要往大西北送，我派人把他的档案给你送去。他跟着警察来到派出所，警察到里边把二膘子带出来，冠三跟他一对眼神，抡起胳膊就是一个大嘴巴子。这一巴掌扇的，二膘子在地上转了一圈儿扑通就跪下了，鲜血从嘴角流出来，冠三指着他骂道，我在局里干保卫还不懂这个，他们打你你就承认？咱不说好折钱吗，下个月从你工资里扣。窝囊废！

冠三越骂越气又想抡胳膊，二膘子直冲着他作揖，厂长你不知道啊……你得救我啊！厂长！

冠三回身看看警察，你都听明白了，这个人我得领走。警察点点头，人家厂长来领人，焉能不放。回厂后熊冠三让一无所长的二膘子去动力科烧锅炉。

熊冠三为了尽快熟悉机修厂的情况，上午听各科室的汇报，下午到各车间里转，有不明白的就问，碰上对眼的就聊一会儿。在铆焊车间看到一个挺着大肚子的女工在满车间搬边料，边料都是带刺的铁块，轻者几斤，重的十几公斤，还要不停地弯腰，这不是改造嘛！他喊住了那个女工问，怀孕几个月了？

八个月了。

八个月了还干这个？女工眼圈红了，却不敢多说。

你叫什么名字？

刘兰芬。

冠三把车间主任找来，主任说是劳资科科长王贵有定的，她不知怎么得罪了他，就是故意整她。

她是你车间的工人，为什么任凭王贵有整？

工种分配是劳资科的权力，车间无权更改。

屁话，你是不是跟王贵有是一伙的？

车间主任为自己百般辩解，冠三直盯着主任的眼睛，不让他躲闪也不相信他的话：你车间里就没有轻松点的活？

她原是焊工，有些活可以坐着干。

那就马上让她回去干本行。

第二天一上班，熊冠三来到劳资科听汇报。王贵有通身上下清爽整洁，白面，微胖，眼光犀利，充满自信。他的汇报简短，有条理，却都是应付外行的漂亮话，劳资科的真正业务谈得很少。干企业隔行不隔理，在局里这几年也没少往企业里跑，自然听得出王贵有在糊弄他，甚至还猜得出王贵有的心思，他这个厂长能当多长时间恐怕也得取决于王贵有。

等王贵有汇报完，冷了一会儿场，冠三才开口，工人们说，红星机修厂干不好是因为有两大能人，你王贵有就是一霸。就这一句开场白，整个劳资科的人都傻眼了，王贵有的脸也立刻变色了。冠三看着他不紧不慢继续往下说，铆焊车间女焊工刘兰芬，挺着怀孕八个月的大肚子，天天在车间里搬边料，就因为你怀疑她跟你的对头生产科长好。孕妇犯了罪都暂时不收监，有什么刑罚都等到生完孩子再说，你这一手关乎着两条人命，这是迫害妇女，违反国家劳动法，就凭这一条我就可以把你送进去，至少流放大西北，你信不信？

王贵有登时就尿了，整个人都塌架了，往常的冷傲变成一脸卑微。厂长，我不是有意的，没想到事情这么严重……

熊冠三眼带凶威，眉横杀气，摆手不让他说下去，散会后你把工作跟副科长交代一下，放你半天假，明天一上班到这儿报到，找副科长给你分配个工种，下去当工人，工人当好了再说。他转头看着副科长说，你暂时代理劳资科科长，警告你一句话，别当人贩子。红星厂是国家的，别拿着国家给的权力当大爷，这个厂没有谁都行，包括我熊冠三。谁不想干现在就举手，明天下车间，如果再让我听到工人骂你们劳资科是人贩子，就不会像今天这么客气，我是干保卫出身，咱们就公事公办！

熊冠三除了工厂的两霸，到年底竟破天荒地完成了局里下达的生产任务。在各车间报上的“先进生产者”名单里，他看见了“二膘子”刘传标的名字，一问动力科，这小子还真被他那重重的一巴掌给打过来了，干活拼命，有一天晚上来煤进不了厂，他本来是下中班，却光着膀子干了一夜，用小车把煤一车车地运进了锅炉房。

俗语云：“宁得罪君子，不得罪小人。”王贵有就是小人，每隔一段时间，他就用两张印蓝靛纸垫着写一封告状信，一式三份，署名“红星机修厂广大群众”或“部分群众”，花上三八两角四分钱，分别寄给市里、局里。告状信的内容也经常更新……说得有鼻子有眼，上边一次次地下来调查。熊冠三的做人处事就像他当兵时背包一样，四角四方，八面见线，调查不出什么问题，但癞蛤蟆趴在脚面上——不咬人恶心人。上面也老批评熊冠三，你说你没有问题，为什么有人老是告你？也就仗着红星机修厂被他管得不错，没有调他，也没有提拔他。

“文革”一开始他被彻底打倒，因态度不好腰椎被打断，后半生在轮椅上度过。令他欣慰的是每年春节，刘传标都带着老婆孩子去他家里拜年。

老神仙和小神仙

二十世纪九十年代，河北省政协委员中有一老一小两个神仙。

被尊为“老神仙”的韩羽，画笔通神，独具一格，画面上的人物个个冒灵气儿。他成为“老神仙”是水到渠成的事，小时候就是神童，七八岁时常被办丧事的乡邻拉去往棺材上画八仙。这是山东农村治丧中的重要环节，为什么对他不像对成人画匠那样用个“请”字，而是“拉”？

冬天冻得拿不住画笔，夏天蹲在棺材旁边又热得受不了，他往往画不完就跑了。主家不得不派人四处寻找，有时还不得不揪着他的耳朵，将他拉到棺材旁边继续持笔画仙。但到吃饭的时候，他还是被尊为上宾，坐到贵宾席上大鱼大肉吃个够。他之所以被揪着耳朵还要去画棺材，也多半是为了这顿饭。

他还是中国画家中迄今唯一出过五卷本文集，并获得过鲁迅文学奖的人，其文字之精到峭拔以及深含的智趣，恐怕只有齐白石有些画的题跋，可与之比肩。其头大而光，与年画上的老寿星一般无二，开口便是隽言妙语，很一般的话从他嘴里说出来就妙趣横生。谁见到他都自然而然地联想到“神仙”二字，他想不成神仙都不行。

“小神仙”是贾大山，也是快五十岁的人了，但跟七十多岁的“老神仙”相比，自然是“小”得多了。大山是我文学讲习所的同学，那时就有点神气，平时话语很少，特立独行，会唱两口二黄，会看相却不轻易给人看，会断五行、批八字，也不轻易显露此技，愈显得一副莫测高深的仙风道骨样。最神的是他自己写的小说，哪怕长达六七千字，也能一字不落地背诵下来，我曾多次验证过。好在他还没有写过长篇小说，或许这也正是他不写长篇的原因。贾大山，“大仙也”。如假包换又是河北文坛上的一座“大山”。

这样一老一小两位神仙，自然是一年一度的河北政协大会上的一景。后来因年纪大了，“老神仙”常请假不到会，或只听大会报告，不参加小组会讨论。凡“老神仙”不在，“小神仙”就甚觉无趣，以后也学精了，会期快到的时候给“老神仙”打电话，“老神仙”去，他就去，“老神仙”不去，他也请假。幸好当时的政协比较宽松，没有非要他们每会必到。

这倒引出两个“神仙”人物的一段佳话。

当时“老神仙”韩羽，在《河北日报》上开了个专栏，每周一期，每期画一个人物配上一段话。这个栏目有意思，读者甚众，有些读者和朋友甚至公开给他出题，要求他画某个公众人物，有人就出题让他画“小神仙”贾大山。

越熟越不好画，到了交稿的日子，他遽然灵光一闪，噌噌几笔一挥而就，画了一幅贾大山坐在桌前写作的“后背图”，活泼生动，神与形毕现。

题跋曰：“贾大山自甘寂寞，埋头写作，不喜出头露面。只画背影，意在颂彼之长。

“我本画技不高，难得肖似。只画背影，实为避己之短。”

妙吧！正如近代诗人陈楚南《题背面美人图》：“美人背倚玉栏杆，惆怅花容一见难。几度唤她她不转，痴心欲掉画图看。”画人画背不画脸，更吊人胃口。

贾大山喜不自胜，却打电话质问“老神仙”，为什么画别人都画脸，偏是画我只画后脑勺？

“老神仙”答道，久不见你，忘记你长什么样了。

“小神仙”顺坡下驴，您说话算数，改天到府上拜望，向您讨要一张我的脸。

狓子客

在人类弱的时候，特别是在科技不发达时期，灵异之事就多。

何谓狓子？比成年的狼狗小，比狐狸大，站起来像个五六岁的孩子。有时戴草帽，穿着人的衣服，会人语，站在路中间，拦住过路人发问，你看我像人吗？

如果行人害怕或紧张，想应付过去快点赶路，便顺嘴说，像！像！它随即就成精了。

你看，它已经修炼到这个地步，仍然想当人。就如同已经修炼五千年的峨眉山蛇精白素贞，还是愿意嫁个凡人，生儿育女。倘是过路人胆壮，随口骂道，像个屁！滚蛋！若手里拿着家伙顺手给它一下子，它就立刻逃掉，再去修炼。

宽河拐肘的地方穷，胳膊窝的地方富，那个地方俗称“蛤蟆窝”。狓子想成精既然离不开人类的承认，它当然也要找富裕、人多的地方。蛤蟆窝的老实农民韩五林，秋忙的时候割完高粱穗就回家了，不想晚上下雨，怕高粱穗被雨水泡了生芽，赶紧跑回地里，将高粱穗往地边上看粮食的窝棚里搬。一进窝棚，看到床上站着个半人半鬼的小孩子，吓得大叫一声扭头就往家跑，第二天就死了。

这还了得，既然发现了狓子，就得请狓子客来除妖，天下最厉害的狓子客是陕西人。村里派人到陕西请来了一位狓子客，貌甚诡异，面色晦暗带阴气，但眼有精光。说话像鸟叫，没人听得懂，他的年轻助手一字一顿地告诉宽河边上的人说，我师傅怀疑这只狓子，就是春天被他的钩链子枪钩掉大脚趾的那一只，猜到它可能会顺着黄河跑下来。

狓子客问明韩五林的新坟在什么地方，不让村人跟着，他们师徒二人远远地埋伏在新坟两侧。狓子吓死了人，会连续好多天到坟头上来哭，赎罪，不然会大大增加它修行的难度，甚至永远都成不了精。只要看到它，悄悄跟踪找到它的窝，就不会再让它跑掉了。

连黑带白蹲了三天，终于找到了狓子的窝，在村子另一侧老柳家的坟地里。看着狓子进窝后，狓子客的徒弟立刻回村叫人来帮忙，把坟地周围一共四个洞口严严实实地堵死三个，只留下一个。狓子客戴上皮面具、皮套袖、皮手套，右手握住钩链子枪，村民点着柴火，他的助手用自带的鼓风机往洞里吹烟。

过了半个多小时，狓子客似乎听到了什么动静，钩链子枪嗖地捅进洞内，一声怪叫，链子枪钩住狓子的上膛，从洞里拽出来直接装进帆布袋子。

狓子客师徒立即上路回陕西，不收韩五林家属和蛤蟆窝村的一分钱，有这一只狓子就足够了。其皮毛雪白，极其珍贵，肉质细嫩，有奇香。

说了归齐，还是人最厉害。

名 医

贝万山曾是省重点高中的尖子生，现在称“学霸”。但在升到高三没几天，患了骨髓炎，进进出出拜遍了省城的大小医院，求遍了亲戚朋友推荐的各种医生，还到北京治了大半年，都没有效果。最后侧腰烂得看见了肋条。

在死神的追赶下，万般无奈只有靠自己试试了，他开始拼命读医书，古今中外从医学经典到民间偏方，从大学教材到医学刊物……有点心得就在自己身上实验。几年后竟真把自己的病治好了，并发明了复方黄柏液，专治各种骨肉伤痛、发炎。

他的奇迹被同病相怜的病友和左邻右舍、亲戚朋友中嘴快的人传扬开来，一传十、十传百……来找他看病的人很多，骨髓炎自不必说，能确保治愈，医治其他骨科类的病痛，也有相当大的把握。

由于他不是医生，没有行医执照，只能以亲戚朋友的身份悄悄医治。奇怪的是，此时的贝万山，以自己患病时的绝望推及他人，萌发了强烈的行医欲望，自己搭钱买药、制药，也要给别人治病。省城一个区的卫生院，相中他能吸引众多病人，给医院增加收益，把他请去，替他办好了医师资格证书，专为他开了个骨科诊室。

很快，贝万山连同那家卫生院声名大振。比如，大医院都是在有空调的无菌室做手术，伤口还时常感染。他所在的卫生院条件差，夏天做手术开着窗，还有苍蝇乱飞，却从来没有感染的……

人一有了传奇般的口碑，就会越传越神。

也是合该他成名，领导下乡不知被什么毒虫咬了，先是红肿，然后溃烂，且奇痒难挨，而奇痒往往比疼痛更难忍受。住在全省最大的人民医院，却怎么也治不好。有人推荐让贝万山看看，医院总是推三阻四，就是不想让一个江湖郎中来砸了自己的牌子。最后还是领导自己当着院长的面下令，让贝万山来会诊。贝万山带来一小瓶药水，涂了几次就好了。书记大悦，众人大惊，这真是神仙一把抓，不服不行。

这样的神医怎么能被埋没在一个小卫生院里，省卫生局下令，把他调到人民医院当了骨科主任。没承想他这个主任一干就快二十年了，上不去，下不来，让贝万山受了洋罪。

上不去是因为没有学历，他手下的普通医生都是正宗学医的硕士、博士；下不来是因为他看病有一套，病人多，能给医院带来效益，而且他这个主任是上面“钦定”的，谁敢把他拿下？

洋罪受的时间一长，整个人都变了，除去面对病人时还有点自尊自信，其他科里的事情能躲就躲，能拖就拖，躲不过拖不了，就睁一眼闭一眼能凑合过去就行。

他越是怕事，科里的闲事就越多。有个年轻医生，还是医学院硕士毕业，天一热就不穿衣服，光溜溜外面只穿一件白大褂。科里的医生护士都知道，有些住院的病人也知道，谁一见他先往他的下身看，他却满不在乎，依旧我行我素，旁若无人。

他这个科主任当然也知道，每天一打照面也习惯性地先看那个医生的下身，几次想管都忍住了。他心里很清楚，科里的年轻医生除去把他当成靠“独门绝技”赚钱的机器，没有谁真正看得起他，有两个医术好一点的医生，暗地里还恨他挡了他们的道。

有一天那个不穿裤子的医生，要当他的助手同上一台手术，他终于没有压住自己火气，呵斥道，上手术台不穿裤子，成何体统！这是大学里教的吗？他呵斥完医生，吩咐护士到手术室拿了条裤子，让那个年轻医生穿上。

等他火气消了又后悔自己多管闲事，晚上回到家跟老伴念叨这件事，老伴也埋怨他，并劝他想办法提前退休，然后到小医院顶半天门诊，或者到大药铺坐堂，又省心，挣得还多。他长叹一声，我何尝没有这样想过，总得要有个理由才行，须先辞掉科主任这个累赘的职务，可我几次给院领导打报告人家都不批，如之奈何？上边顾虑的是，怕我一退会带走一部分病人……

第二天上班，在楼道就迎面碰上那个不穿裤子的医生，贝万山主动笑着打招呼，还破例向对方敬上一支烟，这分明是为昨天的事情向人家表示歉意。那个家伙下身依然没有穿裤子，满不在乎地吸着他送的烟转头走了，根本不拿他当回事，甚至还有点向他示威的意思。

他心中恼恨，不是恨对方，而是恨自己这么大年纪了，还这么下贱，受这般羞辱！他拐弯进了卫生间，看看里边没有人，便抡开手臂狠劲抽自己嘴巴……刚抽了两下，只觉头昏脑涨，眼前一黑便人事不知了。

再醒过来时，知道自己躺在医院的急救室里。旁边的脑系科医生告诉他，刚才急性脑梗，由于抢救及时，想来不会留下后遗症……

他闭上眼睛，转转眼球，动动眉毛，轻轻动动脚趾、手指，心里松了一口气，这下可以提前退休了。

道　爷

燕山山脉深处，有座狮子峰，山势险绝。

山上古木参天，飞瀑流泉。半山腰负阴向阳处，有两间石屋，屋前开出一片荒地，种着树苗、菜蔬和庄稼。石屋里住着一位独身老人，形貌劲健，看上去身上没有肉，却并不让人觉得他瘦，好似在骨头里长肉，气和神爽。

据传他原是铁刹山道士，云游至此，见山脉气韵奇佳，想在狮子峰顶建道观。后因战事不断，继而全国解放，道观没有建成，他成了狮子峰上唯一的山民。随着年岁增大，须发皓然，附近百姓都称呼他“道爷”。

狮子峰下散布着大小不等的村落，村民有困难可以到山上任意摘取他的蔬菜、粮食，但有一条，不许糟蹋。曾有一骑马游山的人，因山陡骑不了马，下山时一手牵着马，一手用鞭子狠抽道爷的树苗。此时骤然乌云密布，沉雷滚滚，雨落风拽云刮地从山上压下来，随即一声巨响，一个火球扑向挥鞭人，一个炸雷，人变成一截烧焦的木炭。而近在咫尺的那匹马，却毫发无损。

山下有个良王庄，庄上有个大户，弟兄六个，和和气气，日子兴旺，自从老六娶了媳妇，这个家就不断出事，伤人、打官司……掌家的老大还得了一种被农村人叫作“撞克”的怪病，一犯病如中魔一样，四五个大小伙子摁不住，六七尺高墙头一蹿而过。在省里的精神病院住了很长时间，电疗、捆绑……各种手段都用上了，人被折腾得不成人样了，病却没治好。万般无奈下上山求道爷，道爷一进他家的院子就停住脚步说：“不用看病人了，我知道是怎么回事了，你们这院子里原来有棵一二百年的大槐树，怎么没啦？”

全家人一惊，道爷从未来过他们家，怎知道原来有大槐树？代替大哥管家的老二说：“六弟结婚时砍了做了家具。”

道爷吩咐：“赶快到山上我的苗圃里，挖一棵最大的槐树苗，栽到原处。”

“若栽不活怎么办？”

“放心吧，你就是插根槐树枝子也能活。”道爷说完转身回山了。

死马当活马医，槐树苗栽下去，果然长得很好，随着槐树越长越高，老大的病彻底好了。

邻村一户人家听到这个消息，赶紧也找到道爷，他们家有一年多吃不上熟食，蒸馒头、蒸窝头怎么也蒸不熟，只能天天吃半生不熟的东西。道爷去了一看，他的屋前有棵老榆树，一根枝干伸到房顶上，正在烟筒的上方，一做饭就被烟熏火燎。

道爷说：“你赶紧将烟筒口改道，别再熏这棵老榆树了。”

“为什么？我把那根树枝砍了不行吗？”

“绝对不可以砍树枝，砍了那你家的麻烦就不是蒸不熟馒头的事了。”

主家不服，他嫌改烟道费事，一定得问出个原因来。

道爷说：“你是一个生命，对吧？榆树也是一个生命，你得承认吧？榆树上面还住着一户灵物，本来与你们相安无事，甚至还能保佑你家平安兴旺，可你天天用烟熏它，它能让你过好日子吗？不信你问问过去的财主家，都有蛇，有的蛇很大、很多，财主从来不打蛇。”

那户杠头最终还是改了烟道，从此就吃上了熟馒头。

关于道爷的故事还有很多……道爷后来不知去向。有人说他是树精，老树都被砍了，他还怎么活下去？在狮子峰顶羽化成仙了。

铁笔神探

张道义，自小迷恋侦探小说，然后考上警校，并把父亲给起的张道一的名字，改为张道义。毕业后如愿当上刑警，屡有上佳表现，当升到一个沿海地级城市刑警队队长的时候，破获了一桩国际贩毒案，立了大功。正是士气高昂、前途无量的时候，噩梦却随之降临……

外出办案归来，刚下飞机就被同一公安局经侦队的警察带走，查了个底掉，没查出问题，放出来恢复职务。没过多久，他在局里的大会议室正开着半截会，众目睽睽之下又被人带走，随后查了个人仰马翻，大半年后证明举报不实，又被放了出来。

回家没几天，还没有接到恢复正常工作的通知，赶上一个风雨交加的深夜，他家的玻璃骤然间全被石块砸碎，他护住老婆孩子，然后全家人一起遮盖家具，从屋里向外舀水……

就在那天夜里，他知道自己的警服穿到头了。他破案伤害的利益集团，势力庞大，上边下边都有人，那时还没有开展全国性的“打老虎拍苍蝇”的运动，举报无须实名，上下一块儿折腾，他怎么顶得住？你说你没有问题，为什么老有人举报你？就像裤裆里抹黄油，是屎不是屎说不清楚。而不相干的人，一般都会相信老被人举报的人，八成是有问题的。

第二天他向局里交了辞职报告，然后给房子重新装上玻璃，打扫干净，换到一幢高楼的十八层。再有臂力的流氓，也不可能把石块、砖头准确无误地抛到五十多米高的楼上。将家人安顿好以后，他就去了五台山。做完法事他在庙里闲逛，走到一个养龟池边，看到里面各种各样、大大小小的龟们，或悠闲缓慢地爬动，或缩颈闭目一动不动，对身边层层叠叠、光华闪闪的香客抛下的金钱，视而不见，不为所动。张道义忽然觉得自己的心里静了下来，感到一种舒服，似乎得到某种启示……他从来不知道自己竟然喜欢龟！

回家后立刻到花鸟虫鱼市场，买了几只漂亮的大小不等的金钱龟，将十八楼的阳台改造成龟池，有水有草有石，还有供龟晒太阳睡懒觉的沙地。得空时在龟池旁边一坐，他看龟，龟看他，心静身净。喧嚣世界，能静即福。

为了医治多年当警察养成的心高气傲的毛病，他特意找了一份在一家公司看大门的工作，培养微笑的习惯，每天都需将身姿放到最低。因工作清闲无压力，开始利用一切闲暇时间阅读中外文学作品，每天保持八万至十万字的阅读量。

读了一年多别人的小说，觉得不过瘾，开始自己写，将满脑子的故事和在现实中无法实现的愿望，还有明知是谁在害自己，却说不出来更无法反抗的憋屈，都通过小说表达出来。十多年的时间写了九部长篇小说，直写得视网膜脱落，索性辞掉了工作。

养好眼睛以后继续没黑没白地写，出版第十二部长篇小说后，获得了一个全国性的“燧石文学奖”，并在他不在场的情况下被选为市作家协会主席。其实当时他连作家协会的会员都不是。有人向他道贺，说他因祸得福。他养的满池金钱龟也值了大钱，社会上流传金钱龟治癌，一斤重的五万元，一斤半重的七八万元，二斤以上的十几万、几十万……

他只是苦笑，至今他心里真正想干的工作还是当警察，而不是当作家。他养的龟是神物，帮他调气、养气，给多少钱也不卖。而写作是为了撒气，当不了真警察，就在纸上当个神探。

他自觉，正是因为养龟和写作，受那么大委屈才没有得癌症。

喝汤的声音

迟子建*

她跟我说的这个小镇在乌苏里江下游，叫万吉镇，所住人家多是打鱼的和养奶牛的。我说只知道有个抓吉镇，万吉镇在哪儿？

“万吉镇当然在万吉镇哪，就像你的屁股一准儿在你胯骨下，不能跑到你脖子上一样。”揶揄我的是个四十岁上下的女人，自称乌苏里江摆渡人，她长脸，高颧骨，中分直发，穿一条绛紫色麻布长袍，戴一串木珠项链，脸很黑，一双狭长的眼睛深藏着磷火似的，幽光闪烁。

她什么时候进的江鲜小馆我不知道，因为我压根儿没听见脚步声，她就飘落在我对面的长凳上了。她仿佛老相识，跟我眨眨眼，挑剔我不会点鱼，说这时令不该点马哈鱼，名气虽大，却不是新出水的，倒不如雅罗和船丁子新鲜好吃。她说话时喉咙像塞着团棉花，哑腔哑调的。

我是陪领导来饶河工作调研的，下午去过小南山遗址考古挖掘现场，三天的工作日程也就结束了。沿着微雨后湿滑的土路下山时，我望见山下水墨画般的广阔湿地上，有两只白鹤翩翩起舞，大秀恩爱，这动人的情景令我想起麦小

---

* 迟子建，女，1964年元宵节出生于漠河。黑龙江省政协副主席、黑龙江省作协主席。已发表作品六百余万字，出版有长篇小说《伪满洲国》《额尔古纳河右岸》《白雪乌鸦》等，小说集《北极村童话》《清水洗尘》《世界上所有的夜晚》等，散文随笔集《伤怀之美》《我的世界下雪了》等。作品有英、法、日、意、韩、荷兰文等译本。《额尔古纳河右岸》获第七届茅盾文学奖，短篇小说《雾月牛栏》《清水洗尘》、中篇小说《世界上所有的夜晚》获第一、二、四届鲁迅文学奖。

芽，她离开我十二年了，虽然四年前我再婚了，现任妻子贤德淑惠，待我不错，但在我成功或是悲哀时刻，特别想与人分享喜悦或倾诉苦闷时，心底呼唤的名字还是麦小芽。她是个历史学者，在一次田野调查中，遭遇特大山洪，被波涛卷走，从此后我见着所有的江河，都委屈万分，觉得它们辜负了我的爱情。我太想在乌苏里江畔独享一个黄昏，喝上一顿酒，隔着遥远的时空，和麦小芽说说悄悄话了，所以下山后我跟领导谎称自己有个姑妈在饶河，多年不见，想去探望一下老人家，晚饭就不随团吃了。领导再有半个月就退休了，饶河是他任内最后的公差，一向傲慢和冷漠的他，骤然变得开明而亲民，他微笑着说你去吧，给你姑妈带好，晚上早点回来，明天咱们就回哈尔滨了！

从小南山下来，我像出笼的鸟脱离团队，奔向乌苏里江畔，择了片柔软的沙滩坐下，迫不及待地摘下口罩，让江风亲抚我的脸，望着这条波光粼粼的向北流去的江，边晒太阳边抽烟。

初秋的阳光像一束束丰收的麦穗，有股说不出的芬芳，让人有收割的欲望。我给麦小芽点了一根烟，放在鹅卵石上，淡蓝的烟雾云图一样铺展开来，仿佛她真的吸了。麦小芽嗜烟如命，我们在一起最惬意的时光，是晚饭后对坐着，沏一壶热腾腾的茶，吞云吐雾地神聊。人们都说吸烟伤肺子，但麦小芽说肺子经由烟熏，这块鲜肉就变成了腊肉，腊肉比鲜肉耐储，所以她认定吸烟能铸就铁肺，百毒不侵。我们偶尔吵架了，所道歉的方式，就是给对方点上一根烟，悄悄说声“咱熏腊肉吧”，这比献上玫瑰和热吻管用，矛盾随之烟消云散了。

天色由明媚变得暗淡，我默默和麦小芽“熏腊肉”至黄昏，留下两堆烟蒂，一堆是我的，一堆是她的。我取一颗麦小芽的烟蒂，多想发现她湿漉漉的唾液啊，可是没有，烟蒂焦干，像一堆冰冷的子弹壳，仿佛告诉我它们来自死神的世界。我把两堆烟蒂合在一起，没舍得扔进垃圾桶，而是揣进裤兜，去江畔寻吃鱼的地方。

那条街上装饰华丽的江鲜大酒楼有好几家，而我惯于钻的是小馆子。除却价格便宜，经验告诉我，小馆子不宰客，食材好，灶火旺，掌勺的师傅个个身怀绝技，能做出令人惊艳的菜肴。而且小馆子客人常来常往，热络，活泛，可以不拘小节地高声谈笑，纵酒，吸烟，甚至放屁。还有一点，这样的馆子一般望得见后厨，你相中哪棵葱哪头蒜为你的菜打江山，可指点它们上阵，店主一定会遂你心愿。

从食街主干路岔过去，有一条绿意葱茏的玉簪似的斜街，我选的这家圆木打造的小馆，就像一颗琥珀，缀在斜街尽头。受新冠肺炎疫情影响，食街客人不多，店铺多半冷清，但我进去时，他家却很热闹。有两个男人喝得半醉了，正在划拳斗嘴，一个咕哝："俩好呀——你丫的。"一个叫嚣："五魁首呀——你大爷的！"小馆摆的桌子有圆有方，但供客人坐的都是长凳。随客人入店的口罩，像误入笼中的一群鸟儿，有的病恹恹地瘫在桌角，有的软塌塌地挂在客人的一只耳朵上。更多的人把口罩当袖标，戴在胳膊肘上，所以他们举杯时，五颜六色的口罩有点鸟儿挣脱樊笼的意味，向上冲去。我择了西北角的一个空位坐下，点了软煎马哈鱼、黑斑狗鱼炖茄子和椒盐江虾，还有一斤烧酒。其实我知道这时节的马哈鱼来自冷冻箱，不在盛时，但因这是麦小芽爱吃的，所以首要点的是它。

店主是个年纪轻轻的断腿男人，面貌俊朗，穿白色 T 恤，他摇着轮椅，自如地穿行于餐桌过道，端酒续茶。我进门时，他驾着轮椅从北侧飞快迎到门口，招呼道："兄弟您请——"然后奔向收银台，那里摆着一紫一白两个玻璃酒罐，紫的是山葡萄酒，白的是土豆烧酒，店主说这是他们自酿的。他说所有的来客进门都可免费喝一盅，男的通常喝土豆烧酒，女的喝山葡萄酒。我说我两个人，所以两种都喝。店主打开白色酒罐的龙头，先接了一盅土豆烧酒给我，看着我喝下，然后又接了一盅紫色的山葡萄酒，摆在收银台上，说等我约的人到了，就端给她喝。我说她已跟我一起进来了，拈起那盅酒，一饮而尽。店主狐疑地看着我，半晌没说出话来。

我坐下后才明白，这青灰的水泥地面，矮矮的收银台和看得见灶房的落地窗，是为了店主的轮椅而特别设计的。

店主见我点了三道菜，提醒我说他家的菜码大，一个人吃的话，一道黑斑狗鱼炖茄子就能把人撑得半死，可以减一个菜，如今挣钱不易，省点儿是点儿。我谢过他的好意，说是喝了两种酒，菜也自然是俩人吃，请他上两套餐具。店主大约领会我的用意了，他不再犹豫，对着灶房的师傅发出号令："同罗走菜喽！"

一开始我以为掌勺的师傅叫"同罗"，低头一看餐桌上立着个扇形桌牌，上面是黑地金字的"同罗"，才知这是桌名。再看邻近的几张桌，是"鳌花""哲罗"和"柳根子"，便恍然明白这家店的桌牌，是以"三花五罗十八子"中的鱼类品种来命名的。

我把另套碗筷杯盏摆在对面，先给麦小芽倒了一盅酒，然后给自己的也满上，和她碰了一盅，之后又自己连干两盅。菜陆续上来了，天也黑了，客人渐多，店主的轮椅忽而在东，忽而向西，忙得不亦乐乎。我不顾左右，倾情给麦小芽夹菜，跟她说话。我说饶河小南山出土的玉器，距今约九千年，精美极了。玉就是玉啊，可以碎，但不会化为尘土。可是你呢，怎么就化成了烟啊。

我就是说完这句话，穿绛紫色麻布长袍的女人飘然而至的。她一来，我和麦小芽的对话就中断了。

这个女人气质不凡，酒量不凡，捏起酒盅，自斟自饮，连干三盅，面不改色。我一看先前叫的烧酒快见底了，嚷着添酒。店主先是劝阻我，说兄弟咱喝得差不多就行了，酒大伤身啊。我说我花钱喝酒，图的是痛快，你不想让我高兴吗？再说你没见多了个客人吗，让对面女人觉得我请不起酒，岂不是没面子？店主连声苦笑，隔了一会儿，递上一壶酒，拍了拍我的背，叮嘱道："悠着点儿啊。"

女人喝了酒后神情愉悦，说要卖个故事给我。我说怎知我需要故事？她诡秘一笑，说她一进来，就看出我是个缺故事的家伙了。我问一个故事多少钱，她说好的故事是无价之宝，千金难买；烂故事是垃圾，臭不可闻。如果我能听完她讲的故事，说明它有价值，她要求不高，抵得上这桌酒菜就行。我说你意思自己不是白吃我的？她有点恼怒，教训我永远不要当着女人的面说她白吃。

她开始讲故事，说故事的主人公叫孟平贵，不过乌苏里江一带的人都习惯叫他的小名“哈喇泊”，这是他祖母给起的。

哈喇泊出生在万吉镇，这地方依山傍水，风景优美，对岸是苏联的一个小镇。哈喇泊的祖父是善于骑射的蒙古人，祖母是以渔猎见长的赫哲人，所以哈喇泊的父亲，是蒙古族和赫哲族的后人。

哈喇泊身高体阔，膀大腰圆，气壮如牛，圆脸上生着浅浅的络腮胡，蒜头鼻子，敦厚的嘴唇，漆黑的一字眉下，是一双和善而明亮的眼睛。他外形不乏男子气概，可身上却有一点缺彩，就是牙齿。怎么说呢，不仅是他，哈喇泊的血亲，他的祖母和父亲，没一个好牙齿的，都是满嘴的残垣断壁。

我说：“可能万吉镇的水有问题吧，比如含氟少，牙齿就容易变成核桃酥。”

女人撇了一下嘴，吃了一块黑斑狗鱼，又饮了一盅酒，说：“哈喇泊的牙齿要是跟水有关的话，我这故事还能卖得出去吗？”她警告我少插言，讲故事最怕打岔了。

女人说哈喇泊的牙齿随他父亲，而他父亲的牙齿又随他祖母。

哈喇泊的祖上是大黑河屯人，也就是海兰泡。过去那里叫孟家屯，是当时黑龙江将军管辖区域，可叹它如今不是咱们的地界了。哈喇泊的祖父是个蒙古族商人，做皮毛生意的，总来大黑河屯交易，认识了哈喇泊的祖母，一个朴实能干的赫哲女人。她做的鱼皮衣，在大黑河屯很出名，说是穿着她的鱼皮衣下江捕鱼，防风防雨不说，鱼儿还爱入网上钩，所以哈喇泊的祖母吸引了不少男人的目光。

哈喇泊的祖父祖母成亲于1897年冬天，转年他们有了一个女儿。他们在大黑河屯经营两家货栈，日子过得红红火火。1900年初春，哈喇泊的祖母又怀孕了，这时哈喇泊的祖父要开一家火磨铺加工小麦，正忙着购进机器，装点铺面，所以提早就给未出生的孩子起好了名字“火磨”。然而到了七月，沙俄借口义和团运动在东北蔓延，危及边境，逮捕了许多世居于此的华人。而在太阳最灿烂的时日，火磨铺开张仅一周，喜气未散，大黑河屯华人的房子和店铺，突遭俄兵洗劫。无论妇孺，都被驱赶到黑龙江边。

人们被刀斧威逼出来的一瞬，忙着不同的活儿，所以临时带走的东西千奇百怪，有拿着烟袋锅的、擀面杖的、笤帚的、筷子的、茶碗的、针线的、算盘的、酒壶的、肥皂的、铲子的、梭子的、书籍的、纸币的、马鞭的、桦子的，可见当时他们正抽着烟、擀着面、扫着地、吃着饭、喝着茶、缝着衣、算着账、饮着酒、洗着衣、炒着菜、补着网、读着书、点着钱、赶着马、烧着柴。最滑稽的，是有人当时正蹲茅坑，慌张中握着揩腚的草纸，一脸没排泄痛快的苦楚。而有的人正擦拭油灯，想着明晃晃的太阳下出了这等事，此去黑暗，大白天地举着油灯上路。

被驱赶到江边的华人，没有不回头的，他们遥望自家房屋还在不在，离散的亲人在哪儿，心爱的马和狗又在何方。而先前还一片祥和的大黑河屯，浓烟滚滚，火光冲天。俄兵用武器将人们往江里赶，那些不会水的只要反抗，刀斧便会袭来。人群中血肉飞溅，哭声震天，倒下的人越来越多，沙滩的鹅卵石被鲜血染红了，像一只只愤怒的眼。

哈喇泊的祖父抱着两岁的女儿，她手里攥着一颗糖球，惊恐让她手心发热和出汗，糖渐渐化了，她的手代替她的嘴，吃了最后的糖。祖母则拿着一把碎布条，她正打袼褙，预备给腹中的孩子做鞋子。一个俄兵用长刀挟持哈喇泊的祖父，喝令他滚回江对岸去，可这个能纵马驰骋的蒙古汉子不会游泳，粗通俄语的他跟俄兵说他怕水，怀抱的孩子更怕水，还有他的女人怀着孩子，他愿意把新开的火磨铺送给俄兵，他收购来的小麦都是最好的，能磨出上好的面，无论养家还是给军队补充给养都没的说。岂不知他的火磨铺正在燃烧，雇来的看管铺子的两个伙计已死在俄兵的斧头下了。哈喇泊的祖母多年以后回忆起那个令她肝肠寸断的日子，依然会紧咬牙齿，虽说其后她嘴里只剩两颗糟烂的后槽牙了。

没等哈喇泊的祖父说完乞求的话，一个骑兵挥舞一柄长刀，削枝丫似的，先把他怀中的女孩拦腰斩落，接着朝向哈喇泊的祖父。哈喇泊的祖父见女儿死在刀下，咆哮着反扑。他熟悉马的特性，飞身绊马，将骑兵摔落，夺刀砍向他。俄兵躲闪着，他没击中他脖颈，只废掉他一条胳膊。哈喇泊祖父的第二刀还没出手，被一个手持莫辛步枪的俄兵，迎面射杀。哈喇泊的祖母说，这种枪大黑河屯的华人都叫它“水连珠”，因为枪声清脆得像山泉流过。哈喇泊的祖父被水连珠击中的一瞬，高呼：“快游过哈拉穆河——”这是他无力保护身后心爱的女人，对她发出的最后呼唤。

哈拉穆河，是哈喇泊祖父对这条江的称呼，他知道他的女人是可以搏击激流的鱼，因为赫哲人无论男女，没有不会水的。

哈喇泊的祖母带着四个月的身孕，纵身跳入黑龙江，奋力游向对岸。江水失却了往日的安详，在江流中沉浮的，是尸首和奄奄一息的人，江面漂浮着鞋子、袜子、帽子、衣裳、腰带、围巾、烟袋、算盘、木棍、草纸、包袱皮等等。尸首随着波涛一起一伏的样子，好像人们还活着。

要说这条江在大黑河屯这边到对岸的距离，不过千米，可黑龙江即便在盛夏，江水也冰冷刺骨，加之水流湍急，每年总有人丧命于此。哈喇泊的祖母游到江中心时，体力不支，找不到漂浮的倒木作为支撑歇息，恰好一具浮尸漂过身边，是个光着膀子面朝下的壮年男尸，哈喇泊的祖母一把抱住他的腰，叫着已死在岸边的自己男人的名字，大口大口喘息着，待体力恢复一些，她松开那冰冷的男人，说大哥你好走吧，继续朝对岸游去。

一连三天，被赶到江岸的人，数千人毙命，幸存者极少。一条没有船停泊的江，对于要渡河的人来说，无疑是流动的地狱。但哈喇泊的祖母是幸运者，她不仅活下来了，还保住了腹中胎儿，漂泊了几个月后，年底在万吉镇落脚，生下哈喇泊的父亲，也就是火磨。

女人讲到此，探询地看了看我，仿佛在问我，这故事听得下去吗？我哪敢再插言，只是奉上一盅酒。她接过酒，洒在地上，我想她在祭奠故事中的罹难者吧。

女人微微咳嗽一声，接着讲故事。

哈喇泊的祖母上岸后，发现自己的牙齿多半化为乌有，好像那些牙齿是隐藏的烟花，瞬间燃爆了，而还留在牙床上的，也都是风中败柳，摇摇欲坠。有人说她是因仇恨咬碎了牙，也有人说她当时游不动了，不咬碎牙齿，逼出身上最后的力气，早就喂江鱼了。

火磨五六岁时，就听母亲讲父亲的故事，说到他被水连珠击中的时候，火磨会把牙齿咬得“嘎吱嘎吱”响。他出生后本来有一口漂亮的白牙的，到换牙时，多半的牙被他嚼碎了。而新长出的牙齿，在他重温父亲故事的成长历程中，也多半粉身碎骨，所以他二十多岁时，已是远近闻名的没牙的男人。

因为牙齿不好，哈喇泊家族，不吃硬的东西。他们不喜单纯的米粥，嫌没滋味，更爱汤羹，所以但凡米类和谷物入锅，都是和鸡鸭鱼肉一同熬制。刺少的狗鱼，是灶上的主角。费牙齿的牛肉鹅肉，都得剔骨，取其软嫩的部位食用。所以在万吉镇，狗们嘴馋了，爱去哈喇泊家门前游荡，那是它们美食的道场，往往会捡着连着筋肉的骨头。

哈喇泊一家喝汤也就出了名。在万吉镇，晚炊时分，你若走进他家院子，没风的日子也像有风，自屋里传出呼呼呼的声音，偶尔汤匙触碰瓷碗，这风声中就多了几声清脆的哨音了。

受母亲所述故事的影响，火磨年轻时就惧怕成家。父亲和未见面的姐姐死于惨案，让他觉得世事难料，男人有时是保护不了妻儿的。他也因此变得孤僻，独来独往，与万吉镇的人格格不入，没一个姑娘看上他。

火磨四十岁时，额头的皱纹和鬓角的白发过早出现了，哈喇泊的祖母终于坐不住了，遍寻乌苏里江流域的媒人，给火磨说亲。她跟媒人介绍儿子时，总是一句话：“俺儿除了牙，哪哪都好！”年纪轻轻就没了牙，媒人总要多问一句为啥，哈喇泊的祖母便讲他们家族的故事，听得媒人唏嘘，赞叹火磨是条汉子，信誓旦旦地表示要为他寻得佳偶。

火磨四十二岁时，终于娶了媳妇。这人比火磨小八岁，是个哑巴。而最终为他选定这门亲的，是火磨的母亲。媒人介绍了三个愿意嫁给火磨的人：一个是比他小五岁的寡妇，带着个六岁的儿子；一个是比火磨大三岁的悍妇；还有一个就是模样周正的哑巴。火磨的母亲当然不想儿子一成家就给人当爹，所以虽然那个寡妇善良能干，她第一个勾掉的就是她。第二个虽是黄花闺女，可她因为家底殷实，好逸恶劳，脾气暴躁，打遍邻里，不是善茬儿，哈喇泊的祖母可不想让儿子抱着一个火药桶过日子，所以她自然不在考虑之列。而火磨话本就不多，若跟哑巴在一起，除了能保持他沉默寡言的天性，还能让家有持久的安宁。更重要的是，哑巴一口坏牙，能适应他们家喝汤的生活习惯。

火磨娶了哑巴后，最初一年不和媳妇睡一铺炕。哑巴自是无法说，就是能说的话，也说不出口哇。哈喇泊的祖母察觉后问儿子，你这是嫌弃哑巴？火磨忧心忡忡地说，要是一起睡了，有个一儿半女，遇到大黑河屯那样的大难，护卫不了他们咋办？哈喇泊的祖母气得心口疼，说那样的日子不会再有了！她说你不和人家睡，就别让她过门，这不是让人守活寡吗？火磨认真考虑了三天，最后答应和哑巴一起睡。第二年，哑巴生下哈喇泊。而哈喇泊的祖母最担心的，是未来的孙儿会遗传儿媳的病，也成哑巴。所以儿媳有孕后，她跑遍了附近的寺庙，为她祈福。哈喇泊一降生，听到他那仿佛能穿透云层的哭声，作为祖母的她喜极而泣，因为哑巴的哭通常是呜咽的，几乎听不到。孙儿大名的命名权她给予了儿子，火磨给他取名孟平贵，小名“哈喇泊”则是她给起的，这是蒙古语“海兰泡”的叫法，以纪念她在大黑河屯的青春岁月和死去的男人和女儿。哈喇泊顶着这个名字，注定要听祖辈和父辈给他重复的那个故事，所以祖母谢世时，已是壮小伙的哈喇泊，一口牙齿多半为那故事殉葬，在不断的咬牙切齿声中，化为齑粉。

哈喇泊家族豁着一口坏牙，仅凭喝汤，他的祖母和父亲，竟都活过八十岁。哈喇泊不像父亲，听了这故事后惧怕有后人，他恰恰相反，觉得儿女多了，万一遭遇不测，总有人会绝处逢生，留下火种，所以他喜欢往女人堆里钻，用不着媒婆，老早就给自己觅得佳人，二十三岁就结婚了，喜得他那哑巴母亲，天天张着嘴乐，表达她那无以言说的喜悦。那姑娘是万吉镇的下乡知青，名字叫张雪，哈尔滨人，在小学教书，模样一般，但她身上的“一黑一白”格外抢眼，黑的是垂在脑后的乌油油的大辫子，白的是满口雪亮的牙。哈喇泊笑起来时，嘴里黑洞洞的，像是魔窟，所以她与他成亲时，提出的唯一条件是他笑时得抿着嘴。

哈喇泊小学文化，因为万吉镇没有中学，继续读书要去外地，而他不能离开家人，尤其是母亲。火磨得子后，觉得有了哈喇泊这个果实，足以对母亲交代了，再不和哑巴睡一铺炕。万吉镇有个老光棍，觉得有机可乘。哈喇泊的母亲去挑水，他抢她的扁担；她去铲地，他夺她的锄头。万吉镇的人见着火磨，会和他开玩笑：“你们家要来长工了！”火磨不以为意，但十一二岁的哈喇泊深以为耻，他举着镰刀捍卫父亲的权利和母亲的尊严，威胁光棍汉若再敢碰他母亲手里的工具，就割掉他裆里的玩意儿！光棍汉说工具又没长肉，咋就不能碰？哈喇泊说他母亲手里的扁担和镐头，都是父亲打制的，随他父亲姓孟，除了亲人谁都不能碰。光棍汉嘴上说我还怕你们这些豁牙的？但他再跟踪哑巴时，总要瞄着哈喇泊是否在左右。

哈喇泊小学毕业后跟父亲打过鱼，养过蜂，采过药，他成人后因为属于少数民族后裔，政府给他安排了工作，在万吉镇小学当工人，每月有工资拿，成为同龄人羡慕的对象。他就两样活儿：烧水和敲钟。不过这两样活儿把身子，他开始时很不习惯。他的工作间在水房一角，小屋总是水雾弥漫，令他昏昏欲睡。所以到了上下课的点儿，他往往因为瞌睡，而错过了敲钟。该下课了，他不打钟，而未到上课时间，他也许因为去厕所解手，顺路就把上课钟敲了，所以师生们对他都不满意，老师不愿多讲课，学生自然也不乐意被侵占休息时间。哈喇泊听到议论后恍然大悟：原来没人恋着讲台和课桌啊！他开始有意识地提前敲下课钟，而又把上课钟延后个两三分钟，师生们果然说他好话了，见了他都说孟师傅好，但他们说过后赶紧溜掉，生怕哈喇泊笑，一个没牙的人乐起来，就像张开了血盆大口，实在可怕。

哈喇泊是供销社的常客。那时祖母已过世，他买香烟和水果罐头孝敬父母，还给学生买糖，招徕他们听他讲家族故事。除此之外，每到乌苏里江通航时节，航标船停靠在万吉镇时，哈喇泊总要省下钱来，给航标工买好吃的。自家不舍得吃的猪肉罐头、刚打上的鱼，他都送过去。他对在国境线上作业的航标工有种崇拜心理，认为他们比自己敲钟伟大。所以他成了乌苏里江万吉镇段义务的航标维护工。有农人放羊图方便，把羊拴在岸标的标杆上，他巡查到了，会解开绳索，把羊牵回主人家，说这是拴的羊，你要是拴牛马这种大牲口，它们蛮力十足，万一把岸标扯断，那昭示咱领土的标记就没了，可了不得啊！有时不是人为因素损及岸标，比如麻雀在上面坐窝了，他就嘟囔着岸标又不是树，没一片叶子能给你们遮风挡雨，在这儿坐窝不是傻吗？哈喇泊给鸟挪窝。而每年开江之后，冰排流空，航标船的人开始设置浮标、安装标灯时，他的星期天就是和航标工一起度过了，帮他们打个下手，航标船的人都很喜欢哈喇泊。他们犒劳哈喇泊的方式是煮一锅浓汤，与他一起热火朝天地喝顿汤，再听他讲一遍那个令人切齿的故事，虽说他们听过多遍了。

哈喇泊结婚后，不像从前见着可爱的姑娘爱上前搭讪，他怕媳妇张雪吃醋。他们在同一单位工作，哈喇泊的工资她习惯一并领了，由她支配。开始时哈喇泊不以为意，但后来他每次买东西朝她要钱费劲，再到发工资的日子，他就早早去财务室候着。他和张雪常因钱拌嘴，她说拿钱给公婆买东西天经地义，可给航标船的人买吃的，纯属傻瓜，那些人都有工资，在野外作业又有补助，哪用得着你贴补？还有张雪不满意哈喇泊在水房给学生讲故事，他买了糖果藏起来，谁听他故事，他就发一颗糖。而那故事讲了千百遍，谁都知道，小孩子想糖吃时就去骗他，说想听故事了，他不厌其烦地讲，学生们虚张声势地做出痛恨的表情，骂惨案制造者，比赛着磨牙。而谁的牙咬得狠，哈喇泊就多给谁一颗糖。因为这，他有时也会误了敲钟，校方警告过他不止一次。

我打了个哈欠，讲故事的女人立刻警觉起来，说你嫌这故事长了？我赶紧解释说我犯烟瘾了，她倒了一盅酒干掉，夹了两只江虾塞进嘴里，说那你赶紧熏个腊肉嘛！我刚想问她怎知我和麦小芽的吸烟密语，她接着讲故事了。

我点燃一支烟，烟雾让摆渡人的脸蒙上了一层面纱，我看不清她的脸，但她的声音依然清晰入耳。

哈喇泊和张雪在一起过了八九年吧，始终没有孩子，这急坏了哈喇泊，他想要一堆孩子的梦想正在一天天破灭。据说张雪每次月经来潮，哈喇泊都很难过，嘟囔他的种子打了水漂，把酒当汤连喝三碗，大醉一场。不过他并不泄气，再到张雪的排卵期，他依然热情洋溢地播撒种子，渴望它们萌芽。万吉镇有女人偷听到哈喇泊跟张雪说，你不能生，俺找一个女的偷着生了，咱当亲生的养活咋样？张雪说那她就吊死在学校的钟旁，他就敲着她的尸首过下半生吧，吓得哈喇泊再也不敢提养私生子的事情。

后来张雪在知青返城的浪潮中回哈尔滨了，哈喇泊自知他们是两个世界的人了，主动提出离婚。张雪觉得自己没给哈喇泊留下一儿半女，对不起他，愿意离婚，说是离开她后，哈喇泊可找个能生养的女人，不然老了进棺材，坟前都没个烧纸钱的后人。

他们告别的故事在万吉镇广为流传，那是晚秋时令，几场霜后，田野一派荒芜。张雪那天先是起早给两个女人上坟，一个是哈喇泊的祖母，一个是刚去世的婆婆。她并不喜欢哈喇泊的祖母，觉得她的故事害了哈喇泊。但她喜欢不能开口说话的婆婆，张雪未能生养，婆婆直到生命最后一息，一直用温柔的眼神待她。张雪采了一枝傲霜的野菊献给婆婆时，一只苏雀飞过坟头，留下喳喳的叫声，仿佛婆婆开口说话了。上完坟回到镇子，张雪又去看公公，把自己做的一薄一厚两条棉裤带给他。火磨独居，垂垂老矣，每天除了喝汤就是晒太阳。他还爱讲那个大家耳熟能详的故事，但人们都听絮烦了，他没处讲了，就嘟嘟囔囔地说给自己听。儿子离婚了，他倒高兴，说是哈喇泊遭遇不测时，牺牲自己就是了，没有牵绊。所以在婆婆的葬礼上，公公没有悲伤，好像老婆死在他前面，对他是解脱。火磨唯一惆怅的是，媳妇死了，儿媳走了，以后谁给他做棉裤呢？但他想这岁数了，也穿不了几条新棉裤了。张雪看完公公回到家，用精心备好的猪骨、牛尾、鸡胸和白鱼，花了七八个小时，为哈喇泊煲了一锅浓汤，然后穿上大红缎子袄，好好打扮了一番。据说她和哈喇泊喝了三斤烧酒，月亮升起后，他们手拉着手，醉醺醺地去学校操场散步。张雪摇晃着走到铁锈的钟旁，说月亮要是能当钟锤就好了，到点儿了让它来打钟，哈喇泊能省力气不说，还不会误点儿。哈喇泊听后感动得蹲在地上呜呜哭了，说是舍不得她了。张雪见哈喇泊如此难过，觉得自己不牺牲点什么，就辜负了哈喇泊的真情。她把嘴张大，用牙齿撞钟，生生折损了两颗大门牙、上颌一颗尖牙及下颌两颗切牙，有的牙还没完全脱离牙床，死守根据地，她生拉硬拽地让它们"出列"，弄得下巴鲜血淋淋。她把这五颗连着肉的牙齿，放在哈喇泊掌心时，哈喇泊叫道："还是给我留下了骨肉哇——"哭得地动山摇的，惊醒了不少住在学校旁边的人。

摆渡人说，一个有情有义的男人得着这样的纪念物，能忘了他的女人吗？张雪回哈尔滨一年后，嫁了个死了老婆的啤酒厂工人，两年后生下一个男孩。万吉镇的人知晓后，爱拿哈喇泊开玩笑，说同样一片地，咋人家的种子就能发芽呢？哈喇泊说可能施的肥不一样吧，大家就笑。为了证明自己也有实力吧，哈喇泊很快娶了个比自己大五岁的离异者，她育有一子，判给前夫了。哈喇泊心想这是个下过蛋的鸡，挪个窝再给自己下一个而已，所以对她满怀信心。而这个女子也巴望着再生一个，因为前夫不许她看望儿子。但三四年过去，她的肚子不见隆起，反而瘪了下去，她吃不下饭，睡不好觉，脸色灰黄，瘦成一把骨头，去城里医院一检查，子宫癌已到晚期。第二个老婆死后，父亲火磨也死了，哈喇泊心灰意冷了好几年，才娶第三个老婆。她比哈喇泊小一旬，是媒婆介绍过来的外乡人，模样不错，就是患有癔症，一发作起来人事不知，有时哈喇泊正准备去打钟，会被匆匆赶来的人给喊走，说你老婆发癔症了，倒在大道上抽搐呢，还不去看看！他就撇下钟锤，一路快跑过去。这女人是个黄花闺女，跟他过了四年，也没怀孕，哈喇泊对她便有火气，时常找碴儿骂她。这女人不发病时温顺安静，持家能力也强，哈喇泊骂她，她虽不高兴，却也能忍，但哈喇泊有一天对她动了手，她终于提出不过了。说挨骂倒也罢了，挨打的日子却是一天都不能过！哈喇泊不想离，她就用纸盒做了块牌子，写上“哈喇泊打我”，坐在学校钟架下示威，引来师生围观，哈喇泊不敢来打钟了，只得同意离婚。最打击哈喇泊的是，这女人离婚一年后嫁给邻村一个养奶牛的，又过一年生下一个胖小子，癔症也不怎么发作了，哈喇泊痛苦极了，觉得老天待自己太残忍。男人们见了他又开起了玩笑，说咋两块地离了你都有收成，你要想有后传承你的故事，是不是得看看你的哑巴种子了？哈喇泊嘴硬地说，子弹还有卡壳的呢，谁的种子没几颗瘪的呢，赶上我运气差嘛！每说至此，他的眼眶都会浮上泪水，男人们赶紧鼓励他，说多冲锋，你的种子就会结果的！哈喇泊从此后不大与万吉镇的人来往了，寒暑假他不必打钟时，便买上好吃的，要么在乌苏里江畔和航标船的人待在一起，要么上山慰问边防部队。他与守卫国境线的人待在一起时，喝汤时总要用筷子先挑起点蔬菜，一块胡萝卜、一条土豆，或是一片白菜叶子、一根豆角，立在汤碗中央，当作浮标，定定地看上半晌，仿佛那泛着油光的汤，是滔滔的黑龙江水，然后夹起蔬菜的浮标吃掉，闷着头喝汤。

哈喇泊对自己的身体失去信心，不敢再婚了，他在私生活上变得放纵起来，进城找女人胡来。有一年扫黄打非，他被公安局的人逮个正着，消息传来万吉镇，校长气得肝疼，说他对不起祖宗，不配做男人。说归说，校长同情他，还是带着钱进城，交了罚款把他领回来。据说他每次去嫖，都喝得醉醺醺的，说不管谁怀了他的种，都会把她当王母娘娘供着。但暗地干这种营生的人，谁又愿意给个落魄者怀孕呢？

摆渡人讲到此，朝我勾了下手指，噘了一下嘴，做出吸烟的姿势，说她也想“熏个腊肉”，我赶紧递上一支烟，然后再给自己点上一支，接着听她讲故事。

哈喇泊的命运真是曲折，他最为消沉的那年，得知张雪的儿子在上学路上出了车祸，双腿截肢，张雪的丈夫觉得是妻子造成了儿子的残疾，因为那天本该是她去接孩子的，她拉肚子给耽搁了，所以夫妻俩总吵架，他打张雪成了家常便饭。知情人对哈喇泊说，张雪的牙几乎被那男人打没了，跟他一样满嘴空洞。哈喇泊听了既愤怒又心疼，说我的女人咋能容人这么揍？张雪当年撞钟留给他的连着肉的牙齿，一直被他视为珍宝，他绝不允许别人这么欺负她。哈喇泊在那年寒假，专程去哈尔滨教训那男人。他趁着酒劲，在那男人上夜班的路上堵着他，把他揍倒在工厂浴池门前的雪堆上。哈喇泊不知这男人有严重的心脏病，这一揍竟让他当场气绝身亡。哈喇泊为此坐了牢，丢了公职。

哈喇泊出狱后回到万吉镇，形容枯槁，耳聋眼花，老得不成样子。他卖掉了父亲的房子，修缮他和张雪住过的已半塌的房子，以打鱼为生。他再也不去航标船和驻边部队了，也不义务巡查岸标了。只要喝多了酒，他就去学校操场游荡。学校早已用电铃，不需打钟人了，钟架也拆除了。水房还在，只是也改用电烧水了。他看着孩子们陌生的脸孔，很想给他们讲讲祖辈的故事，可他们听说他弄死过人，见了他都逃，他就讲给牲畜听。狗若没骨头吊着，也就听个开头，便颠儿颠儿跑掉；猪本来贪吃贪睡，它们支棱着耳朵听几句，算是给了他面子，“嗯嗯”两声，就呼呼大睡了；最钟情听故事的是奶牛，哈喇泊把它们当兄弟，边讲边抚摸它们黑白花的肚子，奶牛舒服得很，所以一听到底。不过养奶牛的人家跟哈喇泊抗议，说听了他讲的故事，奶牛都不爱产奶了，让他离远点儿。

哈喇泊受不了孤单吧，从此后总去外边吃饭。万吉镇就那么几家小馆子，他都吃遍了。他依然喝汤，所以各家小馆子总备着一两样汤，让他踏进门槛就能喝上。他们可怜他，不想收他钱，但哈喇泊说一个大男人咋能白吃，人们也就象征性收点儿，哈喇泊也没觉得那是便宜他了。他对物价的认知还停留在入狱前的水平，直到他外出卖鱼，看到价格飙升的商品，才知开小馆的人多么善良，他再去时，一定多付钱，才肯喝汤。

也许人老了的缘故，他喝汤的声音不比年轻时了，没那么响亮，时常夹杂着喘息。虽然不追航标船了，但他依然会在喝汤时，用筷子夹起一种蔬菜，立在汤碗中央，当作浮标，茫然望着，直到手上的筷子哆嗦起来。

有一年冬捕时节，哈喇泊认识了乌霞。她是个热情能干的俄罗斯妇女，在黑河和一个中国人合伙，经营一家俄罗斯商品店和一家俄式餐厅。乌霞比哈喇泊小九岁，是个离婚的，有一儿一女，儿子在布拉戈维申斯克市当工程师，已成家立业，女儿在圣彼得堡读大学。乌霞每月总要通关回到布市上货，看望亲人。哈喇泊每到黑河，总要去她店里喝汤，苏伯汤、鲜肉咸鱼杂拌汤、面条菌汤，都是他喜欢的。乌霞知道哈喇泊的遭遇后，说捕鱼是个力气活儿，还得凭运气，他这岁数了，不能再风吹雪打了，不如在他们餐厅打杂更有保障，每月有固定收入，还管吃管住。哈喇泊说他可以来她餐厅喝汤，但绝不会给一个俄罗斯人打工。祖辈在大黑河屯的遭遇，依然是他心中的痛！乌霞几次张罗带哈喇泊去布拉戈维申斯克游览，如今过境游的手续极为简便，但哈喇泊说除非祖父当年的铺子还在，他才会去。乌霞觉得哈喇泊固执古怪，但他的执拗和专情又打动她。所以哈喇泊一两个月不来，她还惦记着，驾着半截子车去万吉镇看他。乌霞的到来，是万吉镇的节日。因为她除了给哈喇泊带来吃的，还带来一些俄罗斯商品，就地售卖。她开玩笑说不能白跑，得把汽油钱赚回来。男人们喜欢的伏特加和刮胡刀，女人们喜欢的围巾和小镜子，孩子们喜欢的奶酪饼干和巧克力，很快就卖光了。她会说汉语，但不流利，万吉镇人与她讨价还价时，她嘴跟不上，就用计算器代她说话。当数字不再变换，买卖双方都满意时，她会亲一下计算器。

乌霞看望哈喇泊，总要在万吉镇的客店住一夜。人们和她熟了以后逗她，为啥不去哈喇泊家里住？乌霞总是说，等他把牙镶了再说。人们把话传给哈喇泊，说看来乌霞对他有意。哈喇泊沉着脸说她想得美，要是她住进来，爷爷奶奶和父亲的魂儿，还不得半夜回来，合力把我的锅砸了，让我连汤都喝不上！

万吉镇的人私下议论，除了家族往事像根刺，一直扎在哈喇泊心头，使他不愿和一个俄罗斯女人亲近，还有就是跟过他的女人都怀不上孩子，让他有了心理阴影，所以他拒绝一切女人了。

哈喇泊晚年喝汤，从万吉镇开始，一直喝到黑河、同江、抚远、孙吴和饶河。他打鱼打到哪儿，就喝汤喝到哪里，他的故事也就流传到哪里。只要你到了黑龙江流域沿岸的地方，走进馆子，听到呼噜呼噜的喝汤声，说明你可能遇见哈喇泊了。听说他近两年迷上了饶河，因为张雪在哈喇泊出狱的那年因病去世后，她那出了车祸的残疾儿子，看上了饶河的风景，来这儿开了家江鲜小馆。哈喇泊怀念张雪吧，常来饶河打鱼，把鱼低价卖给这家小馆，在此喝汤。

对面的女人把故事讲到这儿，恰好摇着轮椅的店主，端着一壶酒，风一样经过，我说，难道他就是张雪的儿子？摆渡人不语，只问我，这故事值这顿饭钱吗？

我连连说太值了太值了，追问哈喇泊在哪儿。

摆渡人说，这不突发了新冠肺炎疫情了吗，别说是饶河，春节后乌苏里江沿岸所有的餐馆，都关门了，哈喇泊没有喝汤的地方了，听说他出狱后也不大会做汤了，饿得不轻。有人说他又去看守边境线了，他不是奔航标船去的，他帮政府义务监督，怕携带了新冠肺炎病毒的人，非法越境过来。当然也有人说他那是遥望乌霞呢，因为乌霞因疫情滞留在布市，他们好久不见了。

我嘀咕道："餐馆那会儿都关了，哈喇泊喝不上汤，可别饿死哇。"然后哇哇哭起来。

摆渡人就在哭声中无声无息地消失了。

我醒来时已是凌晨四点，同寝的人在我的床头柜留下张便条，说他们去乌苏里江看日出，早饭时见。我觉得头昏脑涨，不记得昨晚在江鲜小馆喝到几点，又是怎么回来的。洗漱完毕，喝了杯热茶，我精神不少，五点多来到乌苏里江畔。

太阳升得高了，江面荡漾着笑容似的波光。健身的、垂钓的、洗衣的占据了江边。我和一个骑着摩托车来刷牙的汉子攀谈起来，问他为啥来这洗漱，他说能对着乌苏里江的旭日刷牙，多有朝气啊，所以只要是好时节，他从不错过这享受。我们正聊在兴头上，单位的领导和同客房的同事过来了。他们老远就喊我的名字，说你昨晚醉成那样，还能爬起来，真是不容易啊。待他们走到近前，领导先和我握了下手，说虽然他要退休了，不该管太多的事情了，但还是得批评我，昨晚怎么能一个人去小馆子喝得人事不省？万一喝出事咋办？他说你不是说去看姑妈吗，不能因为馋酒喝了就撒谎啊。我赶紧道歉，谎称没和姑妈预先打招呼，去她家扑个空，肚子又饿，所以一个人去吃江鲜了，没想到那家小馆子土烧的酒劲大，差点把我喝到另一世了，实在罪过。

领导笑了，说你犯了错儿，态度倒不错，以后注意就是了。领导继续向前散步，同客房的同事停下脚步，对我说昨晚接到江鲜小馆打来的电话时，他吓坏了，是他赶去把我背回去的。他说你一个人咋能喝两斤酒，不要命啊。我不好意思说是和一个女人一起喝的，只问他小馆的人怎么找到的他。同事说店主从我身上摸出手机，又找出酒店房卡，想着万一电话拨到亲属的号码上，让家人跟着着急不好，就按照房卡信息，拨到酒店房间，看看有没有同住的人，赶巧那时他刚洗完澡，接着了电话。他跟我道歉，说本来想悄悄把我弄回来的，可他怕带我回酒店时被领导撞着，说他隐瞒，所以只好先报告了。

我说没关系的，换作我也会报告。

同事拍了一下我的肩膀，说你咋哭成那样呢？我背你回来时你还呜呜哇哇的，弄得我肩膀头都是眼泪和鼻涕，半夜还得洗衬衫！

我说有泪的男人都有情啊。

同事说情多了也伤身啊。

我拍了拍他肩膀，笑着告别他，说早餐想独自在外边吃，然后去了昨晚去过的江鲜小馆。

还不到早餐高峰，但这家馆子已开始营业了，有两个客人在吃香喷喷的鱼丸面，一个嚷着来点儿醋，一个叫着上点儿辣椒油。店主答应着，一边给他们递调料，一边跟我打招呼，说你昨晚回去那么晚，起得够早啊。

显然他记得我这个醉鬼，我走到老位置坐下，点了一碗鱼杂面。

店主先送来一杯柠檬蜂蜜水，说是醒酒，然后问我还在饶河住几天，我说吃过早饭就回哈尔滨了。

我问店主，昨晚跟我一起喝酒的女人，是这里的常客吗？她说自己在乌苏里江摆渡，很会讲故事，不是因为听她的故事，我也许喝不了那么多。

店主说你昨晚就一个人喝呀，不过你在桌对面摆了筷子和酒盅，一个人哇哇说话，你这是纪念谁吧？最后客人都走了，你醉得说胡话，说乌苏里江往北流，那是为了看北斗星，有北斗星的地方就有英雄的魂灵啊，最后你哭起来，我才翻了你的兜，找出酒店房卡，按照房号，试着打了电话，还好你有一同住的人。

我觉得头皮发麻，我说那个穿绛紫色麻布长袍的女人，我看得真亮儿呀。

店主善意地笑笑，说那就当她来过吧，谁的一生没有几场梦魇呢？

店主说完，又问：“你裤兜咋揣了那么多烟头？我翻房卡时翻到它们，想帮你扔了，又一想你可能留着做纪念的，就没动。”

我把手伸向裤兜，也不知是我手心出汗，还是宿在江边，烟头夜里受潮了，那堆烟蒂竟湿漉漉的，好像被人吻过。

我问店主，你母亲叫张雪是吧？

他吃惊地睁大眼睛，说你咋知道？

我用他的话回答他：“谁的一生没有几场梦魇呢？”

店主说就你这神算，后街有个彩票厅，赶紧去买一注吧，一准儿能中大奖！

鱼杂面上来了，可我胃口皆无。我把筷子插进碗里，当桨划来划去。店里客人渐渐多了，灶房也喧闹起来。就在那碗面已凉、我准备买单离开的一瞬，忽听背后传来一阵喝汤的声音。

这声音初始像穿越幽谷的强风，带着股气吞山河的力量；跟着又像乌苏里江的水流，慢了半拍，变得深沉而有节奏；忽然这像风又像流水的喝汤声，又起了变奏，一阵剧烈的喘息声闯入，就像呜咽。而喘息声过后，是急板似的更加迅猛的喝汤声，仿佛谁要把大千世界都收入腹中。

我不敢回头，怕在白天看见黑夜，只是咬紧牙齿，用筷子挑起汤面漂浮的一棵碧绿的香菜，立在汤碗中央，它像一块闪光的浮标，更像一棵长青的生命之树。

终于等来了一封信

刘庆邦*

七月十五定年成，是说到了每年农历的七月十五，当年秋庄稼的收成如何，能收八成，还是能收九成，基本上就定了盘子。这年还不到七月十五，高粱还在孕米，玉米还在吐缨，芝麻还在开花，年成如何尚未确定，方喜明的亲事却定了下来。所谓定亲，是方喜明得到了男方的认可，男方家已经托媒人给女方送了彩礼。方喜明得到的彩礼没有现金，只是几块做衣服的布料和一方包布料的红围巾。定亲也是定情，定情不在于礼轻礼重，哪怕是一块手绢，或是一片树叶，都可以成为定情之物。方喜明是重情的人，定情之后，她就把自己的心和那个人的心连在了一起。方喜明对那个人的名字已烂熟于心，连睡梦里都不会叫错。但她在口头上从没有叫过那个人的名字，仿佛一叫就会牵得心上疼一下似的。还有一个说法，把已定亲的对方说成对象。什么对象不对象，对这样的说法方喜明也很不习惯，也说不出口。她还是愿意按传统的说法，把跟她定亲的人说成“那个人”。因那个人所在的村庄叫张楼，如果嫌只说那个人不是很

---

* 刘庆邦，男，1951年12月生于河南。中国煤矿作家协会主席，北京作家协会副主席。当过农民、矿工和记者。著有长篇小说《断层》《远方诗意》《平原上的歌谣》等九部，中短篇小说集、散文集《走窑汉》《梅妞放羊》等。短篇小说《鞋》获第二届鲁迅文学奖。中篇小说《神木》《哑炮》分别获第二届和第四届老舍文学奖。长篇小说《遍地月光》获第八届茅盾文学奖提名。根据其小说《神木》改编的电影《盲井》获第五十三届柏林国际电影节杰出艺术贡献银熊奖。多篇作品被译成英、法、日、俄、德、意、西、越等文字，出版有六部外文版作品集。

明确，她顶多在那个人前面加一个定语，说成张楼的那个人。张楼张楼张又张，张楼那个十九岁的人儿啊！

他们两个定亲不久，张楼的那个人就到一个山区煤矿当工人去了。临去当工人的头天晚上，那个人和方喜明约了一个会，会面的地点是在一座小桥上。半块月亮在薄云中忽隐忽现，不知是月在走，还是云在走。桥下的流水静静的，若明若暗，反映着碎银子一样的月光。遍地的庄稼在抓紧最后的时间向上生长，一片苍茫连着一片苍茫。庄稼地里虫鸣十分繁密，有着千翅万翅齐弹奏的绵长悠远效果。他们两个在桥上站了一会儿，说了几句话。方喜明送给那个人一双她亲手做的鞋，那个人握了一下方喜明的手，两个人的相会就结束了，一个走向桥东，一个走向桥西。

那个人这一走，不知何时才能回还，方喜明心里难免空落落的。那个人在家时，他们见面的机会其实并不多，可他们毕竟同属一个大队，偶尔看见那个人的机会还是有的。比如大队在一个打麦场上召开全体社员大会，方喜明会在会场上看见那个人。再比如，那个人曾在大队毛泽东思想文艺宣传队里演过节目，跟同在大队宣传队演过节目的大队会计孟庆祥是好朋友，那个人去大队部找孟庆祥说话，方喜明有时也会远远地看见他。还有，今年春天方喜明去镇上赶三月三会，在熙熙攘攘的千年古会上也看见了那个人。她穿过一道巷又一道巷，挤过一条街又一条街，当终于在人群中看到她的那个人时，她心头轰地一热，像达到了最终目的一样，就回家去了。是的，在那些情况下，他们没有接近，更没有说话，只是看一眼而已。而且，她看到了那个人，并不能保证那个人同时也看到了她。能看上一眼就够了，一眼三春暖，能看到那个人一眼，足以让她心满意足，温柔无边。她还能要求什么呢！那个人这一远走，她想看到那个人就不容易了，不光夏天看不到，秋天看不到，冬天看不到，恐怕到明年春天都不一定看得到。那个人还在家的时候，虽说他们两个不在一个村庄，但那个人所做的很多事情方喜明都想象得到，知道他怎样戴着草帽锄地，怎样挥舞着镰刀割麦，怎样在深不见人的棒子地里掰棒子；还知道他怎样爬树摘桑葚，怎样下河摸鱼，怎样在雪夜的煤油灯下看书，等等。那个人去到一个陌生的地方，方喜明的想象没有了依据，无从想起，就什么都不知道了。这样一来，他们两个不仅从地理和空间上拉开了距离，从心理和想象上似乎也拉开了距离，真让人发愁！方喜明想叹一口气。想到心到，她真的叹了一口气。她叹得轻轻的，颇有些我想叹气不敢叹的意思，但她的叹气还是被自己听到了。她吃了一惊，生怕她的叹气被家里人听到，说她有了心事。她叹气时，娘在家，妹妹在家，弟弟也在家。外面下着小雨，娘在纳鞋底子，妹妹在拆一件棉衣，弟弟在写作业，他们各人做各人的事情，似乎并没有听到她的叹气。或许听到了跟没听到一样，对她为什么叹气并不关心。心事都是自己的，从心事的角度讲，每个家里人也都是别人。自己的心事自己承担，跟别人有什么关系呢！

这天下午，生产队里给女劳力安排的活儿是翻红薯秧子。下过雨后，太阳一晒，红薯秧子长得格外旺盛，满地绿汪汪的。红薯秧子贴地蔓延，秧子下方会生出一些白色的根须，扎进土里，秧子走到哪里，根须就会扎到哪里。在农人看来，如果红薯秧子上的根须扎得太多，会分散整棵红薯的营养，影响红薯主根根部块茎的发育和生长。而翻红薯秧子的目的，是把那些扎在土里的根须扯断，让红薯秧子和红薯叶子上的全部营养，都集中在根部的块茎上，保证红薯长得又大又红。方喜明踏进红薯地里，和女劳力们一起翻红薯秧子。她们不能揽得太宽，每个人一趟只能揽两垄，左边一垄，右边一垄。不管左边还是右边，她们都是用右手翻。她们蹲在一尺多深的红薯秧子丛中，也是蹲在两垄红薯中间的地沟中，一边翻扯红薯秧子，一边向前移动。她们从一棵红薯的根部那里抓到红薯秧子，一抓就是一大把，像抓到姑娘粗壮的头发辫子一样。她们一律把“头发辫子”翻到了后边，恰如姑娘家的头发辫子都拖在身后一样。有的红薯秧子根须扎得少，她们翻起来很轻松。有的红薯秧子根须比较多，根又扎得比较深，抓地抓得比较紧，她们需要使劲儿拉扯，才能把红薯秧子揭起来。当根须被揭断时，会发出一连串裂帛一样好听的声音。在密匝匝的红薯叶子下面，有蝈蝈、蟋蟀等多种昆虫在合唱。它们的合唱虽然有高音，有中音，也有低音，但听起来十分和谐。翻红薯秧子的队伍翻到它们跟前时，合唱队暂时分散，它们的合唱暂时停止。队伍刚刚翻过去，它们便迅速集结，合唱重新开始。红薯叶子的正面是墨绿色，背面有一些发白，红薯秧子一翻过来，绿色就变成了白色，远看如开满了遍地白花。有的红薯秧子的根须由于抓地太紧，根须没有扯断，倒把红薯秧子扯断了，白色的汁子冒出来，散发出一股股浓浓的青气。方喜明听娘说过，以前还是各家各户种地时，有人翻红薯秧子是手持一根顶端削尖的木棍，站在地里挑着翻，那样就不必一直蜷窝着蹲在地上，身体会舒展一些。自从土地归集体所有制之后，社员们翻红薯秧子就不再是站着用棍子翻了，都是蹲在地里翻。方喜明从没有站着翻红薯秧子的经历，自从她成为生产队的一个女劳力，第一次和女劳力们一块儿翻红薯秧子时，就是身体重心向下，蹲在地里用手翻。她从不觉得这样翻红薯秧子有什么不好，在她看来，翻红薯秧子是最简单的劳动，只动动手就行了，根本用不着动脑子，比梳头发辫子都要简单。

她干活儿时虽然不用动脑子，可她的脑子并没有闲着，一会儿想到东，一会儿想到西；一会儿想到天上，一会儿想到地下。不管她想到哪儿，总是离不开一个人。那个人不是别人，只能是张楼的那个人。那个人不在地面上种庄稼了，跑到那么远的地方，钻到地底下挖煤去了。方喜明在打铁的铁匠炉那里见过煤，知道煤都是黑的，都是从最黑最黑的地底下挖出来的。但她想不出来，地底下到底有多深，究竟有多黑。方喜明下过的最深的地方是她家的红薯窖，见过的最黑的地方是红薯窖下方储藏红薯的地洞。红薯窖还不到一丈深，她觉得已经很深了，比老鼠和黄鼠狼打的洞子都要深。储藏红薯的地洞当然很黑，黑得她感觉好像没有了白眼珠，只剩下黑眼珠，连红薯都变成了黑薯，一摸就能沾一手黑。一个红薯窖尚且这样，那挖煤的煤井，又不知深成什么样、黑成什么样呢！在那样又深又黑的煤井里挖煤，那个人害怕不害怕？要是害怕的话，那个人会怎样？这时方喜明一抬头，看见天上飞过一只鸟。据说一只鸟一天可以飞很远，她想，这只鸟也许是从那个人挖煤的地方飞过来的，她暂停翻红薯秧子，两只眼睛盯着那只鸟。可惜那只鸟没有降低飞行高度，没有放慢飞行速度，更没有停留，一直飞了过去。鸟越变越小，从一个高粱穗子，变成一粒高粱；再从一粒高粱，变成一粒芝麻；后来连芝麻也看不见了。直到这时，方喜明还从没想到过，那个人会不会给她写一封信，那个读过中学的人会不会给她写信说说在煤矿下井的情况。她只想到，她每天想那个人，不知那个人会不会想她。要是她只想那个人，那个人并不想她，那就不好了。

立秋之后，第一个被人们打上标记的日子是七月初七。有戏里唱道：年年有个七月七，天上牛郎会织女。这只是一个故事，一个传说，并不是一个节日。元宵节、端阳节、中秋节，还有春节等，都是节日，人们都不会忘记，家家都要正儿八经地过一过。七月七就不一样了，是不是把它当成节日，会因人而异。把七月七当节日的，会把它说成七夕节、乞巧节，夜晚会仰脸在天河两边找一找牛郎星和织女星。而不少人根本不把七月七当回事，稀里糊涂地就过去了，连向天空看一眼都不看。方喜明怎么样呢？她能记起这天是七月七吗？在以前，日子如流水，一天又一天，她跟大多数人一样，也很少能想起七月七来。就算偶尔能想起来，也是因为娘的提醒。娘的说法是老一套：今天是七月七，喜鹊又该去天河上搭桥了，牛郎和织女又能见面了！听了娘的提醒，方喜明虽说知道了那天是七月初七，也想起了传说中的放牛郎和七仙女的故事，但她觉得那样的故事遥远得很，隔着千层云，也隔着万里风，跟她一点关系都没有。她听了也就过去了，只从耳朵里过，没从心里过，该薅草就去薅草，该拾柴还去拾柴。今年可不一样了，心上有了牵挂的方喜明，无须任何人提醒，一大早就记起了这天是七月七。仿佛她还没有完全睡醒，七月七就醒在了她前头，七月七似乎对她说：方喜明，你已经是有主儿的人了，不能再糊涂下去了！方喜明赶紧说：不用你说，我记着哩！这个日子让方喜明心里突地一跳，就一下接一下跳了下去。她有点儿欢喜，还有点儿发愁；有点儿想笑，还有点儿想哭；觉得这一天有点儿短，还有点儿长，不知怎样才能度过去。

这天下午，女劳力的活儿是钻进高粱地里打高粱叶。高粱的叶子是高粱生长的标记，高粱每向上拔一节，就要长一片叶子。等到高粱长出穗子，整棵高粱秆子上就会伸展出好多片叶子。高粱的叶子又宽又长，秋风一吹，叶子会发黄，但叶裤子还紧紧穿在高粱秆子上，不会自行脱落。打高粱叶子的用意与翻红薯秧子一样，是为了避免营养分散，把最后的养分都集中供应给高粱的穗头。打高粱叶子的女劳力，要逐棵逐棵、自上而下，把高粱秆子上叶片全部打光，打成光秆，打得有些发红的高粱穗头像高擎的火把一样。中间休息的时候，一些家里有小孩子的妇女，从高粱地里走出来，匆匆回家奶孩子去了。方喜明没有回家，她一个人登上高高的河堤，在河堤上整理了一下头发，想到应该以水为镜照一下，就沿着河内侧的堤坡，下到水边去了。这是一条纵贯南北的河流，南边通淮河，北边通黄河。在发大水的时候，淮河的鲤鱼可以通过这条河北上，先进入黄河，再逆流西游，以实现跳龙门的愿望。河水在春天是浑的，在夏天也是浑的，一到秋天就变成了清的。方喜明一直不能明白，秋天到底有着何等神奇的力量，一下子把浑浊的河水变得如此清澈。河水一清到底，能看到水底有些臃肿的草根，嵌在黑泥里的白蛤蜊片，谁扔在水里的半块儿生红薯，还有天上的朵朵云彩等。方喜明一到水边，就把映在水中的自己的脸看到了。按理说，她对自己的脸应该最熟悉。可不知为什么，她每次看到自己的脸，都觉得有些陌生似的，想看，又不敢多看，好像多看一眼就有些不好意思。在她静静地看自己的时候，一些小鱼游了过来，在她“脸上”游来游去。西边的阳光透过水面，照在小鱼身上，小鱼呈现的是斑斓的色彩。小鱼干什么呀！她觉得小鱼这样的表现不是很好，就以手撩水，把小鱼赶跑了，赶到对岸去了。

这条河也是一道分界线，河对岸的河堤就是张楼的河堤。从河堤的外侧往下走，就是张楼生产队的庄稼地。方喜明相信，这条河不是天河，只是一条地河，河不能把她和她的那个人分开。这样想着，她就顺着河向北边望，一眼就望到了那座小桥。那座小桥不是喜鹊搭起来的，而是用石头砌成的，结实得很。那天晚上，她和那个人的约会，就是在那座石桥上，她送给那个人一双鞋，那个人拉了她的手。想到这里，方喜明的心一下子柔软得不行，眼里顿时充满了泪水。

七月七这天，方喜明仍没有想到那个人会不会给她写一封信。人虽然已经长到了十八岁，从一个小姑娘长成了大姑娘，但因她没有收到过别人写给她的信，她自己更没有给任何人写过信，脑子里几乎没什么信的概念。直到中秋节那天，方喜明在路上碰见了孟嫂，孟嫂一上来就问她：张东良走后给你来信了吗？

没有。

这个张东良，他怎么还不给你写信！他走了都有两个多月了吧？

两个月零十九天。

你看你记得多清，有整又有零。你是不是每天都在想他？

谁想他，我才不想他呢！

孟嫂笑了，说：还说不想人家，你看你的脸红成啥了，恐怕比鸡冠子都红。

方喜明不由得摸了一下脸说：嫂子最会笑话人了，你再笑话人，人家就生气了！

这个喜明，都是定过亲的人了，还这样害羞呢！

方喜明越发害羞地、长长地叫了一声嫂子，说不是。

不是什么，你敢说你不想张东良！

对于张东良这个名字，她在心里隐着藏着，小心翼翼，从不敢叫出口。可嫂子不管不顾，叫了一声又一声。她想让嫂子叫，又不想让嫂子叫。嫂子叫了，好像是替她叫出来的，她一听心里就是一动。她不想让嫂子叫呢，是觉得嫂子叫得太随便了，也太多了，嫂子一叫，她心里就是一疼。她轻轻跺了一下脚，当真生气似的转过脸去。

好好好，嫂子不说了，嫂子跟你孟哥说说，让你哥留点儿心，只要看见张东良给你写来了信，让他马上告诉你。

直到这时，方喜明似乎才醒悟过来，人离开了，互相之间还可以有书信往来。那个人参加工作去了，短时间内不可能回来。可既然他们定了亲，那个人如果没有忘记她，就有可能给她写一封信。她知道，那个人念书多，识字多，写封信不是什么难事。她觉得自己真傻，傻得一点儿气儿都不透，怎么就没想到写信这一层呢！亏得孟嫂提醒她，给了她一个盼头，不然的话，她每天看天天高，看地地远，看云云起，看水水流，一颗跳荡不止的心真不知往哪里放。方喜明还知道，她所在的大队包括五个生产队，也就是五个村。外面的人来了信，公社邮电所的邮递员只把信件送到大队部，由常在大队部值班的大队会计把信件全部接收下来，然后趁各村的干部到大队开会时，大队会计把信件分发给各村的干部，让他们捎给村里的收信人。大队会计不是别人，正是孟嫂的男人孟庆祥。

此后，方喜明到孟嫂家去得多一些，她所在的村庄叫方庄，方庄不是很大，只有几十户人家。在军阀混乱的民国年间，方庄的寨墙被凶恶的土匪队伍打开过，庄子里的男女老少几乎被杀得一个不留。方庄现在的住户都是从周边的村庄迁移过来的，等于为方庄在人口上填补了空白。方庄的人口既然是重组，赵钱孙李，姓氏就比较杂。方喜明一家虽说姓方，却不是方庄的原住民，他们是从东边的方营迁过来的。迁过来的第一代是爷爷和奶奶，到她这一代是第三代。在地里没活儿的时候，方喜明手里拿着针线活儿，一转一转，就转到孟嫂家里去了。头天晚上下了雨，呼雷闪电的，下得还不小。第二天上午，雨还在下着，只是下得已经很小，零一下子，星一下子，下与不下差不多。大雨小雨都是秋雨，雨水带来的寒气一波比一波透衣。方喜明去孟嫂家时，里面穿了一件长袖的单衣，外面还披了一件夹衣。不知怎么养成的穿衣习惯，他们这里的人习惯披衣服。衣服本来有袖子，他们的胳膊却不穿在袖子里，就那么往肩膀上一披。不管是秋天，还是冬天，都有人披衣服。人在干活儿的时候，绝不可以披着衣服，要是披着衣服，就不像干活儿的样子。这样对比起来，披衣服似乎与休闲连在了一起，人显得轻松一些。

孟嫂正在家里吵孩子，吵得雷一声，电一声。见喜明来了，她就不吵了，对喜明笑脸相迎。孟嫂心里明白喜明为何淋着小雨到她家里来，因她问过张东良给喜明来信没有，喜明就上了心，就惦记上了张东良的信。还因为外面来的信都是先从她男人手上过，她男人离信近一些，她离她男人近一些，喜明就想跟她走得近一些。归根结底，喜明还是为了信，要是张东良给她来了信，她想及时得到信息，收到信。孟嫂能够理解喜明的心情，这些定了亲的女儿家啊，定了亲就有了心思，谁能不想郎呢？但孟嫂不能把喜明的心思说破，一说破喜明就不好意思再到她家里来了。她们说昨夜的大雨，说喜明手里正在纳的袜底子，说孟嫂的两个不听话的孩子。孟嫂家门口两侧各栽有一棵石榴树，石榴树上的石榴都摘去了，剩下的都是树叶。夜里的大雨，把树上的叶子打落不少，叶子还在树上时，不见得有多少黄叶子，可一旦被雨水打落在地上时，树下的地上落的大都是黄叶子。黄叶子落在湿地上显得有些漂亮，像细碎的金箔一样。喜明对孟嫂说：这些发黄的石榴叶子真好看！

你孟哥也说好看，他说等地干了，也不要把石榴叶子扫掉。

只要在孟嫂家，总会说到孟哥。是孟嫂先说到孟哥的，她接着说孟哥就是顺嘴话，她问孟哥是不是又到大队部里去了。

吃过早饭撂下饭碗就去了，说是公社驻咱们大队的干部要在今天上午召开全大队各生产队的干部会议。一下雨就开会，一下雪也开会，开会开会，不知道有啥开头儿。开得你孟哥跟不着窝儿的兔子一样，家里啥事儿都指望不上他！

只要说到孟哥，不管孟嫂说什么，方喜明都爱听，谁让那个人跟孟哥是好朋友呢！两个人既然是好朋友，脾气应该比较相投，说话能说成一块儿。现在两个好朋友分开了，说不定他们之间也会互相想念。那个人没给她写信，会不会给孟哥写信呢？两个人都是会写信的人，那个人给孟哥写一封信是完全可能的。方喜明不敢问孟嫂，那个人是不是给孟哥写了信，只替孟哥说好话：孟哥是有文化的人，有本事的人，大队离不开他呗！

成天价扒拉算盘珠子，那叫什么本事。要说有本事，依我看，你们家的张东良才是真有本事呢！

念头绕不过，人就绕不过。由孟哥引出了张东良，孟嫂又把张东良说到了。让方喜明没有想到的是，孟嫂在说到张东良时，还把张东良说成“你们家的”，这可怎么得了！方喜明顿时满脸红透，又不知说什么好了。

在来信不来信的问题上，方喜明还保持着耐心，孟嫂却好像没有了耐心，当方喜明再次来到孟嫂家时，孟嫂一开口就对她说：我天天问你孟哥，张东良为啥还不给喜明来信，你孟哥说他也不知道。

来不来信都没啥，他可能没顾上呗！

他不给你写信，你可以先给他写一封嘛，你也上过学，不是也识字嘛！

我哪里会写什么信，我一共才上过四年学，认识的那几个字，早就不知道忘到哪里去了。

你不想给他写信也可以，就拿上小包袱，坐上汽车找他去，当面问问他，走了这么长时间，为啥不给你写封信！

方喜明摇头，说那我可不敢。

那有什么不敢的，你跟他定过亲了，已经是他的人了，当然可以去找他。说到这里，孟嫂的样子变得有些神秘，还有些调皮，她压低声音问：喜明，我听别人说，张东良去参加工作走的头天晚上，他跟你在小桥上有个约会，约会的时候，他那个你了吗？

那个是哪个？哪个才是那个？喜明似乎懂得嫂子问话的意思，但又不敢懂，有些懵懵懂懂。她的脸红了又红，说嫂子，你说的是啥呀？

我说的啥，难道你不明白吗？这个喜明，你是真糊涂，还是故意跟嫂子装糊涂？

方喜明当然不会忘记，那个人在那天晚上握了一下她的手，握得还很有劲，她手上忽地就出了一层汗。她不知道，这个不知算不算嫂子所说的那个，要是握手也算那个的话，方喜明连这样的那个也不敢说。她说嫂子，你不知道你妹子是个实心的人吗！

心实的人才灵透，我看妹子灵透着呢！妹子不想说，就不说，就当嫂子啥话都没问。

我说了也没啥，那天晚上啥个那个都没有。

真的呀，张东良真是个大傻瓜！

孟嫂把话说到这样的程度，方喜明就不敢轻易再到孟嫂家里去了。

说事情来得突然，也不算突然，因为方喜明对有的事情盼望已久，心里早有准备。这件事情的到来说成“终于”比较合适，因为方喜明等啊盼啊，终于把事情盼来了。

这天傍晚收工后，方喜明正在家里洗红薯，切红薯，准备烧红薯茶，孟嫂的大女儿手里举着一封信向方喜明家跑来。小姑娘一跑进方喜明家的院子，就喊着说：喜明姑姑，喜明姑姑，有你的信，俺爹俺娘让我赶快给你送来！

我的天哪，那个人总算来信了！方喜明一听，马上放下没切完的红薯，从灶屋里迎了出来。她伸手欲接信，又发现自己的手是湿的，就赶紧在围裙上擦手。她把手擦了一遍又一遍，确认自己的手一点儿都不湿了，才从小姑娘手里把信接过来。接信时，她舍不得捏到信封的中间，只捏到信封的一个角，仿佛捏到信封中间会把里面的信捏疼似的。拿到信后，方喜明的心跳得很厉害，一怦又一怦，从心上一直跳到手指头肚子上。不光手指头在跳，信封里面的信好像也在跳。方喜明不烧红薯茶了，解下围裙，从灶屋转到了堂屋。

娘还在灶屋里准备烧火，看到喜明收到了信，她也替女儿高兴。女儿的心思娘知道，女儿动不动就往孟嫂家里去，盼的不就是远方的来信嘛！今天总算把信盼来了，不知女儿有多高兴呢！娘跟到堂屋问喜明：是不是张楼的那个人给你来信了？

喜明不想让娘知道，说：我也不知道。

你不知道我知道，不是那个人给你写信又能是谁呢？

不知道，就是不知道。

娘跟女儿说笑话：你这闺女呀，接到信像是被火燎着了一样，就是存不住气。好了，做晚饭的事儿你不用管了，赶快看你的信去吧。

过了寒露到霜降，白天一天比一天短，夜晚一夜比一夜长。到每家开始生火做晚饭的时候，天已经黑下来，灶屋里发出的都是灶膛里红红的火光。来到堂屋里，方喜明本打算点上煤油灯开始看信，但她擦亮火柴后，突然有些走神，眼看火柴燃起的一朵火要烧到她的手，她还没有找到煤油灯。她把火柴吹灭，不打算在家里看信了，把信装进口袋里，向院子外面走去。她要是在家里看信，家里人不但会看到她看信的样子，说不定还想知道信的内容。信是属于她一个人的，跟她胸腔子里的那颗心差不多，她不想让任何人知道信的内容，连她看信时的样子也不想让人看到。出了院子，她走到自家屋子后面的一个水塘边去了。天是黑下来了，能闻见村子里浓浓的炊烟味儿，却看不见炊烟的颜色。方喜明知道，天都是刚黑下来的时候显得黑，过上一会儿，等月光洒下来，星光开始闪烁，天黑得就不会那么结实了。水塘那边就是生产队里的庄稼地，地里的秋庄稼收去了，已经种上了冬小麦。方喜明把信封从口袋里掏出来，对在眼上看。因心里事先有自己的名字，尽管夜色朦胧，她还是在信封上把自己的名字看到了，一点儿都不错，是方喜明三个字。看到自己的名字后，她第一次觉得自己的名字很不错，喜不错，明也不错。她的名字，经那个人的手一写，像添了彩一样，更加不错。名字后面没有什么称呼，只有一个收字。这没关系，连她自己都不知道怎样称呼自己，那个人就更没法儿称呼她。信封是用牛皮纸制成的，下面印着某某矿务局某某煤矿革命委员会的字样。方喜明把信封摸了摸，觉得信封的两头儿都封得很严密，她不知从哪头儿拆才能把信封拆开。她不想撕信封，担心撕信封时会把里面的信纸撕破，那个人是怎样把信封封上的，她最好怎样把信封拆开。谁家的羊叫了两声，还传来了拉风箱的呱嗒声，方喜明从信封的一角，果然一点一点把信封揭开了。她把一根手指伸进信封里一探，就把里面的信纸探到了。她没有马上把信抽出来，信的内容作为一个悬念，她想把悬念再稍稍保留一会儿。那个人会给她写些什么呢？他会不会写一写他在地底下挖煤的事情呢？他会不会说说他身体的状况呢？他会不会表达一下对她的思念呢？他会不会告诉她到春节时是不是回来过年呢……

夜下来了，月亮升起来了。别看月亮只有半块，洒下来的月光好像并没有减半，跟整个月亮的亮度是一样的。月光照在水塘边的芦花上，大团的芦花似乎比白天白得还要大。月光照在水塘那边的麦田里，能看到田里新生的麦苗儿分成了行，一行又一行。就着月光，方喜明把那个人写给她的信看到了，她看得有些失望，还有一些想哭。她把信看了一遍又一遍，还是有些失望，有些想哭。信纸只有一张，信的内容只有一句话：我希望能看到一封你的亲笔信。她天天想，日日盼，盼望那个识字多的人能给她来一封信。信终于盼来了，就是这么一封信，就是这么一句话。这能算一封信吗？这是一封什么样的信呢？那个人说是希望，实际上提的是一个要求，要求她给那个人回一封亲笔信。方喜明打了一个寒噤，想到这句话背后的意思是在怀疑她，怀疑她到底识不识字，会不会拿起笔来写一封信。怀疑就不是相信，怀疑的口气总是冷冰冰的，怀疑的文字也是拒人的，能拒人于千里之外。

家里的晚饭做好了，方喜明的弟弟到屋后喊大姐回家吃饭。

方喜明说：我今天不饿，不想吃了。你们先吃吧，不用等我。

天上星星不少，每一颗星都像是寒星，望一眼都足以让人身上起鸡皮疙瘩。娘又到屋后喊喜明回家吃饭，娘走得静悄悄的，一直走到水塘边的喜明身边，才说：喜明，回家吃饭吧。

我说了不饿，不饿就是不饿！

天冷了，霜该下来了，老站在外边，会冻着的。

冻不死我！

你这闺女今天这是怎么了？张楼的那个人在信里跟你说什么了？

什么都没说！

什么都没说，那他给你写信干什么？

娘，你别问了好不好！

那孩子该不是变心了吧？

变心，这叫什么话！方喜明抗议似的又叫了一声娘：你胡说什么，再胡说我就生气了!

好了，娘啥都不说了，跟娘一块儿回家吧。你要是不回家，娘就在这里陪你站着。

烦人不烦人哪！喜明这才跟娘一块儿回家去了。

要不要给那个人回信呢？信是一定要回的。那个人要求她写亲笔信，等于在对她进行一场考试，不管考试能不能及格，她都不能放弃，都要接受考试。方喜明会纺线，会织布，会绣花子，描云子，但她从没有写过信，也从没有想到过这一辈子还要写信。写信不能当饭吃，也不能当衣穿，干吗要写信呢！信不信的，和她这个识字很少的人有什么关系呢！现在她才知道了，人生在世，不光是干完家里活儿，干地里活儿；不光是吃饭，穿衣，还要做点儿别的。比如说，人在一起，就要说说话，不说话就说不过去。人不在一起呢，就要互相通通信，不通信就不合常理。在没收到那个人的信时，她每天都有些着急，好像整个人都是为等一封信活着，收不到信，活得就不踏实。现在终于把信盼到了，起码证明那个人没有忘记她。有来，就要有回。不回信，就算输理。输理的事她万万不能做。写信对方喜明来说是很难，但纵有千难万难，她千方百计也要克服困难，把信写出来。

方喜明去镇上卖了几斤红薯片子，换回三角零七分钱，她把钱包在一块被叫作驴皮布的粗布手巾里，到邮电所里买了信纸、信封，还有八分钱一张的小小邮票。方喜明记得听人说过，写信不能用铅笔，最好是用钢笔。她弟弟还上小学，用的就是铅笔。要是能用铅笔写信的话，她借用一下弟弟的铅笔就可以了。用铅笔写字的方便之处在于，如果把字写错了，可以用橡皮擦掉重写。也许正是因为铅笔写的字可以擦掉，时间长了字迹也容易淡化，人们才不用铅笔写信。而钢笔太贵了，方喜明不知道要卖多少斤粮食，才能买得起一支钢笔。村里有钢笔的人是有的，孟庆祥孟哥的上衣口袋里就成天别着一支钢笔。方喜明知道，村里有的人家收到了信，大都是请孟哥给念一念，然后再请孟哥给代写一封回信。她不会请孟哥替她写信，只打算借孟哥的钢笔用一用。

在给那个人写回信的时候，方喜明也不想让家里人看见。这天半夜里，她等家里的人都睡着了，才悄悄爬起来，到堂屋的屋当门，点上煤油灯，开始趴在桌边写信。信纸在桌上铺好了，钢笔也拿起来了，她却不知道写什么。她看看笔尖，笔尖也看看她，彼此似乎都有些陌生。她看看灯头，灯头也看看她。她跟灯头倒是很熟悉，可灯头不但一点儿都帮不上她的忙，还摇头晃脑的，像是在笑话她。她觉得有千言要讲，不知讲哪一句更合适。她觉得有万语要说，也不知哪一句可以写在纸上。面对钢笔和纸张，方喜明像是突然明白了一个道理，原来人说话和写在纸上的字是不一样的。说话像落叶，一阵风就把叶子吹走了。写在纸上的字是有根的，一扎就把根扎深了。说话像刮风，风刮过无影无踪。写在纸上的字像石头，石头可以永远保存下来。在纸上写信可真难哪！做一个人可真难哪！

外面是阴天，天黑得像墨一样。后半夜起了北风，风还不小，把院子里的桐树和椿树刮得呼呼响，把树上最后的叶子都吹落了。有一片桐树叶子，大概被风吹落后又被风旋起，啪地贴在门缝上，把方喜明吓得一惊。

天将明时，方喜明总算想起了一句话。那个人给她写了一句话，她给那个人的回信也是一句话。她觉得这句话比较合适，甚至让她有些激动。话一写到纸上，仿佛立即扎下了根，并很快变成了石头。

她一字一字写下的回信是：你放心，松树落叶我都不会变心。

船越走越慢

徐则臣 *

雨天是赌钱的好时候。风雨漫天，芦荡苍茫，雨打顶棚敲出一艘船的轮廓。舱内安稳，偶尔飘摇晃荡，香烟的浓雾从这一头流到那一头，温暖地包裹住一张四方牌桌和吊在棚顶的罩灯。赌徒陈三在拘留所里描述他的水上赌博经历，两眼里还有断舍不掉的迷醉。抓他是因为他老婆喝农药了。他老婆喝农药是因为他把家里的钱都败光了，她正在医院里抢救。我带了一个警员等在门外。医生伸出头说，灌肠成功，活过来了。我对警员递了个眼色，他铐上等在一边的陈三就走。

抓赌是所里的常规动作，旱地上有，水上也有。这帮赌棍也聪明了，习惯了在水上赌。找条船，在河上风轻云淡地走，窗帘后头赌得地动山摇。小赌怡情也不行，抓赌小组里必须有几个兄弟一年四季在水上忙活。陈三就是在水上，从小赌怡情玩大的，把家底子败了个精光。也是从他嘴里，我们才知道有艘船专门干这个，船主负责大家安全，你输掉裤衩他不管，只抽赢家的成，到手的

---

* 徐则臣，男，1978 年生于江苏东海，毕业于北京大学中文系，现任《人民文学》杂志副主编。著有《北上》《耶路撒冷》《王城如海》《北京西郊故事集》等。曾获庄重文文学奖、华语文学传媒大奖·年度小说家、冯牧文学奖。《如果大雪封门》获第六届鲁迅文学奖短篇小说奖，同名短篇小说集获 CCTV“2016 中国好书”奖。长篇小说《北上》获 CCTV“2018 中国好书”奖、中宣部“五个一工程”奖、第十届茅盾文学奖。长篇小说《耶路撒冷》获第五届老舍文学奖。部分作品被翻译成英、法、德等十余种文字。

百分之二十归他。吃喝拉撒全包，但只有玩大的才有上船的资格。

“船都去哪儿？”我问。

“小鬼汊。”

我一听头皮都发麻。鹤顶人肯定都明白。那无边无际的一大片芦苇荡挨着运河，传说几百年前就亡魂遍布。清兵跟明朝的军队在里面打过，死人之多，把芦苇荡的空隙全填满了。据说芦苇吸饱了血水，好几年长出的苇叶都是红的。打日本鬼子那会儿，小日本把鹤顶周边的老百姓赶进芦荡里，开始用刀砍，砍累了用机枪扫，尸体堆积出了一条弯弯曲曲的肉坝，把芦荡和外面的运河隔出了两个不同的水位。当然，后来我们也把很多小鬼子的命留在了芦荡里。

小鬼汊这名字什么时候叫出来的，我没深究过，真他娘形象，芦苇荡里死鬼如麻，比芦苇少不了多少。更可怕的是，一到阴暗湿冷的时候，小鬼汊里就摇晃不止，无风也起三尺浪，如有伏兵百万。本地人也绕着走。据说小鬼汊地形极复杂，芦苇生长循着我们看不懂的规矩，敢进去的人不多，能出来的更少，绕晕了正常，绕死了也不意外。平常捞鱼摸虾打猎捡鸟蛋的，也只敢在边缘处活动，怕深了命丢到里面。所以，听说赌局设在那里，我着实吸了口凉气。

早两年，陈三还真有点钱，手头有个小砖瓦厂，隔三岔五地应酬，被供成了牌桌上的大爷。最后一哆嗦就是在小鬼汊，大手笔，砖瓦厂也押了进去。哐啷一声，成了穷光蛋。尽管他无比怀念船上温暖的牌桌，但当他的神思从船上下来，还是被夜雨中的小鬼汊吓得鸡皮疙瘩爬了一身，裤裆里都疙疙瘩瘩的。他说中间出来撒泡野尿，想换换手气，对着喧嚣凄冷的芦苇荡，愣是没尿出来。他感觉自己正孤零零地站在风雨飘摇的坟场上。那泡尿还是回到船舱的厕所里尿了。接下来他的手气更差了。

“进小鬼汊的路线记得吗？”

“看都看不见，哪记得？”陈三说，“滨河大道尽头的那码头，上了一艘船，两眼就被蒙上了。有时候还让闷两口老酒，少陵醉。人晕乎着。七绕八绕，比猫玩线团还乱。芦苇打到船上和我身上，唰唰的。苇叶还划破了我的脸，你看。”我用旁边的记录本推开他油腻的脸，人到中年，庸俗和腐朽一样不落地聚集在他的表情上。“到那船前才停下，取下黑布条，有人接我上船。那船不小，平平常常，混在一堆客船里反正我分不出来。站在船上，我踮起脚，满眼除了芦苇还是芦苇，连绵起伏，就像一阵风一直刮到天边。我跟你说仝所，不到小鬼汊，你都不相信咱鹤顶还有这么大的一个芦苇荡。”

我站起来往外走。

“哎，我说仝所，我什么时候能回去？”

“找到那条船再说。”

想假扮赌徒混上那条船的方案行不通，对方太狡猾。我们按陈三提供的联系电话打过去，报上了姓名、身份证号、家庭住址和成员、财产状况，然后照约定的时间在码头接头。人没来。也可能来了，发现哪里不对头又走了。副队长白穿了两个小时西装。他说这是他有生以来第二次穿西装，觉得整个人都是方的。第一次是结婚。

只能自力更生，我们自己找。特别行动组兵分两路：一路加强运河沿线的巡察，一路尝试进入小鬼汊。一周后，大家垂头丧气地坐到会议桌前。巡察没有意义，你不知道它什么时候出现，以什么面目出现。陈三说，船主为确保安全，隔三岔五就给船整一次容，经常整完了自己都不认识。而且此人用来干这行当的船不止一条。所以，在运河里拦下空船没有意义，堵在小鬼汊里的才算数。可是，试图进入小鬼汊的那一路说，每根指头上都装一个指南针也没用，诸葛亮的八卦阵跟芦苇荡比，就是个小儿科。他们每次进去，想得最多的不是如何摸清地形、深入敌后，而是能不能活着出来。“除非一把火把芦苇都给烧了。”

副所长摸了摸秃了半截的脑门，说：“我推荐个人。”

大家立马直起了腰。

“老鳖。”副所长说，“别子他爹。”

腰又软下去。

我说："让我想想。"

别子失踪一个月零两天了。

别子，别大伟，我们招募的编外辅警，主要工作是在运河上下巡逻。当初决定录用别子，一是因为他水性好。鹤顶的男人没几个不会水的，水性比别子好的，我看没几个。这小子在水下能憋十一分钟半。吉尼斯世界纪录一说十八分钟，也有说二十二分钟，没见过，不知道神奇到啥程度。别子我是见识了，他对着脸盆把脑袋埋进去，我掐的表，十一分钟三十一秒。另一个原因是他的姓，别。孤陋寡闻，查了《百家姓》我才知道世上还有这么个奇怪的姓。别，别，就你了。我拍了板。

他不是理想人选，甚至相当不理想，他是个瘸子，左脚脚筋被船尾的螺旋桨割断了。小时候他帮别人忙，潜水去解缠在人家船尾螺旋桨上的铁丝网。弄清爽了，他还没来得及离开，那人就启动了引擎，好在他动作麻利，但在水下转身时还是被扫到了脚后跟，落下了残疾，跑不快，但在水上他不必跑，他只要骑着他的摩托艇跑得快就行。这对他没任何问题，沾了水，空身人是浪里白条，骑上摩托艇就是水上飞。所里给他配了一辆摩托艇，别子不喜欢，觉得自己的那辆改装的旧摩托艇更顺手，加速快，嗖一下就能飞出水面。到所里之前，他靠这辆摩托艇为生。摩托艇后头装了个货架，每天他就驮着一堆日常生活用品在运河上穿梭叫卖，坑蒙拐骗的事可能也没少干。他说，你们猜，水上哪两样东西最好卖？我们说了一堆不靠谱的货物。

"错，"他一脸坏笑，"第一，方便面；第二，避孕套。"

他让人在摩托艇后头画了个杜蕾斯的商标，大老远就对你做广告。但他从不卖杜蕾斯，他卖的是普通避孕套，要的是杜蕾斯的价。

但这小子失踪了。那天晚上跟小分队去运河上巡逻，他跑得快，跑丢了，收工了也没回来。同事们把上下五十里运河捋过一遍，还是音讯全无。我们都有不祥的预感。这会儿去请老鳖出山，合适吗？

老鳖是外号，当然姓别。常年吃水饭，往那儿一杵又不爱吭声，老别就被叫成了老鳖。我还是硬着头皮去见了老鳖。

他孤身一人，五十八岁长了一张七十八岁的脸。都说河边的人皮肤好，细腻饱满，老鳖完全是反例。该有的风湿病倒一样不少，看他那张脸就知道，身上每一个关节到夜里都会钻心地疼。手和脚的关节粗大扭曲，全都因为风湿病变了形。他不认识我，但认识警察的标牌。对我笑一下也花了他不小的气力，直到脸上所有的皱纹堆到一起，他才把笑这个动作做完。

“你是？”老鳖坐在厨房的土灶前，借着尚未熄掉的柴火灰烬烤两个膝盖，“我没——大伟出事了？”

“没事，”我挨着他在旁边的板凳上坐下，“别子出了趟公差，要等些日子才能回。没办法，跟兄弟局所总要合作办些案子。别子干得很不错。”

“我也说，有阵子没回家了。”老鳖低头看灶膛，想铲出个火块给我点烟。我让他别忙活了，用打火机先给他点上，再给自己点。

“前天他电话里委托我捎来点零花钱。”我拿出准备好的一千块钱，还有两瓶少陵醉。据说唐朝大诗人杜甫南下时经过鹤顶，咱们这里的一种土酒把他喝趴下了，后来这酒就叫少陵醉。驱寒祛湿一等一。“别子孝顺，真好。”

老鳖赶忙把钱和酒往外推：“哪能要，哪能要。”

“不是我的，”我让自己笑出声，“别子的工资，他授权支出来的。”

“他的钱我也不要。”老鳖继续推，“你们给存着。攒起来让他找个姑娘结婚。这都多大了。”

“结婚的钱另外有，还有咱们所里的这些兄弟呢。”硬塞给了他。

“领导，你们要在这儿吃饭吗？”

他这是在赶我走？我跟副所长对了下眼神。副所长说：“我们不吃，谢谢您别叔。是这样，我们想求您帮个忙。”副所长年轻，说话没负担。我装着到院子里溜一圈，离开了厨房。

一个老院子，半砖半土的墙，苔藓从墙根往上爬了很多年。院子西南角搭了个棚子，乱七八糟地堆满日常杂物，还有一条锈迹斑驳的铁皮小船，旧渔网缠在上面。三间堂房，从中间敞开门的那间看进去，一张小八仙桌前有一张四方的木头小方桌，阳光照亮了桌上灰黑的污垢和永远也刷不干净的碗碟。桌边是凌乱的三张小板凳。八仙桌后面有个香案，幽暗的神龛里供着的不知道是龙王、南海观音还是妈祖，也可能是陈宣。后者在永乐十五年做了漕运总兵官，对运河与漕运的发展做了大贡献，吃运河饭的，不少人把他供作神灵。八仙桌上立着个相框，别子母亲的遗像。别子进所里前两个月，他母亲去世，别子说，肝癌，活活疼死的。

我在院子里抽了两根烟，副所长出来了。他对我点点头。

老鳖答应得极为勉强，他说很多年没进小鬼汊了，怕进去也迷路，反误了我们的大事。答应就好。请教了好几个渔民，一致推荐老鳖。他们说，如果老鳖绕晕了，那别人进去了得绕死。他们还说，老鳖立春时看一眼水流的方向，就知道接下来芦苇往哪里长。可惜如今水饭难吃，这一身本领要在过去，走哪儿都吃香的喝辣的。老鳖这辈子应该没享过那种福。过去旁边没桥，他做渡公，每天把船从河这边撑到河那边；五年前修了桥，环保部门招他做了清洁工，负责在鹤顶这一段运河上捡垃圾。老鳖干活认真，在河上从早漂到晚。

前两次进小鬼汊踩点，一次机动船，一次手摇。都在大白天，艳阳高照，踩点必须挑赌船不可能出现的时候去。老鳖习惯驾驶自己的船。船上装了个柴油机，响起来地动山摇，突突突直冒黑烟。我跟副所长坐船上，另外有两个弟兄骑摩托艇跟在后头。他们活动范围大一点，经常绕出去看看线路周围的情况。我们无法确知那条赌船会停在哪里，陈三的供词帮不上任何忙，芦苇荡中随便找一处，跟他提到的场景都一样。除了芦苇就是水，连在芦苇丛里飞蹿的野鸡野鸭和水中游鱼长得都一样。副所长还诌了句听上去十分耳熟的诗：接天苇叶无穷碧。没错，就是这感觉，无边无际，一片风起云涌的绿色沙漠。

要不是坐船还算习惯，我早就被绕晕了，你问我东西南北，我可能都会往天上指。我们是沿着芦苇少的水面走，要不船也穿不过去，而芦苇的生长完全不按人的规矩来。曲曲折折。曲曲折折。忽宽忽窄的水面，也可能拐个弯路就断了。小鬼汊里布满了死胡同。一路都是野鸭在飞。还有很多五颜六色不知名的鸟，老鳖瞥一眼尾巴就报出了鸟名。老鳖话少。有时候船会停下来，他坐在船头上抓半天脑袋，然后再走。我觉得船在来之不易的宽阔水面上行驶的速度挺快的了，他还是咕咕哝哝自言自语：

“船越走越慢了。”

他老说。我就说：“不慢呀，你看船头激起的波浪。”

“船越走越慢了，”他盯着前面被芦苇遮挡的水面，成千上万棵芦苇弯腰向我们致意，“大伟他妈在船尾呢。”

开机动船时他这么说我还没当回事，手摇船再进小鬼汊他又说了几遍，我就上心了。我问：

“你说啥？谁在船尾？”

“大伟妈，”老鳖说，根本不看我，“大伟他妈拖着船尾呢。船越走越慢。”

我跟副所长的寒毛都竖起来了。

“别婶儿拖着船尾？”副所长结结巴巴说。

“拽着呢。”老鳖说，“死人都好拖船尾，不让你走。”

我往船的前部移了移：“老嫂子不想让你吃水饭？”

“大伟不娶媳妇她不放心。”老鳖好像说一件跟自己无关的事，“她把自己拴到船尾上，跟着我。昨天夜里我又梦到她了，挂在船后头催我挣钱呢。”

我往船尾看两眼。只有水花、芦苇和跳起来的鱼。一大块黑云走在太阳前面，小鬼汊暗下来，风似乎陡然大了，团团簇簇的芦苇拥挤着向我们压过来。老鳖停下划桨，前头一片芦苇堵住了我们。死路。

“走不动了。”老鳖说。

我站起来向四周看了看：“差不多了。”其实这一次我看见的，跟上几次没有任何区别，依然是一望无际的芦苇荡。但我们的确进入小鬼汊相当深了，如果再往前走，离小鬼汊另一个边缘应该就不远了。这一边连着我们鹤顶段的运河，那一边跟另一个县的飞马湖接在一起。我要是老板，我会把赌船停在中间位置，两边都难找，安全。

往回走。分不清是不是原路。听老鳖的。有时候他表现出果决，有时候他又困惑，有时候他会走回头路，有时候他肯定也在绕圈子，刚见过的那两棵拦腰折断的芦苇，五分钟后我又看见了。老鳖经常现出紧张的表情，更多的时间里他都魂不守舍，嘴里念念有词。

副所长凑到我耳边，压低声音说："听别子说过，他妈死了之后，他爸就有点神神道道的了。"为了宽慰我，副所长又说："湿气太重，人难免疯疯癫癫。"

我也搞不懂他说的有没有道理，但两次我们都顺利地回到了运河里。

给运河上下游的兄弟单位都发过请求。相当于把运河用篦子给篦了一遍，还是没找到别子。我相信他们也尽力了。这一个多月除了正常死亡，方圆百里都没有凶杀和意外死亡，陈三的老婆灌了两次肠也活过来了。别子人间蒸发。怎么给老鳖解释，真让人挠头。当他说别子妈把自己拴在船尾，拽着船不让走，瘆得慌的同时，我也惭愧得想一头钻进水里。一生气我又把陈三拎来，再审。

"说啥？"陈三问，"所长大人，该说的我都说了啊。"

"那就说不该说的。"

陈三揪下来一根头发："瞎说？那瞎说啥呢？"

"想不明白的。还有你的猜测。"

陈三去船上赌了两次。我怀疑有人给他做了局，要不很难两次就把他掏空。最初牵线的是邻县一个姓黄的小老板，跟陈三有几笔业务往来。联系赌船的电话就是黄老板给他的。输成个穷光蛋后，陈三再找黄，没影了，电话也注销了。

"想起来了，"陈三说，"第一次上船，赌了半截船主说有洋酒，就让服务员用一个不透明的布罩子罩住牌桌，喝完了再启封。喝洋酒的时候，一个秃顶的家伙问我是不是头一回来。我说是。他说，哦，那还有翻本的机会。那天夜里他输了个精光，手腕上的一块金表都搭进去了。我猜，是不是一个人只有两次上船的机会？”

“嗯，继续。”

“没了。”

“继续。”

“全所，肠子都翻出来给您看了啊。”陈三开始揪第二根头发，“好吧好吧，我再想想。有了，两次接我的是同一个人。那个人长相都跟你们说过了，男的，三十多岁。头一回划的桨，第二回，是机动船。那人一路不吭声，我想套点信息出来，就没话找话跟他说。大晚上的，去的还是小鬼汊，我怕嘛。我就问，都是你一个人接？他摇摇头。我问，接送的人你们有多少？翻来覆去他只说，还有。我又问，为啥上次是划船，这次机动船？他说，下雨，机动船也听不见。”

我点点头，跟我们的判断一致。机动船从运河拐进小鬼汊，在月明星稀的晚上很容易暴露，所以我们准备了两套方案。“还有呢？”

“还要有啊？”他又开始揪头发，“能给根烟不？”

我点上一根扔给他。

“全所这烟不咋的，劲儿倒挺大。这一条不一定对，赌钱的时候听大家聊天，好像都在每月逢八的那天船才来。反正我两次去都是逢八。想想也对，八，发嘛。”

陈三狼吞虎咽地抽完了那根烟，还想再要。我对旁边的警员挥挥手：“把他带走。”

是否逢八才赌不知道，但六、七两个晚上我们埋伏在运河与小鬼汊连接地带，的确一条可疑的船只都没发现。他们会不会从飞马湖进小鬼汊？当然有可能，但我们没权力到别人的地盘上去执法。熬到晚上十点半，我让大家赶快回去休息，养好精神明晚再出动。十八号了，有枣没枣都得认真打一竿。

跟老鳖约好了，晚上出工，划船进小鬼汊。划船更保险，动静小，不容易打草惊蛇，但缺点是慢，在眼前你也不一定追得上。傍晚时分下起雨，看架势一时半会儿停不下来，行动组最后商定，手摇船和机动船同时上，能用哪个用哪个。

整个行动组都出动了。三条船，其中一条主要放三艘摩托艇。我们停在可以用望远镜看清小鬼汊入口的隐蔽处，等时间慢慢往黑夜走。雨还在下，天地间都是水声。雨落在运河里，雨打在芦苇上，雨击打船舱。我们把船上的灯都灭掉，我看见老鳖在黑暗中掏出一只酒壶，拧开盖喝了一口。铁质的酒壶不知从哪里借来的光，温和地闪了一下。

前方侦查的兄弟报告说，有情况。我在望远镜里看见一条小船驶进了小鬼汊。一刻钟后，又有情况。再看，又一条船进去了。我让大家把家伙什都整利索，睡了一天，考验精神头儿的时候到了。一共三艘小船进去。按前方的观察，三艘船来自不同方向。好，让他们再走一会儿。

半小时后，我们摸黑往小鬼汊靠近。老鳖和几个年轻的警员穿着雨衣划船。雨下得更大了，小鬼汊里风动芦荡，雨打苇叶，如同千万人在齐声低吼，每个人声音都不嘹亮，但和声却极为高亢，几声响雷滚进小鬼汊里，也会被风雨声淹没。我说，执行第二套方案，机动船，摩托艇，出发。

雨夜的小鬼汊的确比迷宫还凶险。我终于意识到老鳖这样的老把式的价值，他们能在迷宫里顺利穿行，真不是因为他们熟悉地形，芦苇荡大规模地摇动，整个小鬼汊似乎都在倾斜翻滚，没有任何一条路还是同一条路，他们辨别方向靠的是经验、直觉和本能。老鳖操纵着他的机动船，我们在往想象中的战场逼近。

有一阵子绕了很多弯，速度也慢下来。我凑到老鳖耳边喊：

“遇到麻烦了吗？我们得快点了。”

进来了就得争分夺秒。一旦他们发现了，钻到哪里躲起来，忙活一夜我们也找不到。

“跑不动，”老鳖也喊，“大伟他妈拽着船。”

我不知道该说什么。探照灯的光柱里大雨密集地连成了线，芦苇丛后头黑洞洞的。说实话，那种环境下，你跟我说芦苇荡里藏着十万头妖怪我也信。可知的世界只有光柱这么锥形的一片，我们仿佛被屏蔽在光柱和风雨声里。外面的世界消失了，一个更广大的世界抛弃了我们。我们正追随着跳动的光柱在沉重的黑暗里钻探。

老鳖左拐、左拐、左拐。他在画圈。

“她对我说的最后一句话是，”老鳖对我喊，“你得让大伟说上媳妇。咱儿子是个瘸子啊。”

我对老鳖说：“老哥，我们不会扔下别子不管的。”

老鳖开始右拐。满天都是看不见的雨。陈三说得没错，这样的天气，能在温暖的船舱里专注地赢钱，的确是件快活的事。我们的船头前开路，后面跟着另外一条船，两艘船的旁边，交错跑着三辆摩托艇。我们在向芦苇荡的中央逼近。

偶尔还是会绕圈。柴油机动力像个资深的哮喘病人，突然咳嗽几声就慢下来。我希望快一点，再快一点，越快越好。我坐到老鳖旁边，雨水顺着雨帽和袖口的边缘流到身上，风大雨急，我感觉不到冷。快一点，再快一点，着急得我冒火。我把裹在塑料袋中的烟拿出来，点上一根插到老鳖嘴上。我也点上一根，赶在雨水打湿它之前狠嘬几口。火灭了。我继续叼着，直到它被雨水打烂，只剩下过滤嘴夹在我两唇之间。

在我的办案史上，从来没有哪次时间过得比这一次慢。我在风雨落到芦苇荡的巨大喧嚣声中，听见了秒针嘀嗒嘀嗒迟缓的脚步声。

听见摩托艇的声音之前，先看见一道狂舞的光柱，接着一辆摩托艇从黑暗里冲出来。骑摩托艇的人扭头看了一下我们，弯下腰加了油门冲进黑暗里。因为雨衣的帽子遮住了那人的大半个脸，我们都没看清他的长相。老鳖突然叫起来：

“大伟！大伟！”

按照事先的安排，出现突发状况，三辆摩托艇里的两辆先出击。两个兄弟从船两侧冲向前去。在他们摩托艇的灯光下，我看见了那人摩托艇屁股上画着一个杜蕾斯的商标。看不清脸，我也知道那人不是别子。副所长拍了一下我的肩膀，他也知道是怎么回事了。

我一把抓住老鳖的胳膊，大声对他喊：“老哥，别子是个好兄弟！别子好样的！”

这个晚上老鳖头一次扭头看我的脸，看了得有三秒钟。然后转向前方，从怀里摸出铁皮酒壶，一手攥着，只用右手的拇指和食指拧开壶盖，咕咚灌了两口少陵醉。酒壶塞回兜里，船速猛地加快了。

现场不必描述了，乒乒乓乓的事。我说的不是枪声阵阵、枪来枪往，没那么多枪。我们的枪管得严，我的原则也是能不用就不用。他们竟然有两支改装的猎枪，好在我们预料到了。单非法持枪这一条，就够那赌船老板蹲几年的了。老板姓邓，住飞马湖对岸，被摁倒在船头还嘴犟，大喊大叫他不是鹤顶人，不归我管。我跟他说，船没进小鬼汉，不归我管，进来了就是我的菜。

总得有一番打斗，打斗都差不多。真要好好感谢我这帮弟兄，平常训练时的血汗没白流。上了船三下五除二就把姓邓的招募的三个打手给放倒了。那三个乡村二流子，靠人高马大能唬人混饭吃，动起手来都是糠心萝卜。两个接送赌客的船夫，你大喝一声他们就老老实实靠一边站，他们知道自己不过是姓邓的临时找来的搬运工，犯不着跟我们对着干。倒是有个船夫见钱不要命，隔壁镇上的一个赌客趁乱跳上他的船，出价一千块，让他带着逃命。船跑出去没半里路，就被所里的一个兄弟骑摩托艇押回来了。

跑得最远的就是骑别子摩托艇的那个。他是个放哨的，所以最先发现我们。

看见我们他就去给赌船报信，油门加到了底，离赌船老远就开始喊狼来了狼来了。但那夜里雨实在太大，声音出不去，本该守在船头把风的打手进船舱里了。船舱的窗户遮得严严实实，从外头看不见一丝光。那条船就像建在芦苇荡里的一间黑黢黢的房子。舱里头一定赌得热火朝天，没人听见“狼来了”。等我们踹开门喊了不许动，一群人在乌烟瘴气的船舱里完全没回过神来。等姓邓的和三个打手想起身去拿改装的猎枪，已经腾不开手了。兄弟们的拳头和手铐已经到了他们面前。

骑别子摩托艇的那人绕着赌船转了两个大圈，一直喊，见船上没反应，干脆一个人先溜了。后来提审时，这家伙还抱怨，他花了那么大的力气喊，居然没人搭理。我跟他说，没人搭理太正常了，着急忙慌的，你那声音完全乱了章法，听上去真不像人发出来的，使的劲儿越大，发出的声音越小。那天夜里他转了两圈就想溜，一个骑摩托艇的兄弟跟在后头就追。这一带地形那小子挺熟悉，但他真是慌了，天又黑，还有兜头的大雨，在芦苇荡里绕来绕去就把自己绕晕了，眼看着眼前有条宽阔的水道，再加速，一头撞到老鳖的船上。老鳖把他的船横在路头。那小子斜着飞上了夜空，然后像颗炮弹一样栽进了水里。等他从水里钻出来，老鳖的手电灯光罩住了他，老鳖大喊：

“我儿子呢？”

“你儿子？”那小子把一头一脸的淤泥往下抹，“你儿子是谁？”

“我儿子别大伟！”

“别大伟是谁？”

老鳖把船靠近摩托艇，给它熄了火，从水里拖到了船上。他拍着摩托艇的车座厉声说：“他！”

“你说的是他啊，”那小子从水里站起来，露出脖子以上部分，“一个多月前，有天晚上他跟踪我到了这里，被哥几个给放倒了。一棍，”他站在黑暗的雨夜里对着自己的后脑勺比画了一下，“就这么一棍。一铁棍。那棍重二十多斤呢。”

手电筒的灯光在老鳖手里抖起来，某一个瞬间照亮了他的脸。

“你不是那个，老鳖吗？”那小子激动地叫起来，“你不是给我们邓老板送客人的吗？你怎么当了叛徒？你收了钱还吃里爬外！”他喘口气，好像突然醒悟过来，“你儿子竟然是个警察！要知道那狗日的是你儿子——那也不行，不解决他我们都得进去。”

“解决了别子，你在里面会待得更久。”提审时，我走到那小子跟前，劈头盖脸先给了他两个耳光，眼泪跟着就下来了。“第一下，”我说，“是为我一个兄弟；第二下，是为我一个老哥。”

在小鬼汊里地毯式搜索了两天，终于找到别子。他已经给鱼和鸟和细菌吃得不成样子了。下葬时，经老鳖同意，我们把画着杜蕾斯商标的摩托艇也埋进了土里。

带你们去看灯光秀

邓一光 *

整个疫情期间倪秋鸿都忐忑不安，担心事情会搞砸。倪秋鸿担心的不是病毒，他在福田一所中学教语文，热爱古典诗词，对寿命超过三十四亿年的病毒了解不多，也阻止不了它们。但他知道他妻子杭思嘉和她闺蜜文小青，她俩和某些怪力乱神的细菌一样不好对付。倪秋鸿担心她俩这次见面会闹出不愉快——这种事不止一次发生过——而这次的见面却无法避免。

当人们被疫情弄得焦头烂额的时候，文小青和杭思嘉却像身处另外一个平行世界，在视频中持续讨论一件事情：在深圳买房。文小青和许森的女儿大宝在新加坡读书，疫情中，一家三口不断纠结大宝回国避难还是留在星岛抗疫，夫妇俩想离孩子近一些，近到只要孩子动了闯关的念头，登上万元票价的新加坡航空或者捷星航空，一过口岸，他们第一时间就能见到她，陪她“14+7”，陪她哭闹，“黑死病”和“上帝之手”都不能阻止这件事情。如此，文小青决定卖掉洛阳的房子，在深圳买房，建立一座接应女儿的桥头堡。作为文小青最好的闺蜜，在深圳生活了二十年的杭思嘉理所当然成了文小青的置业顾问。

和疫苗的研发几乎同步，在闺蜜俩经历了长达十个月的方案讨论后，冬季的一天，文小青夫妇终于随着新上市的疫苗一起出现在宝安机场。

“没想到深圳这么热，洛阳冻得连门都不敢出，你们也太享福了吧。”一出

---

* 邓一光，男，1956 年生，现居深圳。出版长篇小说十部，小说集二十余部。曾获首届鲁迅文学奖、首届冯牧文学奖、首届林斤澜短篇小说奖等奖项。

航空港，文小青就和杭思嘉热烈地拥抱在一起，“就想早点儿见到你，我逼许胖提前三天订的票，不信你问许胖，对吧，许胖？”

“一点儿没错。”许森拘谨地笑了一下，两只大镜片滑落到鼻梁中间。

和几年前比，许森发际线周围的头发更加稀少了，人显得有些臃肿。他推着行李车，冲倪秋鸿羞涩地点点头，没有过来和他握手。防疫措施提醒不要握手，他们夫妇俩也按防疫要求提前做了核酸检测，但真正的原因倪秋鸿心里清楚，许森当年研究生论文没过关，是同门师兄倪秋鸿替他重新梳理了选题，写了开题报告，帮助他补充材料、定稿和准备答辩，为此事许森在师兄面前一直抬不起头——倪秋鸿个头一百八十三厘米，高出许森九厘米，俩人握手显得太抢眼。

“别告诉我你们在飞机上吃了垃圾餐，”杭思嘉说，“我让秋鸿在唐宫订了座，粤式茶点就得传统西关味道，我们才不会选择点都德那种概念店呢，对吧，秋鸿？”

“绝对如此。”倪秋鸿微笑着说，“思嘉一直坚持标准。”

倪秋鸿的真实想法是，闺蜜俩也拥抱得差不多了。一对青春已逝、风韵不再、穿着打扮又过于刻意的中年妇女，在往来如鲫的旅客通道上黏作一团，场面并不怎么雅观，过于热烈的肢体缠绵相反会让人联想到岁月不堪制造出的焦虑。

但还能怎么样，杭思嘉和文小青是最好的朋友，她俩同是洛阳东方红锅炉厂子弟，出生时正赶上风沙猖獗的年头，可是，这没拦住俩人都长出一个清水净瓶似的酒窝。对，不是一对，是俩人脸上各有一个。倪秋鸿一直想弄清楚，这和她俩最终成为不离不弃的闺蜜有没有什么隐秘关系？

杭思嘉和文小青打小就优秀，谁也不让谁，又离不开，整天粘在一起，从子弟学校当正副班长到结婚生子，一直是公开的闺中密友和暗中的竞争对手。问题是，俩人偏偏嫁给了师出同门的倪秋鸿和许森。那会儿倪秋鸿和许森在北师大读研究生，学一门说出来有点儿奇怪的专业——彩票。文小青最早看上的是倪秋鸿，可倪秋鸿爱杭思嘉，文小青一气之下改向许森发起进攻。倪秋鸿和许森深知，在电脑程序筛选出的号码中，选择最不受人关注的号码，最有可能赢得大奖机会，可他俩却犯了男人都会犯的经典错误，被相当惹人注目的杭思嘉和文小青勾得五迷三道，双双被拿下。“洛阳女儿对门居，才可颜容十五余”，这就是两个家庭世俗故事的开始。

倪秋鸿把别克 GL8 开出交费处，驶上回城的高速路。

户外阳光明媚，让人心情舒畅。文小青对南方冬天拥有的幸福资源已经表达过胡塞尔现象学批判了，倪秋鸿希望她忽略阳光的刺激，以便减少不确定的心理活动，不然她会以一个竞技者而非置业者身份投入对杭思嘉的持续攻击。倪秋鸿从后视镜里观察了一下。像一只优秀的瘦肉型番鸭的文小青，和像体形小而脂肪发达的清远鸡的许森，俩人奇妙地依偎在后座上，不知何时，文小青已快速地为自己补过妆，此时眉眼开朗，脸色正常，这让倪秋鸿松了口气。

“小青，毛衣脱了，别不好意思。”杭思嘉抿着嘴，让视线离开后视镜。

“还好，没觉得太热，就是座位有点儿硌。”文小青不安地挪动着身子。

倪秋鸿觉得问题不在这里。上车前，他监督每个人用酒精仔细洗过手，用消毒湿巾擦洗了脸和脖子，换上新口罩，套上一次性鞋套，脱下来的棉衣用塑胶袋封好，放进了后备厢，作为家庭接待办主任，他确定自己没有留下任何后患。他知道问题在哪儿，一见面，闺蜜俩就斗上了。

“这是我们第二辆车了，你知道，基于环保，我们不打算再换，至少暂时不换。”杭思嘉心知肚明，说这话时她没有看倪秋鸿。

“当然，谁也不会对一个惨遭蹂躏的地球有好感。”文小青口气笃定，这缘于闺蜜俩在长达十个月的深入讨论中，对有关政府、大湾区、贸易战、口岸开放和楼市曲线等一系列政策的钻研，让她融入了角色，“但我觉得还是宝马七系坐得更舒服，你说对吧，许胖？”

“那还用说。”许森一副做定臣子的口气，不过，他还是忍不住补充了一句，“主要是零百加速五点三九秒，这才是驾控精髓的体现。”

“谁说不是。”杭思嘉抿嘴笑了笑，不予追究。

倪秋鸿暗自笑了。文小青和许森的情况他俩知道，没有权贵之家底子，薪水加一块儿抵不上杭思嘉的年奖，拿什么加速？倪秋鸿和杭思嘉不同，他俩一个教育，一个医疗，占据了深圳两个重要领域，是这座城市的主流人群。两千万分之二，不显眼，可你忽略掉试试？

“路上差不多五十分钟，趁这会儿工夫，给你们汇报一下最近看的两个楼盘。”杭思嘉说。她不希望把时间花费在毫无价值的虚荣事情上，这与深圳精神不匹配。

“不行。”文小青身子往前倾，拦住杭思嘉。看得出她的确有点儿急躁，也许和杭思嘉脖颈上那颗大溪地黑蝶贝珍珠有关，那是倪秋鸿在杭思嘉四十五岁生日时用课题奖金送给她的礼物。

“我俩一直说房子的事，也没问问你们过得怎么样，也太自私了，现在说你们的事。”文小青动情地说，“怎么样，深圳一日千里，你们在奔腾年代吧？”

“何止奔腾，简直是光速，你说呢，秋鸿？”杭思嘉看倪秋鸿，算是侧面回应了之前关于宝马七系零百加速五点三九秒的问题。

“还用说，情况明摆着。”倪秋鸿不想渲染，他得控制住杭思嘉的节奏。

“累得根本没时间吐血。”杭思嘉有些伤感，这倒不是装，她付出了太多，殚精竭虑，“你没见我黑眼圈？还有秋鸿，好像我俩从熊猫那里偷了 DNA。”

“声音合适吧？”倪秋鸿问后座，他指车载音响。他希望杭思嘉的煽情不要过度，对在“春风不识兴亡意，草色年年满故城”的洛阳生活惯了的文小青，事业轨道上的高节奏也是一种刺激。

“好在深圳没有天花板。”杭思嘉完全不接受倪秋鸿的暗示，“听说过天花板这个词吗？据说内地挺忌讳这个词。”

“可不是，和一辈子拿着重叠码一样忌讳。”许森咕哝了一句，很快看了一眼自己的妻子。

“看我干吗，我和思嘉的关系什么话不能说？”文小青瞥了许森一眼，回头亲热地把身子欠向杭思嘉，也不在意瘦弱的肩胛被安全带勒出一道深印，“世界真的看不懂了，都讲新起点，亲，告诉我，新起点在哪儿？”

“你病退不是办下来了吗，怎么，打算复出？”杭思嘉说。

“我对体制生活可没有真爱，反正不可能有更好的结果，认命了。”文小青快嘴快舌，“问题是许胖，遇到又蠢又贪的上司，根本没办法干下去，就是你说的，一头撞在天花板上。”

“老许又打算跳槽？”杭思嘉感兴趣了，“不会吧？”

和倪秋鸿来深后主动换专业不同，许森当年分回老家的体彩中心，因为陷入一场臭名昭著的假球团伙案被除名，以后二十年里换了六份工作，这是倪秋鸿和杭思嘉已知的数字。

“真有槽跳就好了，至少单位管五险一金。这回他彻底荣休了，回家和我大眼瞪小眼，我俩整天吵架。”文小青像是被世界得罪惨了，“有件事困扰了我半辈子，就不明白，哎，思嘉你说，为啥男人什么事都干不好？”

这消息可不怎么样，放在谁身上都不好受。倪秋鸿有点儿替后座俩人难过，同时多少替自己的学弟抱不平。要说许森是个能干的男人，他也说不出口，可谁都知道文小青在冤枉许森，叫他操把饭勺去捅哥斯拉他敢，叫他和文小青吵架，他宁肯抹自己脖子。

倪秋鸿朝后视镜里看了一眼。许森在后视镜里忸怩地笑了笑，脸扭到一边，做出对路边大团凤凰花丛下“来了就是深圳人”的大幅标语感兴趣的样子。

“我们没有天花板。”杭思嘉没忍住，兴冲冲说，“秋鸿今年晋升高级教师了，担任语言教研室副主任，主任是主管副校长，实际上秋鸿管事儿。”

“是吗？”后座的人惊讶。

“知道他同事怎么评价这事？一个崭新时代，他们正在征服僵硬的罗湖区教育界。”

“是深圳，老婆，还有世界。”倪秋鸿没憋住这个委屈，“等疫情结束，欧洲喘过气来，我们的交流学生就奔赴德国和英国了。”

“看，我就是容易忽略身边的人。”杭思嘉伸出左手温柔地碰了碰倪秋鸿的右膝盖。

产科大夫的手柔软如荑，倪秋鸿立刻安静下来。她知道他多不容易，为了这一切，在遇到职业瓶颈时他没有犹豫，咬牙转行教育，因此失去了多少乐趣，除了等待手下青年教师上传教案改革报告时打打《第五人格》，他没有任何个人娱乐，连罗伯特·安森·海因莱因的小说都戒掉了。当然，现在这一切都结束了。

“语焉不想留在澳大利亚，说好学业一结束就回国。”杭思嘉有些失望，她希望宝贝女儿留在那个大海洋中的岛国，和袋鼠一起快乐地生活，“至于我，没什么新鲜事。”

“还当着副主任医师？”文小青愤愤不平，像是准备出手为闺蜜讨个说法。

“那是一年前。已经转正了。”杭思嘉不动声色。

“喂，这么大的事为什么瞒着？这不是我俩最大的理想吗？”文小青的声音又尖又细，显得有些夸张，“许胖，明天咱们请思嘉吃饭，为我心中最伟大的大夫办个漂漂亮亮的庆功宴，秋鸿作陪。”

倪秋鸿能理解这种安排。当年杭思嘉和文小青从医学院毕业，说好和倪秋鸿、许森一块儿闯深圳，许森最后时刻放弃，她不得不跟许森回到洛阳，在锅炉厂当了一名计生员。三年前厂子被互联网企业收购改作仓储，医疗外包，文小青买断下岗，梦想从此休矣。杭思嘉不同，工作两年后考了九八五硕博连读，在博士如云的三甲医院杀出一条血路，无论学历还是事业，闺蜜俩已经拉开了长长的距离。

“别那么激动。”杭思嘉明显口是心非，“你知道，我就像天下初产妇的亲妈，每个人都恨不能让我把她们了不起的儿女迎接到这个世界上来，忙得有时候我都神情恍惚，觉得这个城市一半小公民是我接生的。”

“太了不起了！亲，我为你骄傲！”文小青说。

不知为什么，倪秋鸿感到隐约不安，他觉得事情有点儿一边倒，这可不像平时势均力敌的她俩，难道疫情真的改变了世界的平衡？

好在，这对闺蜜相当自然地完成了过渡，很快进入正题，关于文小青夫妻俩来深圳的目的——买房。

就倪秋鸿所知道的情况，这对闺蜜在席卷全球的疫情中整整讨论了大半年，几乎不可能有什么细节会被忽略。她们的决定相当明确，去他的 nCoV 毒株、D614G 突变、Cluster 5 变体和 501Y.V2 变体，去他的中原、链家、贝壳和 Q 房，她们有足够的能力为自己，为文小青——杭思嘉最好的朋友，找到一处逃避世界末日的世外桃源。

“先说个题外话，”杭思嘉胸有成竹，“我觉得宜家风格不适合你们。南方潮气大，传统红木也太浪费。”

“你总那么聪明，一说就说到我心坎上。”文小青在后排发出愉快的笑声，可以肯定，此刻她非常愿意脱下显得多余的毛衣。

“我想好了，你们应该添置一套柚木家具。我是说，一整套。”

“那还用说，必须全套，不然许胖会说我不如别人想得周到。”

“但也不一定，也可以考虑皮质家具。”

“你不会说 Part 这个牌子吧？”

“就是它。上周我专门去专营店看过。”

“勤打油，处理好防霉，别让皮质变硬。”

“问题是，你不会还像过去那样懒得抽风吧？”

“真是恨死我自己了，比之前更糟糕。”那一位在后座上快乐地摇晃着，“你呢？”

“什么？”

“你家那面墙，我一直没好意思问，咱俩视频时，你身后黄乎乎一片，用的什么墙纸？”

“欧雅。”杭思嘉底气有些不足，“浅米色。你是不是觉得土气？”

“不，只是和你鲜明的风格有点儿撞。”文小青推心置腹，“不过，那种背景，恰恰让你拥有一种独特的冲击力。”

“你确定？”

倪秋鸿悄悄看了副驾座上的妻子一眼。杭思嘉就像手术时拿错了二分之一弧度的弯圆针，一脸懊恼。她本该直接从手术盘里拿起那根三角针。倪秋鸿心里一块石头落了地。这就对了，现在她俩打了个平手。

倪秋鸿知道妻子藏在内心深处的尊严。杭思嘉从来没有和文小青提起过他们的房子。事实上，他们仍然住在来深三年后分期付款买下的一居室里，那是他们当年能够做到的最好结果。他们需要证明能靠自己的努力拥有一切，证明他们当年的选择是对的。二十年过去了，周边城中村陆续改造，因为政策原因，他们一个个成功地摆脱掉他们的那套土拨鼠穴居。每天下班回家，走进他们那个寒碜的老旧小区，他们就像误入了布罗卜丁奈格国里的格列佛。然后时间到了六年前，他们不得不在行业整顿中退掉南山的三居室预订，拿回首付款，帮助杭思嘉悉数退回一大摞数目惊人的手术红包。如果不这样，如果杭思嘉不那么在意团队脸面、刑事诉讼和职业虚荣，她完全可以用太阳系的任意颜色打扮他们新家的每一堵墙面。

“不提这个，说你的事。”杭思嘉打起精神，“房子我替你选好了，重点推荐两个楼盘。”

就像迎接一台十月怀胎一朝分娩的出色手术，杭思嘉把一切都准备得十分妥帖，她为闺蜜——当然也包括闺蜜的丈夫——推荐福田的益田村。那是一座多数人主义建筑群，拥有一百零八栋住家楼宇和七千四百零五户人家，听上去就像“佩利·罗丹”系列中的Swarm人工星团。超大盘意味着开发商实力，代表配套保障，这个谁都清楚。美中不足的是，二房户型一开盘就抢光了，剩下少量三房，下手慢了，连这个也剩不下，谁让如今的楼盘具有无穷嵌套能力，而嚷嚷了半天的科技股至今没有战胜楼市。

“不是没有缺点，”杭思嘉口气就像在替闺蜜考虑是否有必要选择VIP分娩套餐，“我担心你们不需要这么大空间，毕竟还贷有一定压力。”

后座上两位沉默了。

倪秋鸿同情地向后视镜投去一瞥，看到文小青脸上挂着一种奇怪的僵滞的微笑。他能理解，相当理解。谈到楼盘，他也常常作如此状。不过，优秀的大夫永远会有第二套方案备着，这一点倪秋鸿非常清楚。他在心里默默对后座两位说，别急啊，别急。

杭思嘉接着介绍另一个楼盘，宝安的桃源居。相当成熟的优质小区，拥有地铁五号线和六个公交车站，教育配套从幼儿园到大学，如果你恰好是卡控，入住的第一天就能在方圆一公里内找到所有叫得出名字的银行。优势是，桃源居有现成的两居室，非常适合爱女心切的中年夫妇做翘盼据点。

“你觉得呢？”文小青干巴巴问许森。

“你说了算。”许森讨好地回复，“我们一直这样。”

“谁知道大宝以后选择在哪儿生活，我俩以后肯定得跟孩子走。”文小青回应杭思嘉，听得出她心灰意懒，深深陷入了某种难以溢表的困窘。

“一居室呢？”杭思嘉有些犹豫，“我光考虑性价比了，你们这种情况，一居室也不是不可以。我再问问有没有二手的一居室，也许有人嫌一日千里太慢，打算去一日万里的地方发展，愿意出让他们的房子。”

后座上的两个人不置一词。后视镜里，文小青神色让人看不懂，而许森则一脸尴尬，挪动了好几次大镜片。

杭思嘉和倪秋鸿对视一眼。他俩有点儿愧疚。他们应该知道那两位的底子。那年杭思嘉和倪秋鸿回洛阳过年，许森在位于西关街他祖上的老宅子里设宴，请他们吃“鲤鱼跳龙门”，许森大动干戈，亲自上手做菜。杭思嘉和倪秋鸿走进四面漏风的许宅，先被斑驳木门发出的巨大声响吓了一跳，等小心翼翼踩着几乎朽掉的楼梯上楼时，杭思嘉崴断一只鞋跟，鞋跟直接掉到楼下发廊一位顾客脸上。那天菜的味道倪秋鸿还记得，鲤鱼汆老了，汤汁过咸，萝卜雕的龙头没炸透，蔫巴巴搭在盆沿上，龙须浸泡在脏乎乎的汤汁里，要让写下“点额不成龙，归来伴凡鱼”的李白看到，还不活活气死？就算那套梁柱歪歪扭扭、墙上糊满《人民日报》、满屋挂着裸露的电线的老房子已经卖掉，加上分房时代单位分配的筒子楼单间房出售金，也不够这里的两居室首付，你需要借助艾萨克·阿西莫夫的科幻脑子才能想象出，他们要怎么剥皮剔骨才能凑足剩余部分。只怪杭思嘉心诚，太想让闺蜜住得离口岸近一些，这样他们就能在第一时间拥抱因为烦琐的隔离政策耗到筋疲力尽的可怜女儿，这才让事情出现了失衡。

倪秋鸿能够想象妻子遇到了什么情况。她现在非常孤独，在阳光绮丽的深圳，在返回市里的高速公路上，她正眼睁睁失去生命中最重要的朋友的信任。

“好吧，这样，我们不考虑益田村和桃源居，这样办……”杭思嘉摆脱掉可怕的内心谴责，一副果断选择难产剖宫术的口气。

“我先说。”文小青拦住杭思嘉，有点儿吞吞吐吐，“我要说了你别怪我。”

“怎么会？”杭思嘉在所有分娩意外中都充当着那个坚定的救命恩人角色，唯独不喜欢为早产孕妇做手术，如果可能，她宁愿放弃博士学位也会坚持离开手术台，“还是两居，总不能大宝回来和你们挤一间房，以后孩子处对象了怎么办？我想好了，换成光明或者平湖，那里房价低四成。”

“是这样，”文小青干巴巴地说，“房子我们已经买下了。”

“你说什么？”

杭思嘉吃了一惊。倪秋鸿也一样。杭思嘉扭过头去，想看清谁在说那句话。倪秋鸿没有，他正变线上超车道。

“就是说，我们已经下单了。”

“开什么玩笑？”

“没骗你。合同网签的，订金付了，这次来是看实景，许胖你说对吧？”

“当然。”许森很高兴有机会说话，他吐出一口长气，目光从窗外收回来，“那还用说。”

“你不会告诉我，你们在东莞和惠州下的单吧？”杭思嘉有点儿着急，“我知道你们不用上班，有的是时间，可从那儿到口岸少说得一个半小时。”

杭思嘉不光着急，还有些不高兴，为这件事情她付出了多少心血。她连续二十年没有睡过一个囫囵觉，却披头散发去看过三十个楼盘——倪秋鸿喜欢过干瘾，到处看新发盘的楼盘，然后在朋友圈里或点赞或吐槽，而她因为退红包的事，眼睁睁失去南山的新家，心里留下强烈阴影，从来不陪倪秋鸿去看任何楼盘。

“那倒不用。”文小青有一种不安的负罪感，“我是说时间。我问过，到深圳湾口岸和皇岗口岸的距离都不超过半小时，问得非常仔细才下的单。”

“你们在哪儿买的房？”

“波托菲诺纯水岸。”

“华侨城？”

“一百七十七平方米，三房两厅两卫带个大露台。”

倪秋鸿刹了一脚车。一辆出租车没打转向灯变道，差点儿蹭上。他不确定自己听到了什么。那是市中心的超级楼盘，位于深南大道和北环大道之中，南接欢乐谷，东畔天鹅湖，均价十二万，根本不是人住的地方。

“一百六十度海天视野，天际音乐厅和室内网球场，虽说是二手，但也值。”文小青摆脱掉羞耻感，开始兴奋起来。倪秋鸿感到后座有什么在膨胀，那是三人座，能装下两百公斤发好的面团。

“说实话，我喜欢二百六十平五居户型，精装修新房，可许胖说咱们一时半会儿拿不出那么多钱，先凑合着住，有条件了再换，对吧许胖？”文小青说。

“还用说，你决定。”许森咳嗽一声说。

“出了什么事？你们中彩票了？”杭思嘉相当困惑。

“差不多吧。”后座传来文小青底气十足的笑声。

倪秋鸿把车载音乐关小，让深情的《春天的故事》消失掉。那是他为后座两位特地选择的荣耀曲目，自他们上车后一直在循环播放。接下来的几分钟，他和杭思嘉听到一个只有在跨年演讲中才会露面的财富故事。

老城区拆迁，许森祖上传下来的那套摇摇欲坠的西关街老房子在红线内，他们获得了一笔拆迁款，由此促成了文小青要到深圳买房的决定。这期间，许森办理了离职手续，那天他喝醉了，被文小青赶出家门，在外面游荡了三十多个小时。这三十多个小时，有两个小时他用来办理拆迁款领取手续，二十分钟用来做一件看上去他这辈子根本不可能再涉足的事情——买彩票。一辈子唯妻子马首是瞻的许森这次犯了浑，借着宿醉负气用拆迁款下注大乐透加奖期彩票，谁知两天后开奖，竟然糊里糊涂中了一千多万。这件事情把许森吓坏了，也把文小青吓坏了，有好几天时间他们连门都不敢出，文小青不断地审许森，问他是否旧疾复发，又惹上了案子，求他告诉她，他发誓不会让她和大宝成为孤儿寡母。许森当然没有惹上案子，一切合法合规，如果非要他说点儿什么道理，只能说他两年硕士没白读，灵光乍现了。他们还有什么想法？除了第一时间拥抱女儿，他们没有任何别的想法，于是他们决定拿出奖金的一小部分，让许森在大放异彩的彩票领域乘胜追击，其余部分坚定地用在初衷上。

现在，车上的另外两位知道了波托菲诺纯水岸的故事。它具备“黑天鹅事件”的前两个要素：意外和影响重大。却不具备第三个要素：找不出它发生的理由，让人无法解释和预测。也许因为这个原因，在文小青讲述那个不可思议的故事时，倪秋鸿有两次想回过头去，盯住许森的眼睛，一字一句地问他，是什么促使他胆敢重操旧业，回到一塌糊涂并且毫无前景的彩票专业上去？哦不，他应该问许森，他是不是利用自己为他操刀的大数定律硕士论文重新穿越回上辈子，再次出生在洛阳城一个底层手艺人家里？这家人的祖先在一九一二年到一九四九年期间卖过浆面条、炸过小油馍、卤过酱牛肉，甚至短暂卖过鸦片膏，最终在西关街盘下两堵山墙，开了一家名叫万佛祥云的剃头铺子。又经历过七十年，作为许氏家族的单传独子，他继承下它，因而完成了奇迹的第一个环节？

杭思嘉摇了摇头，像是要把一大早在美发厅花大价钱打理的小卷发弄糟糕，然后她缄默了。倪秋鸿猜杭思嘉绝对不会把闺蜜带到家里去了。她下了多大的决心才决定在家里请闺蜜夫妇吃一顿自己亲手做的饭。可怜她整整收拾了两个周末，特意把简易电脑桌收掉，腾出狭窄的客厅空间，从网上订购了正规餐桌和成套餐具，换了窗帘，收起鞋套，新添了皮拖鞋。这样她还觉得不够，逼着倪秋鸿把墙上的全家福照片取下来，换上他从学生家长那儿讨来的九成是仿品的名人字画。

“对了，”后座上的人意识到车里的气氛，事情是明摆着，但人心如此，谁遇到这种沧海桑田的巨变，都很难忍住合理的实证愿望，“下午你们要是有时间，能不能陪我们去纯水岸看看？我们想早点儿看到房子，谁知道会怎么样，现在谁还不吹点儿牛。”

前座两位，谁都没有回复后座的话。

要发生的事情终于发生了，整件事情就像病毒一样突然出现变异，情况远远超出了倪秋鸿的预料，可他却没来由地松了口气。是的，闺蜜俩被分割在两个世界里，没有什么可竞争的了。好吧，好吧，事情就是这样，它也该结束了。至于杭思嘉，她不是头一次被生活伤害，她平均每天要为二十位生殖系统疾病患者看病，为另外二十位患者做影像学或介入方法或穿刺术诊断，接生四个婴儿，其中一个是剖宫产，二十年，算一算那是多少次伤害？可他能说什么？他们的四个老人出生在二十世纪四十年代，都老了，至少两个眼下就得接到身边来照料；他们的孩子也长大了，眼见要回国发展，需要自己的空间；土拨鼠洞穴似的一居室装不下五个人，这是现实。他概论学考的是优，模型学考的是优，接下来，消费者行为学、社会心理学、营销管理学、定价与促销管理学、品牌管理学和渠道管理学一律优加。遗憾的是，彩票专业不教授运气，也不考时代变现，深圳人对彩票不感兴趣，他们感兴趣的是高新科技和风投，于是他只能转行做教师。他们没有赶上一九九八年的楼市黄金期，错过了二〇〇三年和二〇〇八年的买房潮；那以后是二〇一五年，列车提速，呼啸而去，没有任何一个站台属于他们，他们再也没有赶上这个一日千里的时代。

问题在于，不仅文小青向她最好的闺蜜隐瞒了在市中心买下豪宅这件事，杭思嘉也一样，她也没有告诉最好的闺蜜，自己已经决定离开深圳。

是的，杭思嘉和倪秋鸿讨论了两年，在漫长的两年时间里，这几乎成了他们事业之外唯一的家庭议事内容。他们讨论了“洛阳亲友如相问，一片冰心在玉壶”，讨论了“若问古今兴废事，请君只看洛阳城”，他们精疲力竭了，最终决定“白日放歌须纵酒，青春作伴好还乡”。回到洛阳去，找一份适合的工作，带老人逛逛国花园，去关林庙抽个签，下班后顺便去菜场买条活伊鲂，为老人做一道既营养丰富又易于消化的清蒸鲂鱼，岁月如年，送他们一个个归山。罗湖的一居室留给语焉，他们打拼了半辈子，她还要在这座城市里继续打拼，不能让她从零开始——如果她不嫁给某个科企二代或者公务二代，根本不可能在这座城市里安放下自己的床。

谁规定了一个人活一辈子，一定要为一座有着两千三百万人的城市那些没法憋住的产妇接生，再把那些急匆匆长大的孩子培养成适合送到国外去深造的好学生？

没错，这件事情，杭思嘉也瞒住了文小青。

但倪秋鸿不能让车里的空气就这么沉寂着，他得说话，谁让他是家庭接待办主任。

“晚上我带你们去看看灯光秀吧。”倪秋鸿开口说，他没有提下午看房的事，那是他们的物业，他们想去随时都可以，他会送他们去他们愿意去的任何地方，“我带你们去市民中心，那是最佳观看地点。”

倪秋鸿是回过头去，一脸真诚对后座两个人说的。那会儿，车正在等待过福田收费站，停下来没动，他能确保车上所有人的安全。

倪秋鸿说灯光秀的话是认真的。那是世界上最了不起的灯光秀，用了一百五十多万套灯源、功率最大的民用激光、阵容最大的无人机队、最强大的设计师团队，它表现了这座城市无与伦比的创造力和永不停歇的脚步。他带杭思嘉去看过一次。杭思嘉不想去，她睡眠不够，想睡觉。倪秋鸿平时一直依妻子，那次没有依。他们被灯光秀表达出的和谐之境和创新之意感动得热泪盈眶，完全说不出话来。他们一直深深地热爱着这座接纳和消化掉自己青春的山海之城，舍不得离开它，他们会永远怀念它。

当然，这些话倪秋鸿没有对文小青夫妻说，是在心里对自己说的。

那以后，他们没有再说话。

车中四个人，谁都没有再开口。

别克 GL8 驶进北环大道的车流中。倪秋鸿扭头看了一眼身边的杭思嘉。她一直平静地坐在他身边，好像魂已经从车里失踪了。她脸上有不少细细的皱纹，因为刚才那一下脑袋晃得太厉害，精心打理过的短卷发中露出两截白发。倪秋鸿心里涌出对妻子深深的怜惜。在一座一日千里的城市行驶，每个心里有数的公民都不会因为自己减速而挡住了后面想要提速车辆的道路，不然他会把车拐到路边停下，解开安全带，欠身过去，拥抱住他心力交瘁的妻子，告诉她，没关系，没关系，我们还不老，我们可以从头再来。

事逢二月二十八日

朱　辉*

1

时值正午，阳光灿烂，有风。东边房间的门开了，又重重地关上，一串清脆的足音，由近而远，款款而去。谛听中，足音的节奏变了，她是在下楼梯，细巧的高跟鞋踩出舒缓的顿挫，听不见了。李恒全走近窗户，轻轻地把窗户推开，看见那女人窈窕着身子，沿着楼前的小路渐渐远去了。

二月份，即使是正午，风也还凛冽，像挟了针。他关上窗，躺到了床上。她这是去上班，每天都是这个时间离开，后半夜才回来。他的眼前，晃动着她的影子。她是做什么的，他并不明确，但他住到这里已个把月，了解她的生活规律。她过年后就回来了，只拖着个小拖箱，他知道是老住客。他起身，拉开了自己的门，门外立即飘来了一丝香气。四顾张望，楼道顶头的窗户明晃晃的，破了玻璃的地方露着蓝天；地上亮得像是蒙尘的镜子。没有人。一只老鼠窜到走道中间，停住了，歪歪头，嗖地没影子了。

这楼里只有香气是新鲜的，其余一切都破败陈旧。这是一栋老楼，所有的

---

* 朱辉，男，1963年生，江苏省作家协会副主席，《雨花》杂志主编。著有长篇小说《我的表情》《牛角梳》《白驹》《天知道》，中短篇小说集《红口白牙》《我离你一箭之遥》《要你好看》《和辛夷在一起的星期三》《看蛇展去》《夜晚的盛装舞步》《午时三刻》等多部。短篇小说《七层宝塔》获第七届鲁迅文学奖。

房间都朝南，门前是一条走廊，连接着盘旋的楼梯。走道的水泥地不知被多少人蹭了多少年，粗糙坑洼，只靠墙的地方还留有原来的地漆。墙大致还是白的，以白为主，墙皮脱落处是灰黑的，还遍布着更多奇形怪状的痕迹，鞋印当然一眼就能看出，可位置高得很奇怪；还有很多圆斑，顶上都有，李恒全上学不多，刚来时想了半天也没明白这是什么印子，直到他发现一只瘪气的篮球。它落在墙内的一个玻璃柜里。玻璃破了个洞，但还能看出“消防”两个字。

他喜欢眼前的香味。他似乎能看见香味，与阳光混合了，金粉一样弥漫。他深吸一口气，反身进房，从墙角的柜子底部拿出几样东西，拢在袖子里。

自己的门虚掩着，并不关上，他习惯性地给自己留好后路。女人的房间在他东边，隔一间空房。他步态正常地过去，贴近门。他看准了门锁，直起身子，双手配合着动作。没有声音，走道里没有声音，只有他的手能感觉到声音。吧嗒一颤，门开了。

他侧耳听一下，猫腰走了进去。他当然要轻手轻脚，却突然想起了什么，笑一下，坦然直起了身子。眼前的格局与他的那一间类似，一张床，一个立柜，一张桌子，但女人把桌子变成了梳妆台，一面镜子倚墙立着，前面随手摆着不少化妆品。大楼外风声呼啸，他看见这里的窗户下面，有一片水渍，跟他那里一样有点漏水，还有点漏风。

这是女人的住处，是她的房间。香味幽幽，奇怪的是，这源头的香味并没有走廊里浓。他这是第二次进来。他立即注意到，这里有了一些变化，窗户和门之间拉着一根绳子，上次绳子上挂满了衣服，这次是空的。他拿眼一扫，看见那些衣服都已收在床上，还没有叠。衣服散乱着，红的、白的、淡黄的，还有一些难以形容的颜色，如半床的乱花。一只丝袜黑蛇般蜷曲着，另一只从衣服底下露着头。他忍不住要把它拽出来，手伸出去，又缩了回来。

他使劲地吸着房间的味道。上个月十五号，他呼吸到了久违的自由空气，在这里，他再一次嗅到了美好的人间气息。他的心脏狂跳，脸色绯红。如果可以，他真想把这些衣服叠好。曾经，他无数次钻到别人家里，带走一些东西，他不把别人家搞乱，只是为了不让别人发现，或者说晚一点发现。现在不同了，他可不想再回到那个肃杀的号子里。他绝不会再带走别人家一件东西。他一进门就看见了床头的钱包，小巧可爱，镶着玻璃钻，鼓鼓囊囊的，他习惯性地拉开，不少钱；立即又拉上了，摆回原处。钱包就在枕头边，枕头上垫着花枕巾，中间有脑袋留下的印痕。他终于没忍住，脑袋对着枕上的凹痕，躺了下来。

很香。他的手不听话，摸向那堆衣服。他闭着眼，手划拉过去。丝绸的滑爽，针织的粗粝。他的脸更红了，热烘烘的，像被人抽过。他腾地起身，走向了那张桌子。

瓶子、管子、小镊子，李恒全不太懂这些。女人好复杂。他能认出的只有口红，有好几管。忽然想起了什么似的，他右手伸进了自己的衣兜。就在这时，大风又加了一把劲，尖厉的呼啸中，走廊里传来砰的一声。他被枪打中了似的一颤。他飞步跑出去，呆住了：他的门，被风吸上了。推不开了。

他一时有点发蒙。怎么办？当然，他立即就想起了自己的专长，这对他来说不是问题。曾经那么多的门，只要他看中了，差不多都不是问题。工具是现成的，就在裤兜里。现在的问题是，他还从来没有面对过这种情况，就是说，他要用技术打开的，是自己的门。他晃晃脑袋，摆脱了暂时的恍惚。手伸进裤兜时，他触到了一个东西，他一愣，快步跑回她的房间，走到梳妆台那里，把兜里的东西摆了上去。那是一管口红。每次见到她，她的嘴唇都油光锃亮，红里发黑，他觉得这不够好看，老气。应该红一点，但不要黑。

他知道他还会再进来。这个地方让他留恋。他有点舍不得走，把桌上的几管口红都旋开了，一个个在自己的左手背上划一下，一排颜色。他认出了她最常用的那个，毫无疑问，自己带来的口红最好看。他恨不得当面告诉她。

当然不能。他那么多次看见她，从来不敢开口。也曾点头打过招呼，还冲她笑笑，可是她戴着墨镜，面无表情，没搭理过他。他眼前总是浮现着她的墨镜，发黑的口红和她婀娜的身姿，这些是她的概括，通通被她的气味笼罩。

他仔细地关上她的门，回去，轻易地把自己的锁打开了。这栋楼所有的锁都差不多，A 级锁，最容易打开的那种。他只需要不到十秒。上个月的那一天，在等待高大的铁门打开的那一刹那，他狠狠地在心里说：李恒全，你决不能再干了！永远不要再进来！他确实做到了。在进入她的房间前，他犹豫，挣扎，但制备一套工具对他来说太简单了，稀里糊涂地就去弄齐了。事实是，他确实没有拿她的钱，还用口红对她提了一个隐秘的建议。他管住了自己的手，准确地说，他只是管住了自己手的某一类动作，却没有全管住。不偷窃，却送礼，想到这个，李恒全咧嘴笑了起来。

以他的技术，这城市一半以上的锁，他可以视若无物。一切房子，无论它们多么规整呆板，或是曲折复杂，在他眼里，都只看见锁：无数的锁，一行行，一列列，凌空悬置。他那时的目标，就是要挑出最容易开、最值得开的那一把。现在这栋楼，地处城郊，周边拥挤简陋，住着各式各样的人。租金很低，都是些身份不明的男人女人，跟他也差不多。他能看出身份的，就是几个大学生，还有几个人大概干着他熟悉的营生。他不说破，也不搭理。既然已经洗手，那就不再沾惹。

2

李恒全出门时太阳已经偏西。他把那套家什摆到柜子底，上了街，匆匆而行。他其实没有目的地，没有家等着他回去，也没有锁等待他搞开。他从前上街，搜索，踩点，都是碰碰运气。现在他还是碰运气，不同的是，他希望的运气是一份工作。

工作不好找。除了开锁以及相关活动，他别无专长。他身子骨本来就不算强，精瘦，在号子里待了两年，早晨六点半吹哨起床，七点出工；晚上五点半收工，八点半锁门收封，十点睡觉。作息规律，三餐有时，倒长胖了些，不过干重活还是不行，吃不消。出来后，除了过年那几天猫在屋里，他一直留意着工作，但高不成低不就，左不行右也不成，他心里揣着朦胧的希望，在街上瞎逛，至少，自己觉得是在努力，突然，他眼前一亮，心里说：怎么这么笨呢，这不现成的吗？

一个小摊子，架子上挂着无数钥匙，一个招牌："专业开锁。"不少街上都有这样的摊子，开锁的业务也肯定不少，因为并不是所有人都身怀绝技。那个专业开锁的汉子三十刚过就谢了顶，这会儿正在给人配钥匙。他把待配的钥匙和一个钥匙坯分别夹在台钳的两端，手一摁电门，两把钥匙同步动作，火花四溅，转眼间，钥匙就配好了。他迎着阳光瞄瞄，拿锉刀修修，说：好了。来配钥匙的是个少妇，她说：你要保用呀，不行还来找你。她掏出十块钱，接过钥匙走了。

他忍不住多看了那少妇一眼，又看看自己手背上的几道口红印子。这女的显然没有东边房间的那个女的好看，不过她的口红倒不黑。片刻就挣十块，不慢，而且可以光明正大地挂牌子。这老兄配钥匙要用电动工具，谈不上技术含量，不知他开锁是个什么架势。他的头顶在夕阳下亮晃晃的。李恒全脸上不禁漾出笑来。配钥匙的老兄问：你什么事？

他一怔。他刚才想的是：是不是每配一把钥匙，这人就会掉一根头发呢？立即换了请教的笑，说：我没事。我看看的。你手艺不错啊。

那人嗯了一声，看着他。

是这样的，我看你这营生不错，也想摆个摊子。来学习学习。

配钥匙的说：摆呗。就摆我边上，这儿还有个空。

他连忙摆手说：不不，不在这儿。你放心，不抢生意的。我懂规矩。

你懂规矩？配钥匙的手一指钥匙架上的招牌：这你就不懂了吧？配钥匙开锁是特种行业，要到公安局挂号的——"的"字拖得老长，有一种注册登记的自豪。果然那招牌上有一行小字"开锁登记第 ×× 号"。配钥匙的补一句：我们开锁，都是公安派下的任务，接私活是犯法的。

李恒全被噎得说不出话。他拿起一把钥匙，朝眼前一举，看看，扔下；又捏起一把钥匙坯，拿起锉刀直接开锉。他闭着眼，头扭向一边，盲锉。那配钥匙的眼看着他把钥匙往台子上一扔，走了。两把钥匙并起来，分毫不差。配钥匙的目瞪口呆。

事实上，李恒全可没敢显摆。这是他的想象，解气。他笑笑，摆摆手就走了。就他这个身份，才出来，又去公安局挂号？他有这个技术，可这技术有案底。他信得过自己，但别人信得过他吗？他早已决意不再碰这块记忆，但他有艺在身，管得住手，这回却没管住腿，讨了个没趣。惯性太大了。

也不全是惯性。如果刚才来配钥匙的不是个女人，他可能就不会停在摊子前。他又抬手看了看手背上的口红印。印子基本已经看不见了，但那个黑口红的女人，仍在他脑海中晃动。

他初中时的那个女同学，声音细细的，身条也细长，但胸前已有了起伏。她头发有点发黄，自来卷，这一点与那个黑口红黄头发的女人有一点相似。他早已离开了她的生活，当然知道这两个女人没有一点关系，但他很想有机会跟她搭话。但要说什么，他不知道。她很有规律，下午出去，半夜回来，不知道她在外的这大半天，具体做什么。可这是不能问的，你问了，人家要是反问：你做什么的？他一个才放出来的人，只能扯谎。这天半夜，她回来了，脚步声有点杂乱。他人在床上躺着，耳朵却在走道里。有轻轻的说话声，两个人，另一个也是女的。他松了一口气。两个女人在房间里弄出不少动静，间或还咯咯地笑。第二天一早，东边的门里有响动。他飞快地打开门，走了出去。

黑口红的女人在关门，边上站着一个胖胖的女子。他大方地说：你好。黑口红的女人扭头朝他看看，墨镜晃闪一下。胖女子向他咧嘴笑笑。他立即看见，她的嘴唇红艳艳的，显然，他摆在梳妆台上的口红被用了。却用在了一个外人的嘴上。他顿时瞪大眼睛呆在那里。转眼间她们已经走了。

他有点难过。她发现多了一支口红，就没有起疑心吗？可以想见，那胖女子一定狠狠地用过口红，像啃火腿肠那样；可以肯定，他的口红这会儿已经被胖女人装在包里了。

李恒全忍不住想到她的房间去。他想验证一下，他摆的那支口红，还在不在。但他犹豫了，柜子底的家什已经拿在手上，不超过十秒他就可以进去。他想了一会儿，把家什又丢了回去。

兔子不吃窝边草，这句话，上点段位的人都知道；瓦罐不离井上破，常在河边走哪能不湿鞋，这里面更有切身的教训。站在她门前的那一会儿，恍惚中他面前的门，就是号子的门。这两个相伴出门的女人，说不定什么时候就会突然回来。

他确信自己那天没有进去。但他万万没想到，女人失窃了。门被撬了，乍一看完好无损，但他眼一扫就知道是怎么开的。那是中午，女人出门前才发现少了东西。她把楼下的门卫喊来，自己站在一边抽泣。她说，钱丢了，首饰也没了。她倒老实，自己说首饰不值钱，但是钱有三千多块哩。

门卫能干啥，他连疏于看门的责任都赖得精光。他指着完好的门锁说：你看，哪儿有人进来过？也就你自己说。女人哭出了声，她实在是太委屈了。她争辩着取下了自己的墨镜，这是第一次不戴墨镜，她泪眼婆娑，并没有朝他这里看一眼。

那门卫挺胸凸肚，穿着制服，胸前还有“特勤”两个字。他很精明，完好的门是他推卸责任的有力帮手。女人一迭声地强调她真的丢了东西。门卫打开手电筒，东照照，西扫扫，最后又把光圈对准了门锁。大白天的，这手电筒无疑只是个道具。李恒全看不下去，突然说：这门确实被开过。他声音很大，爆破音似的，自己都吓了一跳。门卫皱眉看着他，说，你怎么知道？你有什么证据？李恒全还是没管住自己的嘴：不撬锁就不能开了？门卫往前走几步，盯着他说：哟呵，和平进入，你懂得还挺多啊，我看你是个行家！他目光如炬。李恒全慌了，他结结巴巴地说：你盯着我干啥？我看人家一定是真的丢了东西。

有人帮腔，女人马上说你们不管，我就报警。门卫说：你以为警察吃饱了撑的要消食？你说丢了钱都要上门？你报呗。他一脸的满不在乎。李恒全顿时紧张起来，他比门卫更不愿意警察过来。他走到门边上，装模作样地打量一番，对女人说：门还真是好好的。是不是你记错了，还是摆在别的什么地方了？

女人真是个没主见的。李恒全的话立即起了作用，她嘟嘟哝哝着在自己房间里翻找起来。门卫对李恒全很满意，点点头就挺着肚子走了。

李恒全心里不好受。说什么都显得心虚。悄悄走了。他那身形步态，像猫一样无声，像老鼠一样警觉，与他当年做事得手后撤离，十分相似。

3

这楼里有很多老鼠，他厌恶老鼠。曾经，他也是一只老鼠，老鼠当然一眼就能认出同类。那门卫下楼后，三个年轻人从那头的房间出来了，他们脚步轻松，有个还吹了一声口哨。李恒全狠狠瞪了那边一眼，不等对面的眼光射过来，就转身进了自己房间。这几个小子的身份，他有九成把握，女人失窃八成也与他们有关。如果他们对她劫财劫色，哪怕他们拿着刀，他都不会装㞞。但他们只是偷窃。一只老鼠指认另几只老鼠，其结果可能是一起被拍死。此后三天，他强忍住，没有再进女人的房间。女人的那个胖女伴没有再来过，她依旧独来独往。他突然想，说不定是那胖女人顺手牵羊呢？她可能也想到了这个，或许，她们已经吵翻了。这么一想，他没有挺身而出指认偷窃者的内疚倒减轻了。

那几天风雨交加。走道被鞋子们带了水，亮汪汪的。女人的行踪略有些不规律，有两天一大早就出门了；回来得也晚，有一天她居然第二天早晨才回来。这是不对的，女人这样不好。没有人管她，李恒全没资格管。他在走道上遇到女人，女人香味依旧，但混合了酒气。依然戴着墨镜，他看不见她眼睛的表情，但她朝他点了点头。这算是打招呼了。李恒全有点激动。无数的话往外涌，被他用嘴唇封住了。

他听见过她说话，有点口音，但肯定不是老乡。他不由又想起了初中时的女同学。他们那里结婚是要彩礼的，初中时他就盘点过，他家出不起。等他手上的钱潮涨潮落时多时少，他却明白自己已经失去了娶她的资格。东边的女人身材妖娆，个子也高些，他无端觉得她们有一种相似。也许，只是她们的下巴都有点尖。波俏。

还有一个好。不论她是做什么的，却从来没有带男人来过。这真的好，不容易。她的房间是进过男人的，但她不知道。

风雨如晦，阴沉湿冷。风被大楼的尖角撕得呻吟，像报复似的，把雨水朝窗户里灌。雨一下，李恒全的窗户就开始渗水。雨稍一歇，他去街上买来了老粉和刮刀，调了胶，把窗户堵上了。他很细心，因为不是熟手又加了耐心，一寸一寸补好，批平。

剩下的腻子暂时没有扔掉，摆在墙角。他的眼前浮现出她的房间，那个窗户比他这边漏得还要厉害。他在床上躺了一会儿，侧耳听听，轻轻打开了自己的门。

他再一次进入了她的房间。

这是第三次，他记得很清楚。一进去就觉得暖和，暖和得不正常。他看见她的床前摆着一台取暖器，居然还是开着的！他吓了一跳，仿佛是自己的大意。他跑过去把取暖器关掉，摸摸床上的被褥，热，有点烫手。这东西也许一直没事，但说不定什么时候就会出事，出大事。他惊魂甫定，一时间竟忘了他为什么来。四处看看，窗户那里果然漏水，但情况倒比预料的要好一点。他愿意给她补墙，但不能当面跟她提。她如果反问：你怎么知道我这里漏水的？他跳进黄河也洗不清了。

房间里有点乱，比以前乱。香气和酒气带着热量弥漫着，简直把能见度都降低了。晦暗中，闻到的是她的鼻息。他想到了那支口红，但此刻已经没了兴趣。窗户漏下来的水汪在地上，像是小孩调皮撒的一泡尿。床上很凌乱，好女人不该这样的，但乱糟糟的被子和衣物，更家常了。他立即面红耳热，站在床前，身体直挺挺地倒了下去。这简直有点调皮，是她的床令他迷醉。他深深地呼吸，紧紧抱着她的被子，很暖和，超过了她的体温。枕头边有一只胸罩，他拿起来亲亲，抚摸着。

一时间他有些恍惚。心狂跳，手开始动作。半晌，他轻轻哼了一声，紧绷的身体断弦般松了下来。他腾地起身，看着自己手上的胸罩，心跳难抑。

他闯祸了。他无数次进过别人的家，但像今天这样，还是第一次。这个房间注定要发生他的很多第一次。送口红也算是一次，后面说不定还会有。刚刚，躺在她床上，还没看到她胸罩的时候，他还想着或许有一天，他可以鼓起勇气说要帮她补窗户；如果她推辞，话又不太狠，他就以玩笑的口吻请她索性住到自己不漏水的那间去。现在，他觉得自己很脏。

这胸罩怎么办？正想着，一串巨大的声音鞭炮般炸响。他身上，手机。他吓坏了。这是一个疏忽，正因为他现在的目的与从前决然不同，他才轻忽了这个细节。以前他的手机绝对是静音的。他像是被打了一梭子，身体洞穿。他飞快地蹿了出去。

他疾如闪电。在铃声的短暂间隙中，他已跑进了自己的房门。电话是老西打来的，他刚要接，又把手机扔下，他想起，女人的门还没有关！

手机还在响，催命似的。他的床上，那只胸罩被他带过来了，他飞快地塞在被子底下。他拿起床上的手机接通，立即又扔在床上。他接通只是为了让它不再响铃。他出门探头看看，跑过去，把她的门关上了。他拿起手机唔唔地听着，手随着心脏颤动。老西是当年的大哥，是他把李恒全带入了行。他那时只会翻人家门前的地垫，翻到钥匙就试着开，是老西教给他全套手艺。他感谢过老西，也恨过，现在不想再搭理。反正，他出来后从不主动联系。神通广大的老西在他一出来时就找到了他，给他钱，老西说：这是你应得的，你没有乱咬。但李恒全只肯要一半，似乎全拿了，就意味着要全盘接受老西的安排。他说我想找个工作，正式的，你能帮就帮。老西来过几次电话，前几次都是劝他跟着干，这次不同了，真的有个工作。老西说：保安，你干不干？

李恒全愣了一下。他有点心不在焉。老西在那边嘻嘻怪笑起来，嘎嘎嘎，像个鹅。他这一笑，李恒全脑子清楚了。他说：不干。老西不笑了，说：可别说我没帮过你，是你自己不干的。

不干。

语气很坚决，理由并不明确。他眼前浮现出楼下的胖门卫，他不就是个保安吗？虽穿着件“特勤”制服，但他欺负女人。这还不是关键，厉害的保安也有的，他当年被弄进去，可能就是栽在一个瘦保安手里。不堪回首。他不想被往事纠缠。他是觉得，一个曾经的老鼠，现在要披挂上阵做猫，这特别怪异。他几乎一眼就能看出谁是老鼠，万一遇到以前的同行，那说不定就要惹麻烦。

4

他真的管住了自己的手，没有再开她的门，但他的腿也真的不太听话，老是要自动往女人的房间那边走几步。他很想给女人的房间放一点钱，可惜没有这个实力，反而带来了人家的一个胸罩。他不承认这是偷，可不是偷又是什么？太恶心了！他鄙视自己。他把手狠狠地在墙上抽了两下，发誓绝不再到她房间去——除非，除非他有机会把她的胸罩送回去。

至少应该提醒她取暖器要及时关掉，但怎么提醒，却是个难题。显而易见，她的生活不如以往那么规律了。这才是傍晚，通常这时间她是不会回来的。自从她的房间失窃后，他只要在自己房间，就会留意着她那边的动静。这有点像个守门人了，很可笑，他宁愿自己是个等待妻子下班回家的男人。这其实更可笑。她由远而近，足音清脆。她开门，进去；门关上，再出来时，已是第二天早晨。

他们在楼梯上相遇了。他买早饭回来上楼，先听见了她节奏明朗的脚步声，一抬头，眼帘中是两条穿着黑丝袜的小腿。他在转弯处站住了。她戴着墨镜，似乎正在看他，其实不是，她视线向下，是盯着脚下湿漉漉的楼梯。他说：你好。

这是不得不说话的局面了，但她没开口，只点点头。她依然戴着墨镜，如果不是他曾看见她摘下墨镜抹眼泪，他一定认为她眼有残疾，或者是个吊疤眼。楼梯间的玻璃破了，寒风呜呜钻进来，他身上紧了一下。她衣服单薄，但是好看，他的目光不禁落在她胸部，胸罩，他眼睛立即像被溅进了火星子，躲闪开去。他的脸发热，突然说：你……你还没吃早饭吧？给你。她愣住了。看不出她墨镜里是什么意思，但她肯定错愕。他的话却顺溜了，说：我吃不下，正好，见面分一半。说着把手里的塑料袋一扯，又扯出一个袋子；鸡蛋正好是两个，煎饼隔着袋子对半一撕，早饭一分为二。他的动作麻利，很卫生，很巴结。她不得不接住了，笑笑说谢谢。她动了一下脚步，问：你上次说我的门，不撬锁也能进去，是真的吗？

他吓了一跳，脸煞白：我说过吗？哦，想起来了。我相信你是真的丢了东西，故意帮你说话。我瞎扯的。

她嗯了一声，迟疑地说：我真的丢了东西。肯定是被人偷了。连衣服都偷。

他的脸像被抽了一下，火辣辣的。这时，倒是墨镜帮了他的忙，她看不见他异常的脸色。他急中生智说：偷衣服，那肯定是女人，女人偷了自己穿。

她不见得没听说过有男人专偷女人内衣，但不愿多说。她鼻子哧了一下：恶心！

李恒全连连点头。女人说：我最恨小偷了！我以前逛街，手机就被偷了。

他立即说：我也丢过手机。谁都丢过。这是小事，倒是你一个人，水啊，电啊，要注意。她嗤一声笑道：你倒大方，小事，好在有你这个大男人做我邻居，我还胆大些，不过我还是要早点搬走。她笑笑，笑意漾出了墨镜的范围，扬了扬手里的早饭，继续下楼了。

高跟鞋敲击着楼梯，一下一下，声声清晰。他呆在那里，半晌才想起上楼。他脚步沉重，她丰腴的胸已然离去，但那个胸罩还在他房间里。这东西肯定很贵，她并不富裕。他仔细把胸罩洗干净了，阴天里，胸罩又厚，他经常摸摸，一直都不干。她的生活目前有点捉摸不定，他能确认她在不在房间里，但她会不会突然回来，那可说不定。

他原谅自己了。他当面提到了水、电，不知她有没有领会；总不能每天等她出了门，立即进她房间检查取暖器。她那么讨厌小偷，他李恒全现在也讨厌，但他无法忘记她说这话时的表情和语气。很久以后，他才偶然听说，她的丈夫因为盗窃，那时候正在服刑。也许，他们还在号子里见过哩。

李恒全出来一个多月了。二月很冷，也很小，转眼就临近月底。出来的时候，他计划尽快找到工作，二月份一定要解决。他完全没有意识到，二月比别的月份要短——实在不行，就学着当个泥瓦匠吧，这活儿技术含量很低。

到目前为止，他是个不着实的人，飘着。且不谈他的过去，就现在，他的工作没着落，老婆只知道一定是个女的；就连身份也可疑，至少，他确实又去拿过别人的东西。这么一想，他心里很憋屈。细雨绵绵，时断时续，据说春雨贵如油，有利于庄稼，可他再找不到工作，庄稼丰收了他也没吃的。他打了几个招工电话，都是生产线的，有一个"零基础"，下午可以去试试；又到街上乱逛，餐馆也是个去向，不能掌勺，洗碗端盘子也行，只可惜所有的餐馆都还没有开门，他连点个盖浇饭的地方都没有。他目前只吃得起盖浇饭，幸亏天气总是在往暖里走，他忍一忍，可以不必再添置冬衣。

总算还有一家开门的水饺店。他要了一碗吃完，把汤也喝了。这里离住处很近。路很窄，倒是四通八达，怎么走都走得通，到处都是卖各式小商品的摊子。一辆小轿车使劲地按着喇叭，催促一辆卖棉拖鞋的三轮车让路。他伸手帮了一把劲，把三轮车推上了路牙。路牙边蹲着几个男人，面前摆了几个三合板牌子，上面写着：泥瓦工，专业堵漏，水电工。几个男人蓬头垢面的，一见他停下来，马上站了起来。他本来还想打听打听行情的，他们一站，他连忙摆摆手，继续往前了。不知道这几个男人，他们的老婆是做啥工作的。毫无缘由地，他突然想起了他的女邻居。

也就在这时，远处似乎乱了。有人在喊叫。他一下子没听懂，但他的眼睛立即就明白了：南边一箭之遥的方位，腾起了烟雾。

他跑到街的另一边，仰头望去。阴雨天气，烟被压着，低低地和水汽混合了，宽大的楼面中间像被谁泼了黑墨水，慢慢地洇散。大概是四楼，正是他住的那一层！他的鼻子飘进了刺鼻的焦煳味。

着火啦！好多人喊了起来。他怔一下，拔腿跑了过去。很多人都往那边跑，他不是第一个启动的，但绝对是跑得最快的。地面湿滑，无数人呼啦啦跟在他身后。乱了，街上全乱了套，有个女的摔倒了，手里买的菜落了一地。她大呼小叫地保护她的菜，跑到路边捡滚得老远的西红柿，有个人一脚踩碎了一个，立即就起了纠纷。好些人不跑了，站住了围观。他们只是爱看个热闹，哪边的热闹都一样看。

5

大楼周边好多人，乌泱泱的，所有人都仰着头，指指点点。着火的确实是四楼，浓烟很黑，夹着火星子从一个窗户里往外蹿，噼里啪啦的。那是她的窗户！李恒全踩着湿滑的草地，绕到大楼南面。好几个人从大楼往外跑，男的女的，衣冠不整，十分狼狈。有人上去打探情况，他们都不答，只咳。可能已经烧了一阵子了，但没有人救火。他们都不是专业人员，这里也没有水。乱哄哄的。不知谁叫了一声：快报警啊！那胖门卫站在远处的草地上说：报啦！

李恒全跑到那门卫面前，大声问：她在不在里面？

胖门卫一愣，说：谁呀？

李恒全说：里面还有没有人？

那我可不知道，胖门卫嘟哝着，走到远处去了。一个小伙子裹着被子说：要不是呛醒，我就完了。小伙子面熟，贼头贼脑的，咳嗽得像只生病的大白熊。你命大呀！他边上一个穿着红马甲的女清洁工说，说不定还有人！我第一个报的警，刚冒烟我就看到了，我好像听到有个女的在哪儿喊救命。她拿着扫把一指门卫：胖子！你应该一个门一个门地敲！

刹那间，李恒全脑子像是空了，又似乎塞得满满的。他拔脚蹿出，朝大楼飞奔。

踏上楼梯他就摔了一跤，鞋底的烂泥太滑。好在楼梯上烟雾还轻，李恒全右手抓着栏杆，三步并作两步，飞快地旋转上升。烟雾渐浓，李恒全气喘如牛，烟呛得他呼吸有点困难。他掀起衣服捂住嘴，拼命向前跑。虽然视线有点模糊，但他熟悉方位。一只老鼠撞到他脚上，他跑得更快。他扑过去，使劲敲打她的房门。咚咚咚！

没有反应。门缝里往外挤着烟。侧耳贴上去听听，脸上感到热，却没有声音。里面有人吗？他大喊，你在里面吗？

隐约听到轻微的火花爆裂声。门是铁的防盗门，他使劲踢。楼下隐约有人喊：你使点劲啊！李恒全脚疼，但门很坚固。暴力入室从来不是他的专长。他飞跑到自己的门前，打开。他的房里暂时还只有轻烟，他扑到柜子前，弯腰伸手，立即又起身。跑出房门时他趔趄了一下，差点摔倒。他手里攥着那套家什，再一次站在她门前。

他犹豫了。她在里面，还是不在？

南面传来了消防车的鸣笛声。楼下鼓噪起来。笛声由远而近，却在远处停住了。消防车使劲地鸣笛，车顶的喇叭也在喊话。道路太窄，肯定是车进不来了。

他摸出了家什。如果她在里面，他这是救命。他救的是她，也是他自己朦胧的希望。时间就是命。可她如果真在里面，却还有意识，他开门进去必将被她认出，那怎么办？不是小偷，怎么会开锁？以前的失窃，难道不是你？！

他略有些迟疑，还是举起了那根铁丝。这是第一步，烟雾遮眼，他一时瞄不准。

烟雾呛得他眼睛流泪，但身为一个老手，不该手抖成这样，是他的心里腾起了烟雾。铁丝只要伸进去，他几乎不再需要试探，马上就可以进钩子，然后，啪嗒，门就能开……可她如果被他救出来，即使她当时不知道具体情况，事后，她又怎能不知道救命的人是如何进去的？谁有义务帮他李恒全保密？

他的手还在动作，但脑子发昏，感觉完全不对。他似乎看见她头发焦黄，脸庞发黑地伸手向他道谢，但她眼睛里有鄙夷，嘴角在冷笑。他哆嗦了一下——可他必须救她！他定定神，加快了动作。

没想到他曾经的提醒还是起了作用：她的门今天反锁了。这显然增加了难度，但也不过再多花几分钟。手上原本运用如意的铁丝这时却像是细树枝，又钝又软，额上的汗水挂了下来。

楼下乱哄哄的，人声嘈杂。有个人突然冒了一嗓子：你个鸟人在听壁脚啊？！一片哄笑。人声最擅长的是传递秘闻隐私，不知道他们是否也在为消防车进不来而着急。黑压压的人群一齐注视着这里，众目所聚——火可能还没全熄灭，所有人都将知道，那个救人的英雄原来擅长开锁。烟雾遮挡不了众目睽睽。

楼梯上响起了杂沓的脚步声，两个消防员冲了过来。你在干什么？高个子消防员厉声喝道：你怎么还在这里？！

李恒全立即把家什拢到袖子里，后撤一步。他还没想好说辞，那消防员骂道：你要钱不要命啦！快撤！

李恒全转身慢慢往外走。虽然来的只是消防员而不是警察，不管闲事，但他从前的经验还是近乎本能地阻止了他乱开口。他此刻只能默认这是他自己的门。很可能，她本来就不在里面。果真如此，一切就是最美好的。她安然无恙，他在事后或将有勇气告诉她，我曾为你担心，为你冒险冲上去……可是他转回身，对消防员说：这房间可能有人。我踹不开。

话音未落，她的房间里轰隆一声巨响，房间的门被水柱冲得直颤。水终于接过来了，房间里不断传来玻璃掉落的声音。李恒全指着门，正要再重复一句，走道里咣当一声，矮个子消防员已砸破了墙上的消防柜。他骂了一句脏话，操起手里的消防斧，对准门锁位置，狠狠砸了下去。一下，两下，三下五除二，高个子抬腿一脚，门开了。两个消防员冲了进去。楼下传来一片掌声。

他跟了过去。到处是飞舞的水，浓重的烟雾。还有酒气。还没等他看清，两个消防员已把人从床上连被子抱起，朝外冲去。李恒全躲闪不及，脚下一滑，一屁股坐在水里。手一撑，很疼。

她真的在里面！他的头像是挨了一记重击，嗡嗡的。他爬起来，跟在他们后面。经过楼梯的时候，他扬手把袖子里的家什扔掉了。她怎么样了？她会不会死？如果他一上来就把门打开，她一定不会死。他跟着她跑出大楼，湿漉漉地蹲在地上。

她被暂时平放在草地上，人群围拢过去。另有几个人靠过来，一迭声地打听情况。李恒全捂着头，什么也不说。上衣里的手机响了，一直响，不屈不挠。他掏出手机，这才发现手被划破了。伤口不大，他不理会。是老西的来电。李恒全在屏幕上点一下，拒绝了。屏幕上染上了血。他抬起衣袖擦擦，看见了屏幕上模糊的日期：二月二十八日。他觉得这日子好像与自己有关，却又有点犯晕。远处传来了救护车的声音。担架下来了。他挤过去。救护人员把她往上抬，连着被子一起抬。他帮不上忙，只看见被子上有红色的血闪了一下。她的头发焦了，缩成破烂的黑布片；头侧着，微微晃动。她的眼睛似乎睁着，正朝向他。他心中一震——这是她唯一一次注视他，而没有戴墨镜。

手机又响。救护车鸣着笛开动了。李恒全摸出手机，再一次看见了这个日期：二月二十八日。离他的生日还有一天。有泪珠滴落在屏幕上，洇着手指的血，他以为是雨滴。他生于二月二十九日，那是好几年才会出现一次的日子，一个经常不存在的珍稀的日子。今年，就没有那个日期。

无法完成的画像

刘建东*

屋子里弥漫着一股淡淡的烧焦的味道。女孩被一个中年妇女领进来。中年妇女是女孩的舅妈，脸圆圆的，眉清目秀，却是男人嗓。我们已经见过几次，对她并不陌生。女孩几乎是被她拎着放到我们面前。她粗声说："我外甥女，小卿。"

我们正端着茶杯百无聊赖地喝水，看到瘦弱的女孩，我师傅杨宝丰赶紧站起来，端详着瑟瑟发抖的女孩。女孩宽宽的额头散落着稀稀的头发，有几根遮掩着大大的眼睛，露出惊恐的眼神。我师傅愣了一下，然后轻轻抚摩着她发黄的头发说："别害怕，我们是给你娘画像的。"

时间停留在一九四四年的春末。这一年我十五岁，我师傅大约四十岁。我师傅杨宝丰是城里唯一的炭精画画师。三年前，他来到城里，在南关开了家画像馆，专门给人画像，给活着的人画，也为故去的人画。师傅保持着一个传统，画遗像一定得到死者的家里去画。我想，可能是不想把晦气留在自己家里吧。我已经跟他学徒一年，能够简单地比着照片画人像了。

舅妈说："平时就她们娘儿俩一起生活。我这小姑子比较任性，因为恋爱的

---

* 刘建东，男，1967 年生，河北省作家协会副主席。1989 年毕业于兰州大学中文系，1995 年起在《人民文学》《收获》等发表小说。著有长篇小说《全家福》、小说集《黑眼睛》等。曾获人民文学奖、十月文学奖、《小说月报》百花奖、曹雪芹华语文学大奖、孙犁文学奖等。

原因，几乎断了和我们来往。我一年也就能见她几面。三年前的秋天，我婆婆病重，临死前就是想见她这个小女儿一面。我和小卿舅舅来找她时，已经看不到她了，只剩下我这小外甥女独自在家。听小卿说，她娘是刚刚不见了，小卿也不知道她娘去了哪里。我们找了她整整三年，这三年里，我想让小卿到我们家里住，可小卿就是不离开这儿，说要等她娘回来。我只好每天过来照顾她。这三年里，我男人去了很多地方寻找，我那小姑子就是活不见人死不见尸，慢慢地，我们也就不抱什么希望了，只好放弃了，就当我这小姑子是死了，所以才请您来给画一张像，算是有个着落，有个结果。”她说得很平静。

是的，师傅来是给人画遗像的。师傅并不关心这些，他只想着如何对得起这份邀请，把他的工作做好。他把目光从女孩身上移到舅妈脸上："我需要她的照片，你们找出来，我来挑一张。"

舅妈转向小卿："快去把照片拿出来。"

因为一下子来了两个陌生人，小卿吓得只顾低头看地，对舅妈的话充耳不闻。只有两间屋子，找起来也不难。舅妈只好自己动手，来来回回在屋子里转了好几趟，却没有找到一张小姑子的照片，只找到了一本薄薄的相册，里面的照片却不见了。可以清楚地看到贴过照片的痕迹，照片一张也不见了。舅妈把相册递到小卿跟前，问："照片呢，照片咋就都不见了？"

小卿落下泪来，抽抽搭搭的。舅妈脸色大变，黑黑的，训斥小卿："你哭啥？又没打你骂你。"

师傅冲舅妈挥挥手，弯下腰来，和颜悦色地对小卿说："孩子，别哭。我们是替你娘画像的，只有知道你娘长什么样，我才能把她画出来。你知道照片在哪儿吗？"

小卿眼中带泪，点点头，"我知道。"她说。

她领着我们走出屋，左拐，在墙角处放着一个红花的搪瓷脸盆，已经掉了很多瓷，红花已经残缺不全。她指着脸盆里，小声凄凄地说："喏，都在这里。"

我们顺着她手指的方向，低头观看，脸盆底有一层燃烧后的灰烬。那可怜的灰烬还保持着照片的模样，竖着，横卧着，侧躺着，张牙舞爪。这时，刮过来一阵风，灰烬犹豫地颤动着，然后开始盘旋向上，轻飘飘地飞到空中。隔着散成碎片的灰烬，向天气晴好的天空望去，天似乎阴了。怪不得我刚才一直能闻到一股淡淡的烧焦味。舅妈的声音尖厉起来，抓住小卿的细胳膊："你把照片都烧了！这是为啥？"

小卿嘤嘤地哭出声来。

我们重新回到屋内，气氛便有些紧张和不安，没有照片，等于是巧妇难为无米之炊。小卿垂手而立，脸上还挂着不屈的泪珠。师傅面露难色，对舅妈说："没有照片，我画不出来。你还是另请高人吧。"

舅妈一时也没了主意，她并不是一个从容淡定的人，一遇到难题便慌了手脚，只会埋怨小卿，对小卿横加指责。还是师傅处事冷静沉着，提醒她，除了这里，哪里还能找到她小姑子的照片。这一下，舅妈茅塞顿开，跺了一下脚，拍一下脑门："我都被她气糊涂了，我去找，我去找，我们家里一定有。"

我们便和小卿一起等待她的舅妈回来。

屋子里烧焦的味道渐渐散去。没有了舅妈在身旁，小卿反而没有那么胆怯，她逐渐活泼起来，看看我师傅，又看看我。舅妈说小卿只有十岁，或许是营养不良的缘故，她看上去比实际年龄要小。从开始到现在，我一直背着装满画画工具的布包，没有说一句话，她就对我有些好感，向我招招手，说："你来。"我犹豫地看了看师傅，师傅掏出烟来，点着，闭上眼。这就说明师傅并不反对。

我跟着小卿进了另一间屋子，里面摆着一张单人床，叠好的被子上还放着一个草编的娃娃。她把门关上，神秘地对我说："我还有一张照片。"

我大吃一惊："那你赶快拿出来呀。"

她拿起草娃娃，用手摸着娃娃的头："我不拿。"

我着急地说："我去告诉师傅。"

她说："你去吧，你去告密，我就说是你撒谎，根本没这回事儿。"

我说："我不告诉他。那你拿出来吧，让我看看。"

她绷着的脸便松弛下来，露出微微的笑容，她指指自己的心脏："在这里。"

我泄了气，转身要出去，听到她问："你们来干啥？"

"画画。你舅妈请我们来给你娘画像，把她的像挂在墙上，你就能天天看到她。我师傅画得可好了，就跟活着一样。"我向她解释。

她却噘起嘴巴，翻着白眼，不满地说："我娘没死。"

我猜想，她是不愿承认她母亲离世的事实。这不能怪她，搁到谁身上，都无法接受。于是我问她："那你娘去哪儿了？"

她摆弄着手里的草娃娃："找我爹去了。"

"那你爹去哪儿了？"

"我娘说，我爹去的地方不能让别人知道。"说到这里，她突然警惕地盯着我的眼睛，"你不能给别人说。"

我说："我都不知道你爹去了哪里，我咋告诉别人？"

她把掉落地上的一根细草，轻轻地捡起来，吹了吹，想插回到娃娃身上，可她尝试了几次，都没有成功。我说："我来试试。"我把草插回去，交给她。

开门的声音把我们召唤回师傅身边。师傅面前的桌子上，烟灰铺满了一张纸。师傅手中的香烟燃到了一半，一缕细细的白烟腾空而起，线一样直直地飘上去，似乎是静止的。小卿舅妈手里拿着一张泛黄的照片，递给我师傅："您看，这个行不行，我只找到这一张。"

她拿回来的是一张全家福，六个人，坐在前面椅子上的像是一对夫妻，后面是四个孩子，两男两女。她指着第二排右手边那个年轻的姑娘说："这就是她，小卿的娘。"

师傅掐灭香烟，盯着照片，似是在认真辨认照片中的人，半天没有说话。

舅妈焦急地催师傅："您倒是给个准话，行不行啊？"

"啊。"师傅像是刚刚有了结论，"这张照片是什么时候的？"

"大概十三年前吧。这之后没多久，她就离家出走了。"舅妈说。

师傅没有说话。

舅妈又问："可以吗？"

师傅再次把照片拿近端详着。"好吧，就它吧。"他平静地说。

师傅的判断并不总是正确。我看到的那张七寸旧照片，在时间无情的作用下，清晰度已经大打折扣。照片色彩的饱和度明显减弱，眉眼、鼻子和嘴巴虽然还能分得清，但边际间的灰色调正在慢慢地退化，有些暗淡。我有些奇怪，以往，师傅在对照片质量的要求上是很挑剔的。而这一次，在小卿舅妈真诚的邀请下，他是在勉为其难，在冒一个很大的险。

此时，我才把背包打开，依次拿出画画的工具，素描纸、炭精粉盒、画笔盒、尺子、放大镜、橡皮，把它们按照顺序放到已经清走烟灰和茶杯的桌面上。我坐下来，开始在那张发黄的照片上画线条，横的线条和竖的线条，交叉形成一个个的小方格。因为人头很小，所以我必须小心地以毫米为单位画线。师傅坐在那里，闭目养神，他没有抽烟，画画前，他都会让自己的心静下来。舅妈出去准备午饭，屋子里没有了她的声音，很安静。折腾了一上午，已近中午，我边打方格，边能听到肚子里的叫声。偶尔，还能听到远处传来的隐隐约约的枪炮声。这两种声音，在我的耳朵里交替回响，就让我有些分心。师傅闭着眼都能感觉到我的神不守舍，他轻轻敲了敲桌面："把耳朵放到照片上。"

我安下心来，继续打格子。

小卿在一旁好奇地看着，她问："你把我娘怎么了？你把她关到笼子里了？"

我说："这不是笼子，这是方格。我把照片上的你娘挪到这张大纸上，她就更清楚了，更像活的一样了。"

她便安静下来，站在一边，静静地看我打格子。

简单地吃过午饭，我在铺展的素描纸上，以放大二十倍的比例，开始打格子。铅笔在尺子的指引下，上下为竖，左右成横，雪白的素描纸被逐渐分成二百八十个方格。小卿显然没有见过画像的过程，她看得兴高采烈，笑逐颜开，脸上早就没了泪水。

我放下笔，把铅笔放在打好格的素描纸旁，放大镜放在打好格的照片上，压好素描纸，看着师傅。师傅缓缓睁开眼，目光在纸上扫视一遍。阳光正好照在密密麻麻、方方正正的格子上，那格子犹如一个个开着天窗的房间，敞亮而温暖。师傅起身，净手，擦干，揉揉眼睛，松松筋骨，然后端坐在桌子前，拿起铅笔开始画头像的轮廓。他画得很慢，比平时要慢许多。我从来没有见他如此小心谨慎、畏首畏尾。铅笔拉成的浅浅的线在一个一个的格子间缓慢地前行，犹疑不定地寻找着方向。平时干净利落的线条也显得笨拙而胆怯。我站在旁边，感觉特别紧张，仿佛这不是平日里的一次寻常的画像，而是一次艰难的在丛林中的探险。我暗暗地捏着一把汗，开始为师傅担忧，不知道师傅是不是能够把人物肖像画好，是不是能得到亲属的首肯。这还是我学徒以来，第一次为师傅忧虑。

还有小卿舅妈的唠叨，对师傅是另一种干扰。她坐在一边，并不像小卿那样安静，她控制不住自己想要数落小姑子的欲望。也许，对这个倔强的小姑子，她早就心存不满。她说："这兵荒马乱的世道，您说一个年轻女子，不好好在家，找个安分守己的男人，守着自己那个小家，好好过活。天天在外面疯跑，净和一些陌生的人打交道。谁知道她找的那个男人是谁，是干啥的。是好人还是坏人。她都自己决定了，也不让我们参考一下意见，甚至都不让我们见上一面。您说，哪有这样的。"

师傅紧皱眉头。

"后来我们连她也见不到了，不知道她去了哪里，大约有三年的时间。等她再出现在我们面前时，她怀里抱着一个娃娃，就是小卿。我们问她，那个男人去哪儿了，在干什么，为啥他不管她们娘儿俩了。我这小姑子啊，倔得像头驴，死活就是不说。还是我男人东打听西踅摸，找了间房子，把她们娘儿俩安置在这儿。"她继续喋喋不休。

师傅手中的笔前行的速度越来越慢。

我把小卿舅妈请到了屋外，悄悄告诉她，我师傅画画时需要绝对的安静，不能和他说话，让他分心。

舅妈说："真是毛病多，我闭嘴就是。我又不喜欢看画画，多无聊。"

屋子里能听到铅笔在纸上滑动的声音。师傅缓慢的勾勒无法吸引小卿的注意力，她看了一会儿就没了兴致，拉了拉我的衣袖，示意我出去。我跟着她悄悄地出了房间，来到院子里。院子里种着一棵枣树，枣树婆娑的影子正好遮住我们。她问我："画到那张纸上的人就死了吗？"

我奇怪地看看她，那双大大的眼睛，衬托得她的脸更瘦削。"不一定啊，我师傅也给活人画像，有年纪轻的，还有小孩子，还有人请我师傅给他们家的猫画过像。我师傅画得可好了，他们都说，比照片上的人还好看，比真人还耐看。不过，我们是来给你娘画遗像的。"我细致地解释道。

"那人死了为啥要画到那张纸上？"她还是有太多的疑问。

我挠挠头："我也不知道，反正有人愿意挂在家里，愿意找我们画，我们就画。"

"你画过没？"

我摇摇头："还没有，我画得还不大像。我师傅说，我得再画两年，才能够正儿八经地给人画像。"

"那你能不能给我也画一张？"

我犹豫着说："能，只要我师傅同意。"

她撇撇嘴："真没出息。"

聊天中，我看不出她有多么悲伤，也许，三年的等待和期盼，对于一个孩子也有些倦怠了，麻木了。

天擦黑的时候，师傅才把人像的铅笔稿画完。白色的素描纸铺在桌面上，借助灯光，我们看到了一个清秀的脸的轮廓，眼睛、鼻子、嘴巴、耳朵都已经就位。虽然漫长，但那是一个好的开始。小卿盯着那张画稿，看了半天，晃着脑袋说："这不是我娘。"

我对她说："别着急，这是草稿。明天就让你见证奇迹。"

披着夜色，我们告别了小卿和她的舅妈。那张画好轮廓的素描纸就放在桌面上，慢慢地被黑夜覆盖。在同一屋檐下的黑暗中，可能还有一双明亮的眼睛在闪烁。

并不像我承诺的那样，奇迹来得并不及时。第二天画像的过程仍然延续着昨日的艰辛。

这是画像的关键环节。

师傅净手后闭目而坐，等着我把一切准备就绪。师傅的表情看上去波澜不惊。微风穿堂而过，师傅的头发微微颤动。炭精粉盒打开，露出细细的黑黑的炭精粉。小卿对灰烬一样的黑色粉状物十分感兴趣，伸手想摸一摸盒中的炭精粉。我抓住她的手腕，制止了她。

而后是毛笔，按照大、中、小号，并排放在右手边。这些毛笔都是经过特殊处理的，把柔软的笔头浸入糨糊中半个小时，等每一根狼毫都与糨糊充分而亲密地接触，拿出，在阴凉干燥处慢慢阴干。此时的毛笔头是饱满的，坚硬的，再把笔头捏松，修剪好，适于沾上炭精粉。一根根黑头的毛笔面朝桌外，等待着我师傅的召唤。

一切准备停当，师傅开始作画。每一次，都是从眼睛画起，这是老规矩。师傅告诉我说，眼睛是一幅肖像画的魂魄，只要魂魄活了，这幅画就成功了一大半。而这一天，一九四四年春天的一天，面对草稿，他稍微犹豫了片刻，然后，用小楷毛笔沾上炭精粉，笔落在了鼻子上。我万分诧异地看着师傅的手。一旦落笔，他的右手便没有犹豫，没有迟疑。鼻头的阴影慢慢地擦出来了，然后是深色的鼻孔。当师傅用炭精粉擦出第一笔黑色的线条时，像是广阔的平原上，吹过来一股春风，等风慢慢地吹遍了平原，黑色的线条铺满了一张白白的纸，人物浮现了，春天也就到来了。

往常，师傅画出一幅八开的人像，大约是一白天的时间。可是今天，我向小卿夸下海口的奇迹却迟迟没有到来。一天下来，他只画了鼻子和嘴巴。但即使是如此，当那秀气挺拔的鼻子和有些倔强的嘴巴，以黑白灰的搭配变得立体，呼之欲出时，也足以令在场的小卿舅妈不住地赞叹："真像，真像！"小卿则牢牢地盯着那鼻子和嘴巴，眼睛瞪得很大，睫毛不住地闪动。

太阳快落山时，师傅便停止了作画，这也是一贯的规矩。我用一张宣纸把那张素描纸蒙住，细心地在四边压上镇尺。我叮嘱舅妈和小卿："谁也别动下面的纸！"

第三天，师傅画了脸部、耳朵和头发。第四天，他才最后画眼睛，画一幅肖像的魂魄。一直到傍晚，漫长的作画过程还未能结束。只留下一只眼睛，他再也画不动了。那一小块空白，像是一个深不见底的洞，特别突兀刺眼。我看到，师傅的右手手背上已经布满了密密的汗珠。而我自己也已经筋疲力尽，依稀是跑了四天三夜。从来没有，从来没有过，这么难熬的作画过程。我反复看着那张旧照片，看着照片上青春而朦胧的脸庞，再看看素描纸上，那一个意气风发而清晰的面孔是多么得来不易啊。

师傅疲惫不堪而虚弱地说："明天早晨收尾。"

按照惯常的规矩，我把缺了一只眼睛的肖像画用宣纸蒙住，镇尺压住，嘱咐小卿和舅妈，别动那张画。我们走到街上，师傅的身子一软，险些摔到路上。我扶住他，说："师傅，您累了。"

第五天一早，我们就赶到了小卿家。清晨，金黄的阳光里有一股甜甜的蜂蜜味道。舅妈忙着给我们倒水沏茶。照例，我开始为师傅做准备。我掀开宣纸，惊得大叫一声："哎呀！"镇尺掉到了地上。

宣纸下面是空荡荡的桌面，陈年的桌面映着冷森森的光。听到我的惊叫，师傅站起来，凝着眉，有些惊恐地看着空空的桌面。我伸出手摸摸桌面，桌上桌下，都找了个遍，也未见踪影。我哭丧着脸，看着师傅。师傅便叫住在眼前晃来晃去的小卿舅妈，问她看到那张画没有。舅妈说："没有啊，你们走后不久我也回家了，我走之前，还看了看桌子上，和你们走时一样，蒙着一张白纸。"她又风风火火地把屋子里能找的地方，挨个找了一遍，最后无奈地对师傅说：

“没有，哪儿也没有，怪事了，难不成是有贼了？可是贼不偷别的偷一张遗像有啥用，又不能卖钱。”

师傅对舅妈说：“你把小卿叫来。”

舅妈把小卿从院子外领进来。小卿垂着手，一脸无辜地看着师傅。师傅想拉拉她垂着的手，可她缩了回去，师傅只好和蔼地拍拍她的头，问：“你见那张画像没？”整晚，只有她一个人在家里。

小卿摇摇头，又摇摇头。

站在一边的舅妈把她一把拽过去，手上的力气明显加重了。小卿被舅妈拉扯着，龇着牙，咧着嘴，眼里闪着泪花。舅妈吼道：“是不是你？你说到底是不是你？前两天你把你娘的照片烧了，这次你又把你娘的画像弄到哪里去了？你说呀，你倒是快说呀！”

舅妈越是逼迫，小卿越是不从。她倔强地憋着眼泪不流出眼眶，昂着头不回答舅妈的问话。舅妈气鼓鼓地说：“你们看看，跟她娘一样一样的，死倔死倔的，认准了理，八头牛都拉不回来。”

师傅上前扒开舅妈愤怒的手，劝慰她：“让我来。”

师傅轻轻地抚了抚小卿发红的手臂，安抚她：“没有人怪你。不关你的事。你别怕。”又拍拍她的头。小卿怯怯地看了看师傅，又垂手站在那里，默不作声。

师傅挥了挥手，然后坐在椅子上，大口大口地喘着粗气。我胆战心惊地看着他，束手无策。

舅妈跺着脚说：“这可咋办，这可咋办？”

师傅淡定地说：“我重新画。”

重新画像的决定让小卿舅妈放宽了心，却令我忧心忡忡，我知道，师傅做出这样的决定是非同寻常的。在这一年学徒时间当中，类似的事情从来没有发生过，师傅最忌讳的就是重画。他说过，重画就是对自己的否定。

不出所料，重画的过程是一场灾难。我师傅杨宝丰要克服他内心的那份执念，并不是一件容易的事。每一天下来，他都疲态尽显，像是经历了一场永无尽头的长跑似的。他甚至忘记喝水，吃起饭来，也毫无胃口，如同吃糠。返回的路上，他走得比平日里要慢许多。夜幕四合，街道上人流稀少。偶尔有辆自行车响着铃铛疾驰而过，还把他惊得歇息几分钟才继续前行。我听着他软弱无力的脚步声，能感觉到，两只脚几乎是拖着在行走，我不忍心地说："师傅，要不我们放弃吧。"

师傅说："不能。"

师傅回答得那么坚决，我就愈发觉得肩上的分量重了。我背着大大的画夹，里面是没有完成的画像。那张薄薄的素描纸，因为有了未完成的人物肖像，仿佛有雕塑般的形态，厚重了许多。我几乎能感觉到已经画完的鼻子、嘴巴的重量。除了要应对师傅心里的信念，我们还得防着画像再次消失。所以，我背来了画夹，每天回家时，我都把未完成的画像小心地装进画夹，而每次，小卿都非常庄重地看着那幅半成品的画像，在她的眼皮底下消失，她说："你为啥要把它带走？晚上我给你守着，一定不能再丢了。"

我不能把心里要说的话全盘托出，我不能告诉她，我们不信任她，不敢把画像留在她身边。我哄着她说："我师傅回去还要加班画。你看看，这幅画像画得时间太久了，耽误好多事。必须加班加点把它画出来。你舅妈放心，我们也安心。"

小卿嘟着嘴，不信任地看着我。

如此谨慎，如此艰辛，又过了五天，时间像是在一个个的铅笔线条围成的方格中，缓慢度过的。小卿母亲年轻时的画像，即将大功告成。除了要修正一下细微处的头发，连最后的那只眼睛都已经画好了。那一刻，在傍晚来临之前到达，师傅四肢摊开，瘫坐在椅子上，面色苍白，汗湿衣袖，头发打着绺垂在额头上。我轻轻地给他捶着肩膀。

师傅闭上眼，没有说一句话。小卿和舅妈并排站在桌子旁，她们已经忘记了我们的存在。她们被那幅画像吸引了，静静地观看着基本成形的画像，一向爱说的舅妈，也变得沉默了，她盯着那幅画，我在她脸上看到了一丝羞愧。小卿看了一会儿，突然间趴在桌子上，放声痛哭。我害怕她的泪水把画像打湿，急忙把那幅画像向里挪了挪，尽量离她一起一伏的头远一点。三年多来，舅妈说她从来没有哭过，她一直相信，她的母亲，一定会在某个黎明时刻，在她睁开眼的一瞬间，回到她的身边。现在，当她看到自己的母亲以这样的方式出现在她面前时，也许她意识到了那个黎明永远不会到来。她的绝望与痛苦，就这样，把时间重重地推向了夜晚。她的哭声嘹亮而尖厉，高亢而饱满，像是色彩浓烈的炭精粉，把没有点灯的房间染得漆黑。

没有人阻止她。

也没有人，说一句话。

就让那夜晚，快速地降临，快速地把所有人吞没。

等她的哭声渐渐地减缓，变成溪流样的节奏，我师傅才站起来，把她揽在怀里，像哄睡觉的婴儿一样拍着她的背。在师傅的安抚下，哭声才来到了溪流的尽头，她安静下来。我感觉到，夜色像水一样缓缓地分开。

我照旧背着画夹，回到了店里。这几日，我都没有回家，而是在店里看护着画像。画夹被我放在柜台上。柜台里的墙上，贴着几张画像，有一个七八岁少女的画像，画像上明眸皓齿的少女笑颜盛开。师傅睡在里间，而我睡在柜台旁边。临睡前，我看了画夹最后一眼，眼睛才沉沉地闭上。黑夜像是流动着的炭精粉。躺在黑暗中，我似乎能听到细细的炭精粉流动的沙沙的声音。一粒粒一颗颗，互相依靠着拥挤着，成为磅礴而密集的黑色力量，柔软而不顾一切地吞没了一切。

不知睡了多久，我突然醒来，暗夜中恍若传来细碎的声音。顿时睡意全无，我侧耳细听，那声音细若游丝，若有若无。我从床铺上爬起来，蹑手蹑脚地摸向柜台，柜台上的画夹已经不见了。我惊出了一身的冷汗。我摸索着走到里屋门口，轻声喊道："师傅，师傅。"没有人回应。也许师傅太累了。我只好放弃打扰他，循着声音而去，声音仿佛来自屋外，店门虚掩着，我轻轻推开它，脚落下去，感觉像是落进了深渊之中。我深一脚浅一脚地迈出来，汗毛都立了起来，身后的画像馆好像立即就远去了。借着淡淡的月光，浓浓的夜色中隐约有一个人，正专注地站在那里。我掐了掐自己的大腿，算是壮胆。我停下来，不再向前走，唯恐惊动了那个人。我屏气凝神，躲在黑暗处，观察着前方的人。夜晚仿佛是由无数黑色方格组成的世界，每一个方格里都藏着一个妖怪。我缩成一团，想赶快回去。前边那人终于有了动静，他打着了火，他在烧什么东西。他点了几次，才点着，我立即闻到了燃烧的味道。燃烧的面积越来越大，被火映照的地方也扩展得越来越大，我的视线顺着火光向上移动，一屁股坐到了地上。那个人竟是师傅。我的脑子瞬间便凝固了。

我不知道自己是怎么回到店里的。我躺着，眼睛闭着，能听到轻微的脚步声由远而近，关门，上锁，从我身边过去，在柜台边停留片刻，折进了里屋，然后一切归于宁静。夜晚再也无眠。泪水从我的眼角慢慢地滑落，在等待黎明的过程中，变成干枯的泪痕。

画像的事就此结束。师傅彻底放弃了为小卿母亲画像。我和师傅，谁也没有再提起画像的事。一年之后的某一天，我在店里等着师傅，等了一天，两天，一个月，两个月，没有等到他。师傅杨宝丰再也没有出现，我不死心，走遍了整个城里，也没有见到他的踪影。没有人告诉我发生了什么。我央求父亲，替我盘下了那个小店，我继续着师傅未教授完的技艺，渐渐地成了城里一个有名的炭精画的画师。我想一边画像，一边等待着师傅回来。就像小卿等待她的母亲一样，我相信有一天，师傅也会突然站在我的面前，他一定会为我的炭精画而骄傲的，我能够滔滔不绝地给他讲，我攻克的各种技术难题，画出的令人难忘的肖像。又过了一年，遥远的枪炮声终于来到了城外，清晰而响亮。

一九五一年的一天，我的画店里走进来一个年轻的姑娘，她面色凝重，年轻的脸上写满了哀伤。她端详着墙上的画，再看看我，说："我想请你画一张肖像。"

我觉得这个陌生的姑娘有些眼熟："好的，把照片给我。"

她摇摇头："有照片，但不在我手里。"

我微笑着向她解释："没有照片我画不了。"

"你肯定能画。"她坚定地说，"也只有你能画。"

我诧异地看着她："为什么？"

"因为你画过。"她确定地说，用忧伤的目光鼓励我。

我更加疑惑。

"我是小卿。"她说。

我一下子明白了，为什么我觉得在哪里见到过她。记忆像是泄下来的洪水。数年前的接触虽然短暂，却给我留下永生难忘的记忆。我内心涌动着一股暖流，不知道是因为见到小卿，还是想到了当年画像时的师傅。我急忙热情、手忙脚乱地请她坐下来，给她沏茶。我小心地问她："找到你娘了吗？"

坐下后，小卿努力克制着自己悲伤的情绪，对我说："邯郸解放后，我一直在寻找我娘，我不相信她会丢下我不管，我相信一定有什么原因，阻碍了她回家。我找了很多地方，就像我舅舅当年寻找她一样。虽然我一无所获，可我并没有像舅妈他们那样绝望，那样灰心丧气。我漫无目的地找啊找啊，找了一年又一年，直到去年秋天。有一天，舅舅突然来到学校，把我从教室里叫出来，他满头大汗，气喘吁吁，表情很奇怪。他并没有告诉我是什么事。他骑着自行车，骑得飞快。坐在后座上的我能听到耳朵边的风声。我们停在了晋冀鲁豫烈士陵园门口，舅舅连车锁都来不及锁上，拉着我就向里跑。烈士陵园刚刚落成，有很多单位在组织参观瞻仰。今天轮到舅舅单位。我一路踉踉跄跄，被舅舅拉着狂奔到烈士纪念堂里。我们站在一张照片前，一张模糊的照片，是一张合影。我能感觉到舅舅的身体在颤抖。合影上是四个微笑着的人，两个年轻的男人和两个年轻的女人，女人在中间，男人在两边。我站在那里，惊呆了，我越看，其中一个年轻女人越像我娘。而照片中的人像，似乎也越来越清楚。我确信，她就是我娘。我蹲在那里失声痛哭，根本不顾及周围有多少人。后来，一个陌生的女人走到我身边，问我为啥哭泣。我指着照片说，那是我娘。她把我揽在怀里，也是放声大哭。等我们哭完，她脸上挂着泪花，告诉我说，她是照片中的另一个女人，他们四个是曾经的战友，这是他们分别时的照片。她让我叫她黄姨，我觉得她特别亲，我喜欢听她讲话，软软的，带着南方口音。她指着我娘左边的那个年轻男子问我，你知道他是谁吗？我摇摇头。她说，那是你爹。我泪眼婆娑地看着那个陌生的男人，他的形象并没有像照片上的母亲那样越来越清晰，相反，却愈发难辨。我告诉她，我娘找我爹去了。她再次把我抱在怀里，她的眼泪冰凉的，落到我的脸上。”

我默然无语，看着她眼角不断滑落的泪水，不知道如何安慰她，这既是一个好消息，又令人伤心不已。

她的脸上除了哀伤，还挂着几分自豪。“我想请你给我娘画一张像。”她说。

我跟着她来到晋冀鲁豫烈士陵园，在烈士纪念堂，看到了那张照片。她指着那张照片，对我说：“你看，我娘，还有我爹。”

我的目光随着她手指的方向望去。小卿的爹头发很密很长，看上去刚毅英武。那张照片虽然清晰度不高，但他们四人快乐的笑容溢出了照片，明显感染着小卿。她看着照片，眼里含着泪，却微笑着。我的目光重新回到照片上，我紧紧盯着照片右首的那个男人，我有点怀疑自己的眼睛。我使劲揉了揉眼睛，指着照片惊呼道：“小卿，你看，那个人，那人是我师傅。”

黄姨领着我和小卿来到一个烈士墓前，她告诉我说，这就是你师傅，这里面埋着他的一顶帽子。黄姨说，他曾经化名杨宝丰，在城里工作过几年，他在南关开了一家画像馆，专门给人画像。我这才知道，我师傅叫宋咸德。

我潸然泪下。

灵异者及其友人

鲁 敏*

又有朋友跟我说起了小神仙，第几次了？得有十回了，我想。小神仙，你肯定也听说过，大概每一个基数单位的人群里，比方说，两万人左右吧，就会有这么一位，也有的叫大师、巫婆、预言者，类似的。人们总会在口耳相传中，交换他的各种灵验案例。你们当中的那个是什么名号？我们这个叫千容，据说是朋友圈昵称，就都这样叫开来，虽然大部分人并没有加她为好友的运气。

“听名字是个女的？”虚假地，显示我对她一无所知，以听到更为详尽的其人其事。

“哦！你！”朋友满意地摇头，“居然都不知道，真正的小神仙哎。”显出蓬勃的讲演欲。她学工艺设计的，在新西兰念过一年研究生。她一直对这些感兴趣，并且强调，外国大学或机构里，专门研究转世记忆、巫术原理、灵异事件的，多着呢，也算人类学的一个小切口。

“多大了？长得好看吗？”

“哦！”这回是责怪地摇头。对一个神仙，怎么能关切她是否漂亮呢？但朋友还是迁就了我，认真想了想，像回忆一个太过熟悉的老友：“以前很苗条，结

---

* 鲁敏，女，1973年生，现居南京。江苏省作协副主席。1998年开始小说写作，已出版作品《奔月》《六人晚餐》《梦境收割者》《虚构家族》《荷尔蒙夜谈》《墙上的父亲》《惹尘埃》《伴宴》等三十余部。曾获鲁迅文学奖、庄重文文学奖、冯牧文学奖、人民文学奖、郁达夫文学奖、《中国作家》奖、中国小说双年奖、《小说选刊》读者最喜爱小说奖、《小说月报》百花奖等。

婚生小孩后胖了点，胖点更好看。”

“结婚了，都。生小孩了，都。”我喃喃重复。也一样的程序啊。婚姻、工作、学区房、车牌摇号、婆媳相处、双语幼儿园。她会比平常人笃定和幸运吧，最起码会很顺利。

“她前面还离过一次婚呢。”朋友也若有所思，语调随即上扬，“预言者从来都不算自己的。见过理发师自己剃头吗，医生自个儿开刀吗，送葬人自己入殓吗？再说，也许她命里头，就该着离一两次婚的。”

“也是也是。你接着讲。”懊恼不该打岔。纯粹的“信”，会使讲述更加动人。就前面若干次听闻千容的经验来看，有讲得特别投入的，双目圆睁起来，听得我汗毛为之倒竖，十分痛快。也有一边讲，一边哂笑着自嘲或解构，这就十分不好玩了。

其时，我们正从屋里走到南阳台，正事已经谈完，随意寒暄到花花草草。朋友窗台上一溜排装置般的草木，配有山石沙地，皆极为袖珍，没一个大过巴掌的，品种我一个也叫不上来。“你可真讲究，我只会水培绿萝，那玩意儿好伺候，从桌子爬到空调，从空调顺着晾衣架，能把半扇窗户都绕得绿油油一大圈。也挺热闹。”我其实带点自夸。

“你绿萝下面的水里，有鱼没？”朋友打断，语气像抓住什么要害。

“鱼？”从没想过，能惦记着换换水就不错了。

“绿萝还好，要别的爬藤类，可不能养在屋子里。那个，最是吸人精气。所以要放点活物，回去买几条小金鱼丢进去吧，游来游去的就好了。真的，千容说过。”她就是这样说起千容的。

为了进一步奉劝，她随即神色凝重地讲到她一个朋友。律师，自己开事务所，精干得不得了，以前专门做经济案子，这几年迷上传统文化，也顺带做些版权保护之类。有一天，她正跟一位书法家在事务所谈事情，书法家中途接个手机，谁的呢，就是千容的。千容一通手机，马上就对书法家说，哎哟，你现在待的地方不大好啊，赶紧的，叫你身边那位朋友，把房间里的大株植物统统都移走。一株不留，快快地。可惜了可惜。

我显得愚蠢地摇头："这可怎么讲呢。不都说植物净化空气嘛，人与自然的和谐。"

"我那律师朋友跟你想法一样。再说，隔个电话，都不认识，平白无故的，可惜个啥，她可什么都好得很。听之不理。好了，两个月后，查出乳腺癌，晚期。赶紧再求教千容，千容也是老实，说她并没有办法解救或挽回，她只是可以'看到'必将发生之事。至于爬藤，是她看到事情的一个通道或信号，爬藤与病症是关联的。我那律师朋友现在胸前空空，装了逼真的义乳也没用，还是得了抑郁症，成天地瞅人不注意，要扒窗户往外跳。"

"千容，她替你看过什么吗？"我听她谈起千容的口气，很是随意。

"哦，我还不认识她呢。"朋友扭开头。"那你怎么说她胖点儿好看？""我是一直觉得吧，女人，还是稍微胖点耐看。反正我从此就不再养大株植物，体质本来就寒，再给吸了气，还了得。小盆景也好的，你凑近点，定住了往深里看，有点日式小庭院的意思吧。"

最早听到千容的神异预言，是一桩好姻缘，十多年前了。也是听一个朋友所说。朋友是个泛指，但也对，大家每天出门，碰上的、彼此说话的，不都是朋友吗？这个朋友，跟千容是真的认识，故而讲得要详细些。

千容啊，她有一双好唇，圆圆的，微嘟。她喜欢松松地扭一根辫子，系一条复古的艳绿色丝带，拖过来搭在一侧肩膀上，搞得小年轻们挺爱慕呢。可一听说她有那本事，喃，全跑了。你想，谁能接受枕边躺个巫婆啊。其实她挺能干的，一直在外头自己做事，给各处的网站做客服外包，旅行社、培训班、连锁酒店、小剧场、茶庄，什么活儿都接。第一次嫁人的时候，辞了工回家。离了就又出来做。再嫁，就又回家，专心备孕带小孩，算是贤惠型的吧。

那她帮人看这看那的，收费吗？才不，从不，连谢礼都不要。千容也从不有意地拿腔拿调，给人家看个高考或大买卖什么的。我感觉着，她做这事是要有灵感的，碰巧看到了、晓得了，就自然会告诉对方。硬赶着问，似乎不成。

她替你看过啥呢？记得我当时多次追问，朋友也是多次地避而不答，反倒更紧地抿起嘴巴，似乎哪里牙齿漏一道风，也会走漏命运的信息。碍于我们的交情，她会略做解释。这么跟你说吧，你在外面按摩过吧——打个不恰当的比方，跟那个一样的。她按得我哪里痛、哪里酸，只有我自己才有数。讲给你也是白讲，你听不出窍门的。

她倒是愿意讲讲别人的事。下面是她说的，那桩姻缘——

我有位朋友，算是老师兄，八六届的复旦中文系，出名的书痴书疯子，出来后分到古籍社，一头扎进去，万事不管，慢慢做成古书上的头块牌子。他太太呢，研究宋词，比他还要呆上十倍，从不社交，只给学生上课，可她的讲义，整理出来，卖得很好，也是著名学者了。他们有个宝贝儿子，不负书香子弟之谓，一门心思专攻古代戏曲研究，也是三记大棍敲不出一个闷屁。有什么与众不同吗？哦，他特别耐寒，一件厚衬衣就能过冬。千容不知是什么场合见到这孩子一回，远远看了一眼，便对我那老师兄断言道，你家公子啊，二十七岁上结婚，会娶个演员，小演员，不是太红。

师兄掰开指头数数，儿子那时已虚岁二十七了，时值年底，他生日是五月，满打满算也就还有半年，他连初恋都不曾有过，就能结婚？再说，演艺圈，怎么可能！他们全家人就是分三批次绕地球跑上一圈，也遇不上那个圈子的呀。不用说，师兄跟我们转述时，口气是大大地发笑的，也带点骄傲。

千容不可能看错。半个月后，我这师兄被邀参加地产公司的一个年度庆典，这家地产公司的所有楼书，都喜欢做成线装古籍的样子，摘引些文绉绉的断篇，跟社里算是有些合作，这且不讲。碰巧那几天师兄患上风寒感冒，西药汤剂齐下，也不见效果，只落得个昏昏欲睡，不敢开车，便让儿子接送他往返。地产界都是活络的人，哪里肯让他公子回家呢，留下来一起参加庆典吧。而这庆典上的蓝色水钻短礼服的主持人，便是他儿子当晚将一见钟情的明日娇妻。

确实是小演员，排不上号的过路角色，三四集之后就不知所终，是闹热娱乐圈的寂寥人。可能正因为如此，他们互相感知并爱慕了。当晚所有能同时看到他们两个的人，都会看出来，有爱降临了，端庄庞大，空气都在颤动。独我那师兄后知后觉，他被安排在主桌，因药物缘故，总是倦眼蒙眬，只靠拼命喝水提神。晚宴过后的回家路上，他从一上车就开始让儿子找公厕要撒尿。直到他第二回放空膀胱，坐到车上，猛然发现，后排坐着一个亮闪闪的蓝衣少女。他惊骇地询问驾驶室里同样脸颊带光的儿子，后座传来细丝丝但毫无怯意的抢答：我是他女朋友，可以叫你爸爸吗？

三个月后，他们在民政局排起短短的队伍，怀揣旁若无人的甜蜜。

这朋友的讲述大头小尾，把老师兄夫妇介绍得挺详细，对新人的终身之定只草草带过。但在当时听来，反显得更加可信。毕竟，一对年轻人，如何结识，如何闪电相爱，并不重要，比这更离奇的姻缘可有的是。厉害之处在于千容，是真的提前知道，她"掐"出来了呀。我都能够想象到，那一对老书虫夫妇，面对这戏剧化的飞来横喜，回想千容半年前的预言，会是什么反应呀。跌落海底，还是升入高天，就此修正笃行大半生的辩证唯物主义吗？

那个时候我就有点动心了。我想，得结识千容，让她也给我看看。当时我正好陷入一段荒谬的恋爱，是一个诗歌论坛上的宿敌，我们观点相异、势不两立，总是鼓捣着各自的队伍大吵，有一天被坛主拉着，在线下结识，并……强烈地互相吸引。他太年轻，一无所有，脾气很暴，所有理性可及的现实主义条目，都不符合婚配中最起码的杠杠。我对他而言，恐怕也一样。我们像拙劣的对子，明显不工整不对仗。可他妈的，激情又像大江大海似的在奔涌啊。

我这情况，不是比她师兄的儿子那根本无影无踪的缘分有更多线索吗？假如千容也能远远地看我一眼，肯定就会提前"看到"，我这场恋爱到底有没有结果了。然后给个暗示也行啊，是否要继续纠缠和犹疑下去。我这人从小被家里教育得对"珍惜时间"很有执念，替自己想，也替别人想着，别瞎耽误工夫。而搞恋爱，免不了要看苦月亮，没完没了地谈话，幻想或辩论将来的可能性。多浪费时间啊，等于慢性自杀或谋财害命，鲁迅先生都这样说的呀。当时我真太急于解决此事了。

可我没有吭声。我这位朋友是因为别的事情认识千容的。就算认识了，她也从来不问千容任何事情，只等千容无意中看到了，才会得到忠告。总之，要结识到千容，并得到其指教，这简直比恋爱本身还要微妙，连介绍认识都不被允许的——因为你先自就存着主动的想法。而千容的天眼，得在全然“空无目的”的状态下，才会开，其预言才有如神算。

这些，都是我这个老朋友很早就警告过我的。确实，我完全同意。命啊，多么玄虚，哪能那么容易识破呢？故我始终压制着请她引见的渴求，只茫然等待“无意中”结识千容。

好在我总还是能继续听朋友讲到千容。

那之后隔了大概有三年吧，有天我在街上拐进一家假发店——我想剪掉长发，那瞧上去太温顺了，又土。换个爆炸头可以？得找一顶类似的假发试试，看是否合适——带着伪装的购买意愿，一看二问三试，在导购员的帮助下，终于套上了一顶八十年代港味的满头细卷，正对着镜子照前照后，突然感到有人使劲拧了一把我的大腿。什么情况，有这么笨拙的性骚扰吗？我忍痛扭头寻觅，那家伙影子一晃，已出了店门，却隔着透明橱窗跟我直招手。眯眼一瞧，认出来了，老朋友啊，毕业那年，我们在同一家报社实习过，当时处得很好。

她仍在招手，幅度更大，是叫我出去的意思。我只得匆匆又照了几眼镜中的自己，确定了我跟这种发型是不相宜的，摇摇头放下假发就出来。

“好好讲不行啊，拧得我，恐怕腿上都青了。”我亲热地抱怨。多年不见，正好斜对过有家西点坊，进去要了两个甜品。

“我不好讲的，怕店员打我。镜子！假发店的镜子，是千万不能照的。”

“镜子？”我盯着她，几年不见，她脸上跟我一样，留下了时间的印痕，可以看到一连串跌爬过去的障碍与栏杆。做过人流。还在换工作。三人合租并且是最小的那间。开了双眼皮但很不自然。与最近一个男朋友分手了。

“知道什么人买假发最多吗？除了一小部分爱臭美的，大部分都是各种原因秃顶的，或者做化疗的。”她用明显偏见的口气，“外头的镜子，真不能随便照。

对你不好。”

我没吭声。谁有资格嫌弃谁啊？她以前可不这样，当年在报社，我们被版面编辑派着，跟一家国企跑戒毒所，拍中秋节送温暖的照片，她还拼命争取着，要给照片里的戒毒人员打马赛克。

“这并不是我本人的认识论。”她看出来我的态度，立即补充，“也是听以前公司的一个副总讲的。他认识一个，怎么讲呢，巫婆吧，可以这么说，懂这方面的门道。关于镜子，讲究可多了。”

“叫什么？”嘴唇沾了一大块奶油，不及拭去。我有预感。

“千容。反正我听他们都这样叫她。”朋友面带敬意，压低声音。多么熟悉的腔调啊，我心里也立即升起了那股子熟悉的贪婪感。

店里进来一对搞早恋的学生党，挨得很近共同挖舀一桶冰激凌。这毫不影响我们的交谈。

“千容对镜子特别有研究。她有次跟着一帮人到我那位副总家里玩，他爱收老玩意儿，旧铁壶旧烛台旧花瓶什么的，啥都捡回家。老婆早已离婚，儿子在澳大利亚留学，所以甩开膀子来，到处瞎收，家里堆得满地。这可好，那千容一进门，脸色就变了，副总又跟她不熟，问怎么了，哪里不舒服。她只说需要歇一下，也不跟众人四处看东西，只在沙发上喝烫茶，一杯接一杯。等到聚会散了，她却磨蹭着留下一步，私下问副总，你是不是收了什么老镜子？镜子，没有啊。副总想半天。哦哦，有个带镜子的老梳妆台，算吗？有点残破，我放在楼上小阁楼里了。

“千容点头。你这镜子，起码三个女人死在里面。一个是小脚，她抽烟袋，脖子挂一长串珠子，穿得倒是气派，就是老得不成样子。再一个，又小得不成样子，都没照到二十岁，白衣黑裙的学生样。镜子里照到她最后出门那天，手里还挺神气地举着小标语。还有一个，镜子里模糊些，但一看是见过世面的样子，经常关起门在家对镜子穿各种洋装，出门却换上灰蓝工装。有天被拉出去开会，回来一照，头发被剃掉一半。然后就开了柜子把所有洋装统统剪碎，然后系上绳子把自己吊起。千容逐一地说，好像面前有本影集，她在翻看那三个女人。

“你想那位副总，搞收藏的嘛，倒是乐坏了。你刚才说的长珠子，是不是朝珠啊？那没准是个诰命夫人呢，她后面的女学生，搞运动的吧，时间对得上。嗬，这可是捡着了！我收来时一个角被砍，破相了，价格很便宜。走，带你上楼近了瞧瞧，你要能看出来那老太太身上衣服的纹样，我就能推出来，她大概是几品……男人啊，也真是心大，也不想想，千容一进门，可是给镜子里三个女人惊着的呀。千容又捧起茶杯来喝，咂了一口，凉了，换上滚烫的，喝那烫茶。不了，她不要看。她只是说，这老镜子啊，孤单了，还是要喊个女人来照。你家要有个女人了。副总想着，这是暗示他会再婚，无所谓地大笑。他为人有趣，确实也有一二亲密女友，这事儿，还用老镜子来呼唤吗？”

朋友讲到这里，定睛瞧我，我也瞧她，足够的停顿过去，她嘘一口气：“过了没两个月，副总的儿子从澳大利亚回来，已做完变性手术，上面下面，相关的器官各有增减。退掉两年的学费做的，还加上两年打工所赚，还借了一点点钱，总之是没要老爹出钱。能说什么呢，副总于是把老梳妆台送给变成女儿的儿子了。”

挺叫人唏嘘的，可得承认，听着很满足，千容从来不会让我失望。

朋友用小叉子戳起最后一口甜品：“千容说，每个人就最好用自己的镜子。镜子啊，特别能藏，所有照过的那些人，不管死的活的，魂魄精气都留在里面，时间久了，就要出来人间瞧瞧转转，可能啥事不碍，也可能要闹一闹，兴风作浪的。所以，你推推这个道理，假发店镜子里藏着的，可全是焦虑症忧郁症工作狂绝症之类的呀。”

她后面的说法有些生硬，算是她的创造性发挥，但无论如何，这显示了她对我的关切。能有人关切，多好。我当即郑重点头：再也不照假发店的镜子了。其实我心里更高兴的是，又听到千容了，她还在我的朋友们口中流传，总在为朋友、朋友的朋友们显现出她的灵异之力。这不能不让我重燃某种希冀，也许，我正在以不可知的弯弯绕的轨道向着她那个方向缓慢靠近，并将在某日，达成“不期然”的相遇。

不过当时，那场令我纠结无比的激情恋爱，早已安然作古，无疾而终还是恶病发作，都想不起来了。但我对千容的向往依然强烈，因我正陷身一个更难的抉择——对，在考虑换工作，有一个很不错的机会，但不是简单的跳槽涨薪，是完全的连根拔起，到一个偏远的北方城市。北方，对我到底意味着什么呢，面食、干燥、儿化音、暖气。当然不止这些，甚至不是这些。橘生淮南则为橘，生于淮北则为枳。连橘子都会变种，何况人呢？心里可真是不踏实，午夜梦醒，想到故土难离，远地未卜，实在辗转难安。

“你呢，现在咋样？”久别重逢，必然会聊到这一步。她刚刚说了她的情况，跟我第一眼从她脸上看到的信息差不多。于是我也说了我的，这不丢人，谁不是一串瞎扑腾总摔跤的冰糖葫芦，尤其说到我南北之移的为难，顺便想听听她的意见。我又问店员要了两杯饮料。

朋友直摇头：“我能有啥见识。要有千容替你看看就好了。她可不光懂镜子。”那对学生情侣走了，又来了一对可能刚刚吵完架的母女，她们仇怨地彼此错开视线，要了不同口味的大杯奶茶，分得较远地默然坐下。朋友过渡性地观察了一会儿她们，又讲起千容的另一个故事。

是那位爱收旧玩意儿的副总讲的。不用说，儿子变性之后，他成了千容的铁杆追随者，四处搜集和传颂她的预言故事。为了减少转述中的损耗，我把朋友的这一层转述去掉，好比是直接听那位副总讲吧。

“千容可看得远了，前因后果，三生三世。生人就不讲了，讲了你们也对不上号。就讲带她来我家的那位朋友吧，我起先就是找他打听的。他做药材生意，天南海北地跑深山老林，收各种草木藤根，回头加工一番，就成了名贵中药材，赚得可狠。他有时在乡下看到老家什老物件，三文两文也替我收了带回来。我们也算是铁交情。见我打听千容，他马上就端正身子，抹一把脸，用眼睛盯着窗外。我也跟他盯着窗外，外面空空的呀。盯了一会儿，他才说，还记得我媳妇不？能不记得嘛。那可是个标致人，陕北妹子，做一手好吃食，我因为孤家寡人，常去他家蹭饭。

“可他媳妇后来不见了，挺突然的。那一回，我听闻他长途收货回来，便像从前一样，拎着几包熟食，径直踩着饭点过去。一进门却发现家里冷锅冷灶，四壁颓然，黑灯冷影里，我兄弟一人枯坐着呢。大半月没见，瘦缩了一圈。怎么回事啊这？我咋呼着，开了各处的灯，唤找他媳妇出来收拾吃食。这四处一转，发现他家里跟地震了似的，墙上画，案上瓶，地上凳，房里床，各样东西或是移了位，或是颠了倒，都瞧着不顺了。关键是，少了一个大活人呀。他媳妇人呢？好在也算熟门熟路，我到厨房找出碗碟筷子，又翻出上次没喝完的老酒，摆好，拉小兄弟坐下。他压着胡子连喝几口，才缓过劲，从嗓子里拖出一团湿棉絮来：我没去山里收货。就在家里，花了半个月，好不容易才把她给赶走了。

“这是什么话呀。我惊得酒都洒了半盅。他又连喝几杯，我强夹给他几片猪耳朵，让他慢慢说。他却又什么也不肯说了，只管摇头。反正打那以后，我就再没见过他媳妇儿。算算也是三年前的事了，要不是他这会儿自己提起，这谜底恐怕还一直不会揭开。既然你还记得我媳妇，又问起千容，该着的，我是可以讲了。再保密下去也没意义了。他看着窗外跟我讲。

“起先是病，他媳妇患上疑难女症，有大半年了，下红淋漓不止，四处求看，药汤喝下去能有半条河，仍是只见重不转好。虽说不是立时三刻致命，但任是多强壮的身子，也经不住这样的流泻。有天他在小区里烦恼地瞎转，脚上踢到一只野猫，全身通黑，一对绿荧荧眼眸，喵呜嚷他一声。他不管，继续闷头走，哪晓得小东西竟窜到前头，绕在脚前不去。他想起媳妇一直好猫，身上常年揣着鸡肉肠，院子里的野猫她认得十有八九。可能这一只，也是她一向喂熟的呢，他心里一软，慢下步子。黑猫真跟带路似的，一步两回头，带着他曲曲折折地走。不过，这就是小区嘛，还能走到哪里，走到头就是西侧门，侧门外就是水果铺子。黑猫把我兄弟给带到水果铺子，绿眼睛一眯，就跑不见了。

行，都到这儿了，那就，称一把香蕉、买五斤苹果呗。他挑拣起水果。

"'你呀，恐怕得买梨子，回家跟你媳妇分着吃。'他刚要付钱，给人拦下了，让他换成梨子。是个不认识的女人，也是买水果的，一边挑她的桃子，一边瞅我兄弟的脸色。她把他拉到边上，两句话切中要害，全是媳妇的内中症候，然后不轻不重地指点了几句：'她不能跟你一起待家里了，要往西南方向，一千公里，在那边正经住下来，调理半年。'我能同去吗？不行，你得老死此地。并且你还要回去，把家里的东西，如此这般地做一番颠倒与挪移——那便是我当时去他家所看到的局面。当时连他自己也觉得此事太过离奇，所以不肯跟我细讲，怕万一不灵，反落个大笑话。

"他给我讲到这里，吁一口气，把眼光从窗外转到我脸上。是灵的。他媳妇一到西南某小城，一个星期不到，身上就清爽了，两个月下来，肉长回来了，脸上又有颜色了，等住到半年，月事恢复正常，发来的照片，简直大姑娘似的。这当中，一有媳妇好转的消息，小兄弟便千恩万谢地向那水果摊上偶遇的女人报告。他跟千容从那时起，就算是有了交道。可千容总是半点喜色也无，也不要他的谢谢，只说不要恨她便好。你们想想这话啥意思？我这时其实也回过神来了，对啊，这都过去三年了，他媳妇身子是早就好了，可人也回不来了，身子和心皆已生根在西南边了。连这个，千容也是知道的，或者说，她真正提前预知的，就是他媳妇在西南边的另有归属。所谓病症的调治与家具的颠倒，不过是一种过渡与形式。他跟我回顾到这里，平静地补充道，怎么可能气恨千容？服气还来不及呢，到底是救了媳妇儿一命。是恩人。"

朋友转述了她从副总那里听说的，他那位小兄弟千里逐妻的救命之事，然后跟我总结道："看，千容就能知道，这人，跟哪里哪里的水土，是合的。合才能养人，才能安人，也才能久居。可惜我离开那公司久了，跟那帮子人来往少了。要不要我试试看，这位副总人挺热心，叫他替你跟千容拉个线？你这毕竟，也是大事啊。"

我心里一动，还是忍着，摇头谢绝了。并带着一丝丝优越感想着，她也是只知其一不知其二啊。怎么能主动去结识千容呢？要也能有只全身黑的绿眼睛野猫给我带路还差不多。

不过人的想法会变。尤其最近这几年，这事那事的一层层覆盖，每到难处险处跌跤处，便多次为当时的拒绝而感到懊恼。她都那样说了，就嘴边上的事，我点个头就行的呀，那现在又何至于这样，凌乱中抓瞎。痛中反思，我在心里反复给自己叮嘱，假若再能听到“千容”二字，别再一根筋了。世界上哪有什么纯粹“不期而至”的相遇，还是得努力，得事在人为吧。

好在千容毕竟是大家的，月亮或星星一样，或是这里那里升起，或是这里那里闪烁。那天我带果果去打针，就又听说到她。果果，对，是我胖儿子，两岁了，那周该着打乙脑疫苗。

那两年，我有几样事，是串在一起发生的。当时我差不多已决定去北方了，还有些细节想去人社局打听一下，同学群里有人说，有位高一级的校友应当在那里做事，几个话头一捎，便联系上，原来是他呀，我们都在校广播站干过。他颇热情，替我考虑到伴侣跟随政策、购房、医保接续、人才流动等各种政策细节，连两地工资水平，甚至未来的养老金发放标准等都打听到了。前后有一个月，他带着我东跑前跑。有天正好碰到大雨，我们给困在一家小面店，对着桌上只有残汤与菜叶的大碗，他突然开起玩笑，说在校广播站的“共事”，他那时还暗恋过我呢。

玩笑还是真话？但这话，能说出口来，就是个意思与信号吧。再说我真挺谢谢他的，那一阵子，我是太飘忽了，抓个浮枝都能当铁锚的。当晚就跟着去了他的住处。他跟我讲了他突然逃婚的前女友，语气甚是悲凉，这让我意识到，他还没走出那一段儿。随后，我继续准备有关调动的琐事，同时等待北方那个城市的各种回复，一边麻木地继续与他同睡，不顾前路。

然后就发现自己开始呕吐。两人都太粗心了，准确地说，是对自己和彼此都浑不在乎。那怎么弄呢？沉默地看了一会儿验孕棒上的两道杠，他斟字酌句：要是你舍不得打掉，就别去北方了。我心里一块石头轰隆隆滚落，突然放松了，这个宝宝就算是留我在这里的吧。至于跟什么人结婚，也没那么重要。总之，就那两个月，去留问题、婚姻问题连带着怀孕一并解决了。

果果打疫苗有个特点，人多必然长号大哭，人少则软绵绵哼唧，若只母子二人面对医生，说不定还笑嘻嘻。所以我尽可能地磨蹭着，很不积极地排队。然后就发现，有一位妈妈，似乎跟我是一样的想法，我们像两个“慢车比赛”选手，只等着大批的哭闹主力军过去。无聊之中，两个孩子在我们手边就近玩了起来，无法，我们也只能将就着一起打发时间。而这种两个妈妈抱着孩子在疫苗接种区的聊天，恐怕是世上最乏味，也是最奔放的聊天，三分钟之内，就能从小孩一天大便几次、乳房缩小与下垂程度，聊到盆底肌恢复情况以及是否漏尿等隐私话题。

“你知道人类平均每年应当做多少次爱吗？”瞥了一眼正彼此吐泡泡与口水的孩子，园园妈妈突然抛出这个问题，我一怔，还真没想过。她马上灵活地从微信收藏夹调出一篇公众号，伸手到我眼前，标题上就有显示：104 次。

“园园爸爸是达标了，他一直在外面乱搞。要是什么有情有义的小三，那也还能讲得通。可是他，全是刷的约炮软件。”明白了，怪不得她眉目间总有点忧色，讲起性的话题来好像别有一种亢奋，“可笑就可笑在，这还是千容跟我说的。”她很随意地提到千容。我不敢相信，可能是名字相近的人名？

“谁？你朋友吗？”

“才不是，公司网站的客服。你想，连个外包客服都能看出来，说明我这是呆到什么程度，说不定办公室所有同事都知道了。我就说呢，他跟我，连人类平均次数的十分之一都没有，另外十分之九，全都在外头哪。”她露出这种情况下常见的怨愤。想到以前听说千容是做客服的，看来应当就是她。我露出愿闻其详的同情之情，心里不敢惊动地轻声喟叹。来了，千容又出现了。不过，听说她再次结婚后，好像不工作了呀。

相对我以前听到的千容的故事，尤其是讲述者那种有意的起承转合，节奏和因果上的拿捏，园园妈妈这个就显得太过平常了。她只是因为在公司里负责跟网站客服对接，所以两人打交道比较多。你们见过吗？没有，她客服呀，就微信上聊聊的。园园妈妈显然把千容看成一个有点多嘴的八卦婆，从别的某处听说，按捺不住，告诉了她而已。

园园妈妈兀自沉浸在她的痛苦中："关键两边老人都很烦，几个老家伙一条心，整天盯着我要二胎，说既然政策放开了，当然得用足啊，正好换个品种，要个女孩。以为这是点菜吗？点什么就有什么。关键是，没有人给我撒种啊。我都三十五了，高龄产妇了。"她的忧虑显然还包括生育。

"你，听听千容怎么讲呢？"我想把话题往千容身上引，她只是一带而过。

"她能知道什么，自己也是个单身妈妈呢，搞得一塌糊涂。"虽然我知道卜者不自占的道理，可她的口气让我很是不安。"不过，你这一说，我想起来了，"园园妈妈沉吟道，"她当时跟我讲了两个消息，一个是园园爸爸的事，还有一个是讲我，说能看到我后面有一条大河。说大河主富贵，我过几年就要发大财了。你说怎么可能呢，就这指甲盖大的微信头像，她还能看出条大河来？真要能发大财。妈的我这家里一样不拿，连手机都不要。"她作势要把须臾不可分的手机都扔掉，表示弃绝之烈，"带上园园就走，我他妈的也找男人去，一年搞104次。"她使劲儿地笑，苦中作乐、绝无可能地笑。

我颇为羡慕地看着她。我知道，千容"看到"的肯定能成真，她多么有福啊，眼下这根本不算个什么。可她，也太不拿千容当回事了，实在叫我看不下去。膀子里两个小孩不知啥时都睡着了，打针的队伍还是臃肿着，保姆、爷爷、爸爸、外婆、小姨，一个小孩起码两个大人跟着。我们两对母子倒像一个小小的岛屿。我突然一阵冲动。

"你啊，是真不晓得千容？她可是顶顶出名的小神仙哪。"我把果果在手里换一边胳膊，把从前打各个朋友那里听到的案例全都讲了一通。可能有些地方比较含糊，或转折过于凶猛，毕竟时间久了，记不清，得边想边说。即便如此，我满意地看到，她把她儿子也换了一边胳膊，向我这里靠得更紧，梦魇似的，眼皮半睁，眼珠快速转动。她这模样加剧了我转述的愉悦程度，也增添了我转述中的华彩，我甚至编造了些更有趣的细节。比如，对那个在澳大利亚变性的孩子，千容甚至从镜子里看到了她（他）回国后初次揽镜自照的模样：一套红蓝条纹的连身工装女裤，唇膏和眼影都是银色的。诸如此类。这并没有改变事情的本质，不是吗？

偶尔，在停下来喝水时，我一闪念中也会想到，以前听朋友们讲述时，我也是这样迷醉的梦魇之状吗？而她们，也同样的，会不由自主地添油加醋吗？但我咕咚咕咚地喝水，并把这样的念头一并咽下。不管这些，毕竟，这个过程太有成就感了，我简直把园园妈妈给换了一个人。

她的样子慢慢恭敬和拘谨起来，在我提到千容时，会小声跟一句，我们该叫千容大师吧。但对我，反倒有点倨傲和防备了。她现在也知道了，不日，她将要大富贵了，哪怕就是三年五载之后，那依然是显见之事，必将到来的呀。

“介绍我认识一下千容吧。”我直截了当地说。铺垫得够多了，也许太多了。打针的队伍已到尾部，再过半小时，上午的门诊都要结束了。

“这个，她又不是我朋友，只是外包客服呀。对客服这一块，我们公司有规定，我不好私下里……”她支吾着，好像千容反过来成了她必须尽力维护的什么宝藏，当然，她也有点不好意思，伸手到包里乱翻，又慌张地摇怀里的儿子，想喊醒他，“这样，我给你指个路子，你呢，就直接到我们公司网站下面去留言，反映问题，客服就会出来跟你沟通的。千容，不，千容大师就跟你直接会话了……”她一扭腰抱着儿子站起来，快步往队伍后面走去。

“你什么公司啊？”我也一把抱起果果，腿都差点一软，不依不饶地也挨着她排上去。

“弗兰卡厨具，华东大区。”她匆匆作答，拿出她的号码条，跟前面两个人说了什么，一下子就插到最前面，刚好里面有两个老人合抱着一个哭得直打挺的娃娃出来，她便一大步挤将进去了。

谁叫我跟园园妈妈只是这种偶然的闲聊关系呢，就是刚刚谈过乳房下垂和性交频率又怎么样。我也没太伤心。只在心里默念那个厨具品牌，有些不情愿地想着，真去售后客服那边留言吗，或者当真给家里换一套整体水槽？这是合理程度的努力吗，还是有点过头？关键是我不太喜欢售后客服这个背景，千容那是在工作之中吧，总觉得氛围不对。

可惜刚才没问清楚，千容是真的又离婚了吗？她过得不怎么样吗？她就不能找另一个小神仙（同行之间也会有联系的吧）给她自己也把一把不好吗？我拉拉杂杂地想着，心里倒替她感到有些纷乱不安。我自己这边，其实最近还好，虽有小烦小恼不断，但到底一家三口算安定下来了。就算前面可能埋伏着什么，正淌着哈喇子打算吞我下去，我也没必要提前操心。就这么着，暂时搁一下吧。只要千容还在我们当中就行了。

“记住啦，回家路上你拐到菜场去，买两条小鱼。你要信！可别也整出个什么毛病出来。”再次叮嘱一番之后，我朋友左右交替挪动双腿，右手无意识地抓捏，这是急于要送我出门的架势。可能是因为刚刚承认了她并不认识千容，有点儿不自在。可更多的是，我能看出来，我太熟悉这感觉了——这些年，她显然也都是从不同的朋友那里听说千容，并跟我一样惦记着，有着求而不得的憾恨。

Two heads are better than one. 想起初中时学过的这句英语谚语。我们不如合力把各方面信息碰一碰，不是更能接近渴慕之人吗？我们是从业务关系慢慢变成好朋友的，知道对方的为人和生活情况，也足够地信任彼此。

前年，我儿子果果被两家大医院和一个研究所都诊断为智力发育障碍，也就是大家骂人时常讲的“弱智”，果果爸爸崩溃得很彻底，第二天就离家出走，切断所有联系，一个半月后托人捎话，说再也不回来了。曾宣称暗恋我、也娶了我的高中广播站成员就此成了前夫。能怎么办呢，他先抬了腿，不要讲出走，我连寻死也轮不到了，总得有人把果果给拖大，还得挣下我死了之后他的养老钱。

想想一个小文科生，除了敲打键盘，能干什么呢？长夜苦思，看几眼痴睡的果果，我开始挨个儿给淘宝上的小破店留言，尤其是那些一看就没有策划包装的店铺，提出我的全套文案服务，诸如广告词、产品描述与解说、创意命名之类。比如，卖干花的，我会替它搞一个“紫色心情”或“窗外”系列，类似这样：“时间驻留往昔芬芳，化为颊边的恋人絮语。”卖百香果或紫薯的，则是“我们采撷大地深处的精华，穿越千山万水，纯正原香只为换取你的每日维C一笑”。而卖棉服饰的，则需要给那些皱巴巴的裙子取出名字来，叫“湖畔相遇”“庆历四年春分”，等等。三四流的土味诗意，正好够用。这一谋生的想法，多少也算来自千容吧，我相当于她的上游产业，负责勾起购买欲，她那里则是跟进售后。既然她一个人能单干，我干吗不试下？

没有料到，这还真做出点名堂，需求之大、收入之易超乎意料，后来我索性辞掉小文员差使，找了一个肯吃苦的姑娘做帮手，全心全意做起这无本生意来。而我眼前这位朋友，手上开了五家淘宝店，不排除还要扩大，全都是我替她从无到有一手托举起来的。她起先卖女包，小作坊流水，好在皮子还可以，我给她的定位就是意大利风格的小众品牌，价格立刻翻了两倍。后来她卖贝壳饰品，成本很低，有时就是残损边角料，我给她所有的文案和页面配乐等都指向跨性别与多元文化，黑酷范儿，卖得可好。生意上，她确也离不开我的。

所以也没多想，我把意思跟她说了出来：“不如一起找找人，跟这个千容结识下。明面儿上，我们可以说是请她做你的售后客服，这很自然……”

不等我说完，她用手势打断，把我从阳台引回室内。“假如真能认识，就太好了。我正碰到……”她停住，毫无过渡地突然抽泣起来。她戴着用深海贝壳做成的异形项链，随着她肩部的抖动，它们散发出蓝绿色的深海荧光，一点也看不出廉价。我所有朋友中，她留过学、父母不用她养、丈夫很顾家、女儿找人上到双语幼儿园、生意很可以、定期健身，真是什么都好的呀。可那怎么也控制不住地抽泣，又表明她绝对碰到大事情，远大于我以前或眼下碰到的任何事儿。“我实在扛不住了。有一个多月了，得不断增加药片，才能勉强睡一会儿。快说吧，我们怎么能认识她？”她那口气，像急等汤药入口救命。

“你真的相信她能帮到你？”不知怎的，我问出这愚蠢的问题。可能是她表现得太急切了，让我十分忧心，万一千容解决不了呢，那种完全扑上去却一脚踏空的破灭，我是不敢想象的。她是我流水额最大的旺铺客户，跟我的结算是佣金式的，她生意好，我的收入才能多些，果果将来便更多几分保障。她闭着眼睛抽泣，所答非所问："需要，我需要的呀。"

我们于是有商有量地，从所有讲过千容的那些朋友里，各自分头打听起来。事实上，这工程并没想象中的庞大或曲折，知道她的人比预想中还要多。没费太久，千容的喜好、工作、生活、社交圈等皆已了然——确实是又离了，自己带孩子。年前出过一起车祸，断了三根肋骨，但恢复很好，基本无碍。工作不再是单干了，给一家公司收编过去，而今只负责家用电器方向的客户。她性格偏内向，但朋友倒是不少。喜欢看电影，尤其动画片等一大堆有用无用的细碎情况。

最终，找什么人来引荐，大家约在哪里一边吃饭一边聊聊，也全部敲定：就这个周六中午，粤式茶餐厅，据说那里的海鲜粉丝煲和招牌腊味饭口味甚好，是千容惯吃的。看看，这就搞定了嘛。我与朋友击掌相庆。这会儿，就是叫我们去结识我们都喜欢的布拉德·皮特，恐怕也非难事。

其实每个周六我都要带果果去海洋馆泡一天，他最喜欢待在那里面。算了，只能把他送到一家托管处，那托管处居然同时接管宠物，气味不大好闻。可这次见面太重要了，我不希望果果出现在那边。然后便急急忙忙回家收拾打扮，试了起码五六套衣服，连背什么包都琢磨了半天。我心里在不停地翻滚和盘点，带点劫后余生般的兴奋劲儿，千容让我回想起若干的、我最需要她的那些艰难时刻，一浪又一浪的恐慌与打击。单方面看，我认识她得有十年了吧，都能算是老朋友了。可她还没见过我呢，所以真得好好收拾下。我简直有点面试的心态，要显出我老到的职业状态，同时很会过生活，当爹当妈一把手，虽然经历了些坎坷，可对付得还行……也许就凭今天看我的这一眼，她看到了一切……

我提前一小时收拾，扔了满床的衣服，最终出门还是迟了。滴滴叫车要排队，还碰着个慢性子水平又菜的司机，一路吃红灯。粤式茶餐厅在美食中心中庭三楼，我气喘吁吁地，老远就在扶梯上看到那家店，落地玻璃里，我朋友的玫红色绲边套装十分触目。她昨晚就发了照片给我，选了最贵的，然而我认为是最难看的一套，好处是让我一下子就看到他们四个。

我们俩共同的一个朋友，打横头坐着，正跟服务员讨论菜单。有一位男士，昨天我们也加上微信了，他是我俩共同朋友的朋友，是他带了千容过来。男士与千容都背朝扶梯这个方向坐着。我朋友正跟千容在讲话，我看到她鲜艳的上半身，两只胳膊不对称地挥舞，显得过分活跃。她旁边空着，那是留给我的位置，跟千容斜对面。

我理理头发，触到脸颊的两根指头冰凉，像两根迷你冰棍。我上了扶梯，又从边上掉头下来，打算再上一遍。他们聊得正好，我反正已经迟到，对结识千容而言，等这么些年了，还在乎这几分钟嘛。

扶梯很慢，甚合我意。我得以远远地张望千容的背影，带着莫名的温存与眷恋。近在咫尺啊，只最后一步，就要抵达她了，从此将失去对她的所有期盼与无限寄托。

碎短发，并不是某个朋友曾描述过的粗长辫子。从背影看，也谈不上微胖，是相当清瘦的体形。扶梯到最高处时，能看到她小半个侧脸，肤质有些糙，发黄，好像蛮沧桑的。还能看到她脚下搁着个大挎包，鼓鼓囊囊的，款式和颜色跟我以前一个同事的一模一样，我刚刚送儿子去托管处，用的也是类似这种大包。这让我有一种悸动的亲切。这就是奔波中人常用的包嘛，轻、能塞。像今天，我装进了儿子只肯吃的两种零嘴、惯用的水壶、替换的小毛巾，还有他走哪儿都要带着的一只毛绒企鹅。猛然间想到果果，我心头一空，感觉离开他很久又很远，突然很不放心起来。想想看，为着周六的海洋馆，他等了整整一周，这可是他最大的盼头。他会一直在哭吧，不远处还全是狗吠猫叫，臭味一阵一阵。

这让我有点不安，但仍然重新踏上扶梯，一边张望千容，一边在心里念叨：这么多年啊，可终于等来她了。可是，等一下，突然一阵剧烈的心跳，继而几乎骤停：如果真在多年前遇到千容，而她也平静地指示出我今天的必然，在确凿的命运线中，我真能走得到今天吗，眼睁睁地看着自己一头撞向透明的冰山？或者，我将由于她的预见而拼命抗争，纵身投入那一无所有的恋爱，一意孤行去往北方，逃命般地通往另一段婚姻，以求像大部分人那样生下一个健康的宝宝——那么，我将没有果果？

不，我受不了这样的假设，我甚至已不能接受跟果果有超过半天的分离。我在后怕中大感庆幸，随之而来的，是心乱如麻，是更大的愧痛，有如锥刺。我怎么能一下子想到这许多，太冒犯了。若以此类推，今天，当真结识千容之后，未来的生活……

像个冲到悬崖边的胆小鬼，或是差点伸手去按动类似核武器的启动按钮，都等不及到顶头再换乘了，我有些踉跄地扭头就往下逆跑，用力跑，加速跑，才能跑过扶梯本身的上行速度。正是饭点儿，扶梯中挤挤挨挨全是赶赴约会的人们，带着空腹，也带着期待地交头接耳，他们由远及近又由小而大的面孔，在我失焦的瞳孔中，像美好的花朵一样轻微晃动。我喜爱他们那无知无觉的样子，多么天真啊！对不起，让个道，对不起。我向他们所有人抱歉。

双脚终于着地的时候我突然想到，千容应当早就知道了，说不定也早已告知我那玫红套装里的朋友，以及在座的其他两位了。她斜对面那个位置，将会一直空着，我不会与他们一起共享海鲜粉丝煲和招牌腊味饭。她什么都知道的，对吧？这个想法让我大为释然，几乎愉快起来。我最后一次扭过脖子，抬起眼睛，像暗中浇灌并拥抱某种不为人知的深沉友谊，远远凝望茶餐厅那个方向，虽然已看不到千容的背影。

旧　情

潘向黎[*]

守在母亲的病房里，齐元元像一个进入决战的战士。这场决战是大多数人都要经历的，就是父母得了重病——重到所有人都明白，不论这场病要延续多久，这都是这个人此生的最后一场病。为人子女的，要在巨大的惊恐、难以置信、接踵而来的打击和绵绵不绝的痛楚伤心委屈的夹攻之下，蒙头蒙脑地迅速武装起来，和战斗力已经所剩无几或者已经失去战斗力的亲人一起，面对一种力量无穷的秩序的无情碾轧，顽强抵抗，不到最后一刻，决不放弃。

是决不放弃，而不是决不言败。因为实际上，头脑清楚的人，从一开始就明白了这场战争是必败的。而且这场战争的残酷还在于：任凭进攻的力量攻城略地、摧枯拉朽，防守一方浑身是伤、弹尽粮绝、精疲力竭，但是却不能投降——无处投降、无从投降。因为死神不受降。战斗惨烈，投入所有的体力、财力，从幼儿园开始积累下来的所有人际关系，动用从高中的同学开始直到现在单位的保安的所有人脉，但依然是必败的。明明谁都看出来是必败的，还必须一丝不苟地打到底，似乎对面那个巨大而看不见的敌人需要在抵抗者的奄奄一息和勉强抵抗中获得足够的快感，而注定战败的这一方，需要在这样残忍的

---

* 潘向黎，女，1966年生，上海市作家协会副主席，文学博士。出版长篇小说《穿心莲》，小说集《白水青菜》《轻触微温》《女上司》《中国好小说·潘向黎》等多种，散文集《茶可道》《看诗不分明》《梅边消息：潘向黎读古诗》《万念》《如一》等多部。曾获鲁迅文学奖、庄重文文学奖、朱自清散文奖等。

过程中赢得一种失败者的尊严，或者，无憾地撒手的机会。

对于独生子女来说，这场战役的可怕之处还在于：弹尽粮绝之际，不要说有援军，就连一个由于血缘天然地可以和你百分之百同感、随时可以抱头痛哭的兄弟姐妹都没有。

如果已经结婚了，也许会好一些。人生第一次，齐元元怀疑自己没有及时把自己嫁掉，也许是错的。她没有想到，母亲会在她还没有结婚的时候就要离开她。确切地说，齐元元没有想过，母亲会离开她。现在这件事突然像一个从高处吊钩上脱落的集装箱，从天而降，砸在了她面前，带来地震般的惊吓和惊恐，然后是不知所措。但是没有人理会她的不知所措，一张张病情通知书和化验报告就扔到了她的面前。齐元元相信，这个世界上，会有一些女孩子能够做到，在母亲这样的病情下，冷静地关闭部分感官，去处理去应对，但是，这个人应该不是她，她不是这样的人。但是，她发现当战斗突然打响，自己也只能拿起从来没摸过的武器，一边学习，一边迎敌，还要安慰母亲，感谢医生、护士，讨好护工、清洁工和开直达电梯的，没有时间去悲伤去自怜，就这样开始了战斗。起初以为是遭遇战，后来发现陷入胶着，然后就知道是必败的了，但是只能死撑到底。因为她只有母亲，母亲只有她。

父母在她刚上初中时就离了婚，一年后父亲另外有了新家，但是母亲一口气死死地撑住了，没有流过一滴眼泪。后来齐元元发现这似乎是上海女性的一大优点：平时看上去娇贵秀气，遇大关口却很能沉得住气。母亲从工作到生活到家庭氛围都稳住了阵脚，一个人带着齐元元，过得一点不比整条弄堂里的任何一家差，齐元元穿得比别人漂亮，她们家吃得也不比别人差。初中的时候，齐元元去别人家做功课，人家也到她家做功课，同学们对别人家的伙食，都是一清二楚的。十年，齐元元几乎没受到任何困扰，和同学们来往也不避讳这个话题。

坐在她后面的男同学王诗雨问她：“你多久见一次你爸爸？”

齐元元笑嘻嘻地说：“大概一个月两趟。如果他出国或者出差，过期不补。

你呢？”

“一星期一趟，太多了，有点烦。我爸爸假惺惺说他不放心我，我只好照顾照顾他的情绪。你每趟是到你爸爸家里去还是在外面约会？”

“在外面。啥叫约会？你能不能换一个词？”

“在外面碰头啊。那个女人看到你不适意啊？”齐元元知道，“那个女人”是指父亲新家的女主人，王诗雨这样说没有恶意，他对自己和齐元元名义上的继母都一视同仁，用“那个女人”来指代的。

“没有，一点都没有。”齐元元想了想，“她总是一副接待外宾、热情周到、为国争光的样子，但是她再客气，我总觉得我爸爸还是有点左右为难，而且和不搭界的人应酬我也吃力的呀，所以就基本上外面碰头了，两个人吃一顿，有时候给我买点东西，反正我爸爸不缺钱，这样大家省点力气。”

“我不管，我不帮他们省力气。我一会儿要到他家吃饭，一会儿要到外面，折腾那个女人，谁叫她明知道我爸爸有家，还要和他勾搭的。”王诗雨先是咬牙切齿，后来自己也笑起来。

“你这个神经病。”

“我妈妈也说我十三点。她说没必要，她说：王诗雨，侬听听好，你爸爸这种男人，能力一般般，本来卖相还可以，后来挺起只肚皮，也不灵了，还要花插插，想想也蛮搞笑。他跟别的女人跑了，你妈妈赛过清理不良资产了，你不要再生他的气了。”

离婚已经不是什么大事情，父母一代都与时俱进想得开，起码摆出想得开的样子，年轻一代当然普遍情绪稳定。

齐元元功课也还不错，考上了一个过得去的大学。留学，她和母亲都不考虑，因为心里知道两个人不能分开，不然会带来人生大到不能估量的损失。那时候一个过得去的大学本科，就可以找一个不错的工作了，所以齐元元在花了半年的时间四处投简历之后，就找到了一家公司，没有怎么在招聘摊头上去挤得皮鞋上都是脚印。

那些世界五百强公司的招聘摊头，拥挤的程度，让她想起了小时候挤过的公共汽车。但是后来地铁多了，私家车多了，上海的公共汽车再也不像过去那么挤了。在招聘摊头，齐元元听到有人大呼：“卧槽！这样挤进去再挤出来，一个个就直接破处了！”齐元元闷在肚子里笑得抽了筋。

齐元元第一个正式的男朋友是杜佳晋，他们是大学同学，一个学院，隔壁系的，大二的时候谈的。起初是杜佳晋追齐元元，齐元元觉得他看上去很舒服，脾气也很好，脸上经常有笑容，也是上海人，就开始谈了。齐元元不喜欢那种看上去很酷的男人，她觉得那种男人往往不是有缺陷，就是比较自恋，觉得自己是一大朵牡丹花，找女朋友是来当花泥的，齐元元不想自找苦吃。两个人谈恋爱了以后，齐元元觉得越来越喜欢杜佳晋，忽略了杜佳晋的温度变化。后来，大四的时候，有人说杜佳晋和自己班上的一个女同学走得很近，还说那个女生是跳艺术体操的、身材非常迷人。齐元元追问，杜佳晋否认，但是对齐元元确实越来越淡，齐元元哭了，杜佳晋就哄，但是哄完继续心不在焉，也继续和那个跳艺术体操的女同学来往，齐元元的心思就淡了。最后在毕业之前，两个人约了去看电影，约的时候齐元元半是灰心半是试探地说：“就当成最后一次约会吧。”杜佳晋居然说：“好吧。”

又过了一两年齐元元才听说，杜佳晋之所以没出校园就和她分手，是因为有一次和他母亲说起，说和这个女朋友已经谈了快三年了，引起杜母的注意，就问了一下齐元元的家庭情况，一听是单亲家庭，就坚决反对。杜佳晋在一次小范围的同学聚会上喝了酒，透露了这些内部情况。他还带着醉意说，本来他母亲只说，不要找外地人，尤其是想通过婚姻留在上海的人，谁知道还有补充规定，真是好烦，有规定不一次性说清楚。别人说：“你到底爱不爱人家呢？怎么老妈一反对就分手？你又不是妈宝男。”杜佳晋表示，一开始真的不算爱，只是有点喜欢，追求齐元元的原因是都上大学了，没有一个女朋友未免伤自尊，而齐元元看上去各方面还过得去，长得也是“农夫山泉有点甜”，校园里一起晃过来晃过去不丢脸。后来天天泡在一起，两个人谈得来，不再是交作业心态，想在工作之后继续谈下去，在家和父母经常提起，才引起了老妈的重视和反对。为什么要分手？一方面觉得大学里的恋爱，本来就不可能谈到民政局，毕业的时候正好可以做个分水岭；另一方面他知道他的母亲特别重视他这个独生子，温柔体贴里包含了控制倾向，所以就希望听话一次，在父母面前落个人情，让他们尤其是母亲在自己找工作的问题上，不过多干涉，等于是一个潜在的交易。

听到这些的晚上，齐元元独自到一个咖啡馆，坐在昏暗的角落大哭了一场。和杜佳晋分手的时候，因为是第一次恋情，而且实际上是对方提出来的分手，心里当然有些挫败、伤感、失落和困惑。但是马上就要毕业了，找工作、办离校手续、适应新环境，职场又是一个和学校完全不一样的天地，紧紧张张，忙忙碌碌，环境的巨大变化吸引了人的注意力，加上同事里面也有对她献殷勤的人，所以似乎没有真切地失恋过。但是听到这些杜佳晋真心话的时候，她觉得自己很难过，难过得很扎实。悲伤、委屈、不甘、埋怨杜佳晋，又怀疑是自己魅力不够，今后恐怕也不容易遇到一个出色的男孩子。就是遇到了，也很难想象他能看上自己。更何况，人家的母亲不知道又会不会挑剔单亲家庭这档子事呢！她边哭边想，可不能让母亲知道，那样好像把母亲这么多年的努力都给抹杀了。可是，父母离婚，又不是她的责任，已经倒霉了，还要被人这样挑剔和嫌弃，凭什么呢？长到二十四岁，齐元元第一次觉得自己是不幸的。她哭了很久，最后，在她眼泪汪汪的视线中，整个咖啡馆都浮动着一片紫色的凄凉。

然后也就过去了。生活在上海的人，其实都是不容易的。上海的太阳，每一天都会有点疲惫地沉入黄浦江的波涛里，然后第二天洗得干干净净，神神气气地升起来，照耀得江的两边一片华丽明亮。在这片土地上，当初的冒险家也好，外国人也好，贩夫走卒也好，升斗小民也罢；今天的坐办公室的也好，吃体力饭的也罢，高高在上发号施令的也好，成天没命狂奔的快递小哥也罢，都被那轮被水洗过的新太阳照耀着，也感到自己的面前是有奔头的。一时不知道奔头在哪里，也是有想头和盼头的。有时候，刚有点沮丧，外滩的钟声一响，传统的威斯敏斯特旋律也好，后来的整点钟声也罢，在滔滔不绝的江水和见多识广的建筑之间盘旋，被钟声提携了的江声在上海滩浩大地升起，人不由得腰就挺起来，手里的各式提包握紧，皮鞋，高跟鞋，运动鞋，脚下都加快了步子。说总是充满希望，也许过于主观而不准确，但上海人是皮实的，上海的“芯”是有韧劲的，所以上海这座城市，沧桑兴衰，海纳百川，总和“颓废”二字没有关系。

上海姑娘齐元元专心工作，一路走得很稳。因为学历不是很高，所以她很谦逊，因为是新人，所以她很肯学很乖巧，加上她空窗期，可以三百六十五天工作不分心，过年过节遇到同事和她换值班，她总是很爽快地帮忙。甚至有个女同事是自己一个人在上海，生病住院了，齐元元也会去探望，发现她没人陪夜，干脆留在那里陪夜，帮人家度过痛苦和狼狈的手术后第一个夜晚。这样一来，在不是懒就是娇就是傲的年轻人里面就变得很醒目。公司里的员工年龄和背景不同，人多口杂，自然横看成岭侧成峰，大多数人都不能收获一致的评价，但是对齐元元，大家评价相当一致：小姑娘人好，做事靠谱，还不计较。曾经有个别老江湖发表不同意见：“其实她门槛也蛮精的，你看进公司这几年，升也升了，收入也上去了，说她不计较，她可没吃亏。”当场好几个同事说：“那是应该的呀。这年头，还能要求人家做活雷锋吗？”“你今年春节帮我值班，我明年部门先进就投你一票，你肯吗？”“你上次出国休假，她不是还帮你值过班吗？你现在这样讲她，以后我们怎么敢帮你呢？”“你想说什么？人家一不是抱老板大腿，二不是和客户亲嘴，就是牢牢屏住一口气死做，这种小姑娘就算成了我的上司，我也服气的！”上海人很少当面开销人，这样众口一词，对齐元元已经是很仗义了。齐元元听说了，笑了起来，很舒心，有一丝丝感激。

最开心的时候，是母女两个出去旅行。齐元元每年的休假，都是和母亲一起度过的，母亲收拾行李、打扫冰箱、关掉水电气总闸，她负责选择出行地、规划路线和订机票、车票和住处。她们总是选四星级或者“舒适”级别的公寓酒店和民宿，一般每天的房钱都控制在三四百块，火车选高铁，这样可以多一些享受美景的时间，但是只买二等席，这样又省下来不少钱。到了目的地，齐元元经常说：“幸亏是母女，可以两个人住一间，又亲热又节约。”母亲说：“儿子和妈妈住一间也没什么吧。”齐元元说：“长大了，都工作了，还是有点怪怪的吧？如果是一家三口，就应该来一套家庭房……”然后停住了，有点抱歉地看看母亲。他们家从来没有三个人旅行过，在父母离婚之前也没有，为什么？齐元元一直想问，但是怕母亲伤心，就没有问。

齐元元喜欢到处玩，只要是没有去过的、新鲜的、有特色的地方，她都喜欢。但母亲只喜欢南方，她喜欢南方的太阳、海洋、河流、天空、气候，还有植物。母亲没有实现的人生理想是成为一个植物学家。听见这句话的时候，齐元元有轻微的惊讶，没想到母亲也曾经是个有梦想的少女。母亲说：“你的理想是当个画家，对吧？”小时候，齐元元在少年宫学了一个暑假的素描，随口说过长大要当一个画家。其实，后来，她不再去想长远的事情，似乎也没有空洞的所谓梦想了，她的梦想就变成了一个个迫近而具体的目标：考上高中，考上大学，选专业，拿学分，争取奖学金，写论文，找工作，完成任务。不论是从容不迫还是不吃不睡连滚带爬，反正要完成。在她心里，经常有一个声音在说“齐元元，你一定行”；事情完成了，那个声音会说“齐元元，好样的”。

被母亲一问，她才觉得，她内心唯一真正的梦想是：要有美妙的爱情。要在对的时间，遇到对的人，她爱他，他也爱她，彼此非对方不可，能结婚最好，不能结婚也没关系，要整个人、整颗心投入进去，如胶似漆、丝丝入扣地谈一次恋爱。临死的时候躺在病床上回想起来了可以无遗憾地闭上眼睛。结婚不重要，恋爱重要。齐元元知道，这种想法就像要渡过宽阔的黄浦江面，不乘车过隧道，不走大桥，偏偏要自己站在一截竹子上，颤颤巍巍划过江一样，老土不说，又因为完全不切实际而显得格外搞笑。上海人都活得很明白，一要实际实在实惠，二要个面子，最怕活成个笑话，所以，齐元元的这个梦想有点说不出口。找个好工作也好，找个合适的对象结婚也罢，倒都是光明正大堂堂正正说得出口的好梦想，好就好在可能实现，而且听上去就是合情合理，相当靠谱。可是，要谈一场真正的恋爱，好像要在家里的金鱼缸养一条大鲸鱼一样，不合情合理，不靠谱了。

在医院里，也不都是脚不沾地，也有在母亲床前坐下来的时候。往往是母亲睡着了，齐元元坐着歇一会儿，积攒一点力气，好独自回家。这种时候，最不能回忆的就是母女一起旅行的情境，有一次想到在台湾两个人一起爬太鲁阁的情景，再看看现在躺在床上枯瘦焦黄的母亲，她的眼泪一下子涨满了眼眶。

幸亏钱不太成问题。母亲还没退休，大部分费用靠医保，单位也有重病补助，剩下自费的部分，齐元元的存款可以承担。父亲知道了母亲的情况后，来看望过一次，当着母亲的面，送了一大包进口奶粉和一些水果。齐元元感到轻微的失望：就这样？但送他出去的时候，他把一个厚厚的信封给了齐元元，说："先用，不够再说。"齐元元说："爸爸，你能不能微信转给我？在医院里微信付款更方便。"父亲说："微信……不是总有痕迹吗？她知道了会不高兴的。还是现金给你吧。"齐元元就说好。虽然这个男人对母亲的情况看上去有点冷漠，虽然他给钱还要忌惮着现在的妻子，让齐元元觉得有点窝囊，但他终究还是肯来一下，终究还是给了钱。前妻病重，人到，钱到，这也不是每个男人都能做到的，已经把许多自私冷漠吝啬的男人比下去了。齐元元知道，虽然不能依靠，但是有个这样的父亲，还是比没有强，强很多。或者说，齐元元现在的心力，不足以怨恨父亲，所以她选择了感激和体谅，这样她的消耗才是最少的，这样她才能继续孤军奋战下去。

但是，齐元元放过了父亲，母亲却没有放过她，母亲突然提起了杜佳晋。说对他印象很好。齐元元大吃一惊，说："你只看了几张照片，哪来的印象？"母亲笑了。

原来母亲曾经好几次偷偷去了学校，埋伏在齐元元去食堂、教学楼的必经之路，不远不近地看过几次。她看到齐元元和杜佳晋走在一起。第一次看见，是在夜自修结束的时候。校园里的路灯，因为被过于茂盛的树枝树叶遮挡，有点不够明亮，但是作为母亲，她还是一眼就找到了齐元元，让她惊讶的是，她几乎不认识自己的女儿了。脸还是那张脸，个子还是那么高，但是女儿的笑容，是那么地舒畅和甜美，整个人闪闪发光，弥补了路灯的昏暗，照亮了她身边的男孩子。她努力地看杜佳晋，是一个身材高大、眉眼整齐的男孩子，头发很多，蓬松着，让人觉得他是每天洗头洗澡的，第一眼的感觉是松了一口气。但是他为什么不怎么转过脸来看齐元元？元元多么美啊，不但整个脸庞闪闪发光，像一朵燃烧的玫瑰，连她飘起来的头发丝都在闪光，擦肩而过，不断地有人在偷偷看她。不过齐元元一直在仰望他，在对他笑，是那种无限欢喜、别无所求的笑容。等到了女生寝室楼门口，齐元元和他拥抱了一下，然后进去了，这时候，母亲目不转睛地盯着杜佳晋，生怕他马上走开，但是他没有走开，而是站了一会儿，然后仰头望四楼上的某个窗户。母亲知道那是齐元元的寝室，那个窗口像个取景框，这时齐元元出现在那里，取景框正好到她齐胸，像一帧电影剧照，她笑着对他挥了挥手，他也笑着挥了挥手，等元元从那个取景框里消失了，才转身走开。母亲的眼眶热了，她觉得女儿有眼光，这个男孩子可靠，而且开始希望这两个人能一路走下去，直到建立一个家庭。如果女儿能有一个自己的家庭，而且幸福，那么母亲这辈子就算有了莫大的成就，或者说，在这个世界上最大的心事就放下了。

他们分手以后，母亲没有多问齐元元原因，齐元元知道她怕自己难过。现在谈这件事，不是因为现在就可以谈了，而是母亲觉得必须谈了。人生很多事情，如果没有截止期，其实人人都想拖着躲着不去碰它，幸亏有截止期，也可悲在有截止期。

母亲一开口，齐元元就知道，本来开通的母亲，终于不得不担忧自己的终身大事，因为怕自己一个人今后孤孤单单。于是齐元元老老实实地说了分手的经过，但后来听到的分手的原因，只说是他母亲反对，没有说为什么反对。

母亲说："那孩子工作在上海吗？""在。""你们毕业五年了，他后来结婚了吗？""应该没有。如果结了，同学里总会有人知道。""他有女朋友了吗？"齐元元说："不知道。和我没关系。"

母亲后来又找了个时间说："元元，人还是要结婚的。"

“不一定。有的人是结不成，有的人是不想结。而且一个人，真的也没有什么不好的。”

“这是什么戆话？”齐元元正在给母亲揉手背上输液针头扎出来的瘀青，母亲笑着，用另一只自由活动的手打了一下她的手背。

齐元元看母亲心情还可以，趁机说：“真的。结婚，有两种情况，幸福的，不幸福的；不结婚，也有两种情况，幸福的，不幸福的。所以关键是，怎么让自己幸福，而不是怎么让自己可以结婚。”

母亲的目光闪了两下，没有说什么，似乎有些意外，又似乎是不同意，但一时找不到合适的反驳。

齐元元以为母亲就这样不会再谈论男朋友的事情，至少，不再谈论杜佳晋。但是她错了。

两次化疗的中间，会有一个比较舒服的阶段，精神和胃口都比较好，齐元元会给母亲做各种好吃的，这几年她已经学会独当一面，从买到洗切煮四菜一汤，一小时全部搞定。今天给母亲送来的是排骨猪肚瑶柱鹌鹑蛋汤，齐元元总说这是“家庭简化版佛跳墙”，母亲也很喜欢。母亲喝完“家庭简化版佛跳墙”，擦了擦嘴，突然毫无征兆地说：“杜佳晋，那是个好孩子。当时我看到他站在你窗子下面，目送你进去，妈妈真的好感动……”

“我没说他不好，只是说他是过去式了。这样吧，以后我找男朋友，一定要他送我到楼底下，也目送我上去，好吗？”

“哪有那么容易？说找就找到了？”

齐元元说：“慢慢找呗。”

母亲白了她一眼。

又一次，母亲说：“元元，你一定要结婚的，记住了哦。”

齐元元说：“我没说不结婚啊。”

“你一点不起劲！”

“妈，我又不傻，干吗要起劲？我从生下来到大学毕业，读书苦得要命，但是人总归要自立，要养活自己，这个没商量，我现在好不容易过上了幸福的生活，要是一结婚，马上要照顾老公、老公他们家的人，还要做家务，生孩子，明摆着要吃苦头，而且在公司里马上就被边缘化，成了拉家带口的阿姨妈妈，好惨的。这么明摆着的亏本生意，到底为什么要做？还要起劲？”齐元元故意嬉皮笑脸。

母亲说：“你看我，现在还有你，这样陪着我、照顾我，你将来也要老的，你老了，怎么办？”

齐元元张了张嘴，没有说什么。反驳的话都是现成的，但是她看到母亲的眼神，她就默默地把话咽了下去。

又一次，齐元元正在床头削苹果，母亲说：“不懂你们年轻人。”

齐元元说：“怎么啦？”

“明明两个人都单着，为什么不能回头再去见见面呢？”

“都分手了，还拉拉扯扯干什么？现在的人，对前任就是事过无悔、老死不见。”

“可是如今是陌生人社会，你们大学同学就算知根知底了，随便放掉了，到哪儿再找这么了解的人呢？”

“哟，你还知道陌生人社会啊？老妈威武！”齐元元半真半假地佩服。

“我收音机里听到的呀，说现代城市不同于村庄，都是陌生人社会。”

“你知道陌生人社会，那你知道低温青年吗？”

“现在的人体温低，都不到三十七度了，一般也就三十六度五左右。”

“哪是说这个呀？是说开心了不笑，难过了不哭，决不麻烦别人，也最怕别人麻烦自己，不喜欢和人来往，这种低温。”

“你不要和我玩名词解释。去和杜佳晋约了见见，说不定，人怕见面，说不定他也忘不了你，正好……”

“哎呀，妈妈，你满脑子浪漫，生活当中哪有这么简单的？”

“你懂什么？这件事想太多也不行的。人一辈子，生下来不能选，死不能选，当中自己能决定的最大的事情其实就是这件事。你这样浪费，要年轻干什么？”

“和另一个人在一起，多麻烦啊。选错了更麻烦。”

“怕什么？经历过，就比空白强。什么低温青年？将来都要后悔的。”

齐元元被逼到墙角了。蜷缩在墙角的齐元元有点生气了：“你猜也猜得到，是人家不要我的，好不容易忘得差不多了，你这么一次两次揭旧伤疤做什么？何况他嫌弃我的原因，就和你有关啊，你和我爸爸，想生我就生，生完了你们想离婚就离婚，你们知道对我的影响吗？我怕你伤心，一直不说，你还没完了，你生病也不能这样啊。这可是你逼我的，那我也没有办法了。”齐元元就破釜沉舟了：“见面也没用。他妈妈挑剔，说我是单亲家庭长大的，说这样的女孩子坚决不能娶。”

“是杜佳晋这么想，还是他妈妈？”

“都一样，杜佳晋听他妈妈的。”

齐元元说完，就把目光转向窗外，过了片刻，看了看母亲，见她有点发愣，似乎听到了一件奇怪的、很难理解的事情，但是没有生气，也不像伤心，沉默了一会儿，开始用牙签吃起了齐元元切好的苹果片。平时这些苹果片都会是厚薄均匀的，今天的明显大小厚薄都不均匀，显然，齐元元心乱。

那天从医院出来，一个人回家的时候，齐元元破例用软件叫了一辆出租车，车来了，她上了车，把沉重的头靠在座位靠背上，这种时候如果有个男人的厚实肩膀靠一下，当然再好不过，但是齐元元知道，为了那种短暂的幸福，之前之后，不知道要费多少心思，有多少麻烦。况且，关键时刻永远有个肩膀靠一下，也是水中月镜中花，在心力交瘁的时候，真不如一个叫车软件、一辆准时到达的出租车来得真实。

靠在靠背上，看着车窗外迷离掠过的灯光，心想：只有母亲，把自己女儿当成天下少有的宝贝，在别人那里，算什么呢？不过是上海滩最普通的一个女孩子、小白领。杜佳晋的母亲，根本就是看不上我们，过去说我是单亲家庭的，这个缺陷就已经改不掉了，现在要是知道母亲才五十多就得了这个病，估计又要说了：家族遗传有问题，这种女孩子更不能要了。

这话当然绝对不能说，说了等于要母亲的命。对母亲不能说，又能对谁说呢？对谁也不能说。说了没有用，白丢面子。

刚才自己是不是还是说过头了？也许，应该说自己不爱杜佳晋了……但母亲一定会问为什么不爱。就说杜佳晋花心了？母亲一定会追问，真的假的，他花心的对象是谁，齐元元怎么知道的，当时为什么不争取不挽回？还是没完没了。

齐元元想不动了，她的太阳穴直到两鬓发丛都一跳一跳地疼了起来，这是睡眠不足加精神压力导致的结果。

第一眼看到杜佳晋，齐元元没有反应过来。他在住院部的门口，齐元元都走过他的身边了，但是余光扫到了一张脸，一张似乎让她应该停住脚步的脸，就在她完全反应过来的前一秒，她听到了有人叫她："元元。"

杜佳晋。五年没有见过面了，他看上去有了不小的变化，过去像一荚青涩、微鼓的毛豆，如今已经是饱满、结实的黄豆了。

齐元元很意外，脱口而出："你怎么来了？"

杜佳晋的回答显然是想好了的："我来看看阿姨。也来看看你有没有什么需要我帮忙的。"

齐元元有点惊讶。这么多年，想起他，就像心里揣着一个气球，虽然气不是很足了，却仍然是鼓鼓的，堵在那里，现在这个气球的吹气口的线突然解开了，所有的气一下子从吹气口跑了出来，而且变成了一片温暖的雾气。

"你怎么知道我妈妈生病了？"

"从你的微博上知道的。"

齐元元一直不知道，杜佳晋是不是还关注自己，她以为永远不会得到答案，没想到答案突然就这样有了。原来一直没有联系自己的杜佳晋，一直关注了她的微博。好啊，他关上了门，然而并没有走远，而是趴在门缝上看着这个他离开的房间。

齐元元这几年每天都会更新一段微博，天气啊，衣服啊，午餐吃什么啊，路过的小店的橱窗啊，花坛里的花啊，看的展览、电影、话剧，遇到的奇怪的人和事情、猫儿狗儿……杜佳晋看着，起初有点生气，因为她似乎没有变得失魂落魄，看上去不像很在意自己的样子，渐渐就觉得挺好的，而且觉得莫名的安心，对她甚至有一种感激：谢谢她依然活得很好，谢谢她明显地流露出没有男朋友。判断一个女孩子有没有男朋友，其实很简单，看她朋友圈，或者看微博。虽然一样是打扮得漂漂亮亮的，背景是咖啡厅和餐厅，但是没有男朋友的女孩子往往照片上是几个女友一起扎堆出现，如果是单独的照片，就都是自拍的；旅行的时候，大多是风景，偶尔有几张母女合影，所以那些一张齐元元单独的照片，也肯定是她母亲拍的了，判断出这一点，杜佳晋暗暗松了一口气。

当齐元元的微博连续一个月出现“医院”的字眼和做菜煲汤、送菜送汤的内容，他知道齐元元的母亲病了，而且病得很重。因为齐元元再也没有关心过天空和花花草草，而是透着忙碌，透着无奈。直到昨天，他看到齐元元写的微博：“人生有些时刻真是无奈啊，被躺在病床上的母亲追问终身大事何时有着落就是一种。”

他想：不去看看她，不去帮帮她，自己大概这辈子都不会好过。

齐元元知道他要帮忙是真心的，于是就说：“我妈妈一直对你印象很好。最近总和我说起你。”

“她没有见过我，怎么会有印象？”

齐元元就说了母亲偷偷去学校看他们的事情，还说了看到杜佳晋送她上楼，等在楼下，就认定杜佳晋特别靠谱。说着说着，忍不住要流泪，拼命忍住了，但声音还是有点异样。这时候才知道那些电视剧里一边笑一边流眼泪的女主角并不是在飙演技，人生真的有这种时刻，你忍不住想流眼泪，但你不能流，还必须笑着。

杜佳晋有点不好意思地笑了。“那不是依依不舍，我那时候被犯罪片吓破了胆，总怕万一有坏人就躲在楼梯口，我只能送到女生宿舍楼门口，总要看到你到寝室，我才放心。想象力过分发达，过分发达。”他眼圈也红了，这时候又自嘲地笑笑，脸上表情也很奇怪，但是也没有刻意掩饰：在自己人面前，不要紧。

静了一会儿，杜佳晋递过来一个纸袋，齐元元一看，是一家著名的药房的，里面是一大盒虫草，大只大只的虫草，每一只都用红丝线固定着，整整齐齐地排成一个扇面。齐元元从来没有见过这么大、这么多的虫草，家里从来不会买这种贵死人的东西。

齐元元低头看着虫草，似乎是拿不定主意要不要收下，然后她抬起头，说：“虫草也救不了命。我只想让她开心一下，不如你去看看她，我们假装和好，你肯帮忙吗？”

杜佳晋心想：假装和好，这话好难听，难道我们就不可以真的和好吗？

齐元元看他没有马上回答，就说：“你放心，今天演了这一场，不会再麻烦你，我就说你要出国一年，医生说她最多两个月了。”

杜佳晋说：“不麻烦，我们去吧。”

齐元元的母亲一眼就认出了杜佳晋，脸上立即闪出了耀眼的笑容，就像漆黑的天空中绽放出烟花。齐元元一见，眼泪唰地流了下来。

杜佳晋本来不太自然，结果齐元元的母亲这一笑，齐元元这一哭，事情就简单了。而且是水到渠成，再自然不过了。

“好孩子，你来了，我就知道你会来的。我们家元元那时候不懂事，我一直在骂她。可是她真的是好孩子啊，你不知道，她一直没有忘记你，所以这五年都不肯找男朋友呀，女孩子痴心啊。可是又不敢去找你，要面子啊，死腔啊。不过女孩子总归是女孩子呀，佳晋，你也能理解她的，是吧？”

杜佳晋说：“阿姨，不怪元元，都怪我。”

“你们和好了，对吗？”

“对的，阿姨。”

“我本来应该随你们再捉捉迷藏，可是我没有时间了。”

杜佳晋说：“我们不捉迷藏了。”

母亲就喊：“元元过来。”

齐元元只好坐到母亲的床上，杜佳晋坐在母亲床边的唯一的椅子上，她一坐下，三个人就凑得非常近了。

母亲拉住他们两个人的各一只手，放在一起，说：“我活了五十多年，看人的眼光肯定比你们好，佳晋，元元，你们真的特别合适，好好在一起，一定会幸福的。”

母亲的语气带着一股强烈的推力，齐元元有点惊慌，想把手抽出来，但是杜佳晋把她的手握住了。杜佳晋不看齐元元，自顾自对着病人说：“阿姨，以前是我不成熟，总想着结婚还早，说不定会有更好的人出现，现在我知道了，人遇到真正喜欢的人是很难的，对方也喜欢我就更难了，我会珍惜元元的。”

“不光是现在珍惜。”

“我会一辈子珍惜的。”

“遇到别的女孩子很优秀很讨人喜欢，又看上你，你怎么办？”

“我选了元元，就是她了。”

“日子长了，难免吵吵架，她和你发脾气，女孩子最多就是嘴巴上凶，其实心都是软的，你要让让她。她没有父母，只有你了。”

“阿姨，您别这么说，您会出院的。不过，我会让着她的，因为我爱她，我要让她幸福。”

病人在枕头上用力地点头，一边笑着，一边眼泪溢出了眼眶。

齐元元有种荒诞的感觉，这种电影、电视剧里的场景，做梦也没想到有一天真的会在自己人生中上演。

而这个临时友情客串的杜佳晋，演得如此投入，效果如此之好，都是出乎意料的。到底还是个好人，到底还是念着一份旧情。别说，居然真的有几分援军到来的感觉。

告别的时候，杜佳晋将虫草塞进病人手中，病人拿着那个盒子，眼光依然停留在杜佳晋的脸上，一脸如释重负兼得偿所愿的笑容。齐元元觉得，自己今天做得真是再正确不过了。

把杜佳晋送到住院部门口，齐元元以一种“演出结束了”的轻松口气说：“今天谢谢你。”

杜佳晋还停留在某种情绪里。他刚刚劈头盖脸地体会到了一种“非你不可”的绝对信赖和神圣责任，长到二十七岁，这是第一次，因此他心不在焉地说：“不用客气。”

齐元元说：“改天请你吃饭，大家有空的时候。”

齐元元转身走了几步，杜佳晋叫她：“元元！”

齐元元站住了，没有马上转身，停了超过三秒钟，转身了，看着他。

杜佳晋走了过来，两个人面对面站着。好像起风了，风细细拂着齐元元的头发，刘海像花蕊一样轻轻颤动。

杜佳晋觉得有一句很重要的话梗在胸口，很想说出来，一时却不能明确是一句什么话。但是这句话，是他今天想对齐元元说出来的，对，是他想说的，而不是什么人逼迫他说的，或者出于什么道义应该说的。这句话很重要，此刻不说出来，以后就没有机会说了。

齐元元也觉得有一句话要说，不说出来，今后杜佳晋和自己都会有麻烦，麻烦还不小。杜佳晋帮了自己的大忙，不应该恩将仇报，不应该给他增添任何麻烦，包括心理负担。自己今后有很多事情要做，更不想增加一件要应付的。这一句话，她先想出来了，于是说了：“今天，就是为了哄我妈高兴的，你不会当真吧？”

杜佳晋不说话，盯着齐元元的眼睛，好像她在说一门他没有学过的外语，他完全听不懂，又好像在思考一个其他时空的难题。

齐元元突然感到心跳有点不规律，就在她平静下来的时候，听到对面的人说：“她都这样了，我们怎么可以骗她？”

齐元元觉得奇怪，也似乎有点生气："不然呢？"

"当真呗。"

"怎么当真？你天天来演戏啊？"

"我们结婚。"

"开什么玩笑？这回你妈妈该说我们家遗传不好了。"

"我们家遗传也不行啊！"杜佳晋说，"我家的祖先都死了，而且他们没有一个活到一百二十岁。"

齐元元想笑，又觉得不妥，把笑意闪电般收了回去。

杜佳晋伸手揉揉她的刘海，说："结婚吧。简单点，来得及。"

福 地

田 耳 *

怎么又聊到各自怎么来的韦城？韦城外来人口多，这话题倒是常聊。现在轮到我说，好的，跟你们不一样，我像是被突然拽到这里，再被扔到这里，然后喜欢上这里。怎么说呢……来之前，我从没想过以后会落户韦城，甚至不知道这是省城，以为桂城才是。不光我，隔了省份，常识经常就变成冷知识。在我们老家，佴城，估计有一半人会把桂城当成西省省城，桂城毕竟比韦城名气更大。读书时候，大家伙发奋读书，想去的地方只有北上广深，再往下数哪里都差不多，用现在话说，都叫鄙视链中低端。

刚才老黄说，把一家人带到韦城，是祖坟冒青烟的事。我来这里，要捋一捋原因，也跟我家那块福地有关。福地，不是坟地，我来韦城那年地还是空的，没有坟，我来以后爷爷奶奶住了进去。

我们那里把坟地叫福地，墓碑大都是圭首三折碑身，圭首雕祥云纹，托起两个字“佳城”。佳城就是坟墓。记忆里小时候环着县城四周全是坟，城里住活人，城外住死人，热热闹闹的。现在到处都在扩城，城郊没有了，祖坟也没有了。按说现在的人大都被扒了祖坟，但人们该升官升官，该发财发财，祖坟冒不冒烟谁在乎呢？

---

* 田耳，本名田永，男，1976 年生，湖南凤凰人。现供职于广西大学艺术学院。1999 年开始写作，迄今已发表小说八十余篇，包括长篇小说四部，中篇小说二十篇，结集出版作品十余种。曾获鲁迅文学奖等文学奖项十余次。

我家老人一直看重福地，我妈攒心劲，千禧年买下一块福地，半亩大小。那年，我刚参加工作。

跟许多小县城的人一样，我家也自建住房，一九八一年买的地皮。在那之前几乎都是住单位宿舍，一九八〇年以后可以买地建房，就形成风潮，每一家人都买地建房，用不着和邻居扯皮，用不着家长里短，关起门过日子。楼房都没有设计图，自己画张图纸，请亲戚帮忙，和泥砌砖，多快好省，因陋就简，楼房一片片翘了起来。

我一家三姐弟，我行二，头上一个姐，下面一个弟弟，爷爷奶奶一块住。小时候家里还有两个小姑没嫁人，因自建住宅，乡下亲戚说我家房子多，把这当旅馆，一桌吃饭经常十几口人，每天都热闹。现在日子各自单过，一想那种热闹，都有点不真实。等到我上班工作，找女朋友，才知道这种热闹并非谁都能适应。上班头一年我谈了一个女友，姓姚，彼此看着还合眼，话能往一处讲，见几回面就一块喝酒，白的，那说明小姚对我还蛮放心，其实她酒量大，敞着喝只有我先趴下。快要过年的时候，我想着把她往家里带，因为我们那里的习俗是要带回家过一个年，往下才好谈婚论嫁，要不然往后推一整年。我想我有些性急，还没足够热乎就带她回家，一家人约齐了吃饭。小姚当晚还蛮懂礼貌，跟我爸喝几杯，我爸连夸这女孩孝顺。到再见面，小姚说，你能不能自己买个房？我家三口人，我都嫌不清静。你交个首付，要还有缘分，后面我们一起想办法。我说我家从来都是一堆人凑一起过。小姚说，你是你，你们一家一直住一块；而我是我，你家人越多，往后越不好磨合。我一想也是，结了婚，再不能惦念那份热闹，要有二人世界。我回家跟我妈讲到这事，我妈异常惊讶，说家里这么宽，怎么要往外面住？小姚跟你有什么说法？我发现我妈竟然有些难过，一时就不知道说什么。

我妈是那种把过日子当成奋斗终生的事业的女人，小县城里，算是有能耐，家里日子安排妥当，十来口人凑一起过也井井有条。我确实从未想过离开这大家庭，以为这是唯一的生活方式。现在，说离开就离开，没那么简单，我想到要从长计议。小姚那边，我支吾一阵。她很果断，说分手就分了。当时我已打算买房，小姚不肯相信，她见过我跟我妈说话的情形，认定我做不了主。小姚说，看见你妈和你在一起的样子，我想起旧社会，想起《金锁记》。分手以后，我才头一次看张爱玲的书，看曹七巧和儿子讲的那些话，有许多我妈确也跟我讲过。

还是一大家住一起，我心里毕竟有了怀疑，想这是不是唯一的活法？我小时候需要被照料所以跟随父母，现在他们渐渐老去我却离开，又是否合适？我不想违拗我妈的意愿，而她似乎希望一大家子一直住一块。我领导升职，他对我的印象还不错，我有机会往市里调。我妈首先表示支持，之后一连半月，坐下来，我妈却各种情况分析，我听着句句都是道理，明白我妈的意思，没有调离。

那块福地被我妈得手，是个偶然。住山顶的刘眼镜一天中午敲开我家房门，跟我父母说，给你们讲一桩事，应该算好事情，看有没有这缘分。我妈说那当然好，你讲一讲。刘眼镜跟我爸在一个学校教书，那两年身体不行，考虑自己的后事，每天去城郊逛一大圈，其实是选福地。终于，他相中太阳冲一处地方。他爱人去看过，也说好，买下半分地，约好合葬墓茔必须一个 C 一个反 C 扣在一起，像一个 8 字没了腰身，这才合得紧。旁边还有一块闲置地，起码四分大小，够十个人用。这便是刘眼镜要说的事：主家姓覃，一个老光棍，急着出手，价钱自然不高。想来想去，把这个信息报给你，要是有缘，你们也买半分，以后接着做邻居。我妈说，这么多年当邻居，大家最信得过，以后也不要换。换一家邻居万一合不来，无尽的麻烦，是不是？我妈这么一说，刘眼镜开心地笑。这是我妈为人的能耐。

改天我妈约了刘眼镜两口子往那去，叫上我。我说要上班。我妈就叫我请假，说你们那单位，方便请假不就是唯一的福利吗？我说你去看，看着好，我来掏钱。我妈说这个用不着操心。

去了之后，我妈迅速拍板，事不宜迟，一个星期就把手续办下来了。整块地差不多半亩，我妈一手付清。我没搞明白，说又不是建房子，买这么大一块？我妈说，四分多地，十来个人一起住进去，热热闹闹，三代同堂。她已规划好，掐起指头跟我算：两老，我跟你爸，你和你姐你弟，还有你俩兄弟各找一个爱人，九口了……顺她的嘴，我想到荒野的坟茔，有一座竟是埋我。我头一回想象这样的场景，眼前几乎一黑。我不忘提醒：姐都嫁到朗山去了。我妈说，反正有那么大一块地。万一，那边没买着福地，你姐想搬回来一起住哩？万一你肖哥也愿意过来呢？我不能不给他俩留，那就正好十人，十全十美。以后，那里就是我家祖坟山，过年和清明节，你的儿孙辈也不用到处跑。我一听，咝一口凉气，我妈确乎有着长远规划，爷爷奶奶还健在，但她已在为尚未谋面的孙子重孙一站式上坟做规划。见我并不像她一样兴奋，我妈又找理由：现在城郊荒地都被地产圈占，物以稀为贵，福地越来越难买到。现在还按亩按分买入，以后精准到平方尺。

我忽然有点后悔，那天应该请假，在办公室少喝两壶茶，跟我妈去太阳冲瞄一眼。但去了又能怎样？难道还能告诉我妈，不，我死了不想跟你们埋一块？

我没什么选择，就像无法选择怎么被生下来。我照镜子，看着里面那个自己，老想不通一件事：都说每个活人都是幸运儿，都是长跑冠军，从亿万个精子中间杀出重围，得赋人形，概率略低于两块钱买彩票中百万大奖。我想不通冠军竟然是长我这样儿。

那块福地，几个月后我见到，是因为刘眼镜突然去世。其实也不突然，我妈分析，刘眼镜病得实在不轻，绷着劲找好福地，找好以后，刘眼镜一放松，也就撒手了。那天发丧，女宾到一座桥边止步，不能过桥，男客一直把刘眼镜送至墓地。我和我爸跟随送葬的队伍一路地走。坑已挖好，砖红壤很快裹住棺椁，埋一座坟比我想象中容易很多。旁边那块福地，我爸比画出位置。他还跟熟人讲，呶，旁边这块福地是我家的，刚买来，四分多地不到五千。说话时，脸上是有光彩，给别人送葬，还叫朋友参观了自己以后的家。熟人惊呼，怎么能这么便宜呢？我爸说，是个老光棍，觉得自己有一天没一天，就还有几块菜地，便宜卖了换急钱。熟人更奇怪，一个老光棍，日子不多了，换急钱有什么用。我爸这时有些吞吐，说有什么用，咳……这老光棍只一个爱好，喜欢去街边钻那些粉红色小屋，那种事情，全靠花钱。熟人就感叹，说原来还是个老瓢虫，人尽财空，活得真叫潇洒。我爸说，那也是人家的选择。还有个熟人，说这块福地这么大，要不也匀我家两坑？现在买一块好福地，还真不太容易，我们以后住一块也热闹。我爸就说，你知道我家里那个，最会划算，哪一块留给谁，早就有规划了，一个萝卜一个坑。我家从来都是一个萝卜一个坑，不多余。

我和弟弟私下交流这个问题，呶，福地都买好了，以后我们都有去处，还住一起。你什么看法？弟弟不像我，没这么多操心，他说买了就买了。我说，你突然就知道自己最后要去哪里，知道一辈子所有的路径，难道没有一点看法？他竟然冲我笑，又说，不是不孝敬，按顺序两老走前面，他们一走，我们要往哪去往哪埋，他们哪又管得了？

我结婚都是买了福地之后十年的事情。那时爷爷奶奶还互相搀着去吃喜酒。女的姓郑，名碧珠，卖保险的，朋友介绍我去她那里办交强险，发现彼此都爱看书，有时候看的书撞一块了，就交流阅读心得，她有什么心得我都表示赞同，这样有了往来。县城里面，读书的已经很少，还能撞着同样的书，不至于像彗星撞地球，也是极小概率事件。她也有担心，说你故意的吧，我说不是，正好撞着，其实天知道哩。小郑来我家，看着房屋宽敞，住着不挤，也就没说要在外面买房过二人世界。我松了一口气，心想就是她了。换一个人，要我搬出去，我妈那里又是一大堆事。

结婚有点晚，我想要小孩，我急她不急，每一次都要戴套，套被压在枕头底下，上床之前先检查，说哪天底下没这东西，就分床。当然，这也是小事情，她从女孩变成女人，从女儿变成妈，总要有点心理准备。她是个不冷不热的人，没一句多话。日子这么过，也有让我心惊肉跳的，比如每到大年初四，我妈就要把一家人带去那块福地，当是郊游。不光大年初四，我妈有几个老姐妹，退了休没事干，我妈时不时邀了她们去福地看一看，听她们啧啧地赞叹，说你家这块福地买得好哇。地皮在二〇〇〇年以后涨得快，宅基地，也包括福地，二〇一〇年的时候，一个坑就要一万以上，而且离县城还老远。有老头老太太，得了阿尔兹海默病，但自己老不记得生病，挑好天气跑去自己福地瞄一眼。福地买得太远，山路多有几个拐，老头老太太如果走丢，很难找回，甚至再也找不回。这样的事，在县城发生不止一两回，我妈那些老姐妹，由此啧啧地赞叹，世上无难事，只怕有心人，有心的人，买块福地都比别人看得远。我妈喜欢把人往那里带，这些赞叹，她当然受用。这块福地还没用上，价格先蹿起，简直是我妈唯一的一次投资成功，怎能不沾沾自喜？不带朋友来看一眼，有如锦衣夜游，憋着难受。

结婚以后，挨近过年我心里就好像堵着什么事情，到了大年初三，明白过来，是去福地的事。碧珠推销保险的时候是一个热情的人，别的时候恢复高冷，说话都闷在喉咙里，不过嘴，而我们看的书再也撞不到一块。她这性格，搞得我总有莫名的紧张。我妈买福地的事我没跟她说过，也不想她去那里。她早已成年，仍害怕死人。我家不远处有养老院，她下班必须从那门前走。养老院死人办丧事经常会有，碧珠白天上班从灵棚前面来往倒没事，晚上回家，不敢从灵棚前面走，打个电话，要我出门接她，带她回家。我俩上街从未搂搂抱抱，只有经过灵棚时，她会搂紧我，仿佛有一只手正拼命将她拽进无尽夜色。所以，福地我不敢让她去，总担心她在那里会有意想不到的情况。用那些老头的话说，她火焰低，随时会被吹熄，易撞邪。

初四一家去福地，我想着不叫她为好，我妈喜欢去，一家人跟后面，但碧珠融入这个家庭需要一段时间。这时候，我就在想我为什么结这个婚，其实还是年纪大，撞见一个肯嫁我的人，就把婚姻当成一件麻烦事解决了。心里没底，有事总想敷衍过去。

碧珠喜欢打牌，初三我就把她带去朋友家里，由着她打，一把钱递过去告诉她，输了算我的。她就露出难得一见的笑，上了桌真不当输自己的钱。半夜我抽身回家，把她扔朋友那里，初四她回来，已是吃晚饭的时候。当然，自家这边，我也跟姐姐弟弟打了招呼，明着说，碧珠脾气古怪，暂时不带她去。姐姐弟弟自然要配合我的说法。到年初四，我妈问我，就说碧珠有事没回家。头一年就这么搪塞过去。第二年，我妈提前几天就跟我打招呼，初四碧珠要是没什么事，跟我们一块去太阳冲。我“噢”一声，有了经验，初三晚上照样打发碧珠出门打牌，我抽身先回，路上想好一通理由。那年初四，我两个姑姑一早带家人过来，搞大队伍，一起往太阳冲去。那块福地，在我妈苦心经营、长期宣传之下，仿佛成了一个景点。因为人多，少一个碧珠，我妈竟没清点出来。她只顾着高兴，纵是福地还没有坟墓，也叫我带几团响鞭。“先铺垫一下，跟周围邻居搞搞关系，认认门。”一年一年，周围坟墓多起来，林立的墓碑环绕着我家这块福地。那情形，让人感觉自家福地少点什么似的。

转眼，结婚第三年，又到年初三。我照样叫碧珠去外面打牌，自己抽身回来。初四一早天还没亮，睁开眼一看，碧珠就睡在我身边。本来也是正常，她不想打了就回来嘛，这帮牌客不是每一晚都能撑到天亮。但那一早借着微光看见碧珠，不知怎么，真像见了鬼。我起床往外走，手脚尽量轻，碧珠还是醒了。我说你接着睡哈，还早，反正没什么事。碧珠就说等会起来，还说你妈昨天跟我说了，今天要往那什么……太阳冲去，一起去。她说到我妈，永远是“你妈”。我想真是难为她了，还以为叫她去她未必肯去，没想到为了去，晚上打牌还赶回来。我就说你接着睡，补补觉，欠一晚觉十天都找不回。那地方不要去，我跟妈说一声。不说还好，一说碧珠偏就坐起来，跟我说，奇怪，昨天你妈叫我去，我还不知道什么地方，不想去。你妈就说，前两年叫你去你都不去，今天都第三年了，事不过三，去一去。我就搞糊涂了，前两年你叫过我？到底是什么地方，你故意不叫我？

我没吭声，碧珠就更加来劲，又问一遍。我就说，我妈没跟你说？碧珠告诉我，你妈很奇怪，知道吗，我问那是什么地方，她竟然跟我说，你去了就知道了。你知道你妈那种神秘的表情，仿佛一定会有惊喜。

她这么一说，我就脑补我妈那种表情。我怎么能不熟悉那表情呢，看着长大的。我妈的神经是有那么点大条，生性乐观，喜欢搞气氛，说话表情都有点夸张。她们是那个沉闷年代过来，这种自娱精神几乎也是生活逼出来的，就像她常说的“日子长啊，不讲几个笑话，看不到日落”。我想起，自己刚上班那一年，是个下午，我妈电话打到单位，要我早点回，“给你一个惊喜”。我自然踏着点下班，回家撞见一个陌生人，大我几岁，却不认识。我妈说，这是贵州六盘水来的亲戚小文，小时候有一阵，你俩简直形影不离。我不记得这回事，那个小文也说，是吗？我俩一时都蒙，交换一下记忆，我想起来以前是有一个贵州亲戚，叫小丰，一块玩过一个夏天。但我妈把小文和小丰完全搞混，小丰是小文的堂哥。而且，小丰早几年还死掉了，骑单车，马路上落石头，砸中后脑勺。那一天一桌吃饭，我看对面的小文脸色当然不好，神情一直恍惚，而我那个妈，还在一旁不断地自我解嘲：太像了，真是太像了哇。《李卫当官》剧终时有一句很转的台词：我怎么生了这么个妈哟？当时，我也是这心情。

这时候，我非常明白，我妈可以把福地当成惊喜赠给别人，我不能这样做。我告诉碧珠，那是一块福地。她问谁的福地。我告诉她是我妈十几年前置下的，足够大，现在还没人进场。我想这么一说她必然不想去了，但她爬起来穿衣服。我说……我能说什么呢？她说去，为什么不去，今天天气那么好。其实，外面天还没亮起来。

那天的确有点邪乎，一家人聚好正要出发，我爸忽然说牙疼。他的牙疼是老病，不定哪时候就发作，牙疼不要命，只是很想死。陪我爸看牙必须是我的事，我认识人民医院的龙医生，由我带着去，他不收钱。我爸被那牙也折磨好多年，他疼的时候就说要种新牙，但要先消肿，一消肿，他又往后拖。龙医生给最低折扣，种一颗牙也要几千，我爸受不了这价格，想去路边摊用几百块钱搞定，我又一回回制止。龙医生不收钱，他喜欢跟我讲话。我俩都是闷人，但我俩撞在一起，他跟我有很多话说，一边掏我爸的嘴，一边跟我说话。

我却一直在走神。想象我妈带这么多人去那片福地，到了地方，我妈的主人翁意识会被唤醒，会把自己的远景规划讲出来……呶，这一块是燕声的——燕声就是我爸，旁边那块当然是我的。我妈说话，往往一发不可收拾，我又想到，我妈很可能给碧珠比画好一块地……一想到这，我不但头皮发麻，腿脚都哆嗦：我妈脸上还是那种神经大条的笑，揽着碧珠一只手，碧珠不好拒绝，婆媳俩难得地牵手，又往前走了几步。我妈这才说，看，你是这一块！指尖大概比画了一个范围，二十平方米，抵一间大卧室。作为墓地，有这么大一块，堪称豪宅。用我妈话说，以后一家人都归到这里，简直是住进联排别墅。当然，墓碑上不能敲门牌号，要不然，她会叫雕刻匠这么干，门牌号反正自己诌，一个劲带“8”。她期待着碧珠的惊喜，是的，我妈竟然期待着碧珠的惊喜！事情一定是这样。没承想，碧珠像是突然撞了邪，支吾一会才问，我……为什么是这一块？我妈肯定大气地说，那好，你看你喜欢哪一块？

我带我爸先回的家，又胡思乱想好一阵，外面听见门响。一家人回来，碧珠走最后，有点累，进了家门直接上楼补觉。晚上，碧珠醒来，我把吃的东西端上去。她问我什么是“佳城”。也不奇怪，她一家也是迁居过来，父母都年轻，可能还不用上坟。

前面说过，我们那里墓碑圭首位置都雕有“佳城”字样。小时候我们一家出门找玩乐，没有车，去不了远地方，只在县城四周逛，说白了，印象里全是往坟堆堆里钻。我爸妈爱看墓碑上的字，字越多越来劲，看来看去，拐弯抹角都能算上亲戚。有什么办法，整个县城都这么沾亲带故，一潭死水。我在一旁，按《语文》课本从左到右的顺序，问他们什么是“城佳”。我妈说那叫佳城，就是坟堆堆。我再问为什么坟堆堆要说是佳城，他俩都答不上来。后来还是我爸找了专门教语文的同事，查了查专门的词典，出处在《西京杂记》。那同事把故事讲给我爸，我爸根本不相信自己那张嘴能把典故讲清，叫同事抄在纸上，让我妈讲。那时候，老一辈人做事情总有点认真和执拗，反正时间也有的是。我妈耐心地跟我讲这个典故，我忽然像是搞明白了，死是怎么回事。“佳城郁郁，三千年见白日”，那是无边无际的黑暗，无穷无尽的窒息。

那天我还问，妈你什么时候死呢？

老黄老徐，原来都这样问过，就像是问我怎么来的。哈哈，长大了我们各有脾性，各不相同，小时候却都是涨大水时从河上游漂下来的。我妈有准备，她告诉我，不要催我，你爷爷奶奶、外公外婆都还排在前头。这样我就有直观的印象，死还离得很远，中间隔着两代长辈，像隔着两堵墙。

我在县里上班时，工作轻松，日子轻闲，要说压力，就是碧珠一直不生孩子。倒不是身体，每一次她都叫我用套，安全期也不给我一个裸泳。我妈那边催得紧，因我姐能生，嫁到朗山没几年生了三个，一胎一个。我弟弟有了一个，还跟我妈保证马上再生一个，现在我妈盯着我。我又不好跟碧珠提。做这事她也从来不主动，好像就是被我蹂躏一样，那表情，不快乐，不痛苦，就像坐办公室上班……当然不是我的问题，我算老实人，婚前也弄得别的女人鬼喊鬼叫，我没问题。

是她性情太高冷，当然也有例外，一切皆有例外。打雷下雨的时候，她像是醒了神，或者像鬼片里演的那样变一个人，忽然来了热情。有一晚打雷，我俩躺床上，一摸她果然是比平时烫，示意我进去。我说不想戴套，她也不吭声，做起那种事，她忽然翻身，像是跃上马背，把我跨骑在下面。当然，我不在乎这个，事实上，现在的人都很懒，做那事，两口子都抢下位。谁总是占上位，够评劳模。只是，稍后，她忽然停下来，身体发僵。我几乎同时意识到，这种情况以前可没有过。她扭头往后面看，我喊她，她都听不见，怔住了。我知道事来了。和这样的女人生活，男人也会有第六感。我又问她几遍，怎么了，怎么了。终于，她缓过劲，告诉我，外面有人！我说怎么可能？

结婚以前，也有老头跟我讲，婚后两口子做事，碰到雷雨天一定要管住老二。我问为什么，他说易生邪怪。旁边另一个老头还进一步说明，做那种事容易把电直接导入房间。怎么可能，我当然不信，那么多年的教育让我成为一个坚定的无神论者，而且物理学的知识我好歹要比两个老头多那么一点。那一霎，当我不得不信的时候，为时已晚。

我俩的身体这时当然扯开了，我走过去打开窗户，雨就飘到我身上，都六月份了，却真有点冷，像是飘雪。窗外一片漆黑，我家窗外已经没有人家，一片荒坡，当然这片坡头还没有坟，买地建房的时候我妈都考虑过的。她是在乎自家的福地，但住宅不能贴着别人家的福地，一码是一码。下了荒坡就是小河。我就跟她说，怎么可能有人呢？这时又是一道闪电，光打在她脸上，是一副魂不守舍的样子，装可装不出来。我当时不敢多想，挨着她坐，搂着她，让她调整情绪。后来打雷闪电过去了，外面变得安静，我不知不觉睡了过去，她忽然又开口说话，告诉我，可能……最近我老觉得有一双眼睛在盯着我，无时无刻，无处不在……

我一醒，就彻底醒了，哪能听不出她话里有话？我几乎是脱口而出，你不就在说我妈吗？一句话把天聊死，屋里头很静，接下来谁都不再说话，说不出来。我也不知道自己是怎么睡着的，反正靠床头板坐着睡了一夜，一醒，碧珠已经起床离开，去上班了。那一整天我的情绪都不对，总感觉昨晚的意外只是个开始，不知哪时算完。

之后一段日子，同样的事情……呃，也就是行夫妻之礼，做着做着，弄着弄着，碧珠忽然又不动了。她整个人突然变冷。变冷就变冷，不做就不做，多有几回我哪还敢碰她，后面就分了床，我睡地板。一旦睡了地板，再想回到床上，就非常不易，她很适应分开睡，有时候我半夜爬上床，她很警醒，说你这么一弄我就睡不着。于是我又滚下床。两口子嘛，分床总是灾难性的。

这样下去不是办法，就像电脑偶尔蓝屏，大不了重启；一天蓝屏好几次，只有联系售后了。两口子的事情没有售后，只能我自己解决。我反复地想，这事情还不好跟她疏导说理。我要是告诉她，屋子里不可能有那么一双眼睛，特别是黑夜里，不可能有双眼睛，随时盯着你——她就会说，你都不肯信我，我还说什么呢？如果我相信她的话，承认是有这么双眼睛，那么按她的意思，刨根究底，追本溯源，这事要找我妈解决。她总有办法让我陷入两难。

后来，我只是问她，这事情要怎么解决，你说了算。她也不拐弯抹角，说我们离开这里，到外面租房子住。我说这事不好弄，我一直和家里人住一块，现在家里老人多，需要年轻人照顾，这时候我搬出去，说不过去。她就冷笑，说我搬出去，你住这里。我知道她是来真的，只好说，我跟我妈商量一下。她说，你是跟我过日子。我说，即便要搬出去住，也要打个商量，再说我妈经过的事情多，考虑问题也比我们周全。

我多说这么一句，是自找没趣。碧珠说，那是当然，我们怎么可能有你妈周全？连我们死后要往哪里埋，她都安排好了。她这么一说，完全证实，先前的预感都没错。初四那天去了福地，我妈定然说了什么，她一直记着的。我说我会跟我妈讲一讲，然后我来租房子。碧珠答应缓一缓，只缓三天。我不好多问，心里想，为什么总是他妈的三日为期呢？

我不知道怎么跟我妈讲这事，开不了口，但我妈能看出事情，恰好第三天，她把我拉到一边，问我是不是有什么事情。我干脆告诉她，要搬出去住。她问为什么，我那几天自然已经想了理由，说那地方离碧珠上班的地方近。我妈知道这哪是真正的理由，一个县城一共才多大？那天她看着我，像小时候我犯了事那样，她看着我，要我明着说，做一个老实孩子。我怎么说呢，说我家人多，碧珠待不习惯？但她明明待了两年多，怎么会不习惯？我妈会问从什么时候开始有这状况。一俟开口，我妈几番盘问，我也许会说出来，最近碧珠老觉得有一双眼睛盯着她，精神都变得有些恍惚。以母亲的能力，一直追着问，我哪能做到滴水不漏？她要是听出来和她有关，那就变成是我自讨苦吃。

我不多说，执意要搬出去住，还好，那天母亲没有过多纠缠，说由着我俩。又说，你什么都不肯说，我总觉得有什么事，你也没有搞明白。我不拦你，你赶紧去找房子。

小县城的房子好租，我在医院旁边棉麻土特公司家属楼租到一套，五十几个平方。住惯了一大家子凑一块的私家宅院，再去小宿舍过二人世界，确有一种意外的自在。只是，碧珠要求分房住，出租房正好有两间卧室，我和她各一间，分了就不好合，她说她觉得这样很好。我忽然反应过来，以前一间房，床上床下一分，我都再也上不了床，何况现在分了房？我有一种无力感，相信其实是我俩感情出问题了，我也许还懵然无知，但事实是明摆着的。果然，有一天我回到租住的房，碧珠那间房门敞开着，东西搬走了。我等了两天，收到她发来的消息，说她在韦城的友邦保险找了工作，直接是分公司经理。她不跟我讲是她已经决定好，讲不讲结果都一样，“省了扯皮吵架”。她还说有事打电话商量，要面谈过去找她，去到韦城，她会讲她的住址。

当时我感到很诡异，忽然怀疑自己是不是真的结过婚。如果结过，这算是怎么回事？两地分居？我相信我父母那一辈人不会碰到这样的事，他们的婚姻普遍挺有质量，掰不开摔不碎用不坏，不像现在这么多假冒伪劣。我恍惚了半年，后来还是我妈跟我说，要是不安心，你就请假去韦城那边看看，过一段时间，看看怎么回事。又说，要是有些事情弄不好了，也不要勉强，做个了结。我想不到她会这样说，但是她一说出来，我知道，事情本来就是这样。

所以我来韦城，是个偶然，我冲着碧珠来的，那是二〇一二年秋天的事。来韦城以后，我打算待一阵，索性在江滨新苑那里应聘售楼员，一面试就通过了。和本地人比，我讲普通话别人都能听懂，这也算个优势。我来了以后，跟碧珠见了几次面，完全不是两口子似的见面，我要打许多电话，发许多信息，她一再推托，推到不能再推才说，晚上一起吃个饭，聊一聊。能聊的还能是什么，只有离婚。我在单位办了停薪留职，在这边待了一年多，把婚离了。离婚后碧珠很快跟人结了婚，在此之前我还真没想到，她天生一个冷冰冰的人，我还以为……至少没那么快。她说是离婚以后认识的，我也信，不信又怎么样，反正离都离了。

我没跟我妈讲我离婚，更不会讲碧珠这么快又结婚，反正就在韦城这么待下来。也有小庆幸，当初没被我妈刨根问底，要是把问题追溯到她带碧珠去看福地的那一天，现在反倒尴尬了。她说的是对的，有些事情，其实是我没搞明白。

来到这里，拖着要离婚的一年里我想明白了很多事情。我不在乎她和别的人有什么样的故事，只在乎一件事：我跟她确实已经结束。这可能是我比父母那一辈通透的地方，没有再用背叛啊一类的字眼去定义感情。后面我回家，家里有亲戚安慰我，我感到很惊讶，心里在说，这都什么年代了？而他们看我这反应，又说我去了韦城，整个人都变了。

也许我真的变了，来韦城以后我很适应这里，一个省城，以前因为离边境太近不让发展，我过来，正好赶上韦城放开了发展。我卖楼从一开始的三字头，再到每年两个字头地蹿起来，到现在都已破万。买涨不买跌，我算赶上时机，也是来了以后恰好发现自己搞销售还颇有点天分，赚钱肯定比碧珠快。后来碧珠和她男人买房，撞上了，我一点也不尴尬，主动迎接，真给他们搞到最优惠的价格。他俩一开始还不信，出去转了一圈，后面还是跑来找我，要我推荐的那套。为得到最大优惠，那套房我一分也不赚，我喜欢自己这个态度。

以前在县城一个破单位上班，以为一辈子就是这样了，后来母亲把福地买好，进一步感觉到无处可逃。县城还是太小，上一次街买东西，都要见到那么多熟人，打不完的招呼，我心里面很烦；晚上去吃烧烤，周围每一桌都是熟人，互相敬酒，心里骂娘，在说怎么又是认识的？来到韦城，虽不算特别大的城市，好歹有三百万人口。我觉得，一定要到人口足够多的城市，才可能感到安静，真就是诗里面说的：惟有皇城最堪隐，万人如海一身藏。我有一种说不出的自在，我打算留在这里，置房以后，把户口也迁过来，要说更重要的理由，是我确实想离开老家。以前活在县城，感觉像一只风筝，线的一头拽在母亲手上，绑在福地的灌木桩子上；现在来了韦城，迁了户口，感觉风筝线扯断，一时真是海阔天空的感觉。我发现我还年轻，真的不想知道自己以后死在哪里。

我是不是该感谢碧珠呢？

那年回家过年，我告诉父母，自己在韦城买了房，也就迁了户口。母亲的眼泪忽然就流出来，又说，是好事。我知道母亲就这么个人，能力很强，控制力很强，把一个家弄得井井有条，同时也不想让任何人离开，就这么守着，挤挤挨挨热热闹闹地住着，从摇篮到坟墓，从老宅到福地。她最爱跟我们说，她去过很多地方，去了之后才发现，只有我们佴城最好居住。小时候，我听得多了，就如洗脑，也相信，也不得不相信。但我终于离开，发现不对的，母亲其实没去过多少地方，小县城又太拥挤，能离开的都离开了，这不足以说明一切吗？

二〇一五年的时候，县城大搞建设，开发商到处圈地，福地突然飞涨起来，一个坑，不到十个平方米，能卖两万。那时候别人就劝我妈，你家福地有半亩，整平了，规划好，能有三十个坑哩，自家根本用不完，何不趁着涨价卖，一坑一坑往外出手？只要消息放出去，转眼就能卖脱。但我妈不干，她跟别人说，自家人，住宽敞一点才好。跟自家人说，不能急，价格还要涨。要是那时候把福地拆卖了，能有六十万，在县城能买一百多平方米的商品房。

到前年，大家都知道，殡葬改革忽然就最大力度推行。在我们县城，买了福地的，都不能用了，甚至建好了墓安好的碑，只欠一个棺材瓤子往里塞的，也不能入土，要到殡仪馆火化，骨灰放进统一的灵塔，有专人管理。人家就跟我妈说，你看，当年你不出手。机不可失，时不再来呀。我妈一声不吭，她想不到会是这样，买了福地，说住不进去就住不进去了。

但一切都祸福相倚，以前父母不肯出远门，离家两天就归心似箭。福地没了以后，两人仿佛突然想通了，愿意出远门，去年冬天来到韦城跟我住，一住几个月也不怎么惦念佴城。我意识到，他俩其实也像风筝，只有断了线，才好去到更远的地方。老人家怕冷，这里没有冬天，适合他俩。我问我妈，这里跟佴城比，哪边好住？她就笑。今年父母一直在这边跟我住，而我离了婚打单身，也有一个福利，那就是行孝。要是拖妻带女，父母是不好住进来的。

放假的时候，我开车带二老在城里转。有一天去了西芦岭，那有外环线，环线下面有许多过路涵洞，穿过去，就会有一个小小的村落。那天我妈来了劲头，老是叫我钻过路涵洞，过去打望一眼。那些村落，格局也跟我老家一样，有山有水，不规整的田垄和菜地。车子绕村兜一圈，风景固然还不错，但我妈脸上却是失望。尽管失望，往前走又碰见一个涵洞，她总是说，来都来了，再过去看一看。多钻几个涵洞，我慢慢看出来，她其实是想找一找，这里有没有坟墓，有没有别人家的福地。如此连绵的一片山岭，山谷中一个个村子，却找不到一个坟堆堆，岂不是有点诡异？但是，确实，那个下午我们在西芦岭一带郊区没找到一座坟墓。沿着外环，还有无数的涵洞，我到底累了，不想再钻，不想再看那些大同小异的乡村风景。我忽然跟我妈说，韦城的殡葬改革，都推行几十年了，以前有的坟墓，因为统一规划，都已经迁走。我妈愣了一下，又说，是形势发展，是好事。我想，也只能往好处想。没了福地，故乡更模糊，去哪里都一样；再说现在出门容易，交通过于便利，去哪里其实都离家不远，不是好事吗？

M 市在北京和上海之间

韩　东*

1

一共是三组人马。

第一组是某大型国企的董事长夏天和他的女朋友小戴，他们开一辆咖啡色的迷你。这辆车大概还是夏天和他前妻离婚时留下的。夏天平时不开车（单位有专门配车和专职司机），亲自驾车并开这款车上路大有与民同乐的意思，自然也是为了取悦于小戴。

小戴的任务就是不断地递吃的给对方。各种水果、干果、坚果、糖果，以及巧克力和膨化食品。每到一个休息区，他们还会寻觅当地的土特产，菱角、荸荠、花生之类，小戴一一处理好，从副驾递过去，夏天照单全收。小戴一面喂食，一面拿一张餐巾纸，擦去夏天嘴角的口水或者下巴上流下的汁液。这一组是从上海出发的，向北，目标是六百公里外的山东 M 市。

第二组是陈福海和苏菲。陈福海是年轻有为的出版人，最近生意做得不错，买了一辆二手牧马人。苏菲是一个学中文的法国姑娘，和陈福海目前只是朋友关系。一路上陈福海都在背诵一首艾吕雅的法文诗，苏菲帮助他纠正法语发音。

---

* 韩东，男，1961 年生。小说家、诗人，“第三代诗歌”标志性人物，“新状态小说”代表。著有诗集、中短篇小说集、长篇小说、随笔言论集等四十余部，导演电影、话剧各一部。

陈福海一背就是两百公里，苏菲多次建议他们换成中文交谈，陈福海答应了，但没说几句他又转向了艾吕雅。

老外说话喜欢双手比画。苏菲的手腕上分别戴着两串带有中国结的手串。突然，苏菲的左手被陈福海的右手攥住。

“你干什么？”

“看看你的手串。”

“……”

“这是中国结吗？”

“是。”

“珠子是菩提子的吧？”

“是。”

“菩提子是不是菩提树的种子？”

为了行车安全，苏菲把左手上的手串取下来戴在了陈福海的右手上。“我送给你了。”她说。

“那倒不用，我借戴一下。”

这之后，陈福海就又变回了法语。他们右手的手腕上分别都戴着一串菩提子，可作为这一组人马的标志。牧马人是从北京出发的，向南，目标仍然是山东的 M 市，也是约六百公里。

第三组是我和我妻子刘瑜，还有胡小克。胡小克也有一个公司，只不过他已退居二线，坐镇遥控。我们是从南京出发的，开的是胡小克的商务别克。差一点他就不来了。“你们正好是三对，我去不是当电灯泡吗？”我说：“那我就和你算一对，刘瑜当司机。再说了，陈福海和苏菲是不是一对还不好说。”死活拉上了胡小克。也就是从这时起我开始偷换量词，把对换成了组，一共是三组人马，共同的目标 M 市。我们和夏天那组一样，是向北开的。

我之所以选择 M 市，是因为要去 M 山风景区，而之所以要去 M 山风景区，不过是这个旅游点距北京、上海大体上是等距离的。夏天和陈福海都毫不犹豫地同意了。我没有考虑南京，也无须考虑，因为它在上海和北京之间，不管去哪里都距离最近。去 M 市的方案应该说是公平务实的，但正是因为这种公平几乎毁了这次旅行。这是后话了。

2

陈福海这组比预定时间早到半小时，随后夏天他们和我们也顺利抵达了酒店。

夏天、陈福海和胡小克是我不同时期的朋友，他们有一个共同点，就是都有公司，也就是说都是有钱人。但这次旅行是我召集的，因此安排的住宿档次一般。不过这家酒店有一个好处，离 M 山风景区不远，实际上已经到了风景区，但仍然属于 M 市。大家会合时天已经完全黑了，放下行李就去找地方吃饭。这里的饭店是旅游区水准，就那么几家，没得可挑，好在我们都饿坏了。

席间陈福海问夏天："M 市没有你们分公司？"他的意思并不是嫌我安排的吃住不好，大概是想和夏天套近乎。陈福海和夏天是第一次见面，年龄也比夏天、我和胡小克小了十几岁。夏天看了陈福海一眼，没有回答。我对陈福海说："我特意和夏天打了招呼，这次就不惊动他们系统的人了。"

"老夏，你早该这样了，与民同乐。"胡小克说，然后转向陈福海，"有次我去上海，和夏天坐了一把地铁，看他的样子就不对劲，一问才知道，来上海八年了，他居然没坐过上海的地铁！我真是服了……"

我们走出饭店，四周黑乎乎的一片，就像乡下一样，看来这一带也没什么地方可去。那就回酒店吧，只有那个方向有一些灯光，并且人影幢幢的，大概是住店的游客吃饱喝足出来转悠遛弯了。在我们即将踏入酒店大门之际，陈福海突然说："等一下。"说完他就消失了。再出现的时候他的手上多了一副双节棍。

“双节棍！”苏菲惊呼道。

“玩儿玩儿。”陈福海说。

“哪来的这玩意儿？”我说。

“我放在车的后备厢的，随身带。”

然后陈福海就开始耍双节棍。这家伙到底年轻，一路开过来也不觉得累。

借着从酒店大堂里倾泻出的不甚明亮的灯光，陈福海舞得呼呼有声，棍棒啪啪地拍打着年轻的肉身。恰在此时，这条小街上的两个女人面对面地走近了。两个女人都穿着睡衣，就像在家门口散步一样。更奇怪的是两个女人竟然互相认识。

“啊，张姐呀，你怎么来了？”

“哎哟喂，我说是谁呢……”

两个女人显然来自同一个城市，同一个城市的同一个住宅小区。因为两个人都牵着一条狗，那两条狗也互相认识。小号的是泰迪，公狗，体积大它十几倍的拉布拉多是母狗。两个女人分别叫出了对方狗狗的名字。

小号泰迪闻过拉布拉多的屁股后，试图骑上对方的后背。拉布拉多并不在意，顺从地站定了，任凭小泰迪忙活。考虑到它们身比的差距，要办成这件事不是那么容易。别说是我们，连狗的主人，两个在异乡邂逅的女人都被吸引了，不再交谈。其中一个女人笑得弯下腰去。

陈福海的双节棍仍在进行中。由于无人旁观，套路的后半程他也停下了，加入观看两条狗的行列中。与其说是在观看，不如说在等待。果然，当两个女人牵着各自的狗狗向不同的方向走远以后，陈福海说：“刚才被干扰了，我再从头来一遍。”他又开始耍双节棍，我们只好再次站下欣赏。

这一次陈福海的双节棍也没有耍完，刚开始不久，夏天说“我回房间了”，就径自推开酒店的大门进去了。小戴自然也跟进了酒店。陈福海微微一愣，明显受到了干扰。接下来他的动作就变了，幅度明显加大，有一次棍梢还砸着了脚踝。陈福海咧着嘴，扔了双节棍，改成打拳了，动作很是夸张，我们纷纷后退。在做一个冲拳动作时，由于用力猛，戴在右手手腕上的手串飞了出去，蝙蝠似的在酒店大门前的灯光里一闪就不见了。陈福海立刻停下，奔到路边的草丛里寻找。我们也开始帮他找，前后左右周边两百平方米内都搜了个遍，就是没有找到。

进入酒店以后，陈福海跟在苏菲后面，一直在说：“对不起，对不起哦，我买了赔你，M 山风景区肯定有卖……”

苏菲说：“我已经送给你了。”

“那就更不能丢了。”

“已经丢了。已经，过去时态。”

说话间到了苏菲房间门前，苏菲开了门，进去以前对大家说：“再见，晚安。”进去后，门在陈福海的鼻子前面砰地关上了，感觉上就像陈福海要跟着她进去似的，但我们都知道不是那么回事，房间已经入住了（夏天和小戴一间，我和刘瑜一间，陈福海和胡小克一间，苏菲单独一间），给人这样的感觉是因为陈福海道歉心切。

3

国庆大假，游客比想象的更多，哪怕是 M 山这样并不著名的景区。山道上全是人，摩肩接踵，头顶着屁股，我们一身臭汗地爬到半山腰，终于发现有缆车可坐。问题是排队等着坐缆车的人也很多，队伍从上面的售票点排下来，中间至少拐了三道弯。即使我们买了票，到真正坐上缆车还得需要两三个小时。这期间只能看着头顶上轻盈如燕的缆车无声滑过。再就是看人。山景没什么可看的。M 市污染严重，这儿虽然是山区，但由于离市区不远也受到了影响，那灰蒙蒙的一片说不清是雾霾还是水雾。

有两个选择。一是徒步登上山顶，二是就此下山。陈福海自然赞成前者，并且不由分说地已经开始向上走了，苏菲紧随其后。老外能吃苦，喜欢自力，甚至一开始苏菲就不赞成坐缆车，但她也不愿意阻止别人。“你们坐缆车，我步行登山。”

除这一对外（暂时，他们又成了一对），其他人都不愿意爬山。因为是集体行动，大家只好跟着他们又往上走了一截。抵达了售票处的建筑物（也是缆车的起始点），夏天拿出了手机，大概是想联系他们分公司的人。见状，胡小克对他做了一个鬼脸，温和地发出“哼哼”的威胁。夏天嫣然一笑，又收起了手机。就是在这时，我们发现了建筑物后面的一条山路。

这条路不是上山，而是下山的，道路的入口荒草丛生，俯瞰下面也渺无人迹，是一条通往后山的路径。大家达成了妥协，既不坐缆车，也不徒步上山，而是徒步下山。苏菲只要能走路就可以了，至于是上山还是下山并无所谓。有所不满的是陈福海，他的目的不在于走路，消耗体力是最重要的。但既然苏菲决定下山了，他也只好跟着，因为需要练习法语。

果然，这条路上除了我们再无其他游客。一下子摆脱了人群，连山景也不显得那么贫瘠了。眼前仍然是雾蒙蒙的，但鸟语花香跟着就出来了。夏天和小戴冲在最前面，一路下行。小戴挽着夏天，但也会不时地短暂离开，跑到路边采一朵野花或者折断一根枝条。她咯咯地笑着跑回夏天身边，再次挽起对方的胳膊。夏天展开双臂，开始唱《东方之珠》《恋曲 1990》，小戴无处可攀，便用身体半倚着夏天，空出的手在编一个花环。花环编成后小戴戴在自己头上，然后又编了一个给夏天戴上了。夏天没有反对，也没有表示欢迎，有点无动于衷，注意力完全在歌唱上。唱歌的间隙夏天会对着群山大喊几声，完了倾听自己的回声。

陈福海和苏菲走在最后面。因为是下山，陈福海没有必要争勇斗狠。他拉住苏菲，抓紧时间学法语。我、刘瑜、胡小克走在中间。现在，又形成了我们来 M 市时的格局，分成了三组人马。不同的是，来 M 市时三组人马是从不同方向向一个地点聚集，现在仍然目标一致，但是按先后顺序排列的，有违当初大家在一块儿玩耍的初衷。我一会儿跑到前面听夏天唱歌，和他一起吼上几句，一会儿故意落后，问陈福海他背的艾吕雅中文是什么意思。我来回策应的时候，胡小克始终陪着刘瑜。这哥们儿实在太好了，我心里想，他的诗一点也不比艾吕雅差。

快到山下时，有人在路边摆摊卖土特产，主要是卖栗子和石榴。栗子树和石榴树就长在眼前的山坡上，枝枝杈杈的到处都是。我们自然不认识，但经大娘的手一指就相信了。她的肤色像栗子一样深，咧嘴一笑，牙龈毕露，也像石榴般绽开了。这儿不是前山，没什么生意可做，把家里的大方桌搬出来放上山货和大碗茶，也是借机吹吹山风吧。石头垒砌的房子就在身后，五十米不到，应该就是大娘家。

喝了茶，各自买了些山货，但意犹未尽。陈福海问："你们家有没有吃的？"得到了夏天的响应。"我们可以在你家里吃饭，"他说，"你放心，会按照饭店里的价格付账的。"大娘为难起来。"家里没有吃的，就我一个人……"这时夏天已经领着小戴跨过路边的排水沟，向大娘家的院墙挺进了。这边，在陈福海的示意下，陈福海和胡小克抬起了大方桌，开始向同一方向移动。大娘只好收摊。剩下的人帮大娘拿上了其余的物品，条凳、水壶、装山货的口袋……

大娘的确是一个人，院子里扫得干干净净的，空地上支着一口砖头土灶，再也没有别的。陈福海去房子里搜寻了一圈，没有任何吃的，除了那些山货，栗子、石榴之类。甚至连新鲜的蔬菜也没有。陈福海找到一根大葱，边用嘴撕扯葱皮边从厨房里出来。大娘用围裙兜着几颗鸡蛋走过来。

"就这些了。"她说。

"一二三四五六七八，八个。"小戴数道。

"再也没有别的了？"夏天问。

"没有了。"

"鸡蛋也没有了？"

"都在这里了。"

"那行吧，"夏天抬眼看见了陈福海手上的大葱，"我们就大葱炒鸡蛋。"

“正好八个人，每个人一个鸡蛋。”小戴说。

“八个人？”

“不是还有大娘吗，加上大娘正好八人。”

陈福海去找水管洗葱，这边的土灶已经开始点火了。突然陈福海兴冲冲地跑回来，说在后院里发现了一个鸡窝，有一只母鸡正在下蛋。所有的人都奔到后院，果然看见一个硕大的鸡棚，但里面只有一只鸡。卧在那里，鸡毛张开，一看就知道正在下蛋。那我们就等着吧，这只鸡蛋我们是吃定了。九个鸡蛋当然要比八个鸡蛋强，何况大娘已经表示她不和我们一起吃。

等鸡下蛋的时候，我们和大娘聊起她的生活。平时不吃饭吗？家里怎么没见其他人，老伴出门打工了？“给阎王爷打工哦。”大娘说。

原来，大娘的老伴三年前被一辆农用汽车轧死了，开车的也是本村人，蹲了一年大牢。听她的口气也没觉得有什么不公平，说到老伴的惨死没见有悲伤之色。有三个儿子，都在 M 市工作，要接大娘去城里住，但她住不习惯。守着这老房子，一个人吃饭可不就简单了，留一只老母鸡下蛋足够了。

苏菲抓着照相机，换了不同的角度拍照，大娘因此有一点害臊，说的时候难免斟词酌句。末了，夏天伸过一双大手紧紧握住对方。“你辛苦了！”他说。

突然，噗嘟一声，那鸡终于下蛋了。鸡蛋下在松软的稻草上，不会有任何声音，但我们就像听到了鸡蛋落地的声音那么肯定。陈福海第一时间奔向鸡棚，母鸡惊慌地扇动翅膀，避到一边，它原先待过的地方果然有一颗蛋。“还是热的呢，烫手！”陈福海兴奋不已，就像那蛋是他下的。

母鸡换了一个地方又卧下了，仍然是一副下蛋的模样，但我们知道一时半会儿它不会再下了。

“干脆，我们把这鸡杀了来吃！”陈福海说。

“那可不行，”胡小克说，“大娘只有一只鸡，还指望它的供应呢。”

“我们付钱，让大娘再买几只下蛋的鸡……”

陈福海说得快活，我注意到刘瑜狠狠地瞪了他一眼。

刘瑜吃素。她吃素并不是因为信仰，只是可怜生命，因此牛奶、鸡蛋还是吃的，在吃鸡蛋这件事上她没有任何异议。但若说吃鸡，那就另当别论了，况且是一只刚刚给大家贡献了一个鸡蛋的鸡。

“这鸡不仅给大娘下蛋，”她说，“她孤单一人住在山里，它还是她的一个伴儿，就像是狗狗，陈福海，你吃狗肉吗？”

陈福海说：“不吃，我又不是野蛮人，说吃这鸡也是开玩笑……我去炒鸡蛋了。”

揭开土灶上大铁锅的锅盖，里面干干净净的，根本不用洗锅。鸡蛋在锅边上磕了，打在锅里，葱花盐巴一撒，略一翻炒香味就出来了。炒鸡蛋深陷在大铁锅锅底，只有一小团，黄灿灿的，煞是好看。陈福海边炒鸡蛋边伸手下去提溜起一块，丢进嘴里，他说是尝咸淡。众人效仿，根本就没用到碗筷，一瞬之间那铁锅又变得干干净净了。

在大娘的小院里我们又逗留了一会儿，喝水、抽烟，苏菲忙着拍照。刘瑜去后院洗石榴，洗好了拿过来分给大家。大娘家的房顶上冒出一缕炊烟，我也没有多想，脑袋里模模糊糊冒出两句“炊烟袅袅，农家小院”，整个身心都沉浸到某种安宁的田园氛围中了。直到告辞，我们这才又看见了大娘，出现在房子门前，手上端着一只搪瓷脸盆。盆底浅浅的一层是红烧鸡块。除了刘瑜，所有的人都欢呼起来。刘瑜气得怒不可遏，一口咬定这是谋杀，是陈福海杀了那只母鸡！陈福海说：“我冤啊，我只是开玩笑，没想到大娘这么直接，这么狠心……”

“我最瞧不起你这种人了，不仅没有慈悲心，还嫁祸于人！”

“我忏悔……”

“你要是真忏悔的话，就别吃。”

这一点陈福海显然难以办到，他吃了红烧鸡块。但由于刘瑜始终在一边怒视，所以吃得非常谨慎。

本来，在刘瑜的盛怒之下我是可以不吃红烧鸡块的，因为陈福海是我朋友，在老婆和朋友之间有必要站在朋友一边，所以我也下筷子了。胡小克是老好人，见气氛不对，吃得相当暧昧，大概只吃了一块鸡肉，其他时间都在咂摸筷头。剩下的三个人则没有障碍，吃得颇为顺畅，行云流水一般。

“唉，它刚刚给你们下了一个蛋……”刘瑜在边上念叨，大家都吃得闷声不响。

陈福海放下筷子，说：“太咸了，味道不怎么样。”绝对不是挑衅，这是在讨好刘瑜。

“哼，还品出滋味来了，担心被鸡骨头卡死！我爷爷的一个朋友就是被鱼刺卡死的。”

4

晚饭后，召开了第一次全体会议。议题只有一个：第二天我们去哪里。

会议在夏天、小戴的房间里举行，他们住的是总统套房。这样的套房整个酒店里只有一间，被我们及时拿下，之所以分配给夏天他们不是考虑到夏天的身份级别。他以前住店的规格很高，这回已经是与民同乐了，差距尽可能地不要太大。

说是总统套房，其实只是一个套间，在卧室的外面还有一个房间，设有写字桌、沙发和一张美人榻。此刻夏天半躺在美人榻上，小戴坐在他身边，前面的茶几上堆放着各种零食。夏天一面接受对方递往嘴边的食物，一面把握着方向，就像在迷你车里一样。他像看报纸一样地在看一张地图。

我和胡小克自然理解，夏天家居状态，不避讳老友。再者，他生性放松，晚饭时又喝了不少红酒。至于仍然在进食，不过是一个习惯问题。陈福海多少有点不自在，除了他其他人都找地方坐下了。陈福海站在写字桌边，俯瞰着夏天。我们也都在看夏天。

夏天终于放下地图。“那我们就去微山湖吧，离M市160公里，开车两小时。”

我和胡小克都没有异议。陈福海比较慎重。“哪里？”确认的确是微山湖后，他开始在手机上百度。“那你们回上海距离差不多。”他说。

“是啊，”夏天说，“距离一样，有问题吗？”

“有。我们回北京要多走一百公里。”

“有问题吗？”

“也不是啦，是微山湖不好玩。”

“你到底是考虑好玩，还是在考虑距离？”

“我……”

“如果考虑距离，我可以告诉你，微山湖和M市的纬度基本一样，在一条水平线上。”

“微山湖真的不好玩，比M山游客只会更多……我们不如去曲阜，或者泰山。”

“呵呵呵。”夏天不再搭理陈福海。他用嘴接住一片苹果，使劲地咀嚼着，甚至眼皮都合上了。

其他人也都拿出手机开始百度。如果我们去曲阜或者泰山，离北京就更近了，之后陈福海、苏菲回北京更方便，等于是大家送他俩一程。从两地向南回上海和南京那就远了。但陈福海表示，这不是一个距离问题，既如此，一开始他干吗要提距离呢、提公里呢？这不是虚伪吗？正是在这个关键点上，被夏天抓住了。后者未必就没有考虑距离，但选择了一个纬度上和M市几乎一样的地方。生姜还是老的辣啊。

陈福海还在说，去哪里他都无所谓，关键是要好玩。微山湖不好玩，名气还没有M山大。曲阜不同，有三孔，孔子可是中国人的至圣先师。他问苏菲：“你知道三孔吧？”

“知道知道，”苏菲说，“三孔就是孔子、孔丘、孔老二。”

“你还是不知道，所以更应该去一下了。”

“我去！”苏菲举起一只手。于是陈福海便争取到了一票，包括他自己那票，手上已经有了两票。

夏天和小戴自然也是两票。剩下我们南京这一组，成了双方争取的对象。

南京这一组，本来去哪里都好说，因为没有回程问题（无论去哪里都有比南京更远的），但此刻需要一一表态，事情就有点复杂了。刘瑜表示要去微山湖。杀鸡取卵（准确地说是取卵后杀鸡，听上去更可怕）的事下午刚刚发生，她余怒未平，无论如何都会站在陈福海对立的那边。胡小克则不忍看见陈福海孤立无助，何况他们住一个房间，睡觉的时候还要面对。他那一票投给了陈福海。三票对三票以后，决定性的那一票就是我了。我感觉到了这一票的分量。

夏天、陈福海各怀私心，没有谁是无辜的。如果我把这票投给夏天，陈福海以后还怎么做人？表现出锱铢必较的是他（说明自私），掩饰其真实目的的也是他（说明虚伪），赢了也罢，如果最后以失败告终（说明无能），一个既自私又虚伪又无能的人今后还怎么混？就是在下面的旅行中大家也很难相处了。另有一点，此时此刻，我反倒对陈福海有些欣赏了。这哥们儿太天真了，竟敢和夏天这种级别的人物叫板。当然了，我也不能把票投给陈福海。刘瑜不高兴在其次，夏天那儿我也交代不过去。毕竟是手下有几十万员工的大企业的董事长，平时在公司里说一不二，拍板决定是日常工作，怎么到了这帮老朋友中反倒要投票解决这种鸡毛蒜皮的小事。老朋友也罢了，碰上陈福海这种不知天高地厚的晚辈，败下阵来不是很无趣吗？对应我之邀才有的这次旅行夏天必定后悔不迭。想到这里，我走过去劝说陈福海。

“你比我们（指我、夏天和胡小克）年轻，身体又好，就多担待一些，开车需要体力。”我说。

“也不那么年轻了，”陈福海说，“回北京我是一个人开，苏菲没有中国驾照。”他暗示夏天他们可以两个人换着开。

我只好说到车上来。“你看，”我说，“老夏开的是一辆迷你，耗油虽低，但速度起不来啊，这款车真的不适合跑长途，而且空间有限。老夏这么一个大块头长时间坐在里面太憋屈了。”

我担心陈福海会说“谁让他开迷你来的”，还好，陈福海没有那么鲁莽，相反，他甚至非常精明，马上抓住了我的漏洞。“是呀，他耗油低，我那牧马人本来就耗油高，多跑一百公里不就更耗油了？”

太赤裸裸了！还不如质问夏天为什么开迷你呢。你不是不承认争的是一个距离问题吗？不是不承认锱铢必较吗？我不禁有点生气，对陈福海说：“你不能这样，孔融还知道让梨呢，你不是要去曲阜拜孔子吗，孔融就是孔子的后人……”我都不知道说什么好了。

胡小克这时站了出来，他拿着手机走过来，大概是刚百度了一个地点。“我们去 M 东吧，那儿有一个名人故居。”

“谁的故居？”

“M 公。”

说到这里我需要插几句。M 公是中国古代的一位名人，在这里之所以称他为 M 公，因为他是谁在这篇小说里无关紧要。再者，文学叙述不免夸张，当地人如果对号入座那就没有必要了。这和我把 M 市叫作 M 市，M 山风景区叫作 M 山风景区，M 东叫作 M 东是一个道理，同理。下面我接着说故事。

听说 M 东和 M 公后，除夏天之外的所有的人都在手机上一通猛搜。好不好玩现在已经不重要了，关键是距离。M 东距 M 市二十公里，来回不到一小时车程，比 M 山风景区还要近。玩完后我们仍然可以回 M 市住宿，就住现在的酒店，这样无论回北京还是回上海，包括回南京，都和来的时候距离一样了。只有苏菲一人关心将要游览的内容，但少数服从多数，去 M 东，就这么定了。

5

由于大家都兴致不高，第二天我们出发得很晚。本想吃一顿早中饭再走的，胡小克建议，还是去旅游点吃，那儿的选择应该多一些。但到了M东却别无选择，只有一家卖面条的铺子是开着的。一面吃着难以下咽的烂面条，我们一面打量着这地方，总想找出一点特别之处。没有游人，算是一个优点，但也可以说是一个缺陷，既是旅游点又没有游客，说明了什么？游客少一点当然好，但完全没有就很奇怪了，尤其目前是长假黄金旅游期间。

没有游客，但到处都是当地人，在仿古建筑群之间来回走动。一位老大爷屁股后面牵着一只山羊，而那山羊的后面一路落下羊屎粒儿……当地人虎视眈眈地盯着我们，或者面露惊异之色，就像这里从来没有来过游客。不仅饭店只有一家开门，卖旅游纪念品的铺子大多也是关着的。陈福海好歹敲开了一家商铺的门，买到了带中国结的手串。他没有把手串还给苏菲，自己又戴上了。他俩的右手手腕上又各自戴着一模一样的标记，成了有图腾标志的同伙。

既然来了，总得逛一逛。我们顺着那条仿古街一直走到一个广场上。广场也是新建的，立着一尊五层楼高的M公雕像。M公一身戎装骑在马上，手上拿的却是一册书简。除此之外就没什么可看的了。当然，这只是故居的外围，进到里面也许能看见一些稀罕的东西。这里号称M公公园，又称M公大城，又称M公故里或者M公躬耕地，看见这些竖立在路边的路牌以及镌刻在巨石上的大字，我们糊涂了。也许是三四个地方，也许是同一个地方的不同叫法。最后确定，这应该是同一个地方。还有一个问题，这里也许是外围，也许是里面，最后确定，我们已经在里面了。

天空非常阴暗，不是变天了，是很严重的雾霾。M东离M市很近，可以说就是M市，M市的污染有多严重这里的污染就有多严重。在市区的时候，元素毕竟复杂，街道上花花绿绿的，分散了注意力，这儿除了仿古建筑就再也没什么好看的，雾霾越发明显地填充进来。眼前一片灰黄色，簇新的建筑物看上去也那么陈旧。一种很特别的陈旧，完好无损、未经使用，却被时间无情地抛弃了。我们的心里也是灰蒙蒙的。

前方出现了一个气球射击摊，一片晦暗之中终于有了一点颜色，令人精神一振。那是唯一开张的气球摊，我高度怀疑是因为我们才架起来的——走过去的时候并没有看见，如果有，我们不会看不见。

除刘瑜外，所有的人去摊子上射气球。陈福海和夏天马上进入到比赛状态。第一轮陈福海落败，他要求再比一轮，夏天说："比十轮都没问题。"

"那就再比十轮。"

陈福海是个运动狂人，运动天赋一般，胜在体力。无论打桌球还是打乒乓球，还是打网球，甚至下象棋，他都可以一直玩下去，直到对方体力不支，陈福海却越战越勇。光是他那副奉陪到底、没有了时间概念的架势就能把对方震慑住。和别人比赛他从不采用三局两胜或者五局三胜制，要比就是几十局、几十轮，对手岂有不败之理？夏天不知道陈福海的这个特点，心里想：再比你也是输，于是就着了陈福海的道。

他俩在气球摊上各自放了一千枪不止，射破的气球有几百个，摊主不得不去边上的摊子上借气球（曾几何时，边上的气球摊也支起来开张了）。其他人早就停止了射击，在一旁百无聊赖地等着。射到最后，夏天的双臂都有些颤抖了。开始时还双手托枪，站着射击，后来只能把枪架在架子上，弓身撅腚。陈福海依然站立，纹丝不动。仅就姿势而论，夏天已经落了下风。

又放了一千枪，夏天弃赛认输。他似笑非笑地对陈福海说："身体真不错啊，可惜用错了地方。"

"什么意思？"陈福海问。夏天已经走向摊主去付账了。陈福海想追过去问个究竟，被胡小克拉住。"老夏的意思是你身体好，为什么不多开一百公里呢？"他想启发陈福海，看看下午是否可以去微山湖。

"我……"陈福海稍愣了一下，"那不一样，比赛是比赛，开车是开车，我们比开车也行。我跟他一起开回上海，然后他再跟我一起开回北京。"

"那就不必了。"

6

射完气球，我们就回 M 市里了。时间尚早，又无其他游览内容，最好的选择就是去吃饭，况且上一餐大家吃的是烂面条。

在网上搜索了一家尽可能高档的饭店，开过去。旅行到了这会儿，指挥权开始转移到夏天那里。如果照我的想法，自然不会去高档场所，但现在夏天是花钱的人，加之他和陈福海之争陷于僵局，射气球也不敌对方，在吃饭这样的小事上做主，也算是某种补偿。

饭店设在一家大商场的七楼，环境是封闭了点，但这一带应该是 M 市最繁华的地段，对面竟然有一座寺院。也就是说，这一片不仅有商业，也很有历史、文化，M 市政府大约是按照这一概念打造的。我们选择的饭店位于这里档次自然低不了，当然了，说它高档次也是 M 市的标准。

大堂里只有我们一桌，顶上的灯只开了几盏，加上空间巨大，室内不免很阴暗。好在幕墙窗那儿射进大片的天光。除了夏天在招呼服务人员点菜，其他人都傻乎乎地看着外面（我们的餐桌靠着窗户）。

其实也没什么好看的，就拿那座寺院来说吧，从大门到院墙里面的大殿都是新建的，和我们刚刚离开的 M 东的仿古建筑没有任何区别。可能花的钱更多一些，设计上更夸张，但也未必。比邻的高楼大厦、街上来往不息的车流更是没有特点可言。可说的也许只有雾霾，由于我们所在的地方有点高，那种灰蒙蒙脏兮兮的感觉更整体和概略了。千里迢迢地来到此地，花费珍贵的休假时间，就是为了在这样的环境里吃顿饭吗？我们犯得着吗？

夏天点了饭店里最贵的菜和最贵的酒，大家开始消费。陈福海提了几次射击气球的事，胡小克礼貌性地应付两句，其他人都没有吭声。正在尴尬之际，下面的街上有了异动，有人出殡，一支穿着白衣戴着白帽举着引魂幡撒着纸钱的队伍，从商业街的一头逶迤而来。苏菲抓起照相机，没打招呼就下楼去了。

其他人没动，透过幕墙窗我们甚至看得更清楚。不知从何时起，街上的车流停止了，只剩下出殡的队伍和站在街边看热闹的人。队伍很长，移动缓慢，一路吹吹打打。白衣白帽都集中在队伍的前部，再往后就只有穿白衣没戴白帽的了。孝衣似乎也是特制的，像个面口袋一样套在头上，没有袖子。几个交警在维持秩序，是出于职业责任还是受命疏通道路就很难说了。恍惚之下，一条现代化的城市商业街立马变成了古代乡镇的骡马市，有点匪夷所思。夏天说："这样的事只可能发生在 M 市这样的地方。"

胡小克说："的确如此，很难想象发生在北京、上海，甚至南京。"

我说："就是 M 市也不可能发生！"

"会不会是在拍电影呀？"刘瑜说，提供了一种可能，但立刻遭到了所有人的反对。

如果是在拍电影，一切都说得通了，但我们的这次旅行就太没意思了。跑到 M 市来看拍电影，那当初还不如去横店呢。

"肯定不是拍电影，"我说，"摄影机在哪里，录音在哪里？"此话一出，马上发现有人正在录像，是那种家庭用的掌上拍。用手机拍照、录像的更多。我们也看见了拍照片的苏菲。

出殡队伍的目标是街对面的那个寺院。寺院大门像一张巨口，将出殡队伍慢慢地吞噬进去。有人放鞭炮，烟雾腾起，显然也是葬礼的一部分。这丧葬仪式也说不出个出处，大概是新旧结合，改良后又极具地方性的一套程序，棺材抬进去大概是做法事。棺材里面放的应该是骨灰，或者，做完法事再火化，谁知道呢？

队伍进入寺院后，街上渐渐地恢复了交通，车来人往，就像什么事都没有发生一样。只有苏菲仍然站在路边，举着相机东拍西拍。

她回到座位上坐下，夏天问："你怎么不跟进去？"

"因为要买门票，就不需要了。"苏菲说。

夏天对我们说:“老外就是节约。”又转向苏菲:“你可以在小陈那儿报销呀。”

“这怎么可以?亲兄弟明算账。”

夏天呵呵了两声,就没再说话了。

当天晚上,举行了第二次全体会议。

这次会议根本没有必要,只是出于一种惯例(我不免感叹,人们形成惯例太容易了)。

第二次会议的情形和第一次会议几乎一模一样,夏天仍然半躺在美人榻上,小戴仍然在一边喂食。议题也一模一样,明天我们去哪里?供选择的方案也只有三个:微山湖、曲阜和泰山。你能指望经过白天的遭遇,投票结果会有变化吗?

胡小克主持会议。他回顾了 M 东的游历和餐厅吃饭的经历,不过是射击了一把气球、意外地看见了一次出殡。这对再次投票会有所助益吗?投下来的结果仍然是三票对三票,夏天、小戴、刘瑜要去微山湖,陈福海、苏菲和胡小克要去曲阜、泰山一线。最后的决定权仍然交到了我手里。

和昨天相比,夏天更放松了。他放松的方式就是睡觉。小戴递过去的零食只吃了两口,就呼呼大睡过去。陈福海比昨天更焦躁,在房间里来回走动,甚至想过去摇醒夏天,被我制止了。我拍了拍夏天,请他坐起来,听我最后的发言。

“再讨论下去已没有必要,”我说,“是不会有任何结果的。是我,而不是任何人犯了根本性的不可饶恕的错误,当初就不该把集合地点定在 M 市,不是 M 山风景区不好玩,当然了,它也不好玩,关键是 M 市在上海和北京的中间,这个中间也太中了一些。怎么会这么中呢?怎么在北京和上海中间会有这么中的地方?太不可思议了!无论去哪里玩儿,都得往南或者往北走一点,偏离这个中间,那么回北京或者回上海就不会再是等距离的了。我也看出来了,除了在以 M 市为中心方圆五十公里的范围内活动,否则是不会有人妥协的。而在这个范围内，显然没有值得一去的地方。如果我把集合地点选在任何一个别的地儿，都不会这样，比如说南京……总之错在本人，M 市他妈的就是一个本质上无法挪动的地点！所以明天我们只有一拍两散，各奔东西，不不不，各奔南北。我向大家道歉，对不住了！说完了。”

本指望经过我这一番讲演，夏天或者陈福海会有所触动，其中的一方做出妥协。但并没有。我发言完毕，大家热烈鼓掌，夏天和陈福海鼓得更是起劲。然后，陈福海就离开了夏天的套房。苏菲迟疑了一下，也跟了出去。“再见，晚安，明天见！”她说。

“不见了，明天就各奔前程了。”夏天说。

7

第二天我们睡到自然醒。现在的我们，是指第一组和第三组人马，也就是夏天、小戴，我、刘瑜和胡小克。我们去开车的时候，停在旁边的牧马人已经不见了，陈福海和苏菲起得比我们早，没打招呼就走了。胡小克打电话和陈福海联系，对方关机，看来他的气还没有消。

我们一路向南，两组人马已合成一组，两辆车前后相继，迷你在前，商务别克在后。由于行止同一，途中极为顺畅。在一个休息区加油并午餐的时候，夏天打电话联系了无锡分公司的人，他邀请我们（我、刘瑜、胡小克）也去无锡，吃了晚饭再折回南京。

夏天说：“无锡到上海一百四十公里，到南京一百八十公里，是比到上海要远，但也远不到哪里去。”

我们只好答应，否则，又会陷入距离之争，像陈福海一样落下一个锱铢必较的恶名。一面点头，我心里一面感叹，夏天太厉害了，知道如何去说服对方。如果我们表示那不是一个距离问题，只是认为吃一顿饭跑那么远没有意义，不就和陈福海的说辞一样了吗？我们也可以把这件事掰扯清楚，看似和陈福海那件事一样，但实际上不一样，无锡在南京的南面，我们是过家门而不入……我有点同情起陈福海来了，他是唯一没有屈服于夏天的人。

我给陈福海发了一条短信，问他们到哪里了。陈福海居然回了，说他们已经玩完曲阜了。胡小克说："看来他想去曲阜是真的，不完全是因为距离。"我说："也可能是苏菲要去吧，陈福海只是在为她争取机会，不惜得罪夏董。"

"屁，"夏天说，"如果没发生争执，这人肯定不会去曲阜的，他去曲阜不过是想证明他的确想去曲阜，并不是因为距离而缠夹不清的。哪有这么快就玩完三孔的，就是走马观花也没这么快。"

"他们出发得早。"胡小克说。

"就是再早，也得看上一天。"

当我们坐在无锡方面安排的酒宴上时，暮色已经在大地上降临了，无论南北。我一面眺望窗外灿烂的城市灯火，一面拨通了陈福海的电话，并按下免提。

我说："我们已经到无锡啦，在饭桌上啦，凉菜已经上齐了，马上就要开席。"

对方说："我们刚进北京，刚过了北京收费站。我念一首诗给你们听吧，给各位助兴，给夏天助兴！"

"好啊好啊，"胡小克说，"你念吧，我们边喝边听。"

于是，陈福海便大声地背起艾吕雅来。这首诗还特别长，难为陈福海了，竟然全部背了下来。我想象陈福海手握方向盘，一面昂首挺胸目不斜视地背诵着，眼角划过反光的路牌，前方则是星星点点越来越密的进城的汽车尾灯……

分公司经理招呼大家举杯。在座的除了我们还有经理手下四人，十人一大桌恰到好处。经理先敬夏天，他们敬爱的夏董，然后是坐在夏天身边的小戴。"幸会，幸会……"他说，迟疑了一下，他转向夏天道，"夏董，这是您女儿吧，都长成大姑娘了。"

这人是公司的老人，能坐到这个位置大概和夏天有关，这么说不过是想卖个乖。这时我手机的免提仍开着，陈福海仍然在背艾吕雅。夏天装作在听诗，没有回答。我赶紧说：“夏董，这首法文诗还不错吧？”

经理问：“夏董您懂法语？”

“我什么语不懂？”夏天说，“哈哈哈哈。”

合影为什么是留念

乔　叶*

1

晚饭依然有饺子。自从宝从老家回来，她就开始每天做饺子。宝在厨房探了一下脑袋，说，又是饺子。口气顺畅得很，是任性吐槽的纯天然状态。她应道，吃絮烦了？宝急转弯道，怎么会？饺子好啊，好吃不过饺子嘛。妈妈，下半句是啥来着？我绞尽脑汁都想不起来呢。

舒服不如倒着。

对对对。还是老妈聪明。都说儿子的智商随妈，我这跟您可差远了呀。

这一波马屁拍得明显敷衍，毫无质量，她还是很受用。对于宝，能有什么抵抗力呢？没有。

妈宝男，她知道流行这么一个称谓，带着贬义的调侃。可她还是这么愿意叫儿子：宝。小时是小宝，大了就是大宝。此外还是有乖宝、臭宝、香宝、胖宝……各种宝。她最常用的是大宝。这唯一的孩子可不就是最大的宝贝？只是这宝一年到头也没几天能在她跟前闪闪发光地晃悠啊。

---

* 乔叶，女，1972 年生。河南省作协副主席。出版小说《最慢的是活着》《认罪书》《藏珠记》，散文集《深夜醒来》《走神》等作品多部。曾获鲁迅文学奖、庄重文文学奖、华语文学传媒大奖、《北京文学》奖、人民文学奖以及首届郁达夫小说奖、首届锦绣文学大奖等多个文学奖项。

必须要有饺子的，今晚。作为最后一顿晚餐——当然当然，这最后一顿仅限于现阶段。他以后的晚餐还多着呢，无穷无尽，福如东海，寿比南山……自从宝去国外留学后，她就格外在意用词的准确性，绝对不允许有任何不吉利的言语甚至念头。哪怕是不说出口的碎碎念，她也要在心里做出严格的界定和修正。

在老家也是天天饺子。为什么一定要吃饺子呢？宝问。

还不是因为你又要滚了，老祖宗留的规矩，送行的饺子接风的面。

这规矩，到底有什么内涵？

不知道。总归是有道理的吧。

迷——信。

我就迷信了，怎么的？

不怎么的。

和好了面，她还是抽空上网查了查。一个专家说："此乃北方民俗。民俗不是凭空而来，自有其意。饺子外形饱硕馅料丰富，寓意收获多多圆圆满满。面条外形修长犹如道路，寓意行程顺畅平安，还双关着'见面'的面。简而言之，就是'长接满送'。"

果然还是有道理的。

宝的这个暑假其实挺长的，从五月末到九月末，算起来足足有一百二十多天。只是因为新冠肺炎疫情，回国的机票不好买。总是买了不久，航班就会取消。反反复复好几回，她终于发了狠，让宝一下子买了三个航班，总算如赌博一般押中了六月中旬的一趟。飞机落地是成都，宝在成都隔离了两周，回到郑州已经是七月初了。在家里待了一周，就跑到了北京某电商巨头企业，说是早就约好的实习，机会难得，不能浪费。这实习回来才多久，就又该走了，去英国读研。

想想也是辛苦。大学四年的课程，宝硬是用三年以优等成绩拿下。每到暑假，也一定会给自己安排实习。第一年去了上海的一个国际公司，第二年去了斯坦福大学，跟着教授做项目，第三年也就是今年了。她看过他做的简历，里面有一摞她看不懂的证书，还有他大学期间的成绩排名，她既惊讶，更疼惜，完全可以推测出这每一行字里浸泡的日夜，是另一种意义的秉烛挑灯和悬梁刺股。想到那些说留学生们都是花天酒地混日子的言论，她就忍不住切齿暗骂：你们懂个屁。

2

六点过后，大小姐和二小姐陆续回了家。大小姐是哥家的孩子，是侄女；二小姐是姐家的孩子，是外甥女。大小姐在公司是行政高管，御姐范儿。二小姐在公司是首席 UI 设计师，文艺腔。她叫她们大小姐二小姐，宝叫她们大姐二姐。她们则叫他学霸。对于独生子女来说，这也就是最近的血缘关系了吧。她们大学毕业先后到了郑州工作，房租贵，她的房子大，就都容了进来，一住就是五六年，一直到现在。都是纯良可爱的好孩子，在一起很愉快。宝留学后，更凸显出了这两个女孩子的重要。三个女人整天柴米油盐、钗环脂粉，过着过着，也就越来越亲，有时候她觉得自己像个老姐姐，有时候又会觉得自己有一男二女，家底儿厚实得很。

女孩子们换了家居服，便来到厨房，听着她的指令，把饺子馅、面盆、案板、擀面杖、盖帘等一堆家伙什儿都搬到了客厅的大茶几上，一边看电视一边包饺子。宝和大小姐负责擀皮儿，她和二小姐负责包。宝只擀了一个皮儿就被大小姐解除了劳动权，瘫在沙发上看球赛。三个女人按照熟悉的节奏边干活儿边聊天。大小姐一个月前做了双眼皮儿，说自从做了这个双眼皮儿，公司的人说我发飙的时候眼睛特别大，特别圆，显得更厉害了。还有，骑电动车的时候，感觉那小虫子噼里啪啦往眼睛里飞呀，飞呀。你们可别说我。我只整了眼睛，是最接近于母胎原装的了。公司的女孩们，谁都比我过分。她们整天左整右整的，都整出了一副标准的网红脸，在刷脸机那里老是撞脸，比如第一刷是张三，后面几个来刷，刷出来就还是张三。总之她们刷一次肯定不行，就得各种找角度，找好几次才能刷到她们自己的名儿。刷脸机笨哪，分不清啊。

哈哈哈哈。

喂，学霸，现在男生们也都可注重颜值了，你也做一个吧。

不做。身体发肤受之父母。

妈妈在这里呢，同意你做。她连忙说。

您可算了吧。

在“身体发肤受之父母”和“母亲逼你做双眼皮”这二者之间，你觉得遵照哪个才是孝顺呢？她问。

艰难人生，请勿挖坑。儿子远远地白了她一眼。

学霸今天忙什么去了？二小姐问。

吃饭呗。和同学。

吃的啥？

粗粮坊，不过一颗粗粮也没见着。

那很正常呀。商家嘛，主打的就是一个概念。真做粗粮你能吃得下？都是假装粗粮的细粮，和假装荤菜的素菜一样，谄媚你们的胃，安慰你们的心。

你们吃饭都怎么买单啊？ AA 吗？她比较关心这个。

可以说是项目 AA，一个同学请奶茶，一个同学请唱歌，我请吃饭。

那请奶茶的同学可省钱了呀。

大小姐也嘎嘣脆地笑了：我也想说这个。

唉，不要计较这个。再说了，奶茶也不一定便宜。

照相了没？二小姐问。

没。你们女生就是爱照相，也不知道有什么可照的，有什么意义。

就是玩嘛。谈什么意义。

所以手机的美颜功能才开发得那么花哨，就是为了哄你们女生玩。真想不通你们为什么那么爱照相，那么爱合影。

有个古早的固定词组叫“合影留念”，没听说过吗？就是为了留念呀。尤其是合影，更代表着留念。二小姐幽幽道。

为什么一定要合影才是留念呢？留念方式可多得很。

那不一样。

有什么不一样的。还有，留念这个词也很奇怪，留什么念，又不是不见了。

这一次见和下一次见，肯定是不一样的。每年回来，每年照相，你把一年年的照片放在一起看，一定会发现点儿什么。

还能发现什么，还不是大家都老了。

哈哈哈哈。

……

他们在说老。老，如今对这个字，她已经很敏感了。老朋友、老物件、老房子、老家具……老自己。年轻人说起老来毫无障碍，那是因为隔靴搔痒，老人们说起老来自然而然，那是因为水到渠成。而她呢，人到中年，朝着两头张望。一边是回不去，一边是未到来。一边是越来越远，一边是越来越近。远的并不想远，近的并不想近。能怎么办呢？

没办法。只能手里忙活着，默默地听着他们说话。能插上几句就插上几句，插不上就专心致志地听，还努力地想去记。其实能记住的寥寥无几，她也知道。可她就是觉得这个过程很迷人。他们的这些闲话意味着什么？什么都意味不了，但是，似乎也意味着一切呢。

3

突然想起八岁那年，去照全家福的事。那是她童年记忆里第一次照相，也是唯一一次照相。一个清晨，全家很隆重地出发了。家里原本只有两辆自行车，为了去照相，还借了两辆。那种加重的，带着横梁的28式自行车。春天，麦苗正在返青，绿得生机勃勃，散发出淡淡的清鲜气息。父亲载着奶奶，大哥载着母亲，二哥载着弟弟，姐姐载着她。父亲的车在最前面，像是率领着一支小小的队伍。路上碰到熟人打招呼，问，这一大家子人去干啥呀？父亲回答，去照相。哎哟，照全家照哪。嗯。

印象里，几乎所有人听到父亲“去照相”的回答时，都会“哎哟”一声。那时照相刚刚在乡间兴起，算是一件时髦的事，因此也多半是年轻人的事。全家都去照相，在村里之前应该没有过，所以才会引出那么多“哎哟”。其中蕴含的讶异，恰到好处地印证着专程去照全家福是多么稀罕，让她小小的虚荣心得到了波澜起伏的满足。父亲甚至没有选择镇子上的照相馆，对镇子上的照相馆都有些看不上了。他们去的是市里。

至于为什么会去照相，在整个过程中，很奇妙的，没有人问起，也没有人谈起。仿佛去照这个全家照，是一件极不正常又极正常的事。因为极不正常，所以没人说起。也因为极正常，所以无须说起。逐渐长大之后，一个问号才慢慢画出来：为什么呢，为什么要去照那张全家福呢？在那个时候？

没有答案。

多年之后，她一次次地想起那个场景：四辆自行车。父亲载着奶奶，大哥载着母亲，二哥载着弟弟，姐姐载着她。没有比这更合适的搭配了。照相时的格局是两排，前排坐着三个长辈，奶奶居中，父亲在左，母亲在右。五个孩子站在后排。中间是大哥，左右依次是姐姐和二哥。她和弟弟把着两边儿。也没有比这更合适的格局了。

一切都是那么好。没有多一个人，也没有少一个人——没有爷爷，但他们并不觉得缺少他。他很早就不在了，不在至少已经三十年了吧，连大哥都没有见过他，连父亲都记不得他的样子。爷爷已经不在这个家里太久，很难想象他和奶奶坐在一起的样子，他于他们而言，只是概念上的亲人。

她穿着一件黑红格子外套，羊角辫子上扎着大红的蝴蝶结，脸上也搽了胭脂。

那张唯一的全家福里，没有一个人笑。

第二年，父亲去世了。

过了五年，母亲也去世了。又过了四年，奶奶也去世了。十年间，老人们都去世了。在老人们陆续去世的过程中，他们又照过几次全家照。照着照着，老人少了，孩子多了。照着照着，老人又少了，孩子又多了。就是这样，人少，人多，人多，人少。让她惊叹的是全家这个词的弹性：可以那么大，也可以那么小。可以人多，也可以人少——好像就是人少人多加剧着照全家照的必要性。在世的活色生香，于镜头里皆得见。去世的沉默寂静，于镜头的空白处也皆得见。

4

饺子包好，坐锅烧水。大闸蟹也上屉开蒸。她早早就在熟悉的店里预定好了八只大闸蟹。刚刚入秋，大闸蟹还不是很肥，要搁往年，她会再往后延一延，等一等最好的时令。眼下还等什么呢？能让宝吃着，这就是最好的时令。

一边在厨房里锅碗瓢盆，耳听着客厅那里聊得火热。

大姐，对象谈得怎么样了？

正谈着呢。

你这年龄，可得抓紧啊。

住嘴。再过几年你就会知道有姐姐在前面为你顶着有多幸福了。

二姐，你有没有三十五岁危机？

你可真能把天聊死。什么三十五岁危机，我三十岁还没到呢，没看今年最火的电视剧嘛，三十也不过是《三十而已》，何况是三十五。

不是说性别意义，是说职业意义。IT 行业三十五岁就是一个坎儿。

那倒是。要是到了三十五岁，还没做过什么特别有名的大项目，就得偃旗息鼓，该考虑往管理岗转型了。技术更新得太快，三十五岁的老人家一般都跟不上趟。就是勉强能跟上趟，别的也会扯后腿。比如我的领导，那么那么能干，这一两年肯定也得离职，因为想要生孩子嘛，她那个年龄，不能再耽搁了，总是在念叨着回家备孕。我就等着她走的那一天吧。

你要这么想的话，二姐，别人也会等着你那一天的。

所以我不结婚，不让后面的人等到那一天！

哈哈哈哈。

大姐，你天天早出晚归的，好像比过去更忙了。忙啥呢？

请人喝茶。

喝什么茶？

查人呢，傻瓜。我管纪检这一块，整天负责查人家的小黑料。

能查到吗？

只要查，肯定能查得到。

人人都能查得到？

对。

真可怕。会开除吗？

要看情况。

对了，我们是忙上班，你这是忙什么？饭局这么多，社交达人啊。也太社交了吧？这才在家里吃几顿饭呢。

每次回来不都是这样吗？两顿正餐，一顿家里吃，一顿和朋友们吃。

这话头让她忍不住了，从厨房里跑出来接茬说，之前你每次回来都能待一个月，这次只待几天，情况不一样，就不能像以前那样分配额度。如果你只回来一天，难道也要分出半天给你的朋友们？家里和朋友们的份额，难道能均等吗？

哦，原来您是这么想的。我想着之前从来都是这样嘛。就没想那么多。

以前这样就对吗？

哎呀妈妈，看把您气的，都说出鲁迅先生的话了——从来如此，便对吗？

哈哈哈哈。

妈妈，别生气。姐姐们都在，可以作证。这样，您说个比例，在家吃几顿，在外面吃几顿，您规定好，我照办。

她没来得及反应，大小姐和二小姐像说相声一样开始了。

我来规定吧。以后呢，只能和你的朋友约早餐，去喝胡辣汤吧。

早餐？大姐你可真想得出来。

哈哈哈哈。

要么这样，你不是说请你吃饭的人太多吗？总有主次轻重之分吧。你可以申报项目，把所有的邀请都报上来，我们几个一一评审，过审的项目就可以安排。

哈哈哈哈。

对了，你还可以这样，把你各路的朋友：海归的、高中的、初中的、足球球友、网球球友、乒乓球球友等等等等，约到一桌上，请一大顿，批发式搞定。

哈哈哈哈。

对了，你还可以这样，把朋友们约到同一家饭店，定好不同的包间，挨个儿包间去敬酒。我们管这叫"串摊儿"，是批发的升级版。

对了对了，你还可以这样，每个正餐吃两顿，先在家里吃一下，再到外面吃一下。这样你一天能吃五顿饭，如果还排不开，就再加个烧烤消夜什么的吧，一天六顿。这样下去，你简直可以搞吃播了。

哈哈哈哈。

别逗了你们。

对了，你实习的感觉怎么样？

好啊。同事们都对我挺好的。我年纪最轻，资历最浅，学历最低，技术最差……

还排比句呢。

实际情况嘛。年纪最轻的不一定资历最浅，资历最浅的不一定学历最低，学历最低的不一定技术最差……我是所有短板俱全。人家都是硕士博士的，也都不嫌弃我，还都主动教我。氛围真的很好。前两天我要走，正赶上团建，就一并欢送了我一下。我都被温暖得快哭了。

可别瞎感动。等你正式入职就是另一码事了。团建也可以是表演。表演其乐融融，表演团结一心。

哈哈哈哈。

那到时候再说吧。反正我这个阶段就是享受。

对了，照相了没?

又是照相。没照。为什么要照相啊?

照相非要为什么吗？不为什么也可以照相呀。

如果你非要问为什么，我也能给你一个响亮的答案：想看看有没有帅哥！

5

漫长的青春期，她都不爱照相。因为觉得自己丑。她变得热衷于照相，是从谈恋爱时开始的。谈恋爱后，他说喜欢摄影，约她去旅游，穿着贴满口袋的马甲，拿着个相机，一副煞有介事的样子。他让她站在这儿，站在那儿，摆这个姿势，摆那个姿势，这样逗着她，那样逗着她。照片洗出来，她的笑容很多，他赞她美，她也觉得取景框里的自己不一样了，眉目之间，像是换了一个人。

新婚时，跟着他单位的人去旅行，之前跟他说，要他借个相机，想要多拍点儿照。此时他对摄影已经兴味索然，没有借，说一个关系不错的同事带有相机，可以蹭着人家的相机照。两人为此吵了一架。但免费旅游的机会不多，去还是要去的。她远远地和他同事的相机拉开着距离，敬而远之。相照得很少。

照出来的也没有一张好的，倒也没什么遗憾。

等到手里宽松了一些，她就补偿似的，前前后后买了好几个相机。带胶卷的老式相机就换过三个，淘汰掉后，就是卡片机、单反、微单，都有。逮住个什么由头就会拎着相机去，照啊照啊。也不知道到底照了多少，还喜欢挑出好的洗印、装册。多年过后，搬家，整理房间，她赫然看到一摞体积惊人的大相册，全是合影，培训班结业的、同学聚会的、同事聚餐的、单位会议的。她毫不犹豫地都扔掉了。小相册里也有很多小合影，她仔细翻检了一遍。曾经不错的朋友，现在居然叫不上名字的，她也毫不犹豫地扔掉了。还有越来越厌恶的那种人，想起来就觉得厌恶的，她也扔掉了，只是扔之前把自己留了下来。可看着自己这半张又觉得怪异，明明是张合影，此时只剩下了一个人，那个被剪掉的人就真的剪掉了吗？末了，她还是把自己也扔掉了，仿佛是殉葬。

和丈夫离婚时，宝正在高三，已经拿到了七个大学的Offer，都是国际名校。这些Offer仿佛也是他们离婚的Offer，两个人终于离掉了彼此都想离的婚。但还是一起参加了宝的高中毕业典礼，典礼完了，其他家都是孩子和父母一起照相，前夫看了看她，她没看他，想要走，又有些踟蹰。终于，前夫说，照个相吧？她没说话。宝这时刚帮别人照了相，那个同学也过来说，我来给你们照。宝便一边揽住父亲，一边揽住她，不由分说地，拍了那张合影。她不想笑的，可是宝在揽着她啊，她便笑了。后来看照片，几乎看不见她的笑意。可是她知道，是有的。

照相的时候，又甜蜜，又委屈，又感慨。五味杂陈。

宝后来劝她说，不是什么大事，不重要，不要太在意。

他一连串的“不”让她突然有些懊怨。

既然是这么不重要的小事，那干吗还要做呢？她说。

宝不说话了。不说话的宝有些可怜，她的心迅速地软了下去，跟宝道了歉。宝拍了拍她的肩膀。

出国后，照相成了他们母子之间的一个高频词。为了照相，他们还时常有些龃龉。比如，她让他发照片给她，他总是顾不上，总是应付她，有一次还发了小火，说，妈妈，我不是在玩，学习任务很重的，您就别烦我了。好像让他发照片，是在陪她玩的一种方式似的。她沉默了一会儿以示情绪，其实也不过是两三分钟吧，便回复道，对不起啊大宝，你忙吧。

宝也沉默了两天后，发来了两张照片，说，妈妈，对不起。

她一边掉泪一边回了个大大的笑脸，说，没关系啊我大宝。

有一次，他支差给她发来一堆街景，她一张一张地看着，看着看着就气得笑了起来。这个熊孩子，她是为了看街景吗？又不是没有出过国，她稀罕看街景吗？

还有一次，两人半开玩笑地聊起照片的事来，宝说，要不要签个合同啊，比如，每周发一次照片，每次不少于五张，背景要不同，面部要清晰，还要有表情，露出八颗牙最好……母子两个商量着，就乐了起来。

她建了好多个文件夹，收藏着宝发来的所有照片。他的录取通知书，他租住的房间，他去谷歌参观时的临时通行证，他和朋友们去看 NBA 总决赛，偌大的球场。他去中餐馆吃饭，点了凉皮和肉夹馍，有一次还点了“左宗棠的鸡”。他去哈佛比赛，嫌酒店既远且贵，就在草坪上过夜，买了个小帐篷，照片里的他从帐篷拉链里探出了黑黝黝的脑袋……她统统都分门别类地收藏起来。有空就看，有空就看。

大二回国的时候，宝从老家回来，去洗澡，她偷偷翻了翻他的手机，想看看里面有没有新照片。果然有。其中有两张里，多了一个中年女人和一个女孩子，前夫的嘴角微微上挑，表明他在笑。女人则笑得很努力，看着很温柔，温柔得几乎没有形状。女孩子没有笑，十五六岁的样子，脸上绷得很紧，是一副想要拒绝又不知道该怎么拒绝的倔强又尴尬的神情。齐刘海并不很齐，凌乱的那几根头发挑动出不逊和不驯，也隔着虚拟的空间，针一样地刺着她，痛着她。

唯一让她舒服的是，宝没有笑。但她还是朝着宝发作了。问宝，为什么要配合拍这张合影，宝用浴巾擦着头发，道，不就是张照片吗？爸爸也不容易嘛。她道，我容易？宝说，都不容易。所以，差不多得了妈妈。

她没话说了。她不希望孩子有后妈，可自己又不能回去。回不去了。还能怎样呢。她的前夫永远是孩子的爸爸，这是决定性的结果。所谓的前夫前妻只是他和她之间的。对于孩子而言，只有亲生父母，没有前爸前妈。

后来，那女人还是带着孩子走了，据说是跟前婆婆水火难容。她听到消息后长长地松了一大口气，再看宝和奶奶的合影，觉得这位前婆婆慈眉善目了许多。

6

饺子煮好，大闸蟹也蒸好了。还有一道清蒸鲈鱼和一个烩菜，是早就备好的料，出菜快得很。烩菜里有竹笋、白玉菇、牛肉、火腿、豆角、木耳、粉条等种种，整个儿就是乱炖。看着品相一般，味道却很不错。

一切齐备，开始吃饭。先吃蟹。如以往一样，每个人都笨手笨脚地剥着螃蟹。到底是北方人，不习惯吃螃蟹，每次吃螃蟹都像是第一次。一边吃一边吐槽螃蟹肉少，没啥吃头。

你们都没有喝过茅台吧？

没有。

要不要喝点儿啊？她提议。

不！三个孩子异口同声。

我希望你们人生第一次喝茅台，是和我一起。

三人全乐了。说喝茅台是什么重要节点吗？重要节点必须喝茅台吗？不喝不喝不喝。

好吧，那就不喝。

家里有两瓶茅台，算起来也存有快十年了。她也从不嗜酒的，可是不知怎么的，看到茅台，她就会想到孩子们，和孩子们吃饭，就会想，要是喝酒一定喝茅台。嗯，将来一定要和孩子们把这两瓶茅台喝掉。

边吃边聊天。聊什么呢？聊杨紫，聊易烊千玺，聊刘昊然，聊韩剧，聊海底捞，聊抑郁症，聊双性恋，聊健身，聊平板支撑，聊动感单车，聊漫威，聊桃总为什么叫桃总，聊死侍为什么叫死侍，由正播着的《中国好声音》聊到了《乐队的夏天》，聊整天加班，头发都要掉光了，聊买假发片。

终于吃完。宝去了房间，好一会儿都没出来，她便跟了过去。还是在收拾行李。行李总是这样，不到临行时就不可能收拾妥当。巨大的行李箱摊开在地，真当得起一个乱字。不过在她眼里，这是气势磅礴的乱，也是欣欣向荣的乱。她目不转睛地看着宝拎拎放放，取取拿拿。他在家的时时刻刻，她都想跟在屁股后面看着。看不够。

妈妈，您去歇着呗。我整理行李很有经验的，不要担心。他说。

他大多时候叫她“妈”，撒娇的时候才会叫她“妈妈”。她耳中最动听的称呼，就是他口中的“妈妈”。把女儿比作父亲的小情人，把儿子比作母亲的小情人，她曾经很反感，但是现在，慢慢理解了。情人之间爱到最美好的时候，最纯粹的时候，就接近于父母对于儿女的这种爱。情人之爱是血缘之外的极致，父母之爱是血缘之内的极致，有意思的是，情人成家方为父母——血缘之外的极致诞生了血缘之内的极致。也许是两种极致之爱无从映照，就只好互相映照。哪怕映照得有些荒唐，却也在不可理喻中获得了某种理喻。所谓的天地造化，大概就是如此吧。

宝卧室的书架上，摆着几张装框的照片，都是他格外心爱的。小学时的乒乓球队合影、初中时的网球队合影、高中时的足球队合影……从小到大都热爱运动，球队是他业余生活重要的组成部分。她从书架上抽出一本影集，翻起来。宝的照片，她按时间做了排序。满月照、百天照、夏天露着小鸡鸡的洗澡照、幼儿园毕业的全班照，和同学去春游的、在学校操场上跑步的、代表学校去台湾进行交流的，阖家游时在清明上河园穿着武士盔甲的、在家里打扫卫生的、每年过生日的、戴红领巾的、第一次坐飞机的……各种，各种。这本影集旁边，是一本大红色的小影集，装的全是他们三口之家的合影。她摸了一下，到底没有打开。手指微涩，已有淡淡的灰了。

哎哟，又在那儿欣赏呢。有那么好看？宝说。

是啊，好看。

我觉得吧，小时候的照片还挺逗的，长大以后就没啥意思了。

嗯，再放几年，就有意思了。照片如酒，是需要时间来发酵的。

您又抒情来了。

所以，你首先得现在多照，将来才能拥有很多意思。

您可得了吧。

这次回老家，照相了没？

那还用说。

给我看看呗。

在手机里，自己看。

他回老家，照例要照相。和爸爸，和奶奶。这次依然是非常正式的那种照相：老太太坐在前面的太师椅上，他和爸爸立在后面。她看到过几张。十分端庄，甚至悲怆。她不能看太久，看太久会落泪——每一张都可能会是祖孙的最后一张。

可笑吧？这么照相。宝也凑了过来。

可笑什么。不可笑。

妈妈，为什么一定要这么合影呢？

她看着这张脸，思忖着该怎么回答。这张脸，乍一看已经是成熟的男人脸了，在外面也一定会被人们看作成熟的男人——完全民事行为能力人，法律是这么界定的吧？可是，在她眼里，他还是个孩子。突然想起在哪里听到的笑话，一个三十多岁的男人，闯了祸被警察抓捕了，他母亲哭喊着求情说，饶了他吧，他还是个孩子啊。讲的人都乐得不行，听着的人也没有不乐的。可是，此刻，和那位母亲之间，她居然也有了一种荒诞的共感。在母亲眼里，孩子永远是孩子。有错吗？没错。这世界上绝大多数的母亲都会有这样的心理吧，愚蠢得可爱，可爱得愚蠢。

请回答，妈妈。

你二姐不是说了嘛，为了留念呀。她笑。

为什么一定要合影才是留念呢？视频也是留念嘛，语音也是留念嘛。

她又陷入了沉默。这个问题貌似刁钻，其实稍微梳理一下就能给出点儿说法。

找到像样的答案，比如，因为视频和语音都是需要播放的，都是流动的。流逝流逝，流动就会逝去，当然不宜留念。可是照片，只要你按下了快门，就能将近在眼前的这一刻，凝固且被保鲜为绵长光阴。这薄薄的存在啊，就是被截取下来的瞬间真实，就是在无尽岁月里可以被反复验证的瞬间真实，就是有能力打败强大时间的瞬间真实，就是将所有稍纵即逝的珍贵的一切储存下来以便反哺和抚慰孱弱人心的，瞬间真实。

它还那么安静。安静的事物总是有一种不可思议的力量，能够让人依托和信任。

——这些个话，作为回答，是不是很像样？

可她没有说。她不想对他讲太多。她不想在这个时候搞一个小型学术研讨会。

这个问题太难了吧？宝很得意。

是啊，挺难的。她说，我们还是在实践中寻找答案吧。

妈妈！

快点儿，去照相！

7

但也不是立马就能照的。之前当然得做准备，换衣服、化妆。哪怕是在家里，是和家人一起照相，也得收拾收拾。宝屹然不动，穿着他的T恤和牛仔裤，等着女生们各种打扮后，光鲜亮丽地走出卧室，预备开拍。宝努力经营出一副没脾气的样子，下一句就露了原形，计划照几张啊？

她们全笑了。

照到满意为止！大小姐说。这是标准答案。

每个人都要站一遍C位，每个人都要和宝照合影，然后，是各种角度的大合影，谁在前头显得谁脸大，脸大就是吃亏，自然了，排到最末就是脸小，脸小就是沾光。于是就挨次排到最前头，挨次吃亏和沾光。

够了吧，我要倒数五个数了。行李还没收拾好呢。宝说。他忍无可忍了。

于是就按他说的，又拍了五张，他终于解脱了，逃也似的跑回了卧室。剩下她们继续拍。她和大小姐合影，和二小姐合影，大小姐和二小姐合影，三个人一起合影，一起嘟着嘴的，一起做鬼脸的，一起瞪眼睛的，好玩啊，真好玩。对于女人来说，照相似乎就是一种特别好玩的游戏。拍照状态中的女人，或多或少都有戏精的潜质。

终于拍完，回看照片，再把满意的精修，把不满意的删去。人人都只顾着看自己。相对于自己，她更爱看宝。可是这个宝啊，只有有限的几张能看出他在笑，其他那些里，他的样子就是个路人。衬着女人们戏精的表情，居然也别有一种戏剧化的喜感。

她又逛到宝的房间，继续看宝收拾行李，二小姐是收纳高手，也过来帮忙参考。一大一小两个箱子，要装多少东西呢？春夏秋冬的衣裤鞋袜，帽子围巾手套拖鞋，牙膏牙刷剃须刀沐浴露，感冒的消炎的跌打损伤的各种药……庞杂得像一个小型超市。还不时有计划外的建议冒出来想要挤进去。箱子早已经鼓胀得此起彼伏，多一点儿都要崩溃的样子，但其实还是能再塞一点儿，再塞一点儿。

她看着她的宝。宝手指上的小肿块，是疣。他在国外已经发现了好几个月，却不告诉她，怕她胡思乱想。自己也不舍得去看医生，怕花钱太多。一回到家，他们就去了医院，确定了是最寻常的疣，她才松快舒展了下来。不过当晚也没睡着，在某度上查了又查。他们一起呵斥她，查什么查，“某度查病，起步癌症”，没听说过呀。

她看着宝的白牙，衬着他小麦色的皮肤，显得分外白。他一回国就去洗了牙。他洗牙的时候，她也跟了去，一边看着他洗牙，一边和医生聊天。医生问他在哪里读的大学，准备去哪里读研，听到学校的名字，照例赞叹了两声，夸奖了几句。又说几乎所有的留学生回国都必然会去看牙医，因为国外看牙特别贵，特别特别贵。也有在国外的华侨全家利用假期回国内看牙的，因为飞机票和看牙的钱相比简直可以忽略不计，划算极了。

她一边看着，一边用手机悄悄拍着。拍了几张宝的单照，又调到自拍模式，远远地把宝框进镜头里，和宝合影。她调了静音，没有快门声，宝应该没察觉到——抬起眼，才发现宝在斜睨着她。她的脸唰地红了，仿佛是一个被抓了现行的小偷。

您这执念也太深了吧妈妈，为什么呢？宝的语气是嗔怪。有些严厉了。

她突然也有些恼羞成怒。

因为——她一字一句地说着，自己也知道自己在此刻显得很幼稚。幼稚就幼稚吧——在生活中，我们不会永远在一起，但是在合影里，我们可以永远在一起。

切，永远。您这话听着，牙都要倒了。宝轻轻哂笑。

是啊，永远。她也笑。只能笑着，只适合笑。不这么说，又该怎么说？能说这些吗——因为我会死去啊。因为我会比你早些离开这个世界。在我离开这个世界后，你会想念我的，想念我的时候，看照片就是最简便最有效的方式。照片不占什么地方，还真是特别适合留存和思念，嗯，就是留念。

当然不能说。不能。

宝看着她的脸，愣了一下，似乎明白了什么，嘴唇动了一下，却也什么都没说。那一刻，她知道，他仿佛意识到了这是一件什么事。他的小脸很严肃。

8

第二天，她很早就醒了。确切地说，是根本没怎么睡。宝就在隔壁，他的呼吸离她这么近，她舍不得睡。还有些事情由不得要操心，尽管宝安排得井井有条，根本用不着她操心。她刷着英国的疫情，计算着郑州飞广州的航班与接下来的国际航班之间的时间，又去查这趟国内航班的准点率，准点率还行，不至于因为这趟拖累了下趟。又寻思着再给他带点儿什么药，能不能再塞进去几只口罩……

六点多，她轻手轻脚地起了床，煮好了鸡蛋熬好了粥，又去外面买了胡辣汤、肉包子、素包子、水煎包、牛肉盒子各若干，琳琅满目地摆好了一桌子早餐，宝也醒了。两个姑娘也起了床，她们三下两下吃完，和宝拥抱告别，各自上班去。

她又让宝把行李检查了一遍，护照什么的证件也一一又验视过。突然，她想起了昨晚剩下的几个饺子。

再吃两个饺子吧？她问。有些小心翼翼。

好的妈妈。

宝很痛快地把她煎好的饺子全吃了。

他们早早到了机场。他同学还没来，他们便先办着手续。终于，他同学来了，送行的有五六个人，七嘴八舌的，越发显得他们这边冷冷清清。那孩子却是一派心不在焉，有一搭没一搭地草草应对着他们，一边和宝聊得欢天喜地。忽然，她清晰地听见他父母亲在商量要不要再拍张合影，说刚才吃饭的时候拍的照片模糊了，得重新拍。商定之后，他们察言观色地跟儿子提了出来，那孩子却断然道，怎么没完没了啊。又是照相，照什么照。别照啦，不照！

一群人都尴尬在那里。她也跟着尴尬起来。突然，宝就走上了前去，拍了拍同学的肩膀，说，时间还来得及，照吧，赶快照。我来给你们照。

那孩子看着宝，有些蒙蒙的样子。宝又拍了他一下，呵斥道，赶快照！

山前该有一棵树

张　者*

这是个啥地方嘛，都是光秃秃的石头，裸山。

树不知道跑哪去了，草也难觅踪迹，花儿那些娇惯的美丽都躲在人们的记忆里了。补鞋匠巴哈提说，这个地方连石头都不穿裤子嘛，别克（男孩）也不需要穿裤子，巴郎（男孩）也不需要穿裤子，汉族的小子也不需要穿裤子嘛。他说着还向我们裤裆里张望，然后哈哈大笑，这弄得我们十分难堪。"巴哈提"是幸福的意思，他每次逗你玩都会找到幸福的感觉。他一会儿说哈萨克语，一会儿说维吾尔语，还会说汉语，我们都搞不清楚他是什么民族。新疆少数民族多，我们统称他们为"老乡"。

这时，上课铃声突然响了，同学们"轰"的一下从他的补鞋摊撒丫子跑了，就像一群被惊飞的麻雀。巴哈提老乡在我们身后嘿嘿笑，说，跑快点嘛，快点跑嘛，鞋子坏了，我来补嘛。我们跑着完全能想象到他那八字胡诙谐地左右抖动的样子。巴哈提老乡的补鞋摊就在我们的小学校墙边的阴凉处，那叮叮当当的钉鞋声，让我们经常误认为是下课的铃声。

这是一个矿区，属于天山深处的神秘所在，一个荒山秃岭寸草不生的地方。

---

* 张者，本名张波，男，1967年生。曾就读于西南师范大学中文系、北京大学法律系。国家一级作家，重庆市作家协会副主席。出版长篇小说《零炮楼》《老风口》，大学三部曲《桃李》《桃花》《桃夭》，中篇小说《远水》，中篇小说集《或者张者》《朝着鲜花去》，散文集《文化自白书》等。作品曾多次荣登各大文学年度排行榜，曾获庄重文文学奖、《小说月报》百花奖等。

天山南坡和北坡完全不同，北坡降水丰沛，风景如画，而南坡干旱少雨，就如一幅画的背面。南坡没有山坡草地，没有如盖的塔松，也没有蘑菇般的毡房和满坡的牛羊，只有满山的砾石。那些石头在西部烈日的灼烤下，散发出铁锈的气味。那里属于不适合人类居住的地方，可是，由于找到了一种神秘的石头，兵团突然从三个建制团中抽调了近千人，集结到了这里。人们也懒得给它起一个像样的名字，只用了一个编号，叫 506 矿。506 矿到底有什么矿？从这个编号中你只能读出神秘的气息却读不出实际的内容。关于 506 矿的传说只能在黑夜里进行。我第一次听到它的传说是在晚上熄灯后，我那刚上一年级的弟弟从被窝那边爬到我这头，然后对我耳语道：“你知道 506 矿是什么矿吗？”我问什么矿？他神秘地说：“是铀矿。”铀矿是什么矿呢？弟弟又降低声音回答：“铀矿是造原子弹的。”

原子弹的赫赫威名谁不知道，它不用爆炸，就能把人震得晕头转向。于是，我们生活的地方就有了一种神秘色彩，哪怕是喝着苦泉水也不觉得苦了，因为我们的父母正干着一件天大的事情。

父母被调入矿山后，我们这些孩子属于家属，就跟随着父母上了山，这样，一个简陋的学校就在山前用石头搭建了起来，屋顶用的是红柳枝和油毡。每天的上课铃声让正在开矿的父母们十分安心，只是他们开山的炮声却让我们十分惊恐。在炮声隆隆中上课，飞石砸在房顶上，如天神的战鼓。教语文的胡老师正领读课文《曹刿论战》：“一鼓作气，再而衰，三而竭……”听到房顶的咚咚声，我们有一种身临其境的感觉，大家就会心一笑。胡老师也笑，望望房顶说，三而竭了，没事。同学们就哄堂大笑，疲惫的午后课堂突然就活泼了一下。相比来说，我们更喜欢作文课，因为胡老师有满肚子的故事。他是一个大学教授，右派，发配到新疆就成了我们的小学老师。让一个大学教授当小学老师，这对于他来说也许是一种惩罚，对我们来说却是最大的福分。我们这些在绿洲出生的新疆兵团人的二代，通过胡老师了解到外面的大千世界。他坚持让我们每周写一篇作文，他说什么叫语文？一是语，二是文。“语”就是通过课文学习语法、语言，古诗文都要背下来；“文”就是文学，就是要学会写文章。每周写一篇作文。他在命题作文前常常给我们讲故事，启发我们，然后望着窗外随意给我们出作文题目。比方：《苦泉水》《戈壁滩》《矿山人物之一》《矿山人物之二》等等。当他望着远方的戈壁和漫山遍野的石头让我们写《树》时，我们不干了，因为我们的眼前根本没有绿色，更别说树了。

有同学就喊，胡老师，我们山上连一棵树都没有，怎么写？胡老师就说，眼前没树，心中难道没有树吗？回家问问父母吧。

于是，在第二周的作文讲评中，同学们就写了很多不一样的树。有村口的大榕树，有门前的大槐树，有坝子上的黄桷树。我爹给我讲了老家的大桑树。他边讲边咽着口水，说起了小时候吃桑葚的故事，那些黑紫的甜蜜安慰了他童年的饥饿和贫困。父母们都是有故乡的人，他们来自五湖四海，为了屯垦戍边来到了新疆。他们每一个人心中都有一棵树，而每一种树都寄托着他们的乡愁。比方：写黄桷树的父亲是四川人，写大槐树的父母是北京人，写大榕树的老家是福建人……我爹是河南人，他给我讲了门前大桑树的故事。

可是，我们这些土生土长的“兵二代”，眼前连一棵树都没有。在一次作文讲评课后，我们望着窗外所有的石头，喊：

“山前该有一棵树！”

胡老师望着我们，然后又望望窗外说，同学们，真不该让你们在没有树的地方成长。可是，没有办法，你们是兵团人的孩子，父母走到哪里，就要跟到哪里。然后，胡老师给我们讲了一些关于新疆树的故事。老师讲到一个叫左宗棠的清朝人，抬着棺材收复新疆，沿途栽下了柳树，叫左公柳。老师还讲到了胡杨树……

我们是从山下绿洲来的，那里就有树。有婀娜多姿的沙枣树，还有高高的白杨树。果园里的树就更不用说了，不但有花香还有甜蜜。老师所说的胡杨树也有，有一棵最茁壮的胡杨树就生长在胜利渠边上。水罐车从胜利渠给我们拉淡水，会从那棵孤独的胡杨树边路过。我们夏季上游泳课，就把胜利渠当游泳池，那棵胡杨树下巨大的阴凉就成了我们的集合地。

那棵茂密的胡杨树孤独地生长着，在夏季它给我们带来一片巨大的绿荫，成了我们的课堂；到了秋天，它会很隆重地展示自己，金黄的叶子展开来照亮了荒原。它是那么茁壮，又是那么孤独，美得却让人震撼。

那次关于树的作文课，让我们想起了那棵胡杨树，大家就齐声喊，把那棵胡杨树移到我们山前吧，让我们回家能找到路。

胡老师说："山上没有水，树不能活。"

同学们喊："山上没有树，人不能活。"

大家七嘴八舌地说，我们可以喝山上的苦泉水，用山下拉来的甜水浇灌。胡老师被我们打动了，眼眶有些红，下课时他没有和我们告别，就独自走了。同学们面面相觑，都有些内疚，也许我们的要求有些过分，在这寸草不生的地方非要一棵树，这不是给老师出难题嘛。

没想到，我们的无理要求在第二周的星期三就有了结果。那应该是春天，虽然大家见不到春暖花开，棉袄却已经穿不住了，凭借着身体的感受，知道春天来了。矿长派出了东方红拖拉机，拉着爬犁子，还派了一辆水罐车，要去为我们移那棵胡杨树了。

星期三是体育课，也由胡老师代课。胡老师让同学们坐上了水罐车，下山去看移树的过程，让同学们好好观察，要写作文。这样说来，我们的语文是体育老师教的，或者说体育是语文老师教的。胡老师把语文课和体育课混搭了。无论是语文课还是体育课只要是胡老师上，我们都喜欢。虽然春季不能游泳，但是我们觉得移一棵树比游泳重要。那棵美丽的胡杨树将移到我们的山前，成为我们的消息树，成为我们的故乡树。从此，我们的心里也有一棵大树了，无论将来走到哪里，那棵树都会存在。无论我们走多远，那棵树都会在山前指引着我们回家。

搭乘水罐车下山是有风险的，只能站在水罐车的边上，抓住水罐车上焊接的钢筋。胡老师本来不想让女生去，可是女生提出了抗议，说胡老师不能重男轻女。在女生的强烈要求下，胡老师只能同意。为了保证女生的安全，胡老师让女生钻进水罐内，男生站在水罐外。站在外面的男生就笑，说女生都变成水了，还是甜水。有男生就说女人才不是甜水呢，是苦水。他爸爸讲的，越漂亮的女人越是男人的苦水，他爸爸就是在苦水中泡大的。大家不懂，就问为什么呀？男生说他爸爸每天晚上都要给他妈妈洗脚，还不苦嘛。大家都笑了。

女生蹲在水罐内，男生站在水罐外。调皮的男生就用鹅卵石敲水罐，女生就喊，胡老师，你管不管，震耳欲聋呀！女生一喊，胡老师就追查谁敲的，老师就把查到的男生塞进水罐车内，陪女生。这一招非常奏效，其他男生再也不敢敲了。

不久，女生在水罐车内又喊，胡老师，谁放屁了，臭气熏天呀！站在水罐车边上的男生就"轰"的一声笑了。胡老师也笑了，说先忍忍吧，马上就到。女生问，还有多远呀？大家就喊，能看到那棵胡杨树了。

下车后，我们问那个男生水罐车内什么味道？男生说里面空气不流通，有味，开始是搽脸油的香味，后来，我实在憋不住了，就放了一个屁，就不知道是啥味了。大家一听大笑。

那棵胡杨树还没有生叶，只有一些似是而非的萌芽。它孤零零地站在那里，没有夏天的雄壮和秋天的美丽。我们知道它会有枝繁叶茂的那一天。大人们沿着胡杨树四周挖了一个大圆圈，然后那圆圈越挖越深，挖了一个很大的坑。树根终于露了出来，大人们就用稻草绳把带土的根部绑成了一个大圆球，再然后用撬杠和拖拉机拉动大圆球，让它滚上大爬犁。

在大人们挖树的时候，同学们就到胜利渠边喝水。大家成群结队地趴在渠边，屁子撅到了天上，就像一群羊，而牧羊人是胡老师。春季的胜利渠水冰冷刺骨，肯定是不能游泳的，但是，喝水对我们来说同样重要。胜利渠冬天是枯水期，各家各户储存的冰也没有了，我们已经喝了很长时间苦泉水了。

我们在渠边喝饱了肚子，装满了随身的水壶，胡老师就吹响了哨子把整个班集合起来上课。上课的内容没有什么新鲜的，就是跑步。同学们围绕着正在挖树的大人跑步，踏着胡老师的哨子，一二一,一二三四……其间，胡老师还带领我们唱歌：“下定决心，不怕牺牲，排除万难，去争取胜利……”大家围着那已经躺倒的胡杨树一圈又一圈地跑，就像给大人们加油。春天的阳光暖洋洋的，不一会儿我们就满头大汗了。胡老师让我们休息，男左女右，撒尿。然后，喝壶里的水，灌满水壶后又开始跑步。胡老师对挖树的大人说，这叫新陈代谢，这些苦孩子整个冬天喝的都是苦水，要好好洗洗肠子。

当大伙喝了三次水后，那棵大树已经老老实实地躺在爬犁之上了。它实在太高大了，树根那个大圆球和树干被捆在爬犁子上，有一半树枝还拖在地上。拖拉机拉着爬犁在前，累得直冒黑烟。装满了甜水的水罐车跟在后面，整个队伍开始向山上移动，远远望去像一个送亲的队伍。大人们在地下走，跟随着五花大绑的胡杨树。由于是拖着走的，它随时会歪，要调整树的姿态。孩子们继续乘水罐车。水罐车里灌满了水，男女同学只能围着水罐车站立。女生的腰里都绑了稻草绳，和水罐车拴在一起，算是安全带。山路颠簸，水从水罐车的圆口荡漾出来，洒在大家的身上，很凉。男生可以躲，女生被拴住了就无法躲避了。她们显得很英勇，当荡漾的水花洒过来时，她们昂着头，伸出舌头，去迎接那水花，这让男生目瞪口呆。男生不好意思伸出舌头，女里女气地去接水，学女生是很没有面子的事。男生就摇头晃脑地躲避那荡出的水花，做得意状。

胡杨树被运上山后，就栽在我们小学校操场中央。那是个好地方，如果你上山，无论是步行还是坐拉石头的拖拉机，很远就能看见它。它高高地耸立着，成了上山者的路标。坐在教室里依窗而望，也能看到它伟岸而又粗壮的树干，这让我们安心，给我们带来希望。树栽在操场中央，既不耽误我们围绕着大树跑步，也可以给我们带来休息的阴凉。栽树的时候全矿的人都来了，那简直就是一个节日。人们眼巴巴地望着从水罐车内放出的甜水浇灌它，用舌头舔着自己干裂的嘴唇。

一口水只能解一时之渴，一棵树却能带来永远的绿荫。

为了那棵树，大家觉得少喝一口甜水也值了。孩子们却张着嘴傻笑，因为移树时已经喝饱了水。没少喝一口甜水，却能享受树的阴凉，当然偷着乐了。当大树栽好的时候，我们欢快地一个拉着一个的后衣襟，围绕着大树哼哼唧唧唱了不少儿歌。那些儿歌谁也没有教过，也不是革命歌曲，都是很古老的好歌，是从内心中突然冒出来的。那些儿歌也不知道谁带头唱的，词有点乱，现在依稀还记得几句："扯虎皮，做花衣，姥姥门前唱大戏；唱大戏，搭戏台，谁家孩子还没来……"都是奇奇怪怪、自自然然的句子。

虽然栽树的那天晚上没有唱大戏，却围绕着胡杨树放了露天电影。为了纪念胡杨树的到来，矿长专门选了电影《冰山上的来客》。胡杨树不就是矿山上的来客嘛。在看电影的时候，有孩子爬上了胡杨树，被矿长用树枝狠狠地抽了下来。矿长说，新栽的树要扎根，三年内谁敢爬树，抽他一百下。挨抽的孩子是我们的同学，大家都向他投去鄙视的目光。

在放露天电影的那天晚上，补鞋匠巴哈提改行了。他破天荒地在树下摆起了一个烤羊肉摊。他用一把扇子让烟雾弥漫开来，把烤肉的香味送进我们的鼻子。他的喊声更是诱人："羊白哩，羊白哩（烤羊肉），不香不要钱，不甜不要钱，一毛钱一串，几百年前就有的好味道嘛，世界上最干净最老实的味道嘛！"

我们只能望望巴哈提老乡那油汪汪的胡子，贪婪地用鼻子嗅着肉香。这就够了，因为我们没钱买。吃烤羊肉的都是单干户，以上海知青居多。他们有工资却没结婚，没有人管，一人吃了全家饱。让人意外的是在看电影时有人递给了我一串烤羊肉，是那个爬树挨抽的同学。他爬树挨了矿长的抽并不觉得可怕，可怕的是他迎来了同学们的白眼。他觉得今后不好做人了，就偷了自己家的大米，用大米换了羊肉串，送给每一个男生吃。为此，他爸爸发现后又狠狠地揍了他一顿。我们虽然吃了他的羊肉串，在第二天上学时，每人还没忘记给他一脚。他都苦笑着接受了，因为这算大家原谅了他。他因为爬了一次树挨了三次打，代价沉重。

从此，我们开始每天关注着胡杨树的消息，我们盼望着它能发出嫩芽，长叶，然后一树绿荫，到了秋天一树金黄。我们担心那么壮观的金色，小操场会装不下的。

可是，万物都生长了，它那原本似是而非的萌芽还没一点变化，更不用说生叶了。一直到胡老师带领我们去胜利渠边上游泳课，胡杨树还不见绿荫。我们上游泳课还是在老地方，那是胡杨树的旧址。树没有了，只剩下一个巨大的树坑。同学们习惯把衣服围绕着树摆放，现在只能围绕树坑摆放了。在围绕着树坑跑步热身时，大家开始怀念那胡杨树曾经的绿荫，毕竟一个坑和一棵树有天壤之别的。

胡老师的游泳课，那简直就是我们的节日，其实那就是玩水。山上当然是没有水了，也没有游泳池。胡老师就让我们搭车，坐那些拉石头的拖拉机下山，到胜利渠里游泳。在山上经常喝苦泉水，游泳课居然能跳进甜水中洗澡，这实在是太奢侈了。所谓甜水就是淡水，喝多了苦泉水才有了这种对水的区分。同学们往往会在上游泳课的前一天就不喝家里分配的甜水了，大家干耗着等待游泳课的到来。我们来到胜利渠边，胡老师一声令下，大伙扑进了渠水中。“轰”的一声，整个身体被水包围了，就像一群快干死的鱼，还魂了，活泛了。一下就找到了感觉。同学们长时间沉在水中，先尽情地喝饱肚子，然后再抬起头来喘气。几十年后的今天，我去游泳池游泳总习惯先痛痛快快地喝几口水，这种习惯经常让我拉肚子。几十年前的渠水却是好水，那是天山雪水融化下来的，是千年的矿泉，我们即便尽情地喝饱也不会拉肚子。

游泳后，我们望着树坑问老师，我们的胡杨树怎么就不生叶呢？胡老师说，人挪活，树挪死呀，可能挪死了。我们当然不敢相信，那么一棵粗壮的树怎么会挪死呢？胡老师说越是大的树越不容易挪活。大伙就闹着让胡老师想想办法，救活那棵树吧，同学们认为胡老师无所不能。

胡老师想了一下，然后眉毛舒展了。说今天晚上所有的男同学到胡杨树下集合。女生就叫唤，咋又重男轻女呢？胡老师这次十分坚定，说女生绝对不能来，这关系到能不能救活胡杨树。胡老师从来没有这么严肃过，还上纲上线。这关系到胡杨树的生死，把女生吓坏了。

那是一个月夜，有一轮很好的月亮挂在胡杨树枝上，所有的男生都悄悄地来了，在胡杨树下静静等待胡老师的出现。大家有些神秘，还庄重着，觉得肩上有天大的重任。胡杨树静静地立在那里，不生叶，不呼吸，不睁眼，没有一点生命的迹象。

胡老师来了，手里拿了两把坎土曼，一把自己用，另一把递给了个子最大的同学，然后围绕胡杨树刨沟。我们只能围在四周看着，不知道接下来干什么。刨一个小树沟，胡老师一个人就可以，完全不用把全班男同学都集合起来的。胡老师把那树沟刨完美了，然后站在不远处喊道，所有同学围绕胡杨树集合。我们知道用我们的时候到了，大家围绕胡杨树站成了一个圆。胡老师就像在给我们上体育课，非常严肃，压着嗓子喊："都有了，立正，稍息，向前看，脱裤子。"

同学们经常上胡老师的体育课，习惯了这些口令，条件反射地跟随口令。突然听到老师喊脱裤子，就有些不解，有的就回头望望胡老师。胡老师还是那么严肃，听我口令，不要交头接耳，脱裤子。我们十分惶惑，在游泳课时胡老师都不会让同学们统一脱裤子的，换衣服都自行操作。面对胡杨树边的小树沟，游泳是不可能的，那么为什么让脱裤子呢？但既然胡老师让大家脱裤子，我们还是要执行口令的。反正是晚上，也没有女生在。我们恍然大悟了，胡老师不让女生来，就是为了让大家脱裤子方便。

胡老师又喊："掏。"

啊，掏什么？大家都愣住了。胡老师又喊，听口令，掏出你们的小东西。大家"哈"的一下就笑了，胡老师让我们掏小鸡鸡。大伙虽然有些懵懵懂懂，但是，站着掏出小鸡鸡的条件反射就是撒尿。

"尿。"

几乎和胡老师的口令同步进行，大家开始对着树沟撒尿。

这时，胡老师吹起了悦耳的口哨声，那是电影《追捕》的插曲："来呀来啊来呀来，来呀来啊来呀来，来呀来来呀来，来呀来呀来……"

所有的水管都对着胡杨树，形成了一个反向的圆弧喷泉。那喷泉渐渐弱了，水多的还在喷，水少的就有些内疚了，眼看人家还在来呀来，自己却来不了啦。有人怕贡献小，就挺起肚子狠命使力，把吃奶的力气都用上也来不了啦，强弩之末嘛。

当最后一个同学来完后，胡老师喊，解散。然后从家里提出了一桶甜水，对着树沟倒去。胡老师把分配给他的甜水都节省下来了，自己不喝，留给了树，这让我们很感动。那水“哗啦”一声欢快地倒进了树沟，甜水混合了我们的童子尿，一下就把树沟灌满了。胡老师说，今晚的事一定保密，不能告诉女同学。我们“哈”的一下都笑了，这事怎么能告诉女生呢，这是男人的秘密嘛。

第二天晚自习后，我们都以为胡老师还会在胡杨树下集合，都拼命喝甜水，憋住尿，想着为拯救胡杨树多做贡献。大伙都不喝苦泉水，怕尿出来的也是苦水，胡杨树不喜欢。晚自习后，胡老师并没有再集合男同学，这憋得我们够呛。有好几个男生尿裤子了，还被女生嘲笑。男生尿裤子被女生嘲笑居然没觉得丢脸，因为心中有了崇高的使命。男生还在心里骂：“男人的事，你们女人懂个球。”

后来，胡老师又让我们写作文，有同学就写为了拯救胡杨树，半夜三更悄悄到胡杨树边“来一下”，还说，自己尽力了。老师当天夜里就把男生集合起来了，这次没让大家来一下。老师宣布了纪律，严禁私下再给胡杨树来一下，经常来一下会适得其反，会把胡杨树烧死。

胡老师让我们围绕胡杨树站好，他教会了我们一首诗，是当时课本上没有的，说是给胡杨树精神鼓励。在他的引领下我们面对胡杨树诵咏：

“东门之杨，其叶牂牂。昏以为期，明星煌煌。东门之杨，其叶肺肺。昏以为期，明星晢晢。”

我们会背了，也不懂含义。胡老师解释说，“东门之杨”就是指“胡杨”。胡杨呀，你曾经枝叶茂盛，郁郁葱葱。约好黄昏相见，都满天星斗了还不见你发芽长叶。

长大后，我们知道这是《诗经·国风》中的《东门之杨》，先秦“佚名”著。朱熹认为这是一首男女约会而久候不至的诗。“东门之杨”不一定是指“胡杨”，当然也不一定指的不是胡杨，无法考证。当年，我们还不懂男女之事。胡老师把诗的含义改了，变成了我们和树的约会。现在看来，胡老师对诗的解释有些牵强，可愿望却是那么美好。于是，这就成了我们每天面对胡杨时必须诵咏的诗。

那段时间，补鞋匠巴哈提老乡就受苦了。自从移栽了胡杨树，他就把补鞋摊挪到胡杨树下。胡杨树即便没有树叶，树枝也能形成阴凉，那一地阴凉也让人快乐，能吸引顾客。那几天他会时常把人家的鞋子修坏，把鞋钉钉透了鞋底，让人一瘸一拐地来找他算账。巴哈提老乡觉得有什么气味影响了他的补鞋技术。他经常嗅着鼻子在胡杨树下转圈，就像正寻找着什么。同学们见状也不明说，都偷偷地笑。

大家后来再也不敢在夜晚到胡杨树下来一下了，可巴哈提老乡还会围绕着胡杨树转圈。我们问他在胡杨树下寻找什么，他说寻找树芽，看看胡杨树的消息。我问他找到了吗？他说找到了。

这可是一个振奋人心的好消息，我们都去胡杨树下张望。他指给我们看，在树上，更高的树上，有绿芽。我们昂着头，踮着脚，使劲地看，当眼花缭乱时，仿佛看到树杈上有了绿芽，似是而非的。难道我们的童子尿起作用了？

在太阳落山时，我们还会看到他在胡杨树下祈祷，不知道是为了树还是为了自己。有时候我们也会站在胡杨树下念念有词：“东门之杨，其叶牂牂。昏以为期，明星煌煌。东门之杨，其叶肺肺。昏以为期，明星晢晢。”

巴哈提老乡问：“你们念什么？”

我们回答：“念经。”

“汉人的经？”

“是的，《诗经》。”

“管用吗？”

“当然管用，能鼓励胡杨树早点生叶。”

“教教我，我们一起鼓励、鼓励。”

后来，巴哈提先念一段自己的经，然后，仰天望着树上他看到的树芽，吟诵那段《诗经》。

胡老师再一次给我们上作文课时，他让我们写一写眼前的胡杨树。他启发我们，不要再纠结胡杨树是否发芽、长叶的问题，因为胡杨树是一种伟大的树，它“活着一千年不死，死后一千年不倒，倒下一千年不朽”。胡老师还说，胡杨树即便死了，也会在我们山前耸立千年。

胡老师的这段话让我们震撼。特别是关于胡杨树的伟大让我们振奋，有一种激情在心中激荡，这让我们无所畏惧。这时候，开山的炮声又响了，有石头落在了我们的屋顶，犹如战鼓。听到房顶的咚咚声，大家都会心一笑，齐声背诵我们学过的课文：“一鼓作气，再而衰，三而竭……”

就在大家认为“三而竭”时，只听“轰”的一声，第四下来了，声音巨大而又沉闷。我们眼前的讲台灰尘四起，有女生吓得尖叫。灰尘散去，我们发现胡老师躺在地上，鲜血从讲台上流了下来……

一块碗口大的飞石击穿教室的屋顶，直击胡老师的头部，老师死在讲台上。

胡老师后来埋在胜利渠边那个巨大的胡杨树坑里。下葬那天我们围着那个树坑走了一圈又一圈。我们没有哭，感觉胡老师也没有死，他变成了一枚巨大的胡杨树种子。那种子会发芽、长叶，成为一棵参天大树。

胡老师死后，我们发现那些似是而非的树芽完全枯萎了，胡杨树也死了。关于胡老师用童子尿拯救胡杨树的故事，同学们一直都守口如瓶，再也没人提起。其实，刚移植的树木是不能施肥的，这是后来我们才知道的。

多年以后，当我回到新疆时，我和同学们再次去了那个已经废弃的矿山。我们知道了当年那些神秘的石头根本不是铀矿，它们只是普通的石灰石。可以烧石灰，还可以生产水泥，这从后来建成的水泥厂和石灰窑可以证明。更多的是一般的石头。拖拉机把石头运下山，运到各个连队，成了盖房子的基石。

我们没有忘记那棵死去的胡杨树，我们坚信它死后一千年不倒。那是我们的故乡树，也留下了乡愁。我们远远地就看到了它的身影。它已死去几十年，细枝已经被风掳去，只剩下粗壮的枝干，像一尊神秘的树雕。

有人说它像一个女人，正张开双臂拥抱远方的云影。

有人说它像一匹天马，正带着我们向远方奔驰。

我则说它很像胡老师，他正在给我们上课，背景是那些被取走了一层石头的平滑如砥的山坡。那像一块巨大的黑板。胡老师正指着黑板给我们讲解那段《诗经》。

因开山的飞石击穿小学校的教室，砸死了老师，这是一个巨大的事故。矿长因此受到了处分。矿长后来从机务排让人滚来了十几个废旧的油桶，破开了，打造成硕大的铁皮瓦，盖在我们教室的屋顶上。我们终于可以安心读书了，一直到我们下山上中学。后来，我们通过高考飞向四面八方。

我们当然没忘记去胜利渠边看望胡老师。让我们惊喜的是，在胡老师的孤坟边真的长出了一棵胡杨树。我们围成一圈坐在树下，回忆胡老师，背诵那段《诗经》。

“东门之杨，其叶牂牂。昏以为期，明星煌煌。东门之杨，其叶肺肺。昏以为期，明星晢晢。”

蓝　牙

黄咏梅 *

拖着拉杆箱咕噜咕噜走在凹凸不平的石板路上，孙芊蔚就开始不安。没想到丽江古城色彩那么明艳，好像手机屏幕的亮度被谁的手指不小心滑到了顶格。花的色彩，油纸伞的色彩，天空的色彩，游人服装的色彩，饱和度极高的阳光一一将这些颜色调到至亮。这是她第一次踏入丽江古城，却不合时宜地先在心中盘点箱子里的衣服，哪一件能配得上这些鲜艳。她不是那种喜欢拗造型的女人，这可能是她近年来的一种心理惯性？出门变得有些焦虑，焦虑晴雨，焦虑衣履，焦虑酒店的枕头是否贴合她的颈椎……结果总是失算，哪一次出门都会感觉错带或漏带了一件必需品。

唯一庆幸的是，她犹豫再三最后还是放进去了那件帽衫，就在箱子里的最表层，做好了空间不够随时可放弃的准备。这两年，她调暗了自己，衣服基调脱不了黑灰藏青，在她身上找不到一朵花卉的图案。那件帽衫是例外，买来打算春天夜跑穿的，颜色是不太常见的嫩绿。不过，孙芊蔚在古城里轻易就找到了它的同色系，在那些抬眼即见叫不出名字的多肉盆栽里，有各种程度的绿，它就是那种透明、亮晶晶的绿。孙芊蔚一眼就辨别了出来。这绿色多少缓解了

---

* 黄咏梅，女，1974 年生，广西梧州人，现居杭州。在《人民文学》《花城》《钟山》《收获》《十月》等杂志发表小说，多篇被《小说选刊》《小说月报》等转载并收入多种选本。出版小说《一本正经》《给猫留门》《少爷威威》《走甜》等。曾获人民文学奖、十月文学奖、《钟山》文学奖、林斤澜短篇小说奖、汪曾祺文学奖、第七届鲁迅文学奖、第十八届百花文学奖等。小说多次进入中国小说学会年度排行榜。

一些她的焦虑。

预订的房间数量不够，他们要分成两拨分住两处。她被安排住在新义街的一间民宿。门楣被垂落下来的紫藤花遮住，庭院深深，从门口望进去，只能看到尽头一块巨大的照壁。穿过一段近二十米的长廊，拐个弯，才能看到露出天空的院子，以及院子里两两相对的客房。

她的房间是103。服务员告诉她，一楼，北面是单号，南面是双号。穿过院子时，她看到一张长条茶几，几只小茶杯里余下绛色的茶，深浅不一。有根烟被搁在烟灰缸沿，慢吞吞将余生最后一口气吐向它旁边那盆又肥又矮的多肉。估计是刚坐在这里的两男两女，现在站到了院子一侧，手机对着草地上一匹卧着的木马拍照。发房卡的时候，负责团队后勤的小单告诉大家，这里是当年马帮头子的老宅。103房间门口正对着那匹木马。当中没拿手机的年轻女人朝她笑笑，说，这马好萌呀。孙芊蔚礼貌地点点头，应了声，是呢。

民宿都是木头建筑，用那种不上漆的整木。房间当中一根大梁柱，如果不是屋顶阻隔，会以为那里种着一棵老树，树皮斑驳，枝叶都在房顶之外。仔细看，才能看出人工做旧的手法。木门隔音不太好。孙芊蔚简单洗了洗脸，等热茶的温度适口，等到院子里讲话的声音消失了，她才打开房门，走近去看那匹匍匐在地的木马。跟建筑的整木相反，它由很多块碎木条拼接而成，色调像灰岩剥落的石块，裸露着骨骼，筋脉、鬃毛与木纹的沟壑纵横吻合，真像是一匹茶马古道退役下来的老马，卧下，就从此走不动了。孙芊蔚在院子里走一圈，从某一些角度看过去，那马不像马，倒像是谁即兴搭起的一堆乱木，即将燃烧起来，即将被人围着跳锅庄舞。刚才路过玉河广场，那里有一块闪动的电子大屏幕，游客在里边围着篝火跳舞，孙芊蔚觉得那是更为壮观的广场舞。

转过一个拐角，孙芊蔚斜眼看到了二楼走廊上的老谢。她朝他挥挥手。他随即晃了晃手上的烟。这手势如此熟悉。老谢瘦瘦的中等个，站在某个角落，朝人晃晃手中烟，漫不经心打个招呼。就算在不久的将来，他们不再有关联，在更久一点的将来，他们老得杳无音信了，孙芊蔚相信这动作也会伴随这个人的名字一起浮现。他们没再说什么，对于各怀心事的这类时刻很默契，无话也不尴尬。

老谢使新环境引起的那点兴奋感黯淡了下来。等她转回 103 房门前，那匹正对着的老马又像一匹马了，是一匹忧郁的老马。

来丽江是老谢的选择，作为 PR 的一次团建，或许说是一次为了告别的聚会更为确切些。老谢将要调离公司总部，到一个三线城市的分公司继续任 PR 经理。这消息瞒不住。即使老谢在公司茶水间悄悄告诉过孙芊蔚，但彼时其实早已不是秘密了。他们这次的团建不设主题，务虚，公司就当出钱给老谢请客，答谢一下团队。在梵净山和丽江之间，老谢最终选了丽江。孙芊蔚对老谢讲，我都不好意思说出来，我竟然没去过丽江。她和老谢都是“70 后”。老谢在“70 头”，她在“70 尾”，行事风格却像隔了一江水。老谢对她的话没反应。说起千禧年前后，文艺青年界忽然流行一句调侃的话：“不是在丽江，就是在去丽江的路上。”孙芊蔚处于那段时间的河流里，似乎不应该掉“队伍”。老谢很不以为然。不是对丽江，而是对“文艺青年”这个词。按照孙芊蔚对老谢的了解，如果不是照顾手底下那几个“80 后”“90 后”，他更希望去腾冲。因为最近他忽然开始对历史产生了浓厚的兴趣，仅有一小时的午休时间，他躺在办公室的沙发上，耳机里播着王树增的《1911》，闭目，迷糊时会被某个高音惊醒。他对现在进行时态的新闻和八卦丧失了议论的兴趣，倒是时不时在跟人聊天的时候会冒出“大多革命都起源于对腐败的抗议……”搞得人不知怎么接话。

在这家美国驻华公司之前，老谢是报纸的财经编辑，猎头以年薪六十万的条件把他挖过去，为公司完美处理过几桩影响恶劣的危机公关，升到 PR 经理的时候，他把孙芊蔚也从报社挖了过来。他们一直搭档得很好。老谢利用原先在报社的资源为公司摆平媒体，孙芊蔚为老板起草的新闻通稿，无论在报纸还是网站上发表都恰如其分。他们在真实与谎言之间找到了一些模糊的句式和语法，乃至标点。不过，这几年，除了负责撰写公司形象的新闻稿，他们处理负面消息显得有点束手无策。无论如何，现在人们穷追真相的呼声虽响，但耐心越来越少，而指望制造一个吸引眼球的新热点去覆盖一个负面消息，对老谢他们来说简直就像买彩票。老谢慢慢变得有点佛系，工作思路和方式都有了些莫名其妙的改变。相比对外公关他更关心企业内部文化，他在年会上跟员工大谈情怀二字，年度工作计划的第一项就是要在公司成立读书小组，定期举办读书分享会。据说老谢在公司某一次中层会上，陈述举办这种形式陈旧的活动的必要性，他打破了历来的报告流程，以沉重至痛心的语气说，整个公司里的人，都不像人，一点人的味道都没有。传出来的话说，老谢讲完，整个会场沉默了三分钟，就像集体进行了一次默哀。孙芊蔚认为这传闻有夸大的成分，但场面尴尬可以想见。最终的结果是公司随老谢去折腾，反正这类看不见收益的活动，零成本，只会为老谢的年终总结报告写上一笔。暗地里他们认为老谢对公司发展提不出有建设性的意见。

一个月当中有一个晚上，老谢让下属把咖啡室布置成沙龙，由各部门派职员轮流参加，在临时充电挂上墙的几盏温柔壁灯下，分享指定读物的读后感。参与者大多是资历较浅可差遣的年轻人，他们通常是坐在灯下，照着一张 A4 纸念，听上去内容专业得可疑，很多是从豆瓣或者知网上复制粘贴下来的文稿。孙芊蔚是读书会的组织者，负责在老谢主持的交流环节给大家递话筒，同时在多次冷场的时候运用她的机智保持活动的流畅。不过，需要孙芊蔚递话筒的机会渐渐少下来，老谢拿着话筒一直讲到了散会。

读书会办了六期下来，孙芊蔚感到有点难以为继，她甚至担心随着一些女职员带着家里没人照看的小孩过来，读书会有可能会变成亲子教育中心。多亏了《了不起的盖茨比》。

春节前夕的一个寒夜，老谢让孙芊蔚从拜访 VIP 客户的新年礼物里，扣下了一些多余的巧克力，用漂亮的包装纸将它们包得像一本本书，他打算给参与者一些“物质营养”。不知道是巧克力还是盖茨比的缘故，发言的年轻人比前几次都活跃。老谢很满意，孙芊蔚读出了他那种微笑里竟然有着父辈的宽容甚至宠溺的成分。几个分享者照着A4纸念出了与故事主题相近的观点，与前几次不同的是，他们用自己的话总结出诸如女主黛西是个“渣女”，盖茨比是美国中产阶级的牺牲品之类的结论。在孙芊蔚给老谢续咖啡的那会儿，老谢轻声对她说：“看来选书很关键。”他庆幸遇到了《了不起的盖茨比》。

气氛的转变从一个新职员的发言开始。这个西服袖口露出一截白衬衫的年轻人，有着那种不放过任何场合表现自己的欲望，语气跟语速一样冲。他抛出了“《了不起的盖茨比》反映了人性最真实的一面，不应该特指美国或者哪一个国家的人。批判这种真实性的人，都很虚伪”的观点。他滔滔不绝地维护黛西，认为人爱慕虚荣没有什么不对，虚荣是人成功的最大动力，也赞赏盖茨比那种拼命发财之后再将心爱的人夺回来的行为。总而言之，盖茨比和黛西，就是霸道总裁和灰姑娘的故事，是今天所有年轻人的梦想。至于结局，那是因为盖茨比太讲情义，遇人不淑，被坑了。他那种一本正经的自黑的语调，引起了众人几次哄笑，在他讲完“他们完全可以有另外一个结局，女有意，郎有钱，从此过上幸福的生活”这句话之后，还出现了几阵零星的鼓掌声。这情形应该算是读书会成立以来的一次高潮了。接着这个新职员带出来的话题，有人开始抢话筒，其中一个大概处于刚失恋的状态，他拿话筒的姿势像正在喝一支百威啤酒，他哭丧着脸说很羡慕盖茨比，被女朋友甩了之后，他没有能力成为霸道总裁，他做梦都想在她家边上盖一所豪宅示威。气氛热烈起来，没抢到话筒的也开始相互议论。一些根本没看过这本书的人，从盖茨比顺利转移到了他们关心的恋爱、买房这样的现实话题上。就在某一个抢话筒的间隙，大家听到有人猛地一拍桌子，又一拍桌子。老谢接连拍了好几下桌子，震落了搁在杯子边的小勺。大家看到他掏出一根香烟，第一次在读书会上打破了室内禁止吸烟的纪律。打火机的火苗跳动了好几下，孙芊蔚在老谢接过话筒时印证了那种颤抖。

有一小段时间，老谢成为公司的热议。年轻人说，PR的那个老谢真能装，明明自己中产了才来跟人谈铜臭味的危害。与老谢共事多年的老友则纷纷为他的职位担心，拿着厚厚的俸禄还到处散布美国梦终究破碎的原因——“美国佬总是以为钱能买下一切。”

在那次取消丽江之行后的十多年间，孙芊蔚去过很多个古城，凤凰、平遥、徽州以及与丽江相邻的香格里拉独克宗，还到过其他国家类似的古镇、古堡，奇怪的是，无论公干还是私游，她与丽江都没有机缘，这样反而使得那次取消行程的前因后果总是会跟着丽江这个地名完整地蹦到她的脑子里。来丽江的飞机上，坐在邻座的那个男人问她是不是第一次来丽江，她又想起了这桩事。她当然不会跟一个陌生人去唠叨那件陈年往事，不过他说他是第二次来丽江，接着又随随便便地说出第一次是跟前女友一起来的，她也顺着说了句：“我跟前男友差点就来了丽江。”天晓得这个前男友已经前到十多年前了。

男人刚落座不久，孙芊蔚就觉得他看着很舒服，模样身高都落在她的审美点上。孙芊蔚目测他三十来岁。如果不是计划生育的年代，她觉得母亲会给她生一个类似这样的弟弟，或者说，如果时光倒退十年，她想要一个这样的男朋友。他说不上帅，脑门偏大，肤色可能时常会被别人误解为过于奶油。聊过一阵之后，她认定他有着与年龄相吻合的稳重的朝气。她总是会被这种类型的男人吸引。他们聊得很愉悦。无形中孙芊蔚暗自调低了年龄，尽量以靠近他年龄的姿态跟他讲话，甚至某些不合乎她人生阅历的观点，她也含糊认同。他看起来很放松，仿佛他们已经认识有一段时间了。只有她自己知道，一开始她就不是他称呼中的那个“蔚姐”。

他们坐的刚好是安全门边的两人座位，左右没有第三人打搅。他向乘务员要了两条毯子。盖着毯子抬头看电视的某个瞬间，孙芊蔚竟觉得像是两人在过居家生活。她没有婚姻生活的经验，在认识的人眼中，她结婚的概率慢慢减少只是基于她的年龄，而熟悉的人则认为如果她不改变某种坚固的挑剔，她无论处于哪个年龄段都不太可能结婚。她不是个苛刻的人，相反，她善解人意，因而在与后辈交往中自然能消弭掉一些隔阂。这个刚认识的男人，相谈不久便发出“你哪里像个四十岁的人啊！”“你看着好小！”这样的赞叹，这类话她听得不少，真真假假她都受用。但在结婚这件事情上，她的固执显得很老土。如果避免用“缘分”这个俗气的词来谈她对婚姻的看法，只能笼统地说那些男性都没能与她的灵魂牵手成功。即使爱得热火朝天的时候，她都会因为发生的某件小事而冷静下来，仿佛落入了一个没法解除的咒语中，最终理性地分手。

孙芊蔚离婚姻最近的那次，便是打算一起去丽江旅行的那个前男友。在定下关系之前，她带前男友回家乡过年，见过了家长，还要见见她的几个发小。唱完夜场卡拉 OK 后，其中一个人不知从哪里搞到了点烟花，他们决定找个僻静处偷偷放烟花。在城乡接合部的一个幽暗小树林边，他们开始放烟花筒，朝天空吐出一朵朵张牙舞爪的大丽花。就在这个浪漫的时刻，一束手电筒的光准确地捕捉到了他们，几个巡逻的城管叫喊着从不远处跑过来。大家一阵惊吓，商量着要如何应对。在昏暗的夜色中，孙芊蔚注意到她的前男友，悄悄地转过身，朝离他最近的小树丛里隐了进去。就像捉到了恋人出轨，这一幕如此隐秘又如此真切，以至于过去那么多年，她连当时心里那阵惊诧都还没忘。她没有告诉前男友分手的具体原因，在爱与不爱这些事情上，她总是自作主张，不拖泥带水，也尽量降低伤害。在孙芊蔚情窦初开的那个年龄，正是那部日剧《东京爱情故事》流行的年代，她跟许多同龄人一样受到赤名莉香的启蒙，只不过有的人模仿到了莉香的微笑、发型以及服饰搭配，更多一点的就是获得女生追求爱情的主动和洒脱，而她得到的却是一种被人认为不可救药的古怪——仿佛爱情是她自己一个人的事，相比分享美好，她更擅长独自消化伤害。结束一段爱情，她总能让自己面带着莉香式的微笑，掩饰着，转身，消失于斑马线对面的人群。她没再跟那个前男友见过，倒是前不久被拉进一个同学群里，她看到了他的头像，跟很多中年人一样，发福，双手交叉搭在肚皮上，痴笑着靠在栏杆前，身后是云雾缭绕的群山。她没跟他打招呼。他也不太在群里讲话，有好些次，她看到他在群里抢某个人丢出来的红包，抢完，总会发出一个“谢谢老板”的职员鞠躬动图。她默默退出了群。

飞机落地那阵激烈的震动还没完全消失，他就迫不及待打开手机要加她的微信。

“程木易，我是实名。”

“我也是。”她手指一点，把他放了进来，在朋友权限选择那两栏，她的手指犹豫了几秒。她为他开放了自己的朋友圈。她不认为跟他会发生些什么，只是觉得他不会因为日益了解她之后会对她失望。她不介意他了解自己。

“我会在古城住两晚，再去泸沽湖转转。”

“是想去泸沽湖走婚吧？那边可是母系氏族哦，当心被摩梭美女熬成药渣……”分别前，他们已经可以随意开这样的玩笑。

“哈，我最适应母系氏族啦。”

“这两天找个小酒馆，约？”他挨近她，认真地看着她。

“好啊。”她的脸莫名涌上了一股热潮，不过还没忘记大大方方地微笑，是那种她自以为的莉香式微笑。

除了吃饭集体行动之外，他们的团队在古城没有指定活动内容，可以自由组合逛逛四方街和嵌雪楼，或者在小酒馆坐坐，聊聊八卦，也可以申请为了寻找劳而不获的艳遇而独自行动。他们自然把老谢和孙芊蔚划分在了一起，笑话老同志作息应该会合拍。孙芊蔚倒是觉得古城的作息跟那些年轻人很合拍，晚睡晚起。

在客栈简单吃过一碗米线之后，孙芊蔚出门去附近转转。快九点了，街上还没几个人，凌晨时分还花样百出的小货铺、小酒吧现在都没了动静，大水车在高处独自转动。热闹的鲜花和密集的盆栽，原地等待，眼睁睁看着太阳从自己身上一点点地没收掉夜间得到的小费——露水，挂在花瓣上是耳环，围在胖嘟嘟的多肉上是项链。好在，这些稍纵即逝的馈赠被孙芊蔚用手机拍了下来。很快，在她朋友圈的九宫图下方，前后脚出现了两个名字，老谢和程木易。她的脑子里立即浮现出那个男人。她现在已经可以清清楚楚地想起他的样子了，甚至比飞机上见到的还彻底。昨晚临睡前，她花了不少时间，悄悄翻着他的朋友圈，他的照片，他的美食，他路过的地方……她屏住呼吸，手指轻轻，好像徘徊在他的家门口，生怕一不小心留下了脚印发出了声响。她还记得他身边那个女人的样子，她多次将那张合影放大到模糊，俗气地认定她的相貌其实配他是不足的。

她漫无目的，走进一条小巷，里边的建筑风格跟主街无异，只是客舍、小饭馆挨得更紧，翘在空中的屋檐与屋檐像是刚刚互诉完心事只剩相对无言。孙芊蔚忽然想到，在这么多间客舍里，他下榻在哪一家？此刻，他跟她一样已经起床到处闲逛，还是像其他同龄人一样依旧窝在被子里刷手机？这么想着，她心里竟然有点慌张，生怕在某家客栈门口遇到他刚好出来。她不应该让他看到她现在这个样子，至少，她应该穿着那件嫩绿的帽衫。她匆匆转身回去，速度快了许多，凹凸不平的石板路使她看起来走得有点仓皇。

快走到大石桥，孙芊蔚远远认出了老谢。他站在桥中央，一忽而低头去看水，一忽而抬头望望远处，好像天上刚落了些什么东西到水里。孙芊蔚觉得那样子还蛮有意境的，她想到了“文艺”这个词，用手机将他跟大石桥一起拍了下来。

“听说玉龙雪山的倒影会落在这水面上。”老谢指着一个方向对她说。

孙芊蔚也站到了桥中央，望望天边又望望水面。水面除了岸边花树的倒影，什么也没有。她盯着老谢指的那个方向，在一大群浓浓的云朵背后，似乎隐藏着一个比云朵更白更亮的轮廓。如果这轮廓就是玉龙雪山的话，那么等到这些云游过去，应该就能看到了吧。他们一起站了一会儿。这时已经过九点了，渐渐有游人来往，古城醒过来，店铺陆续开门，放出了急不可耐的小狗，在石板路上嗒嗒嗒嗒跑，发出撒娇的欢叫声。

孙芊蔚不确定是不是要站在这里等那一大片云过去。

老谢说，去木府转转吧，丽江紫禁城。孙芊蔚无所谓，横竖她在丽江去哪都是第一次。

老谢兴致很浓，一路上就跟孙芊蔚讲木老爷，说这个木老爷聪明，一方诸侯，懂得审时度势，建府邸不设城门，不去犯这个忌。你猜，明里他对人怎么解释这个做法？孙芊蔚问题不过脑，反问他，怎么解释？

“木府，要有个城门，那不就成‘困’了？他妈的，绝。我们做 PR 的，哪有人家这机灵劲儿？”老谢不由自主嘿嘿笑起来，被一口痰呛着了，咳嗽好一会儿。

孙芊蔚一时无语，她认为老谢自从被“贬”三线城市，就开始各种自我否定，逃避现实，佩服起这种不知真假的野史。又想到此行回去后，他们多年拍档就要散伙了，孙芊蔚有点唏嘘。

没想到来木府的人这么多。老谢请了个女导游，穿着纳西族服装，红色大褂，背上围着那种古城小店里随处可见的“披星戴月”羊皮坎肩，脚上却穿着这一季很流行的匡威小白鞋，感觉有点“跳戏”。她和老谢就跟着这双“小白鞋”，踏入了朱红色的木府大门。

孙芊蔚一向对导游的解说词不感兴趣，她喜欢自己转悠，乱看，在边边角角能发现一些有趣的东西。很快，有一拨拨游客围过来，蹭老谢的导游听，老谢只好紧紧跟着小白鞋。孙芊蔚嫌人多，故意落在人群后边。趁那株盛放得有点吓人的桃花树下没人，她拿出手机取景，眼睛一眨，屏幕里冒出了个人，那个人好像是从她手机微信里掉下来的。

“我就知道，我们肯定会遇到。”程木易咧着嘴，高高举起两只手，似乎早料到她要必经这棵桃树，已经等待多时。

“咳，古城小嘛。”孙芊蔚故作淡定，脑子里却荒唐地出现那件绿色帽衫，还摊在行李箱里的最表层。她感到有点懊恼。

他们站在桃树下说话。桃花浓艳，跟他身上那件洁白的 T 恤是很称的。看清那 T 恤的正中央印着一行字“我们把你们想得太好了”，她笑了。昨天，他们在飞机上，关闭手机前，最后刷屏看到一条即时新闻：中国外交官在阿拉斯加霸气怒怼美国高层官员——“我们把你们想得太好了。”正是这句全民关注的话，使她和他跳过了陌生人试探性的开场白，打开了交谈的护栏，就像在某个酒馆共同看一场世界杯球赛，陌生人会因进球而忘情拥抱。

“九十九一件，这里小店到处都在卖。”程木易用手拍拍胸前那行字。

经他一提醒，孙芊蔚才注意到，在他们身边的游客当中，果然有好些人都穿着这种 T 恤，白 T 恤配黑字，黑 T 恤配白字，男女同款，就像突然拥进来一个规模庞大的旅行团。“动作真快，古城还蛮现代化呀。”

透过人群，孙芊蔚看到老谢跟在那个小白鞋旁边，往后面的狮子山去了。她想爬狮子山，听说上面可以看到玉龙雪山。她跟上了队伍。他跟着她。他们就这样走在最末，慢慢上山。

“你总是一个人出来玩呀？”

“嗯嗯，隔一段时间，我要出来透气。”

“透气？”孙芊蔚意味深长地看他一眼，坏笑。在丽江，透气这两个字几乎可以用艳遇来替换。

他从她的表情里猜到了，有点尴尬。“不是你想的那样，就是，暂时逃离一下。”

“老婆放心你呀？”孙芊蔚记起他朋友圈那张照片，那个普通得没有任何气质可言的女人。

“我老婆是那种很强势的人，认为我什么都不敢做，嘻嘻，不过，我是有底线的啦，呃，总之，不会太离谱。”他朝她调皮地眨眨眼，好像跟她能产生一些默契似的。基于这种他所认为的默契，他又讲了些关于自己家庭的事。他跟老婆是相亲成功的，结婚三年，今年老婆准备要小孩。

孙芊蔚其实不太愿意听到这些，她只愿意他是那个在飞机上一起盖着毯子看电视的男人。主要是，听到他说家里大小事都是老婆说了算的时候，她居然有点失落。后来，他长叹一口气又说，不过我已经满足啦，她家在郊区有拆迁房，置换市内两套，给了我们一套。她是独生女。这样，等于我比同龄人少奋斗几十年哈。

的确，她从他身上不太能看到在“奋斗”或者“奋斗”过的痕迹。放松，随性，不务正业的涉猎，好像脚底踩着一块西瓜皮，滑到哪里算哪里。她不就是被他这些所吸引的吗？

“出来透气，有意思吗？”孙芊蔚故意将透气两个字说得很重。

“说不上，就是想能遇到一些有趣的人，比如像你这样的啊。”他笑着，忽地抬起手，伸过来，似乎是想摸摸她的头。

出于本能，她生硬地闪开，随即担心自己反应过大会不会伤害到他。这一刻，孙芊蔚特别想做点什么，哪怕像老谢那样，傻傻地顺着小白鞋的手指东张西望。这样可以阻止心里那阵隐秘的悸动奔跑进两人的沉默当中。可是，小白鞋已经领着老谢他们消失在山体的拐弯处。

他的手再次伸过来了，平摊在她眼前，是一只银色的无线耳机。

“我是想请你听首歌。”

“哦，哦，谢谢，好的，好的。”孙芊蔚有点语无伦次，幸好，耳朵里突如其来响起那一阵熟悉的过门，使她的情绪不顾一切，完全集合为一种——那是每次听到这首歌都会不期而至的感伤。

跟她一样，他研究过她的微信。几个月前，她转了这首歌：“音乐响起就泪奔，小田和正72岁了，声音还如此清澈，像极了我们逝去的青春和爱情。”他竟很有耐心，从她一日日更新覆盖掉的生活底部找回了这首歌。

《突如其来的爱情》，莉香的微笑如在目前。1995年，坐在大学宿舍的集体电视机房看《东京爱情故事》，她们不懂一句日语，主题歌响起，她们饱含深情，咿咿呀呀跟着哼。奇怪的是，此后很多年里，这首歌曲总是在某些时刻会从她心里出现，譬如踩着点上班去追那趟正在发动的公交车，鼓足勇气去找上司提出一些异见，在某次竞争上岗演说之前，某次应酬独自返家的夜路上……那段副歌的高潮部分到来，如同战歌。妈的，二十多年后，她竟然成了这个样子——宽大舒适的灰外套罩着一个松弛、随遇而安的中年妇女。妈的，1995年，他应该还没开始发育吧。

在歌声中，她的泪水就要夺眶而出了。她只好深吸一口气，假装欣赏前面的风光。

另一只耳机塞在他的左耳。但他什么都不懂。没准看到她这副样子，以为她是个有故事的人呢。她没有故事，生活就像现在这样，偶然撞见这首歌，突如其来，又必然地消失在日日更新的微信朋友圈里。

孙芊蔚机械地抬起腿，迈过一级级石阶。转过一个弯，豁然开阔。上山的游客现在全都集合在观景台。顺着大家目光的方向，她找到了雪山。因为角度问题，在这里只能看到与云团相连的那一点雪山尖，但还是能辨认出来，云团混沌、藕断丝连，雪山清亮、棱角分明。不过还是与预期的不同，她以为能望见画册中那座巍峨冰川。她看见了老谢，站到观景台的最边边，跟大家一样，抬头看着雪山，手掌却一直拍打着栏杆。她听不到他说了些什么。

那首歌一直在孙芊蔚的右边耳朵里播放，单曲循环。几遍后，刚才那阵浓烈的感伤消停下来，望见雪山的激情也逐渐消退。老谢找到她。他们一起下山。她没跟老谢说起程木易，那只小小的耳机不为人知地被她垂下的头发掩盖起来。他就像过往游客中的一个，默默跟在他们身后。有时候，耳朵里的歌声断了，她悄悄回头去看，他在某段狭窄的山路被人群隔远了。近了，歌声又响起。

蓝牙的接收范围，十米。他不断克服拥挤的人群，努力保持孙芊蔚耳朵里那首歌完整，一遍又一遍。

晚上，团队在一个木楼饭馆聚餐，二楼包厢。老谢姗姗来迟，大家都快把餐前凉菜全吃光了，才见他拎着一个大黑塑料袋推门进来。他先不落座，将塑料袋打开，顺时针走过去。于是每人手上都得到了一份礼物。老谢说是给大家丽江行留个纪念。年纪最轻的小赵挨着门边坐，他第一个拿到礼物，拆开看，是件 T 恤衫，抖开在自己身上比画，孙芊蔚就看到了那行黑字：我们把你们想得太好了。再仔细去看老谢，他穿一件崭新的白 T 恤，袖口的褶痕还没完全展开，那行字印在左前胸，比程木易胸前那行稍微偏向心脏位置。

老谢反复强调 T 恤是个人出钱，与公司无关。按人头发完，坐到孙芊蔚旁边的空位上，顺手将最后一件黑的递给她。

团队里一贯机灵的小赞，展开手上的T恤，站起来，脑袋往领口一钻。他太瘦了，T恤里可以装进两个他，看起来很有喜剧效果。大家看着他，嘲笑一通。他索性开始表演，围着桌子夸张地走几步，忽然，朝门口的方向一望，像见到了鬼一样。“Oh, Mr.Darcy, Mr.Darcy. ”他对着木门点头哈腰。说完，又迅速挪到门口的位置，换了Mr.Darcy的语气：“You are fired! Get the heck out of my office! ”靠门边的小赵惊叫几声，配合了他的表演。有段时间，不知道谁做了他们大老板Mr.Darcy的表情包，这句话在公司流传很广。老谢用手指着他，哭笑不得。“Oh no, you can't do anything to me! Mr.Darcy, give me a chance, please, please. ”小赞求饶的表情滑稽，加上他天生八字眉，皱起来真像个倒霉蛋。大家被这个倒霉蛋的形象逗笑。受到笑声的鼓励，小赞身板一挺，瘦长的脖子从空荡荡的T恤里抻直，指着门口那个看不见的Mr.Darcy，抑扬顿挫，中气十足，说出印在衣服上的字：“I think we thought too well of you. ”

小赞用做作的英语念出这句话的时候，笑声收敛了，好像那个看不见的Mr.Darcy真的推开了包厢的门。

“这小兔崽子。”老谢站起来，指着他笑笑，“来，白切一杯，祝贺演出成功！”

孙芊蔚喝的是啤酒，名叫“风花雪月”，跟这两天他们在古城必点的一种叫“水性杨花”的蔬菜很配。

他们订的是全菌宴。每一道菜里都有菌，每一种菌都不重复。牛肝菌、鸡纵菌、羊肚菌、扫把菌……他们认不出几种，每上一道都要问服务员，转盘一转，又忘记了哪盘是什么菌，七嘴八舌讨论一番。于是老谢给大家讲个吃菌的故事。说是多年前有个朋友，吃货，吃遍了常见的食材，就去各地搜罗珍馐。有一次去了大理，当地一个朋友跟他有同好，带他去吃一种菌。这种菌长得很魔幻，菌盖肥厚，布满白色凸点，像苍穹上的星，入口，有一股说不出的腥鲜，长久挂在口腔内，辣酒都冲刮不掉。吃下半小时后，人先是涕泪俱下，继而异常亢奋，眼见一只只小人儿从桌子上咕噜噜滚落地，围着自己跳舞，而自己却变得巨大无比，头顶着苍穹，天灵盖上能感觉有星星擦过，凉飕飕。老谢讲得真真的，如同是他本人亲历。座中鸦雀无声，不知在怀疑还是吃惊。老谢讲完，小赞赶紧说，百度一下，百度一下。大家才回过神来理性分析，认为应该是一种毒菌，致幻。

孙芊蔚在老谢讲故事的时候开始坐立不安。吃饭途中她接到一条微信：我在小巴黎酒馆，你来不？他已不再称呼她“蔚姐”，是坐在“我”对面的“你”，一切关系开端的“我”与“你”。接着他又发了个定位过来。虽是意料之中，孙芊蔚依然忐忑。她打开那个定位图，酒吧街，在她的西北方向。从图上看，他坐着的那张吧凳与她此刻屁股下的凳子，相距不到五厘米。她觉得凳子的四只脚已经稳不住自己了。她站起来揉了几下腰椎，故作久坐腰酸的样子，扭扭脖子，就像在办公室做的习惯动作。接着她顺势走到窗前，仿佛第一次发现那上边居然摆着那么多怒放的鲜花。她在窗口延宕了一会儿，透过花丛看出去，古城像是在过着某个节日，游人熙攘热情，灯光浓妆艳抹，天上明月催人……她望不见酒吧街。坐下来，他们还在议论老谢讲的那些小人儿，她一句都听不进去。过会儿，她又起身去卫生间。在镜子里，她看见了自己，嫩绿的帽衫显得她年轻了些，“风花雪月”酒使她的脸红扑扑的。她从口袋里掏出口红，给嘴唇补了点颜色。她盯着自己看，认为完全可以从卫生间直接溜出，去小巴黎酒馆。“嗨，喝到第几瓶了？”她连第一句话都想好了。就在对着镜子表演的时候，她看到了额头上那根白发。它居然又在那了！早先，它就像跟她玩游戏般，先是潜伏在黑发中，被她找见，她把它拔掉了，过一段时间，它又长出来，小旗杆般竖在头顶，反而特别显眼，她又用手去拔，但是太短了，手指根本没法使力，她只好用剪刀剪掉。春风吹又生，它是什么时候又悄悄发芽的？她不得不花点时间专心对付这根理直气壮的白发。对着镜子，她数次用手指拈起它，可是一用力，它就从指缝里溜掉了。最后一次，她用指甲尖夹住了它，使劲一捋。它立即柔软了下来，拳曲，钨丝一般，垂挂在她的额前，是她头发当中的一根变异，在灯光下特别耀眼。这拳曲的战栗，将会成为她与一根白头发“奋斗”

过的证据，暴露在他的眼皮底下，被识破出她的努力。她认为这是不该为他所知的，连同她一开始对那件绿色帽衫的焦虑。

重新坐回到凳子上。他们的话题没变，还在讲那种魔幻的毒菌。小赞问她："蔚姐，你有没有产生过幻觉？"孙芊蔚咕嘟喝下一大口酒，不置可否。如果此刻真的有一只只小人儿从饭桌上跑下来，她一定会命令他们，立即动身，去酒吧街，去小巴黎酒馆，看看那个等待的男人现在还在不在？她会隔一分钟命令一只小人儿出发。

1995 年的那个电视机房里，她们一边掉眼泪一边大骂。永尾完治因为关口里美的到来，眼睁睁看着约定的时间一分一秒过去，而那个可爱的赤名莉香在寒风中等到了深夜。这是她们第一次感到爱情的意难平。这画面刻骨铭心，以至于孙芊蔚在现实中，遇到这类纠结、软弱的男人，掉头就走。现在，孙芊蔚始知等待有两个部分——等待时间到来和等待时间过去，不能说谁更好受一些。

大概是酒的缘故，孙芊蔚根本没有睡意。借着清醒的酒劲，她改变了他的权限，轻轻松松的。从此，他看不到她，他点开她的朋友圈，将会看到一条淡淡的灰线，她沉潜在这条灰线以下，在他看不到的时空，每一天，她跟过去一样，更新、等待，更多内容是在做着他所认为的那种"奋斗"。

做完这一切，她披了件外衣出门。草丛边的路灯，照见那匹匍匐的木马，夜色掩盖了它身上的沧桑，姿态的确是有点萌的。转了一圈后，她站到院子中央。古城灯光退去，夜空繁星毕现。她有多久没看到过这么清晰的夜空了。越看，星越密。在正北方向，一颗最明亮的星吸引了她，在这颗星导引下，她竟然幸运地串连出了那只大勺子。如此坚定的七颗，如此坚定的距离。她像发现了新大陆，差点叫了出声。很快，她的耳朵像被谁塞进了一只耳机，没有任何前奏，突如其来，直接是那段高亢的副歌。仿佛一只无形的手，摁响了天上那七颗音符，忽明忽暗，又远又近。此刻，蓝牙的接收范围是——无限。

化　学

戈　舟*

迈开双腿，走进凌晨的夜晚，她自己都觉得这挺荒唐，像是一个即将起跑却对赛事忽生厌倦的选手。还不完全是厌倦，是那种对所为之事的意义产生了怀疑之后，滑稽而虚无的感觉。套上专门买来用以运动的鞋子，围上一条薄围巾，她怀着近乎自我嘲弄的心情出了门。

这一带算是城市边缘了，如今却也高楼林立。夜色中，黢黑的楼影竟有一种纪念碑般肃穆的气派。除了夜深人静，入住率不高肯定也是一个因素，只有零星灯火从个别楼宇的窗口透出，置于整体背景之中，让夜空显得更加寂寥。一辆接着一辆，道路两边停满了私家车，它们停靠得规矩极了，也安静极了，让料峭的空气浮动着一种被人为规定后的秩序感。世界像是被洗劫之后。时空如果就此停滞，那么一千年后的废墟就该是此刻的景象吧。

顺着略有坡度的路基快走，她觉得浑身都被双腿带动出了运动感。脚下的鞋子弹力十足，每一步，都反馈出令人跃跃欲试的动能。此刻，这种称之为“爆米花”的鞋底材料，勾起了她顽固的职业癖。端环氧基聚氨酯——作为一个化学家，她在心中给出了准确的专业术语。

---

* 弋舟，男，1972 年生，现居西安，入选中宣部全国文化名家暨“四个一批”人才，《延河》杂志副主编。著有长篇小说《蝌蚪》等五部，中短篇小说集《刘晓东》等多部。历获鲁迅文学奖、郁达夫小说奖、中华文学基金会茅盾文学新人奖、鲁彦周文学奖、《小说选刊》奖、《小说月报》百花奖、《作家》“金短篇”小说奖、《当代》长篇小说“年度五佳”、十月文学奖等奖项。

穿过十字路口，马路对面就是那座运动公园隆起的山坡。走到坡下，她停住了脚步，适当地活动了一下脚腕，又用双手揉了揉膝盖。隔着裤子，她能感到两个膝盖的冰凉，或者，是冰凉的膝盖反衬出了双手的温暖。发光，发热，变色，生成沉淀物，膝盖与手掌之间发生了一次化学反应——而判断一个化学反应的依据是，这个反应是否生成了新的物质……如此拗口的概念，对于她却是习与性成，当她意识到后，不禁又回到了自嘲的心情里。根据化学键理论，又可根据变化过程是否有旧键的断裂和新键的生成来判断其是否为化学反应……她一边搓着手，一边强迫自己赶走了脑袋里残余的专业本能。

有夜航的飞机轰鸣着低空飞过。植物弥漫着凛冽的气息，更像是一种薄凉的气温。

稍微费力地攀登了一小段路，她终于踏上了那条环山铺就的塑胶跑道。山势当然不会很陡，应该是用周围小区挖掘地基时的余土堆筑而起的。这样一个微不足道的隆起，却让平铺直叙的地势有了一些起伏的崎岖。离婚后，她选择在这里购房住下，正是因为中意这座运动公园人造的小山。快步走在塑胶跑道上，走在鞋底与跑道化学成就的共同作用上，她多少有些怀疑自己的行为是否真的能够达成目的。

她正在有计划地减肥。尽管，她不过一百一十斤左右。每天走一万步，是计划中的项目。新的一天，她的日程已经排满，于是，她只有在凌晨时分提前兑现这一万步。一天尚未开始，却已经严格地预支了句号。在化学工业的加持下，世界变得轻易了，如果没有一双“爆米花”鞋底的鞋子和一条塑胶跑道，她不知道自己是否还会有勇气跑上深夜的山坡。

跑道一侧有路灯，间隔大约五十米，掩映在葱郁的树木间。环境显得有些森然。快步走过两根灯柱后，缓慢向上延伸的跑道边，有个女孩的侧影进入了她的视野。尽管坡度不大，但她仍然觉得自己是仰望过去的。一个正在与人拥吻着的女孩——她减慢了步伐，分析着眼前的状况。将对方定义为“女孩”，不过是下意识的直觉吧：介于明暗之间，她看到的是对方裙子下裸露的双腿，它们交叉着，分散了身体的重力，承重较轻的那条腿略微向后，呈现一种将要未要扬起的态势。被灯光更多打亮着的，正是这样的一个态势，而这个聚光灯下堪称耀眼的态势，反映在她的直觉里，就是年轻的依据。一个在深夜的公园与人热烈拥吻着的年轻女孩，但女孩的同伴完全隐没在婆娑的阴影与树丛之后。

意识到自己的迟疑时，她已经走到了女孩的身后。她只好跑了起来，发现自己略感慌乱，却并不完全是基于害怕，更多的是出自某种抱歉一般的情绪。她感到自己打扰了他人，同时，羞涩，尴尬，紧张，也许还有一点点被撩拨起来了的兴奋，都借着“抱歉”的感受一同涌来。这番感受成了驱使她跑起来的动力。

跑步并不是她减肥计划中的选项。她只打算每天快走一万步，因为她的年龄似乎已经不太适宜跑步了——据说到了她这样的年龄，不正确的运动，只会加重膝盖的损伤。她四十五岁了。

跑过去总比走过去更像回事吧？她一边跑一边想，这样不是更接近一个正当的、夜练者的形象吗？面对自己所撞到的一幕，走过去，太像是一个下流的偷窥者了。但跑总是要比走辛苦的，她感到了自己的身体并不适应这不期而至的跑动，两腿与心肺都承受了额外的负担。同时，她也感到了些微的激情。

她熟悉这条山坡上的跑道，快走五圈，能让她完成一万步的指标。那么跑呢？这里面有着相对复杂的换算，严谨一些，除了化学，大概还需要数学与物理的介入。激动起来的她无暇深思，此刻，跑步更像是一个难以换算的精神现象。

将要跑满一圈的时候，她觉得自己快不行了，无论精神还是肉体。她任由自己发出深重的喘息，一方面，是由于无法自控，一方面，也是有意要发出提醒。她想，也许对方已经结束了吧，她都跑了一圈了，因为艰难，所以时间都显得漫长——有谁能如此漫长地接吻呢？但她仍然看到了之前的那一幕。远远地，她停了下来，双手撑在大腿面上弯腰喘息。女孩还在投入地吻着，只是身姿比之前更加前倾，显得越发富有强度，辉光流泻的双腿在路灯下熠熠闪亮。

她分不清耳边的喘息究竟是出自对方还是自己，或者，是整个夜空都在发出深重的呼吸。

她生出了原路返回的念头。返回去，冲个热水澡，回到离婚后独居的家中，回到不减肥也不用担心膝盖的日子，回到化学的世界里。女孩全情投入，仿佛竭尽全力拥吻着一个庞大的未知，在与某种莫须有的事物对抗与角力，带着青春的勇力，忘情地行使着神圣的特权。她直起了腰，脑袋里回响着一个句子：年轻，并且有两条腿。

年轻，并且有两条腿。

这句话，是她小时候从一本外国小说中读到的——一个装着假腿的老海盗，如此给自己气馁的年轻同伙打气。这句话有股神奇的效力，以年轻和两条腿，构成了不容辩驳的说服力，仿佛只消两者兼备便无往不胜，足以傲视一切风雨，视人间为天堂。离婚时，这句话曾对她有效过，离婚后，她起意减肥，也是这句话起了作用。下意识里，有两条腿，于她而言就是一个年轻的反证。那么，迈开腿就是了。

她以一种“有两条腿”的、沉着而坚定的步伐重新跑了起来。途经那闪亮的双腿与黑暗中年轻的激情，她目不斜视，仿佛心有旁骛便是对人格的玷污。

这一圈她跑得更加费力了。途中，她不得不在一块刻有“道法自然”的石头上坐了一会儿，心里又一次打起了退堂鼓，但有股无法说明的动力还是驱使她继续跑了起来，或者说，是某种欲望在更为有力地敦促她。

适应后的夜色变得没那么浓重了，发出剔透的深蓝色，有如一种质地喑哑的光芒。前方跑道边清晰地蹲着那个女孩，两腿完全掩藏在裙子下了，身旁依旧看不到同伴的影子。她徐徐跑过，视若无睹，“爆米花”鞋底与塑胶跑道摩擦出沙沙的声音。她觉得自己还听到了遏抑的抽泣。

又有飞机低空飞过。这昼夜不息的人间。

跑过几十米的距离，阒寂的弯道上出现了一个人的背影，同样有着两条夺目的腿，只不过穿着深色的牛仔短裤。是一个女孩——这个判断令她无端讶异。

随着距离愈来愈近，女孩匀称而紧致的双腿像是一个命题，或者像一个复杂的化学实验，开列在她面前。

解题一般，女孩蓦然转身向她迎面走来。她无法正视，只见女孩留着蓬松的短发，脖子因而显得格外颀长，如同又一条闪光的大腿。她和女孩擦身而过，彼此之间隐约有一个对视。她在慢跑，女孩在快走，她在上坡，女孩在下坡；跑与走的步幅相差无几，坡度也微不足道，但却分明是两股力量的相遇。她能够感到女孩步履艰难——是要回到同伴的身边吧？她不由得思忖，随即感到了些许的羞耻，像是萌生了不体面的邪念。

眼睛适应了夜色，身体也似乎渐渐适应了跑动，她力求自己心神澄明。“爆米花”是一种工业聚氨酯弹性体材料，经过加压加热预处理后，每颗 TPU 粒子像爆米花一样膨胀起来，在这个过程中，原来 0.5 单位大小的颗粒，体积将增大十倍，适用于需要经受强大冲击和频繁使用、要求透明、尺寸安定性及耐化学性能优异的产品……诸般专业的知识纷至沓来。

强大冲击，频繁使用。此刻，她觉得这不是一种科学术语，而是一种带有谶语性质的、对于自己生命际遇的描述。她在跑动，如同经受着加热加压的预处理。她想到自己是在跑着第三圈了，运动量或许已经与快走五圈持平了吧，这时身后响起了另外的脚步声。

有人在身后跟着她跑，或者说，是在追赶她。她即刻感到了不安，继而是慌张。她减慢了步伐，改跑为走。身后的脚步声轻盈而有力，带着绝对的、不容分说的把握感，让她打消了提速逃开的念头。想象一下自己拼命却徒劳地逃跑，只会让她不寒而栗。最终，她停下了，回头看向身后。穿着短裤的女孩已经距她很近了，一边跑，一边空洞地望着前方。她看到了女孩灰色 T 恤下跃动着的乳房。女孩可能并不比她高多少，只是短裤下显赫的两条长腿给人造成了高挑的错觉。她还看到了，在女孩左腿的大腿面上，有一枚胎记一般的青色文身。

她深长地呼吸着，两只手默默地攥紧。女孩跑到了她的面前。她重新迈开了双腿，因为她感到自己受到了无法拒绝的邀约。女孩并没有停下来的迹象，只是减慢了速度，用眼光向她打着招呼，明确发出了“接着跑啊”这样的邀请。那就跑吧，既然摆出了一副夜跑者的架势。

“你跑步的姿势不太正确。”女孩一边跑一边说。

“哦。”

“应该前后摆臂，尽量不要左右摆。”

女孩显然给她做着示范，双肘呈直角，规范地前后摆动着。她无言以对，却不自觉地跟着调整了自己的双臂。

“你住在附近吧？”

“是，就住在路对面。”她答道，觉得这个答案能够给自己平添一些底气。

女孩似乎点了下头。转眼侧视，她发现女孩蓬松的短发呈黄褐色，还打着卷——像是顶了一头淋着焦糖的爆米花。这个想法令她放松了不少。现在，她们是两个并肩跑在塑胶跑道上的夜练者。女孩神色寻常，但她能感到其中蕴含着某种她无从理解的情绪。两人的年龄至少相差二十岁吧？可她感到并肩跑动着的女孩更占有一份主导性。这不仅仅是因为女孩的跑姿更标准，还因为，女孩在她眼里，全然象征着一个她毫无经验也无从想象的未知世界。

两个女孩之间的热吻。她不能理解自己看到的那一幕，但不妨碍她感受到了动荡与激烈，还有无以言表的、属于人的困境。自己最后一次热吻是什么时候呢？她竟然想不起了。她只确定，那一定不是和自己的前夫；而且，她还可以确定，迄今，自己从未在露天的环境下与人接过吻。在她有限的一生中，一切都像是化学性的、实验室性的，即便创造出了一些新的物质，实质上，也都是自然界中不存在的。

她隐约看清了女孩大腿上的文身——三个需要近距离才能辨认的汉字，也许是那个穿裙子女孩的名字？她想到自己的左腿上面，差不多同样的位置，也有一块类似的印记——当然不是文身，她绝对不会那么干的，实在要干，也只会文一组化学公式——那是一次酒后在浴缸里的滑倒造成的，伤口不大，却皮开肉绽，留下了永久的疤痕，结果导致了她从此不愿将两条腿暴露出来。有时候，她着实有些小题大做。

“尽量不要用脚尖落地。”女孩又一次指导她。

她留心一下自己的脚步，觉得自己显得既愚蠢又笨拙。

“你是学体育的？”

“你呢？做什么的？”女孩不回答，却反问她。

一瞬间，她几乎要脱口而出，告诉女孩，自己是一个小有成就的化学家，并且告诉对方，作为沟通微观与宏观物质世界的重要桥梁，化学是人类认识和改造物质世界的主要方法与手段。但她最终没有开口，因为她真的意识到了，此刻自己所经历着的，俨然是一个非物质的、纯然精神性的时刻。

“你都看到了。”女孩说。

这是一个陈述句，但听起来有些严厉。她一下子感到小腿有些灼热的刺痛。

“我差不多每天晚上这个时候都要来这儿锻炼。”

这也是一个陈述句，她想表达的是，自己并没有窥探她们的主观故意，相反，对她而言，这是常态，而她们，才是一个偶发的事件。

“你可以避开啊，不用一圈接着一圈地跑。”

不是吗？这很无礼。

“要避开的难道不是你们？”她忍不住反击了。

“的确，”女孩的声音听不出有什么变化，只是伴随着节奏平稳的喘息，“我们都可以避开，可是我们都没有。”

“还能跑是一件幸运的事。”过了一会儿，女孩又说。

她沉默地跑着。

“我的朋友就没法跑。”女孩自言自语般，“她有哮喘，军训的时候发作了，都被送进过医院急救。”

她再一次侧视女孩，此时，两人正好跑过一盏路灯最明亮的照射区域，她恍惚看到，有大颗的泪水正涌出女孩的眼眶。旋即，泪水与女孩的脸又都隐没在黑暗的阴影里。

“她天天都喝糖浆。”

“嗯，为了不让你们感觉受到了妨碍，我才跑了起来。”她像是在道歉了，仿佛糖浆味儿的青春就应当被礼让和脱帽致歉。她强调说：“平时我只是走路。”

“你不断地从眼前跑过去，卷土重来，倒让我们感到了踏实。”

“卷土重来”这个词差点把她逗笑，下意识地，她只能将一切又类比为一场彼此作用着的化学反应。同时，像是有什么东西从四面八方向她发力，脚趾和小腿间肌肉的剧烈痉挛将她撂倒在了跑道上。她控制不了自己的双腿，脸上定格为一个似笑非笑的僵硬表情，只是霎时间记忆起那一次酒后跌倒在浴缸中的滋味。彻底的、无能为力的绝望与污秽凄苦，就像一整块悲伤的笑料。

女孩快速蹲下，将她的双脚抱起，拉直膝盖，双手握住脚尖用力向上牵引。不过十几秒的时间，她却像是经历了一场突如其来的暴击。夜风轻柔而冰冷，一如水与火的交融。女孩扶她坐起，用一只腿撑在她的背部，双臂将她的肩膀圈在怀里，同时帮她把散乱的头发捋到耳后。她知道自己现在一定狼狈极了，软弱地闭上眼睛，既感到了空前的委屈，也感到了被温柔地对待。一种久违了的、热切的盼望，涌上了她的嘴唇。

“不要跑了，先慢慢活动一下。”

后来，女孩扶她站了起来，叮嘱一句后，便矫健地跑着离开了。

望着女孩的背影，她意识到自己永远也没法像一个女孩子那样跑得又快又好看了。她无力地站在跑道中央，如同被遗弃了一般。暗处那块刻有“道法自然”的石头，在夜色中昭示着东方的化学观，四下的草茎都被它压得喘不过气。她缓慢地沿着跑道走，两手将脖子上的围巾紧紧地拉严实。她觉得自己的嘴唇麻木而空茫，仿佛被夜风完全包裹着深吻。她又一次闭上了眼睛，期待那久违了的、热切的盼望再度降临。

转过一道弯，她远远地看到那对女孩都蹲坐在跑道边。穿裙子的女孩把头埋在两腿之间，而那个穿短裤的女孩，遥遥注视着她走来的方向。距离让目光无法交织，但是她知道，此刻，在这个世上，自己被人深切地凝视着。大家同在一个环形的跑道上，在一个开放却又相互关联的世界里。

在意识的深处，她怕女孩们还在那儿，更怕女孩们其实走了。垂头前行，当她再一次举目张望，她们已经不在了。一度，她认为自己走过了，于是回头张望，只有空寂的夜色在身后永无止境地弥漫。她来到了她们置身的地方，想要找到一丝她们存在过的证据。她看到了倒伏的草木，一枚尚未熄灭的烟头；但令她更为笃信的是，她还嗅到了糖浆味儿，感觉到了她们离开后残留着的、带有年轻体温的痛苦而热烈的气息。黑暗中，她依稀还看到了她们挺拔而嘹亮的大腿，以及世间一切隐秘而倔强的脆弱。

年轻，并且有两条腿。

这让她如同再一次得到了激励，有力气走回自己熟悉的生活。从山坡上眺望，她能看到自己也许下半生都要栖身于此的那栋楼。夜色悲楚，还开始起雾了，渐渐像一锅又厚又稠的浓汤。夜航的飞机飞过，航速都变得有些迟缓似的。远处，一座塔吊笔直的摇臂傲然自立于夜空，好似随时会将世界吊打一番。人在这世上被吊打的风险可能不少，但没有哮喘就是幸运的，不喝糖浆就是幸运的，能跑就是幸运的，年轻，并且有两条腿简直就是所向披靡的。她像是走在一个庞然的虚构里，唯一能够让她将自己与现实维系在一起的，是这样的一个决定：从明天起，她将以跑步来替代走路。她确信她做得到并且配享这份幸运。俨然是一场化学反应，她知道新的物质产生了，依据化学键理论，就是说，旧键已经断裂，新键已经生成。

偶回乡书

潘　灵*

1

老家发生地震的消息，是表弟打电话告诉我的，当时，我正陪着诗人何独在复兴路的一家小饭馆里喝酒。借酒浇愁，自古就是无聊文人爱干的事，何独也不例外。下午的时候，何独在微信里问我，能否陪他喝两杯。当时我正在写我的小说，卡在了节骨眼上，也正想找人排解内心的烦躁，就答应了。还是复兴路那家，我带酒？何独回微信，说当然，你知道我没酒。我于是就提上两瓶醉明月，赶复兴路那家好灶头小饭馆了。

我进到好灶头的时候，何独已经点好了菜，选了一个临窗的卡座等着我了。我见他眉头紧锁拉长脸的样子，就知道这家伙肯定遇上不开心的事。我瞥了他一眼，一边把脱下的外套往椅背上放一边说，怎么？又掰啦？

在我的印象里，何独就是爱情这江湖里的一个多情浪子，半生都走在恋爱和失恋这条路上，从未偏离这样的轨迹。

掰？跟谁掰？老子早清心寡欲了。他眼睛翻了一下，给了我个白眼仁，看

---

* 潘灵，男，布依族，1966年生于云南昭通。中国作家协会会员，现任云南省作家协会副主席，《边疆文学》杂志社社长兼总编辑。享受国务院特殊津贴专家，中宣部全国文化名家暨“四个一批”人才，云南省委联系专家。曾获第十届全国少数民族文学创作骏马奖、《小说选刊》奖、《民族文学》年度奖等。

着窗外，脸上一筹莫展。

有屁就放，给我玩深沉？我也翻了一下白眼仁。

唉，何独正了正身子，一脸严肃，目光像一个要钓起重要答案的钩子似的望着我说，有个故乡就那么重要吗？就他妈了不起吗？

我被他问得一头雾水，将打开的醉明月酒往他钢化玻璃杯里倒满，又给自己倒了一杯后说，什么鸟问题？是人都有故乡。有何了不起？

可他们说我没有。

他的话听上去可怜巴巴，甚至带了点哭腔。

我心里骂了一句，什么鸟诗人，情感毫无出处。一个年过半百的中年男人，瞬间竟像个三岁孩儿。就在我正欲取笑他的时候，我竟然发现他沧桑的脸上，有了泪珠。

他竟然……竟然真的可耻地哭了，这让我大感意外。

我于是打消了取笑他的念头，一本正经地说，何独，到底发生了什么事，告诉我。

何独说他下午开了一个诗歌与乡愁的讨论会。在这个会上，他被众诗人取笑了，诗人们说他没有资格参加这会，因为他没有故乡。何独是本市人，打小就生活在一条叫青云街的小巷子里。

何独认为青云街就是自己的故乡。但话才出口就被众诗人否定了。说青云街怎么能算乡，就算是，你也依然没有故乡，青云街拆了好几年了，现在都成了高档住宅社区，连名字都改成盛世豪庭了。

大家于是就起哄，这一起哄，何独自己也认为自己没有了故乡。没有故乡的人，还要在此谈什么诗歌与乡愁？这样一想，就觉得自己真的不合适待在这会场里了。他选了一个大家讨论得热火朝天的时段，灰溜溜地悄悄退场了。

退场的他，心里挫败惨了。

知道了事情的原委，我有些哭笑不得，端起酒杯冲一脸泪水的何独说，为这也生气？干吧。

他不端酒杯，而是目光凶狠地盯着酒杯，显然是对我轻描淡写的话不满。你们小说家懂个屁，肤浅！成天就只知道编故事。你知道那帮孙子诗人想干什么？他们想挑战我的权威，想把我说得一无是处。

我实在忍不住，笑了说，嘿，哪有那么严重。诗歌，在这个城市里，你从来都是头牌，撼不动的，喝酒，喝酒。

他端起了酒杯，一副暴怒的样子，目光如炬地瞪着我，你也取笑我？连你也取笑我？

看着面前这个情绪近乎失控的家伙，我正欲说你误会了我时，何独却重重地把酒杯摔在了地上。杯子炸裂的声音，惊得整个小饭馆里的人都朝我们这里看。

何独，过分了！

我的语气里充满了警告。

过分？我过分？他们才过分！他们说我没故乡，说我没有故乡的写作，是无根的写作，哪个过分？唉！

他冲我大喊大叫。

邻座一个漂亮的女孩，低声对正在看菜单的男友说，是个疯子，还是换家饭馆吧。

我想，该换饭馆的应该是我们，就起身说，何独，走吧。我拿上外套，强行把他拉出了小饭馆。

刚出饭馆，手机就响了。

我接完表弟的电话，对站在一旁还没消气的何独摊了摊手说，何独，你太厉害了，你这一生气，我老家就地震了。

地震？何独的身子怔了一下说，严重不？亲人没事吧？

没伤人，是小震，但表弟说我家的山墙倒了。

一听说地震，何独不好意思再生气，我们俩像调换了角色似的，他安慰我说，别急，墙震倒了，可以修，没伤人就万幸了。

我说，我急啥，小震嘛，我从小就生活在地震断裂带上，习惯了。

墙都震倒了，还小震？你可得赶紧回老家去。何独焦急地说。

我淡然说，是打算回去，那房是土坯的，脑袋跟一个行将就木的老人似的，我正寻思着跟我弟弟商量一下，从此拆了它。

拆？何独愕然，他摆摆手说，不能拆，要把它修复。

何独还强调说，必须修旧如旧。

我笑道，几间破土屋，你以为是你采风见过的那些百年老宅子呀？何独，我实话跟你说吧，要不是我那乡下表弟阻挠，我早就把它拆了，我老家镇政府的领导都催过我数十遍了。说那几间老屋不仅有碍观瞻，而且严重影响了他们的政绩。

何独说，你表弟比你有文化。

我说，这与文化没半毛钱的关系。

有！何独加重了语气，意在提醒，说你千万别干傻事，你要真拆了，你就跟我一样，没故乡了！

2

我下决心回老家去，不是因为我表弟的那个电话，而是在跟何独告别后，我接到的另一个电话。

电话是香港的郑治远郑老先生打来的。

郑老先生与我是同乡。我知道他是我同乡，是前几年的事。前几年，我的一本小说在香港出版，出版方邀请我去签售，签售会上来了个老先生，见了我就激动得像父亲见了失散多年的儿子，老泪纵横地把我紧紧抱住。他声音颤抖地说，我的小乡党呀，今天老朽终于见到你了！我不太习惯这突如其来又过于炽烈的热情，就说，先生也是乌蒙山人？要买书吗？老先生把头点得像鸡啄米，买买买，我全买了！我笑了，摆摆手说不行，你要全买了，我拿啥签给别人？

老先生想想，说此话有理，我书就不买了，老眼昏花，瞎子翻书，装模作样，看不清个所以然，我请你吃饭，镛记酒家，飞天烧鹅。小乡党，要赏脸哦。

我还就这样真的去了镛记酒家，轻易地就接受了一个刚认识的陌生人的邀请。后来想起来，我知道这都是乡情使然。这举止唐突的老者，豪爽的性格太像我们乌蒙山人，当然，名声在外的镛记酒家，这家香港著名的老饭店，特别是那只听说过没尝过的飞天烧鹅，已诱惑了我这个吃货。

因为故乡，两个原本陌生的人在一张餐桌上迅速变成了忘年交似的老朋友。吃着带有陈皮香味的烧鹅肉，我内心开始对那个喋喋不休刨根究底的香港报社的专访记者生出了好感。不是他，郑老先生就不会从报纸上读到我是他的同乡的信息，我自然也就与这顿美味佳肴失之交臂了。

郑老先生并没有因为我那难看的吃相心生不快，而是笑吟吟地看着我大快朵颐。他说他二十世纪四十年代跟父亲来香港，第一次吃这烧鹅也这样。当后来我知道郑先生来香港时才五岁，我就不由自主地脸红了，毕竟郑老先生请我吃烧鹅的时候，我已经年过五十了。

一个五岁就离开故乡的孩子，对故乡并没有多少清晰的记忆，他记忆中最清晰的就是故居郑家大院右厢房旁边那棵宝珠梨树。春天，那梨花比雪还白，夏天那梨比冰糖还甜，他这样对我说的时候，还不禁咽了一下口水。

我说郑家大院改成了一所村办小学了，我当年就在那院子里读的小学，打小就知道那大院是郑财主家的，新中国成立后充了公，最早是村里的保管室，后来让给了学校，那棵梨树，确实就像郑老先生说的那样花白果甜。

郑老先生对我说，我的小乡党呀，你说这人怪不怪，我现在有半山别墅，有海景洋房，它们比那大院子漂亮了无数倍，但当我年事已高，每晚来入梦的，却都是我郑家那藏在乌蒙山的郑家院子，在我梦里，那一树的梨花开得就像幼稚园里玩耍的孩童，热闹又喧嚣。

作为一个写作者，基本的共情能力我自是具备的。我能理解郑老先生的心情。我们于是就谈论起那个郑家大院，郑老先生说，他前些年偶尔也回去过，还以捐资助学的名义捐资修缮了院子。他说他老了，现在不能长途奔波，我就安慰他说，院子现在毕竟还在，又能为桑梓的教育做贡献，已经是两全其美啦。

临别前，郑老先生忽然向我提了个要求，说今后如果我回老家，一定要替他去院子里走走看看。我笑了笑说，我的走走看看，代替不了您的。郑老先生以为我不愿意为他尽这个义务，就说，小乡党呀，不会白看的，我今后给你邮寄你爱吃的飞天烧鹅。

说来也奇怪，我从香港签售回来，就把自己当成了一个接受使命的使者，回了老家，在郑家大院里来来回回仔细地看。郑家大院，虽不是什么雕梁画栋的豪华宅子，但红砖黛瓦、青石小径，依旧有一种沉稳安详的美。主人建造它时也很用心，前庭后园，都经过精心设计，只是常年风雨侵蚀，又疏于打理，显得有些破败和荒芜。特别是成为学校后，那些粉墙被顽童涂鸦，看上去就像个蓬头垢面的老者了。我吩咐给我家老土屋看家的表弟，要他也常来走走看看，有啥问题，就告诉郑老先生。我离开时，没忘记将郑老先生的联系方式给表弟。后来表弟轻易就取代了我，把自己变成了郑老先生的使者。郑老先生自从跟表弟联络上后，就很少跟我联系，只是逢年过节的日子照常给我寄飞天烧鹅。

如果不是地震，郑老先生是不会打电话给我的。我接电话的时候，有些意外，长期疏于联系，都不知如何寒暄才好。但郑老先生不像我，他省去了寒暄这个序曲，直奔主题。

听富贵说老家地震了。

郑老先生说的富贵是我表弟。

我说是，我也是听富贵说的。

听说你家的老屋震倒了。电话里能听出郑老先生关切的语气。

没全倒，我解释说，垮了一面山墙。

富贵说我家院子的老屋也伤得不轻。郑老先生把话题引向他的祖屋郑家院子。

我哦了一声，说是吗？

我承认我忽略了郑老先生焦虑的心情，他对我的心不在焉有些不满，所以在电话里加重了语气。

富贵说瓦片掉了一地！

听他语气急促，知道他的着急。我于是安慰他，说震级就四点五级，小震而已，你郑家大院是砖木结构，不会有大问题，地震掉落几块瓦片，在老家是常有的事。

我的安慰显然起了作用，郑老先生语气不再急促，他缓和了一下语气说，听富贵说你要回老家去。

我犹豫了一下说，还没完全决定。

听我这么一说，孙老先生的语气又急促起来，还没？不行，你得下定决心回去！

这近乎命令的口气让我有些不快，说为什么呀？

郑老先生显然没感受到我的不快，接着又说，回去，一定得回去！我的老屋就交你处理了，修缮费多少，我都出。你要当自己的事办。

我心里嘀咕道，我啥时成了你郑老先生的义务使者了？

对郑老先生的指手画脚，我心有不悦，但一个年迈老者的急切，我也心生同情，就迟疑了一会儿，便应了下来。

我向朋友借了辆 SUV，驾车回老家去。出发之前，何独气喘吁吁送来五十条蚊帐，说是他一个开店的朋友，没卖出的存货，捐给我做救灾物资。何独说，大夏天的，山里的蚊叮虫咬是常事，兴许能救急，帮上点儿小忙。

我真诚地向何独的爱心表示了感谢，驾车奔老家而去。

3

其实回老家的路并不远，特别是近年高速公路已经由市里修到了县城，我借的 SUV 跑了不到三个小时就到了县城。到县城后我没急着往老家的山里赶，而是去见了我那在政府部门里当科长的弟弟。

弟弟见到我，表情漠然。他拿出两千元钱，说哥，我现在供着家孝念大学，手头不宽裕。家孝是弟弟的独子，在上海复旦读本科，是弟弟和弟媳的骄傲。弟弟把我当成了要修房钱的，这让我心生不快。我说，你什么意思呀？弟弟以为我嫌钱少，就说，哥，公务员一月就几千元死工资。我说，我不是这个意思。弟看见我愤怒的脸，摊摊手说，哥，那你究竟是什么意思，说嘛。

我说，来找你，是想跟你商量，我想拆了那老屋。

弟弟听我这么说，脸像春天的冰面，微微动了一下。他说，哥，你不是要保留它做故居的吗？

我说，我什么时候说过我要它做故居，名人的老屋才是故居。你哥虽是一个有点儿虚名的小文人，还是晓得自己几斤几两的，不会轻狂得连自己是谁都不知道。这话你千万别再说，传出去会被人笑话的。

弟弟哼了一声，说富贵不是善茬儿，拉大旗做虎皮，狐假虎威。我前不久下乡顺道回老家，有乡亲告诉我，富贵打我家老屋地基的主意，我还不信，现在知道是真的了。

我说，弟，你别这样想，大家老表弟兄的，他不过是想保住我们的老屋，把我抬高，拿此吓唬村镇领导罢了。人家有自己的宅基地。

弟弟一脸轻蔑，说我们的表弟富贵，他狐狸的尾巴，我早看出来了，他到处找人看我们老屋的风水，是想给他儿子结婚，寻个修房的好地基。

我笑了一下说，我知道富贵心眼多，但想给自己孩子找个结婚修新屋的好地基，也是情理之中的事，我们答应他又何妨，也算做个顺水人情。

弟弟说，哥，你有所不知，他儿子才十六岁，结婚还早着呢。

我哑然。

沉默了一会儿，我说，怎么办呢？

弟弟说，拆呀！因为这老屋，县领导都找我谈过好几回话了，说我一个国家干部不能学做钉子户。去年本来是组织考虑让我去一个局任局长的，有人就拿老屋说事，后来不就黄了？为这，你弟妹没少埋怨我，说人家的哥哥处处为弟弟着想，你哥可好，只想自己，身前事都想不过来，就开始想身后。

听了弟弟的话，我重重地在他肩头拍了一巴掌，大声说出了一个字——

拆！

弟弟猝不及防地笑了，他说，确实早就该拆了。

我点点头说，我们一起回去，把这事处理了。

听我约他回去，弟弟收敛了笑容，说人在政府，身不由己。

我马上知道了他的心思，他是不想得罪我们的表弟富贵。

我不再勉强，心里想，这得罪人的事，我来做好了。

我于是又驱车往老家赶。

从县城到老家，也就百余公里，但县级公路，车跑起来却费劲许多。我的SUV，在坑洼的路上剧烈颠簸，一路上，我都能见到贴了抗震救灾字样的载重卡车，这让我暗自思量，这地震不能只看震级，老家地方的赈灾，并不像想象的那么轻。越往山里走，行路越难，本就不够宽的县级公路上，间有落石横于路面，车得小心绕着走。百余公里路，我开了六个小时，才到了镇上。

镇子原本就潦草零乱，现在就更是一塌糊涂，到处都是东一地西一处的赈灾帐篷，到处都能见穿了迷彩服的武警，围着重型大卡搬些救灾物资。我停下车，打量着像一口正翻炒着豆子的铁锅似的镇子，问我身边一个不停地嗑着葵花子的女人，说灾情如何。女人吐出两瓣葵花子壳，说倒了些房，都是空心砖的，死了三个人。

女人打量了我一下，问我去哪里？我说我回老家，女人又问我的老家在哪个村，我说羊角村，她说好远的，还有三十里地，你不能去，有落石。地震倒的房没压死人，死的三个，都是被落石打的。

女人边说边指了指前面一家好再来旅馆，说那是她开的，平时五十元一间房，现在一百。非常时期，要我理解，并声明说她是涨价幅度最小的。

我摇头，说我必须得去。

她说，不要命了呀?

我说，我得去看看我的老屋。

她说，金屋子呀?

我说，土坯房。

她伸了一下舌头，说一个老土屋，竟然也能让你这么光鲜的男人牵肠挂肚?你怕是嫌我旅馆床贵，我跟你打八折如何?

不是价钱的事，我解释说，我真得走。

女人瘪了一下嘴，说你以为我惦记你口袋里的钱拉你生意?人家是看你人模人样的，丢了性命可惜。

我笑了一下，笑得有些尴尬，冲她说声谢谢，就上了车，掉转车头，绕过镇子，往老家羊角村赶。

去羊角村的路是村级公路，路面硬化得有些马虎，柏油铺得像猫盖屎。路上见不到车辆，连行人也少，偶尔有骑摩托的从我身旁掠过。山越来越深，路上的落石也越来越多，我的 SUV 像一只蜗牛，缓慢地在路上爬行。

从镇上出来，折腾了半个小时，车开出了数十里，终于不得不熄火停下来。公路中央有一个黝黑的巨石，像头威严的大象堵住了去路。下了车的我，下车围着巨石转了一圈。看着从路边斜坡上滑下来的石头在路面上砸出的深坑，我知道它的分量，没有十数个人是动摇不了它的。我有些后悔自己没听镇口那个女人的话。我蹲下身子，无能为力又无可奈何，索性从上衣口袋里摸出一支烟。

吸了半支烟后，我准备掉头，驱车回镇上。我想还是去那家好再来旅馆好了，大不了忍受那女人一顿数落，总比困在这前不着村后不着店的地方强。

其实，说此地前不着村后不着店，并不准确，路侧下数十米，就有一农家。这种单家独户人家，在我故乡是司空见惯的，因为很难找出一块几十户人家围在一起的平地，散户也就是自然而然了。我还看见被巨石堵的路旁边，一块绿油油的菜地，蔬菜长势喜人。

这时我听见路前方啪啪几声响，就站起身来，手上捏着燃了半截的烟，往路的前方看。我看见一农家少年，赶着一条牛，怡然自得地边走边甩动手上赶牛的长鞭。长鞭在空中划出优美的弧线，将空气击打得啪啪作响。如果不是地震影响我的心情，我会把这当成一幅赏心悦目的牧归图，嵌刻在我的记忆光盘上。

他走近我，拉住牵牛的鼻绳，样子像是我要抢他的牛似的。哎，我跟他打招呼，他看我一脸和善，也匆忙哎了一声。

我抽出一支烟，递过去，他给我摆手，说不会。给陌生人主动递烟，是我们山里人表示友好的规矩。我的行为让他顿时消除了对陌生人的提防心，他看着我跑得脏兮兮的车，又看着横亘在路上的巨石说，地震震落的。

我说，怎么没人把它搬走？

那么大的石头，咋搬得走？再说，有力气的人都进城打工去了。他解释说。

我叹了一口气，说，那今天是过不去了。

他说，你要去哪里？

我说，我要回老家。

老家？他有些好奇地看着我，你老家在哪里？你这样子像城里人。

你凭啥说我是城里人？我说，我脸上又没写。

他就咯咯笑了，露一口黄牙，指着我说，细皮嫩肉的，还骗我不是城里人。

我说，我老家是前面羊角村的。

羊角村？他扭转身，指着路的前方说，还有十几里地哩。

我点点头说，没错。几百公里我都走了，就难在这十几里地哩，我家老屋震坏了，真急人。

看我一脸犯愁的样子，他松开牛鼻绳，任牛慢悠悠地走。他现在不关心他的牛，开始关心我的车。他左看右看，前看后看之后，拉扯了一下我的衣角，指着那片长势蓬勃的菜地说，从这里兴许能过去。

我看了看菜地的地势，又看了看我的 SUV 的轮高，发现确实像少年说的那样，兴许能过去。

但我还是摇了摇头。

他看着我，以为我胆小。屋子震坏了是大事，知道你急，难道你不想试试吗？

我从他的话语中获得了鼓励和诱惑。

不是我不敢试，我端详着菜地说，这是人家的菜地。

少年说，这是我家的菜地，你放心过。

少年的好心让我感动不已。

他用鼓励的眼神看着我，说你过，我帮你看轮子。

我感激地点点头，开车门，上车坐定，启动油门。车子轰鸣着，从路边慢慢移向菜地。少年在我的前面一步一步倒退，眼盯着我的车轮，给我做着往前走的手势，样子像一个成年引路老手。

我甚至闻到了蔬菜被碾压后发出的菜腥味。我想，少年的心会不会也像这些蔬菜一样受伤。车在经过几次努力后终于成功地穿越菜地，重新回到正途上。我停下车，拉开车门，跳下后，激动地掏出一支烟，猛吸一口，又猛地吐出，我恨不得要大叫一声了。

我们老师说，做事要有一颗勇敢的心。

少年冲我竖着大拇指说。

他全然没顾去看被我车碾压坏的菜地。我抽出一支烟，递过去。他依旧像从前一样挥挥手，说不会。我说，不会也拿上。他犹豫了一下接过，把它卡在耳朵上。

我想他一定知道，这不是一支烟，而是一份谢意。少年一定是读懂了这份谢意，乐于助人又善解人意，这个穿着脏旧衣服蓬头垢面的少年，我把他当成了天使。

我的鼻孔里又有山风塞进了菜腥味，看着惨不忍睹的菜地，就又觉得自己不能这样心安理得离去。

我掏出钱夹，抽出一张面额五十元的人民币，递给少年。少年本能地伸了一下手，随即又被什么烫了一下似的缩了回去，他慌乱地向我摆手。

我将钱硬塞给了他。

我上了车，继续赶路，车开的时候我从后视镜看见，少年把我给他的香烟点上了。我从后视镜里看到他吐出一团烟雾，咳得东倒西歪的他还一直冲我的车屁股挥舞着手臂。

4

终于在天黑前赶到了故乡羊角村。

村里的人都挤到郑家大院去了。才进村时，我还以为是一个空村。黄昏时分的羊角村，不见炊烟，除了山风拂过核桃树和栗树的声音，就只剩下我的SVU马达的轰鸣声。

SUV的马达声唤出的是我的表弟，他从郑家大院的院门里探出身子时腋下还夹着一床脏兮兮的被子。我想来的就是你！他看着停了车打开车门的我大声说。

我看着一脸英明表情的表弟问，乡亲们呢?

表弟努努嘴，说都在后边的操场上。

我知道郑家大院后面的那块操场。当年小学校搬进来，就把后院原本是郑家的菜地平了，做了小学校的操场。我儿时最惦记和向往的，就是它。因为在它上面，立了两个木制的篮球架。

我说，地震不都过去了吗?

表弟说，县地震办通知说还有余震。

我边说边往郑家大院里走。

表弟见我急匆匆的样子就说，不去看看老屋吗?

我说，明天看。

表弟紧跑几步，与我并排走。又说，没吃晚饭吧？我说，没。表弟说，只好将就了，刚建的临时食堂，红豆酸菜汤泡饭。

我一出现在操场上，就被人围住了。大家都以为是上面派来的救灾干部，七嘴八舌地问我救灾物资啥时到，竟然没有一个人真正认出我是谁。

表弟见状，就提高嗓门说，他不是领导，是我表哥。

一听不是上面派来的领导，人们就散开了。几个年纪大的，盯着我看了一阵，点头说，是小林，当年出去时胡子都没长齐，现在都成老头了。

我就笑说，少小离家老大回嘛。好多人认不得我，我也认不得好多人了。我于是就掏口袋，发香烟，寒暄。老乡见老乡，热乎劲儿一下子就上来了。谈兴正浓时，表弟捅了捅我说，该吃饭了，过会儿就没得吃了。

我就跟表弟去临时食堂，说是食堂，其实就是从教室里搬出的桌椅，在操场西南角拼成的几张简易饭桌，角落里有一口大锅，上面熬煮着酸菜红豆，临时用红砖垒成的灶上，摆着一大锅饭。

表弟拿出一个大土碗，盛了大半碗米饭，用大勺舀了一大勺红豆酸菜汤浇上递给我。我伸手接过，正准备狼吞虎咽时，一群人陪着一个三十岁左右、穿戴整齐、外表干净清秀的年轻人向我这儿走过来。

地震把大作家招回来啦？他粗声粗气的嗓音与他的外表大相径庭，给人一种不和谐感。

你……是？我看着他，全然陌生。

表弟赶忙介绍，说这是我们的陈副镇长。

陈……镇长，我招呼说，一起吃饭。

饭在镇上吃过了，陈副镇长拿一个塑料圆凳往我对面一坐说，大作家，我也挺喜欢文学，大学读书时，我也经常读小说，特别是马克尔斯的，我特别喜欢，可以说是他忠实的铁粉。

马克尔斯？我赶忙检索记忆，发现脑子里没有一个叫马克尔斯的作家。

大作家不会不知道马克尔斯吧？看我一脸茫然，陈副镇长脸上浮过一阵轻蔑后用卖弄的语气说，他写的《孤独百年》，我读出了千年孤独的味道。

我哦了一声，终于明白他说的作家是马尔克斯，说的书是《百年孤独》。

不好意思，他谦逊道，都是大学时读的，现在在基层工作，忙得看书的时间都没了。话又说回来，中国作家的东西，不读也罢，没几个有思想的。

我心里想，从假谦逊到真狂妄，就一步之遥。我说，陈镇长，我们还是不谈文学的好，你喜欢魔幻，再谈就成荒诞了。

看来我是班门弄斧了，陈副镇长摘下眼镜，擦了擦说，实话说吧，我这次就是为你这大作家来的。

他把我说笑了，我说，镇长编故事呀？我是神不知鬼不觉进的村，镇长难道有超自然的能力？

你看，大作家就不一样，骂人都不带脏字，你真以为我哄你？我哪敢？是书记派我来的。

书记？我说，哪个书记？

镇党委唐书记啊，陈副镇长说，是你在县上工作的弟弟打电话告诉他的。听说你回来，忙着抗震救灾的书记，硬是挤出时间开了个临时党委会。会后又派我来亲自找你听取意见。

我叹了口气说，我何德何能？拆个老土屋，惊动了领导，不好意思，不好意思。

拆……站在一旁的表弟意外地说，老屋要拆？陈副镇长，我表哥赶了一天的路，一定是累糊涂了，老屋不是要拆，而是要修。

陈副镇长摆摆手说，拆，一定拆。我们大作家再累，脑子也比你清醒。

我扒了口饭，咽下，用抱歉的口气对表弟说。对不住了，来得匆忙，也没跟你商量，实话跟你说吧，我这次回来，就是来拆老屋的。

你对不住的不是我，表弟瞄一眼我说，你对不住的是舅舅。

表弟说的舅舅，是我过世的父亲。我没想到情急之下的表弟，会端出我父亲来压我，这让我心生不快。就算这房子是你舅舅的，我瞪他一眼，用提醒的语气说，我是你舅舅的儿子，有权处理他的遗产。

表弟听我这么说，竟然火气上头来了，他憋着一张大红脸说，这老土屋碍你啥了？伤你面子了？还是丢你的人了？你为何一意孤行要拆它？你留着它，你后辈儿孙就有个老家，他们就知道他们的来处。我晓得你成名人了，名人再有名，也得有老家，你知道你拆的是什么吗？是故居！

错了！陈副镇长挥手打断表弟的话，斩钉截铁地说，我们大作家拆的不是故居，那老土屋不过是我们大作家在童年时住过一段时间的老房子。我们经过多方考证，也找过村里上年纪的老者，确定这才是我们大作家真正的故居！

陈副镇长边说边指着眼前的郑家大院画了个半圆弧。

我愕然，继而瞠目结舌。我站起身，抹了抹嘴，独自离开。心里竟然有了委屈和愤怒。晚风拂过，我感觉到了它的硬和冷。

在陈副镇长一副讨好我的表情里，我看到的却是十足的傲慢。

身后，传来表弟的声音。陈副镇长，这个院子姓郑，不姓林。

你懂个屁！这是陈副镇长的声音。

5

月黑风高，我跟一大群乡亲在操场上露天睡觉，我难以入眠，睁着眼看着满天的繁星。那些忽明忽暗闪烁的星群，像绽放和凋谢交替的花朵，更像一些说不清道不明的心事，它们出现、消逝，它们消逝继而又出现。

表弟睡在我的旁边，我知道他在假眠，他偶尔发出一阵夸张的鼾声，刻意而做作。我唤了他几声，他的鼾声更大，我终于明白了那句话，你永远唤不醒一个装睡的人。

但蚊子能。那些恣意在我们裸露的脑袋之上嗡嗡作响的蚊子，总是冷不丁就在我们的颈上额上扎上一口。我已经被这种偷袭严重骚扰，内心甚至产生了烦躁。偶尔偏头看一眼纹丝不动的表弟，不明白为何他百毒不侵，连蚊子也奈何他不得。我越不明白，心里就越佩服。我甚至想，是不是蚊子也懂亲疏，只跟陌生人作对？但我的想入非非马上让我扑哧一笑。我听见了啪的一声，随即就是一句骂。

死蚊子！

死蚊子咋会咬人，咬人的都是活的，我揶揄说，你醒了呀？你睡得才像死蚊子，怎么都叫不醒。

你不好好睡觉叫我做甚？表弟说。难道你反悔了，不想拆老屋啦？

正是。我说。

表弟一激灵就从地上弹起来，他说，你终于不犯迷糊啦。你知道镇上打你啥主意？人家看出你那老屋风水好，在文脉上，早就准备把小学校建在那儿啦。

我说，那为何要等到今天？

没钱呗，表弟说，这一震，钱不就来了。

什么意思？我有点儿发蒙。

谁敢让学生在危房里念书？表弟说。

这郑家大院是砖木结构，这点儿地震咋就成危房了？我说。

危不危，又不是你我说了算，表弟说，还不是领导一句话，领导认定它是危房，就能借此向县里甚至市里要钱重新建学校，晓得不？你以为你真是了不起的人物呀，你前脚到，人家一个副镇长后脚就跟来了，看把你美的！

我笑了，说我知道自己几斤几两。我还说，如果我老屋那地方修学校，真能多培养出几个有志向的娃，我就……

你不会又想再改主意吧？表弟看着躺倒的我说。

想。我说。

神经病！表弟骂了一句，随即给后脑勺一巴掌。

我起身，坐在地铺上说，你骂谁神经病？

表弟没好气地说，我骂那些咬人的蚊子。

我说我带来了几十条蚊帐，放在后备厢里。我吩咐表弟，让他明天发给乡亲们。

表弟摆摆手说，要发你找村主任去发，你那可是救灾物资。凡救灾物资都归村委会统一调拨。

我说，睡吧，明天我找村主任去。

第二天一大早，我还没来得及去找村主任，村主任就找我来了。跟在他后面的，还有那看上去一脸斯文相的陈副镇长。我当时正蹲在一个简易的塑料盆前洗漱。村主任见一额头都是小山丘一样肿包的我，就掏出一小盒清凉油，拧开，用右手大拇指挖了一下就往我脑门上抹，还说，我们羊角村，有三恶，一是婆娘恶，二是母狗恶，三是母蚊子恶。大作家，看来不仅女粉丝喜欢你，连母蚊子也喜欢你。

我不太习惯村主任的亲热，更不习惯他粗俗的玩笑。我说我带来了几十条蚊帐，就在我车的后备厢里。村主任就击掌，说这是雪中送炭。我掏出车钥匙，让他派人去搬蚊帐。村主任接过钥匙，往我表弟手上一塞，说，富贵，都搬村委会去，等下午我来亲自发放给大家。今早，我和陈副镇长陪大作家去看看老房子。

一路上，陈副镇长显得很谦恭，对我都是溢美之词。他说我不仅才华了得，而且高风亮节。被人戴高帽子的感觉，并不都爽，我现在就觉得芒刺在背，我说，老屋拆了建学校，我没意见，但硬生生地让我多出个所谓故居来，我是不会同意的。

陈副镇长说，你为何不同意？怎么能说是硬生生地呢？林大作家，实话跟你说，我们也是充分调查研究过的，那确实是你的故居。

我苦笑了一下说，即使我同意，人家郑家后人也不会同意。香港的郑治远先生，在我回乡之前还给我打过电话，对郑家大院在地震中的处境充满关切。

嗯，陈副镇长哼了一声，说这郑家大院自从新中国成立后，就不姓郑了。

我哑然，说那姓啥？

姓公！陈副镇长挥了一下手说，新中国成立后我们政府没收了郑家大院，把它做了村公所，后来村公所搬出去，它成了村上的保管室，现在郑家大院是村上的公有财产，我们完全有处置权。

陈副镇长此时的语气显露出了领导人的霸气。

也许我的目光让他的态度从高亢重回了温婉。当然，他摘下眼镜，哈一口热气，掏出一张餐巾纸，边擦边说，考虑到郑老先生是爱国同胞，对故乡有感情，镇上本着人性化考虑，还是把在郑家大院设立你故居的想法，向他做了通报。

他现在用和缓的语气说的话，在我听来，比之前冲动的话语还要粗暴。我想他不仅冒犯了郑治远先生，也冒犯了我。我心里嘀咕道，这世上有这样明目张胆张冠李戴的吗？我想，郑老先生会被气个半死的。

我说，你们不应该这样，郑老先生年事已高，就不怕气死他？

嘿，陈副镇长笑了一下，把擦干净的眼镜重新戴上，说郑老先生觉悟高，他愉快地答应了，在电话里一个劲儿地称，说我们这个创意好，他还说如果镇上在打造你的故居上有经济困难，愿意给予支持。

听陈副镇长这么说，我不想让他和村主任陪我去看我的老土屋了。我对他说，陈镇长，我真的改主意了，那老房子我不拆了，我要的故居，是它，不是郑家大院。

我转过身，扬长而去。

6

我径直去了我小学班主任凡老师家。

凡老师是我的班主任，也是我的语文老师。他是当年我们村小请的民办教师。从二十世纪七十年代，一直任教到九十年代。后来民转公因超龄没办成，就回家务农了。我后来能成一个作家，是拜他所教。他在我小学三年级时，送给我一本叫《童年》的小说。我熟读了这本小说，按今天时髦的说法，正是阅读这本书，我心里有了今后做一个写作者的初心。

我推开凡老师家的柴门，见他怡然自得地躺在竹躺椅上晒太阳。在清晨温暖而明丽的阳光下，凡老师苍老而慵懒的样子像极了一个超然世外的智者，就像地震没发生过一样，让我心中浮现出一个词语，第一次没有再讨厌它。

岁月静好。

我的到来破坏了这份静好。见我来，凡老师有些意外地站起身来，说你是回来救灾的吗？

我没有正面回答，而是责备他为啥不去郑家大院避震。他笑了说，金窝银窝，岂能比自己的狗窝。在这儿死了，是寿终正寝，要死在外边，还不成孤魂野鬼。

我听了就笑，说我就是孤魂野鬼。

错也！凡老师说，你现在不仅有故乡，还是有故居的人。镇上要把郑家大院打造成你的故居，就没领导给你通气？

我尴尬地笑了一下说，这你也信？再说，这张冠李戴的事你老人家的学生会做？

非也！凡老师摆了摆手说，这怎么会是张冠李戴呢？我看你那副书生脾气，人到中年都还没改掉。

我抢白说，你喜欢教训人的脾气不也没改掉？

我今天还真就想教训你！凡老师边说边招呼凡师母给我泡茶。

我上前，重新把他扶回竹躺椅上，顺手抓过一个小板凳，坐在他身边说，请教训吧。

他笑了，张一口没牙的嘴，天真得像个孩子。他说，喝茶喝茶。

我说不渴。

你不要敬茶不吃吃罚茶，他说，别以为自己成了名家，就任性了。凡事都不要武断，郑家大院，怎么就不可以是你的故居？人家镇上，是要花功夫打造咱羊角村，这是美丽乡村的一部分，你有责任也有义务支持，这毕竟是你的桑梓地。人家打造你的故居，是想让村子多一丝文气，让外人看这里不仅山清水秀，还人杰地灵。

我打断凡老师的话，说老师，能帮故乡做点儿事，我自是乐意，但不能指鹿为马，违背事实。那是郑家大院，它从来也没姓过林。我要同意了这事，今后传出去，岂不要被世人笑话？再说了，故居这词听上去怪别扭的，在我的印象里，只有逝者从前的居所才叫故居。人还活着，一般都叫旧居。

凡老师听了我的话，就笑了。他说，原来你是有忌讳，那我给镇领导建议，在你生前，就叫旧居。

听凡老师这一说，我只有苦笑了。看我这样子，凡老师嗔道，你笑的样子，比哭还难看。

我耸了一下肩，说老师，你误会了，我是说，那郑家大院，是姓郑的，不是我姓林的老屋。

凡老师一听这话，有些不高兴了。他说，作家都能做，咋还这样死脑筋？郑家大院就该是郑家的？谁告诉你的？新中国成立后，郑家大院不姓郑了，它姓的是我们全村人所有的姓，当然也可以姓林。

这话从自己的恩师嘴里蹦出来，是完全出乎我的意料。我瞪大眼睛吃惊地看着凡老师，像看一个陌生人。不，更像看一个陌生的怪物。我知道，我得选择礼貌地离开了，否则，我和凡老师，彼此都会让对方不愉快。

我对凡老师说，我还是想去看一下我那震垮的老土屋。那面山墙上，有我当年写在上面的字。那些字，都是当年上小学时，我写错后被凡老师用红笔勾出来又在墙上重写的。

老师有权利和义务纠正学生的错误，这是共识。但如果老师犯了错，学生该怎么做？告别了凡老师，我走在乡间小路上，总觉得这是个现实难题。

我独自来到我的老屋前，它的破败和不堪，超出了我的想象。房顶上，杂草长得正欢，院子里，蒿草已高过了人头。我站在院子里，看着这老屋，就像面对一个风烛残年的老人。我有些打心里佩服我那表弟了，让他帮我们看老屋，他真的就只是“看”了。

山墙并没完全倒，只是震垮了一部分。墙体已斑驳，我从前在墙上写的那些字也难以辨认。没有人住的房子，腐朽得特别快。我惊奇地发现，瓦檐的木头上，长出了几朵粉色的蘑菇，刺眼得就像一个老贵妇苍老手上戴的珠宝。我皱着眉头想，让这样的房子立着，就像让一个年事已高的老人立正站着，是不人道的。我甚至觉得它连拆的价值都没有，直接放倒了事就好。

我转过身，走出柴门，心中竟然有了伤感。我感觉到自己将失去的不仅是老屋，还有故乡。我走在曾生养自己的土地上，物是人非，有一种陌生人般的孤独。

我又回到了郑家大院。在我的 SUV 旁，陈副镇长和村主任站在那里等我，他们似乎害怕我悄然而去。他们看见我，脸上都有欣喜的表情。从车边一地的烟头我知道，他们一定耐着性子等了我许久。

还是去看看你的老屋吧，大作家。

陈副镇长的语气里有央求。

我说去过了，要拆，你们就拆吧。

听说我又改了主意，陈副镇长如释重负。他击掌说，大作家就是深明大义，下面，我们还是谈谈打造故居的事。

谈什么谈？我摊摊手说，从今往后，我已经是没有故居的人了。

大作家，陈副镇长摆摆手说，这就是气话了。你说我们张冠李戴，那是冤枉我们了。我们虽然是基层政府，但做事为政就讲个实事求是。据我们多方调查，你就出生在郑家大院。

我出生在郑家大院？我愕然道，我怎么不知道？

你要不信，村主任插话说，你可以去问问那些年事已高的老人。

7

是夜，我被表弟领着，继续睡操场。

操场上依旧是那清一色敞胸露怀的大通铺。

通铺之上，蚊子依旧嗡嗡，像战场上空的轰炸机群。

我问表弟，我带来的那些蚊帐，为何还不分发给乡亲们？

表弟说，分不了。

我问为何分不了。

表弟说，羊角村百户，你倒好，带来五十条蚊帐，咋分？

就因为这没分？我说。

分了，村支书去分的，没分下去，现在全堆在村委会会议室。表弟解释说。

有五十条就分五十户，有这么难吗？我有些不解。

不难？你去分分试试？表弟白了我一眼说，白天村支书都气得差点儿岔了气。人家村民说，要分，得人人有份，不能厚此薄彼。还有更过分的，要求村支书将一条蚊帐剪两段，每家每户拿一段走。

我沉默了。我想我要在场，也会像村支书一样气得岔了气。表弟的这番话，比蚊叮虫咬让我难受百倍。

喂，表弟见我不说话，唤了我一声说，表哥，你也别生气，乡亲们的觉悟，不能跟你们文化人比。说实话，基层这些干部也挺难的，你看那陈副镇长，为你故居的事，嘴上都起了泡，涂了蓝药水。其实，那老土屋没法修缮了，郑家大院做你故居，更合适。

表弟也这么看，出乎我意料。我说，人家郑家人的房子，做我的所谓故居，合适？我知道他们基层领导的辛苦，但有些做法我不敢苟同。今天白天，陈副镇长和你们村主任，公然说我生在郑家大院，他们凭啥要撒这样的弥天大谎？

这不是谎，表弟说，我妈生前给我说过，你就生在郑家大院的门房里。妈还说，舅舅娶舅妈，外婆是不同意的，原因是舅妈家成分高，是富农。舅妈进了门，干啥外婆都看不上，成天数落她。外婆的态度让舅舅很生气，舅舅一生气就带着舅妈离家住进了村上的保管房，也就是郑家大院。舅舅是村保管房的保管员兼看门人。舅妈住进村保管房的门房前，也怀上了你，几个月后你就生在了此，而且还在那里住到半岁。因为你的出生，让外婆改变了态度，她亲自上门向舅妈求情，让舅妈住回去，因为外婆太疼你这个孙子。后来舅舅就在你出生半年后，将舅妈和你送回了老屋。也许是外婆和舅舅舅妈不愿再提及那之前的不愉快，就没给你讲。表哥，你说人家陈副镇长张冠李戴，冤枉了人家。

听了表弟一席话，我虽然对陈副镇长他们的做法不再心生反感，但要我接受郑家大院是我的故居，我知道自己是难以做到的。

我很清楚，明天陈副镇长还会找我。他还会使用各种手段，让我认下这所谓的故居，因为这是他的任务，他必须去履行、去完成。

我想，明天该是为难的一天。

就在我苦思冥想明天该怎么说，才能让陈副镇长理解我坚决拒绝郑家大院作为我故居的态度的时候，我接到了郑治远老先生发来的微信。郑治远老先生在微信中说，郑家大院能成为他的一个朋友、一个乡党、一个作家的故居，他感到荣幸，当然，这也是郑家大院的荣幸。

我知道这都是陈副镇长的功劳，他一定是做了郑老先生的工作。我看着这条微信，五味杂陈。我回了郑老先生一条微信。我说：郑家大院是你的故居，不是我的。我不要故居，我只要故乡。

第二天一早，我从大通铺上起来，悄悄一个人溜出了郑家大院，我头没梳、脸没洗、牙没刷，就上了我的 SUV。我启动了车子，在晨曦中悄然离开了故乡羊角村。

我的样子疲惫，像一个逃兵。我知道，逃跑是我唯一可以做的选择。

我在出村后不久遇到了一辆拉救灾物资的卡车。这辆对头车停了下来，鸣了两声喇叭，司机在驾驶室里用沙哑的声音问我，羊角村还有多远？

我告诉他不远，也就十来里路。

司机重新轰响油门，我大声问他，车上拉的物资里有没有蚊帐？

他想想，冲我摇摇头，说蚊帐？没有。

我有些失望，说要再有五十条蚊帐就好了。

司机有些蒙，说，啥意思呀？一轰油门，就与我擦身而过了。

再往前走，太阳就从山顶上冒出来，在太阳下，浓雾丝丝缕缕地消散开去。虽然才遭了地震，但故乡的景色依然看上去美不胜收。

又见那团黑黝黝的巨石，它依然定在路中央。两天过去了，怎么没有人搬了它？我停下去，看见过去那块绿油油的菜地上，全是粗暴的车辙。不同的是，菜地顶头处，多了一根用新砍的楠竹做的拦车杆。我心中有些内疚，是我率先糟蹋了这块菜地。我于是就想起那个放牛的少年，我是否利用了人家那份纯朴善良？

当我想着少年，少年就出现了。我看出来了，他跟我一样，连脸都没洗，眼角有眼屎，在早晨的阳光里，金光闪闪。

二十块钱一辆车。他冲我喊。

他边喊边走向那泛着翠绿楠竹做的临时拦车杆。

我掏钱包，发现没有零钱。我说，可以微信支付吗？

他说，现金。

我说，没零钱。

他从口袋里掏出一沓零钱说，百元大钞，我也找得开。

我边掏钱包边想，这真的是我来时遇到的那个少年吗？

我下了车，递给他一张百元钞。这时少年认出了我，他愣了一下，说声是你呀，随即就去掏口袋。他掏出了一包紫云香烟，抽出一支递给我说，烟有点儿撇，别嫌弃哦。

我接过烟，他自己又拿出一支，叼在嘴上，摸索口袋，掏出一个火机，要给我点烟。我摆摆手，自己掏火机点了烟。他见我不愿他代劳，就自顾自点了，深吸一口，吐出了一口浓烟，咳嗽起来。

我看着他，说你不是不会抽烟吗？

他止住咳嗽，对我嬉笑了说，学呗。

我说，收钱呗。

他摆摆手说，老朋友，免了。你教了我生财之道，就当学费吧。

他油腔滑调的样子，突然让我心生不快。我说，我可没教你，你还是收了这过路钱吧。

他看我坚决的样子，不再推辞，接过钱，熟练地找了我八十元零钞。

我重新驾车，穿过那片伤痕累累的菜地上路。

但少年的话却总萦绕在我耳际。

你教会了我生财之道。

是我教的吗？

难道不是吗？

我的心中，两种问话此起彼伏。

我的手机响了一下，是微信的铃声。我在一个路边再次停下车，掏出手机看微信。

微信是诗人何独的，他给我转账了八百元钱，附言说是刚收到的诗歌稿酬，给我修老屋做补贴。

我给他回了微信，说这钱我不收，我已经决定拆掉那老屋了。

回了何独微信，我决定继续赶路，但拉开车门后，又关上了它。

我站在路边，用手机拍了一张茫茫群山的照片，并把照片发了朋友圈，我在发朋友圈时还写了一句话。那是一个作家朋友写故乡的话——

山河表里，终是故乡！

地上的天空

钟求是*

朱一围病逝三个月后的一天，其妻子筱蓓给我打了电话。电话的中心意思，是让我帮忙解散掉家里的藏书。筱蓓说："吕默，我家房子本来不大，不能让书房一直做着老大。"筱蓓说："吕默，这些书是随着一围的，一围一走，它们早晚得散了。"筱蓓又说："晚散不如早散……我不图钱，要是能找到合适的去处，一围会高兴的。"

这是个有点突然的求助。我握着手机静了嘴巴，把事儿想了几秒钟，又想了几秒钟，才慢着声音应接下来。

我当然明白，筱蓓把此活儿交给我，不仅是因为我原先在市图书馆当过差，容易找到收留这些书的地方，更是因为一围朋友稀少，对这种事能够上心的也许只有我。

我依着记忆算了算，一围的藏书应该有四千余册，其中作家签名本约三四百本。这些藏书在一围手里很受宠，所以占着家里的一个大间，而上高中的儿子周末返家，只能在客厅里打地铺。儿子是个未来理工男，对文学书籍压

---

* 钟求是，男，1964年出生，毕业于中央民族大学经济系。现为《江南》杂志主编，浙江省作家协会副主席，一级作家。作品发表于《收获》《人民文学》《当代》《十月》等刊，出版长篇小说《零年代》《等待呼吸》，小说集《街上的耳朵》《两个人的电影》《谢雨的大学》《昆城记》《给我一个借口》等多部。曾获《小说月报》百花奖、《中篇小说月报》双年奖、《中篇小说选刊》优秀中篇小说奖、十月文学奖、浙江省优秀文学作品奖等。

根儿瞧不上眼，显然无意继承父亲的爱好。现在一围抽身而去，书本们在家中自然也失去了贵宾身份。毕竟对三四万元一平方米的房子来说，它们的存在有些喧宾夺主。

我左右琢磨一天，又打一天电话，把事情大体办妥了。四千多册书分成两拨儿，捐给两家区图书馆。之所以没有联络老东家，是因为我心里还存着一小块别扭，而且市图书馆撑着派头，态度容易怠慢。区图书馆就不一样，不仅可以上门取书，还颁证书发消息，其中一家更掏出诚意，准备专门立一个捐赠书柜。这就有点意思了，至少对一围是个远距离的安慰。

情况跟筱蓓一说，果然获得好几声谢谢。她表示这两天就把书收拾好，分成两组。我提醒说："那些签名书送图书馆不合适，别让他们拉走。"筱蓓说："你的意思是签名书另有价值？"我说："签名书价值可大可小，你收在家里价值就不小。"筱蓓说："吕默，一直等我老了，我可能也不会打开这些书，还是早点让别人去看吧。"我停顿一下，说："那好，我另外想想办法，反正不能亏待了这批书。"

话儿说出来顺嘴，真做起来却不易。若赠送给图书馆，有朱一围三个字在扉页上号着，这些书到底派不上用场。若放在网络书店上一本一本地卖，不仅费劲儿，也会惹得一围在那一头不高兴。当然了，我也想过由自己接管，存住朋友的遗物，但我毕竟不是文学先生，不读小说久矣，又因为在图书馆待过，反而少了藏书的兴致。更重要的是，我心底里还是尊重这批书的，觉得应该有更好的投奔之处。

这批书之所以有些重要，一是因为书的作者大多是国内或省内之知名作家，笔下的文字和故事上得了台面；二是因为一围为求签名很下功夫，费了不少心思和时间。在这个城市，有好几位收藏作家签名书的爱好者，一围是其中一位，而且是比较卖力的一位。早些年，他采用写信恳求的方式，寄书向作家索要签名。这几年，作家的作品分享会、文学对话会多了，他就携着作家的一本或几本书跑去蹭会，在会后凑到作家跟前，一脸真诚地打开书页并报出自己名字。

有时获得一个著名作家的签字，他会兴奋得像洗了个澡，一身痛快地拍照下来发给我看。有一次一围在微信里夸口说，自己已拿下近百位作家，按这样的节奏往前走，不出十年就能搞定中国所有的重要作家。十年不算一个很奢侈的数字，但对一围而言终于成了一个遥远的虚词。大约一年前，他一头撞上一种叫下咽癌的东西，先是在喉咙部位割开一个小洞，然后一日日地与这个小洞做着斗争。在那段时间，他失去了声音和精力，但床头一直放着一本名为《第七天》的小说。小说讲的是一个人死后进入另一个世界的故事，扉页上有作者的签名。有一天我去看他，他在白纸上写下一行字：我准备好了，去另一个世界。

往前一些年，一围有着温润的声音和满格的精力。那时他在邮政局上班，我还在图书馆做事，有一天晚上，两个人因为一位共同的朋友在一百米高的酒桌上相遇。共同的朋友刚刚炒股赚了一笔钱，想分散一下大好的心情。为了表示股票走高，他特意订了一幢三十层大楼顶部的餐厅，又为了忆旧论今，他记起了一些久未联络的朋友。那天一大桌人，场面热闹纠缠。我和一围凑巧坐在一起，两个人在热闹中都显着安静。我酒量比较薄，喝了三两白酒便脑袋起热，耳朵受不了嘈杂。我起身出去抽根烟，找到了大厅旁边的一个小阳台。过了片刻，一围也来了。他不抽烟，是想躲一会儿清静。既然是躲清静，我们俩就没有多说话，只是靠在栏杆上，默默看着远处明明淡淡的灯光。

后来饭局收尾时，我和一围先站起身，一块儿坐电梯下楼。一围积极打了车，顺道把我捎回了家。

本来那次聚会只是蜻蜓点水似的交集，但大约是因为我的图书馆职员身份，一围第二天便联络了我。一围说自己在邮局工作，却不喜欢收集邮票，倒喜欢收集文学签名书。我说，你干这事儿我其实给不了什么帮助。一围说，我不需要帮助，我只是想让你知道我也在跟书打交道。我问他，为什么玩这个，是因为喜欢读小说诗歌吗？一围嘿嘿地笑，说自己也看不了几本书，只是日子太平淡了，总得找些有趣的事。他说话的口气不让人讨嫌，我接受了他的靠近。如此开了头，一年跟着一年下来，我竟成为一围为数不多的好友之一。

我是在第三天才想到一个不错的主意的。城市之大，免不了市民重名，我想尝试找一位（或者两位三位）名字也叫朱一围的人。这些书在其他人眼里没价值，但到了姓名为朱一围的人手里，岂不身价大增。若新的朱一围喜好或敬重文学，那更是书之善缘。

我在脑子里编好寻人赠书的一段话，再变成手机上的文字，从微信朋友圈发出去。大约这种事比较好玩，不多时间，便引来一大群人的点赞。有人留言：纸书存之，可添雅气。又有人留言：我百度了一下，没见到朱一围的名字。也有人表示：此等趣事，我已转发。

尽管这样，我对找人之事并无过多的期待。毕竟不是刑事追人什么的，朋友圈热闹半小时便过去了，再则朱一围的名字相当稀罕，这个城市很难说有第二人的存在。

过了两日，有人在我手机里要求添加朋友，并提示与寻人赠书有关。我点了接受，对方是一位号称"衣艺者"的女士。我送一个"握手"图标给对方，问：你是哪一位？我认识你吗？对方写：你不认识我，但我知道你叫吕默，我帮你找到了一位朱一围。我吃了一惊，写：还真有人也叫朱一围？线索靠谱吗？对方：不是线索是实物，他是我男友。我给出一个疑问的"微笑"：那他为什么不亲自现身？对方：我想把书拿到手，送他一个意外惊喜。我：那我怎么相信确有其人？先给身份证让我一看。对方：人民币比身份证更可靠，我是准备用钱买书的。我：用钱买书？你知道有多少本书吗？对方：我知道你那位朱一围留下不少签名书，我全买下。我又吃一惊，之前发出的寻人文字比较简单，没说一围的病逝，也没说书的数量，看来这位"衣艺者"有备而来呀。不过真用钱买书，倒说明对方对这批书确是看重的。我问：这位女士，我想知道你的实名。对方：陈宛。我：好吧陈女士，你有什么具体打算？对方：我想早点看到这批书，然后给出价格。我答应了：那我说个时间，明天晚上吧。

第二天傍晚我在公司加一会儿班，又在食堂胡乱吃过一点东西，便出门去了一围家。筱蓓开了门，直接引我进入书房。房内的书已经基本清空，只剩下靠里的一墙书架还饱满着。我抽出几本翻到扉页，上面均有作家署名，署名之上则题“朱一围先生一阅”“朱一围先生正之”等俗语，也有一本亲昵些，写着“朱一围先生在阅读中进步”。可以想见，一围待在这间书房里，回味着与“一阅”“正之”“进步”这些词儿相关的签书场景，心里是多么受用。一围是个活络不足、古板有余的人，平常在场面上混酒交友的时候很少，与我酒桌结识实在是一个例外。但一围把书房的门一关，脸上大约是有亮色的，因为书架上聚着许多他结识过的人呢。

正这么走着神儿，外边响起敲门声。筱蓓走过去，很快将一位女客领进书房。这是一位三十多岁的标致女人，大约因为穿着有些轻软的绸衣，身形微胖而不显。她似乎有点紧张，一进来眼光找到我，才松了脸一笑。我说：“是陈宛陈女士吧？”女人说：“你叫我陈宛就好。”我一指筱蓓：“她是这儿的主人，书的事她说了算。”筱蓓说：“没关系的，您先看看合适否，这种事讲的是缘分。”女人点点头，眼睛慢慢扫一圈屋子，走到书架前直着脖子看。她抽出一本瞧了瞧放回去，又抽出一本瞧了瞧放回去，然后手伸到上格取下一本蓝皮书，目光停在了封面上。我凑近一步丢去一瞥，是小说《第七天》。女人说：“这一本好。”说着打开扉页细细地看，仿佛淘到了一见如故的藏品。我说：“不光这一本好，每一本都有点意思。”女人抬起眼睛，承认地点一下头。我说：“如果你愿意，现在就可以说个价。”女人说：“我还得先问一句，为什么要把这批书处理掉呢？”我看一眼筱蓓，筱蓓说：“我老公一走，这些书就用不上了，放着也是放着，还不如找个用得上的地方。”女人说：“为什么说还不如呢？剩下这一墙书架，也不算太占地方。”筱蓓说：“人走了，这一墙书架却像是一种提醒，我不喜欢这种感觉。”女人说：“像是一种提醒？提醒什么？”筱蓓微露不悦：“别走题好吗？我可不是为了钱，我本来就没打算让这些书变成一桩买卖。”筱蓓这么讲有些傻了，至少会露出心里的待价底细，对方分明在话中夹着试探呢。我打着掩护说：“是的，转让收藏品不是买卖，靠的是眼缘和心缘。”女人说：“好吧，切入正题。我提个数字，你们看合适否。”她默一下脸，伸出两根手指说：“二十万。”我暗吃一惊，同时瞧见筱蓓的眼睛使劲睁大了一下。这个数字远远超过期望，让人觉得是耳朵听错了。

书房似乎安静了片刻。我用手推推鼻子，一边生出一些警惕，说：“你开的这个价，含有别的附加条件吗？”女人摇摇头说：“没有。这么多签名书，值这个钱。”筱蓓说：“您这样说我挺欣慰。我能不能知道，您是做什么的？”女人淡笑着说：“别以为我很有钱，我是想让男友高兴。我相信我这么做，他会高兴的。”我说：“我也问一句，你男友喜欢文学吗？”女人拍拍手中的《第七天》，说：“喜欢的。他爱读小说，还向我推荐过这一本。”噢，若是这样，逻辑是成立的。我舒口气说：“那你这一次做对了！女人要拿住男人，不能光喂他好话，你得让他真正地心跳一回。”这句自作幽默的话有点勉强，但多少把气氛说松了。随后双方又来回讲些话，议定了付款方式和搬运时间。

在我的眼里，两个女人的脸上都渗出了满意。

日子的推移有时是不知不觉的。四五月间，我在公司里帮着打理一个非遗产品展示会，出策划书、做 VCR 什么的，嘴巴和手脚经常一起忙碌着。待弄完了松口气，天气已经转热。站在办公室窗口抽烟时往街上一瞧，路人们开始躲着阳光了。

这天午休小憩后，我习惯地划开手机，瞧见筱蓓一条微信：事情不明白，有空电话一下。我坐到办公桌前，打电话过去。筱蓓在手机里咿咿呀呀发着声音，讲了十多分钟。原来昨天晚上她跟住校的儿子进行每日例行电话时，儿子顺口丢了一句，说学校图书馆出现咱家的藏书。她问什么藏书，儿子说小说签名本呀，上面有老爸的名字。她有些纳闷，说你也开始读起小说啦？儿子说我眼睛哪里忙得过来呀，是班里一同学在看。她想一下，让儿子去拍张小说扉页照片。过一会儿，照片真的发过来了，情况属实。为此她琢磨一晚上再加一上午，脑子还是糊涂。

我一边听着一边也直眨眼睛。花一笔钱买签名旧书，一转身送了学校，这实在有些稀奇。不过让书籍到达图书馆，也算物尽其用，没什么不高兴的。我说："这种事儿是人家的权利，咱们不能说她做得不对。"筱蓓说："我没有说她做得不对，我只是感到奇怪。"我说："干什么事儿都有内在逻辑，只是咱们不知道而已。"筱蓓说："一围的书，我多少得知道一些吧？方便的时候你联络一下她呗。"

我静一静脑子，在手机微信里找到"衣艺者"，先打一声招呼，然后试探地问：那批书给男友后，他惊喜了吗？对方许久没有回复，过了半小时才跳出一句话：你这是产品售后调查吗？我写：毕竟是朋友的书，我得关心一下。对方：那你来一趟吧，我允许你见一面。我给一个微笑图标：我又没提出这个要求。对方：透过手机屏幕，我看到了你脸上的企图。我：那怎样才能找到你？对方：浣纱路北边，衣艺者。我：呀，你是衣店女老板。对方打出一个眯起单眼的调皮图标。

放下手机，我心绪似乎有点不稳定，坐了片刻终于按捺不住，就找个借口离开办公室去了街上。坐几站公交车又走一截路，到了浣纱路北段。两旁有一溜儿花花绿绿的商店，我东张西望一会儿，眼睛一亮见到了"衣艺者"三个字。这是一间门面不大的售衣店，推门进去，里边倒是清爽开阔，挂卖的衣服热闹而有秩序。一位年轻店员迎出来刚想说什么，我已绕过去往里走，因为我看到了坐在售台后面的陈宛。

我说："大隐隐于市，原来陈女士藏在了这里。"陈宛站起身一笑说："来得挺快。就不能叫陈宛吗？"我说："好吧陈宛，这个店开几年啦？生意不错吧？"陈宛说："三年了，生意马马虎虎。"我说："不能马马虎虎，马马虎虎怎么能掏钱买书再送出去呢?！"陈宛翘了眉毛给我一眼："知道这个啦？怪不得又是微信又是打上门来。"我说："我可不敢打上门来，我这是上门求教。"陈宛说："想打探为什么把那批书赠送给学校图书馆吧？"我点点头："我有点好奇。"陈宛说："我那位朱一围早年在那个学校上过学，放在那儿比放在家里好。就是这么简单！”我说：“那个中学是你男友朱一围的母校？真是巧了。”陈宛说：“巧什么？”我说：“我朋友朱一围的儿子也在那儿上着学。”陈宛“噢”了一声：“这不挺好吗？父亲的书最终到了儿子的学校，用报纸语言叫一段佳话。”我说：“可是，玩这样的佳话代价不小。”陈宛说：“我明白你的意思，我也不是把书全送去学校的。”她一摆头，引着我走到T恤挂墙前——其中几件T恤不同颜色，胸前均印着《第七天》的扉页签名，图案清晰别致。陈宛说：“我做了三百件文化衫，我可以赚些钱的。”我用手指推一推鼻子，说：“有点意思，到底是衣艺者。”陈宛说：“要是喜欢，可以送你一件，你自己挑个颜色。”我呵呵一声没有拒绝，左右看一看，选了一件浅蓝色的。衣服上的作家签名挺有力道，我用手摸了一下。

陈宛说：“看着这衣服，你心里的问号有没有去掉？”我说：“没有！三百件文化衫就是全卖掉，又能赚多少钱呢？”陈宛说：“看来你是个较真儿的人。朱一围有你这么个朋友也是幸运。”我说：“朱一围才是个较真儿的人。他已经不能溜达过来说话了，我是替他较真儿。”陈宛说：“好吧，为了去掉你心里的问号，我再请你喝个茶。”我说：“又是送衣服又是请喝茶，我是不是应该不好意思？”陈宛笑了说：“其实呀让你过来一趟，我就是想和你去茶室说些话的。”

年轻店员将T恤包好，我卷起来塞入携包。陈宛引领着我，出了店门右拐走一段路，进了一家外相低调的茶室。茶室厅堂不大，但看上去藏着安静。陈宛熟络地要下一个小包厢，点了绿茶和茶点。我说：“瞧这架势，要跟我长谈呀。”陈宛说：“不长谈，一小时内把事儿说明白。”我说：“一小时够长了，抵得上大半部电影。”陈宛说：“长话短说。我刚才撒了个谎，那个受书的中学其实不是朱一围的母校。”我说：“那为什么把书送去？”陈宛说：“因为他儿子在那儿上学。在儿子眼里，他是个没有能力不能出彩的人。他曾经说过要为儿子挣点儿面子……”我说：“等等！你是说你那位朱一围也有一个儿子在那儿上学？”陈宛说：“我说的就是你的朋友朱一围。”我端着杯子一笑：“嘿嘿，你把我说糊涂了。”陈宛说：“我的朱一围其实也是你的朱一围，两个人是同一个人。”我喉咙差一点被呛着，使劲伸一伸脖子吞下茶水，又咳出一口粗气。陈宛笑一笑说：“你别把惊讶动作弄得太夸张，我做的事里没有阴谋。”我说：“之前你一直在说，朱一围是你的男友。”陈宛说：“男友这个说法还真是不准确，可我找不到一个合适的词儿扣住我和他的关系。”

在接下来的时间里，陈宛轻着声音讲述了她和朱一围之间的故事。她清晰地记得，俩人的相识是在小说《第七天》的作品分享会上。那天她正在一家书店大厅里买流行服装的书，听到好几个人说着话儿往旁边活动室走。她好奇地过去瞧一眼，原来是一位著名作家与一位主持人对话，介绍一本三年前出版现在仍被讨论的书。她没见过这样的场面，就怂恿自己留下来听一会儿。周围的脑袋很多，把整个活动室挤满了，她只能在中间通道上站着。站了片刻，有人指挥通道里的人坐到地板上。她穿着白色裙子，又不是粗条随意的人，神情便有些犹豫。这时旁边椅子上的男人站起身让出座位，自己坐到了地板上。她不好意思地坐下，朝让座的男人送出一笑。分享会结束后，她受了诱惑，到文学书柜找《第七天》，这时又遇到了那位让座的男人，他刚好也来取此书。让座的男人告诉她，自己有八折优惠卡，可以替她付款。她认真地道了谢，因为省下的小钱里有人家的好意。随后她加上对方微信，将打折的书钱发去——此时她知道了对方名字叫朱一围。

到了晚上，朱一围在微信里打招呼，并把作家签名发来给她看。从此开始，两个人时不时进行文字聊天，她说些服装走势的事，他说些签名收藏的事。陈宛很快知道，朱一围是个实诚的人，朋友很少，但认对了人就会往深里走。此时陈宛离了婚正单着身，心里装着一堆郁闷，这也促进了双方交往。过了不久，两个人把对方视为可以讲心里话的人。又过了不久，两个人约在一起泡茶室、逛书店，偶尔还一块儿看一部电影。再往后的一些情节可按快进键，因为陈宛没有细说。她对此的表达是：两个人的朋友等级相当高，除了身体没有合并。

大约一年半前，陈宛想开一间服装店，“衣艺者”的店名都想好了，可左腾右挪仍缺一截资金。把情况说给朱一围，暗想也许能获援三五万的，不料几天后她的银行卡上颇有气势地长出二十万。她吃了一惊，又有些不安的感动。在她的印象里，朱一围花钱并不豪放，在家中也不打理财事，所以凑起这笔款子得花多少心思呀。这么一想，她觉得自己跟他更贴近了一步。又过了一些日子，有一次两个人一起喝茶，喝着喝着朱一围起了感叹，说咱们相遇太晚，这一辈子不能娶你，下一辈子你嫁给我吧。陈宛说行呀，下一辈子咱们早点儿遇上。朱一围说，这不是玩笑话，为这个念头我已经琢磨了好几天。陈宛便笑，说不就是来世嫁你吗？没问题的，你对我这么上心，我不能那么小气。

这样的话说过，陈宛仍然以为是玩笑。她不信佛不进教堂，从未想过瞧不见摸不着的来世之事，再说自己的年纪离终点线还差着几条街呢。不料过了两天与朱一围再见面，他从衣兜里取出一只信封，再从信封里取出两张相同内容的纸，纸上放着醒目一行字：下一世婚姻协议书。下面文字则简约清晰，写明了两个人下一世自愿结为夫妻，共同敬爱相处，不违背对方。陈宛问，这是什么意思？让我签名字吗？朱一围说，这是自由婚姻，你愿意了就签上，一式两份。陈宛说，下一辈子的我能由这一辈子的我来做决定？朱一围说，转了世你还是你，你的婚事当然由你做主。陈宛说，这协议签了你拿在手里真觉得有用？朱一围说，我相信哪个世界都有律条也都有规约，拿着这份协议我心里踏实。话说到这个份儿上，朱一围又拿着如此的认真劲儿，陈宛就不好拒推了。她嘻嘻一笑，又拍拍朱一围的手臂，在纸上写上自己的名字。完了她调皮地说，今天算是领结婚证的日子，你怎么不备些彩礼？至少也得送束鲜花递个戒指呀。朱一围说，我想过了，那二十万就折成一份彩礼，虽然有些少，但总归按着规矩走了步骤。陈宛说，你还真给彩礼呀？朱一围说，当然得给，不然把这份协议显轻了也显假了。

陈宛讲述的时候，没有理会我脸上的惊讶表情，因为这是她能预料到的。大约口渴的提醒，她缓一缓气，端起茶杯喝了两口水。我这时才想起自己应该讲些话，便说："一围是个二分之一认真二分之一古板的人，有时候不通世俗但不会迂腐，他真的认定下一辈子事情可以弄到纸上？"陈宛说："一围是个二分之一认真二分之一古板的人，所以在外边也不应该有一位我这样的女人，对吧？"我无法应答，就没有吭声。陈宛又说："在这几年里，一围多次跟我提到你，但他没有跟你提到我，这不是对朋友留一手。我的意思是说，一个人在最好的朋友跟前，也会有属于自己的秘密东西，譬如女人啦譬如对来世的看法啦。换一句话说，他对来世的看法是一种秘密态度，跟迂腐什么的没有关系。"

显然，陈宛是个细腻的女人，她的话并不浅淡。我沉默一会儿，说："也许你说得对，对别人包括对一围，我只是看到了能够看到的那一部分。现在我想看看另一部分可以吗？我是说那份协议。"陈宛有准备似的点点头，摁几下手机调出协议图片，递给我看。我细看一遍协议文字，又盯看一眼下面的签名。两个人的名字一个认真一个随意。

我将手机递还，问："签了这份东西，你有什么感觉？"陈宛说："开始没怎么在意，不就是一张纸吗？后来慢慢地生出异样的感觉。"我追问："什么异样的感觉？"陈宛说："你想呀，以前两个人喝茶逛店看电影，再靠近也还是朋友。有了这张协议垫着，待一起时我偶尔会恍惚，觉得自己像一位未婚妻。"我说："你喜欢这种感觉吗？"陈宛说："不喜欢。"我说："为什么？"陈宛沉吟一下说："我对一围有好感，但没有依靠感。"我说："你是说不爱他？"陈宛"嗯"了一声说："还不到那个程度，这也是我……没把身体交给他的原因。"我说："那你相信有来世吗？"陈宛说："以前呀真没注意这种事儿，眼下的日子还应付不过来，哪有心思去想很远的未来。但自打签了这张纸，心里像是多了一件事，时不时地会琢磨一下。不是说人的认识是有限的嘛，万一真有转世呢，万一灵魂长生呢。"我说："这么说你有了担心，担心那张协议以后真的会生效。"陈宛轻笑一声说："那会儿我想起手头还有一本小说《第七天》，以前没正经打开看呢。我读了一遍，好像没有读懂，就又读了一遍。读着读着我对自己说，不管人死后有没有来世，你得先把这事儿看作有。”

陈宛把自己的故事讲完，一个小时刚好过去。但我的沉默拖住了她，两个人仍坐在那里，似乎还有话要说。过了片刻，我问：“你把二十万元还回去，是想单方面撤出协议？”陈宛说：“也别这么说，这毕竟是我欠一围的债，他治病也花了不少钱。”我说：“如果一围还活着，你会把解除协议的想法说出来吗？”陈宛说：“不知道会不会马上说出来，我原以为将来的事还远着呢。可他走了，走得这么快。来世的事情他已经知道了真相，而我什么也不知道。”我说：“在这一个小时里，我接收到了你的不安，同时我也一直在琢磨，你把这个故事告诉我为的是什么。”陈宛说：“是的，我把你约过来是有目的的，你是一围最好的朋友，我想请您帮个忙。”我说：“讲讲看。”陈宛说：“那协议一式两份，另一份在一围手里。”我明白了：“你想把另一份协议也拿到手，然后一起撕掉。”陈宛吸一口气吐出来，说：“拜托你先探问一下，好让我心里有个数。那份协议现在变成了危险的东西，要是抖搂出来对谁都不好，吕哥你说对吗？”她第一次叫了我吕哥，在这个下午结束的时候。

是的，这是个让人吃惊的下午，一张协议书更改了我对一围的认识，至少是部分认识。在许多个日子里，一围除了收藏一些书，对生活基本没有想象力。他的工作是平淡的，坐在柜台里办理汇款取款，还有订阅杂志什么的。他的家庭是平静的，与筱蓓相处得不热也不冷，有点一起慢慢老去的样子。他还跟我说过，自己在家中不乐意担事儿，时间一久，排起序来便做不上一号人物。就是这么一位配角男人，却悄悄自己给自己做了一回主。

我无法揣测一围怎么保管自己那一份协议。也许已经撕了或烧了，反正他内心认定协议将在约定世界里生效。也许放在某个暗处，随着他的离去而彻底消失。但日子里哪有彻底的事，若是某一天筱蓓一不留神看到，心中会长出一个长久的痛点吗？

我可以肯定，陈宛所要的忙我是帮不上的。或许她也只是一说而已，并不真的指望我能取到那份协议。但此时我心里又探出好奇的手，想抓住一些未知的东西。我甚至负责地觉得，既然自己听到了这件事，就不能再做一个偷懒的局外人。

从茶室出来我没有回家，在街上闲逛一会儿又用过简单的晚餐，看看时间合适了，向筱蓓递一声招呼，随后打车去了她家。一围的书房已经变成卧室，无法再进去了，我只能坐在客厅沙发上，像一个派遣出去的打听者向女主人通报书籍的事。我告诉筱蓓，自己已见过陈宛，那批签名本确实赠给了学校图书馆，因为那中学也是另一位朱一围的母校，他想给自己添点面子。筱蓓随即做出一个判断："看来他们是有钱人。"我说："这个不知道。眼下这年头有钱没钱哪能一下子看出来。"筱蓓说："不然为什么要花这笔钱呢？"我说："那位陈宛在街上开了一家服装店，她把扉页签名图做到T恤上。这种文化衫现在挺流行，应该能赚钱的。"我从携包里取出那件T恤，铺在沙发上让筱蓓看。她摸了摸衣服胸前的图案，脸上出现解惑后的满意。她说："想不到签名还能在衣服上派到用处。"又说："那些书放在学校里挺好的，虽然是那位朱一围捐送，但儿子的同学都知道书的真正出处。"我说："一围知道了这样，心里也会高兴的——我说的是咱们的朱一围。"筱蓓思忖着说："他们毕竟花了一笔不小的钱，我心里好像过意不去，我得感谢一下。"我说："怎么个感谢？"筱蓓说："我想请他们吃个饭，你也一块儿去。"我摇摇头说："不用的，这只是一次花钱购书，你没必要跟他们交朋友的。"筱蓓说："我想见见那位朱一围，共用一个名字怎么也是缘分。"我心里摇晃一下，嘴里已形成一句谎言："他们俩是双城记，那位朱一围不在这个城市。"说完了觉出漏洞，赶紧又补一句："陈宛告诉我，他在这儿读的中学，大学毕业后留在了外地。"筱蓓说："那好吧，就跟那位陈宛聚个餐也行。两个女人都找了名字叫朱一围的男人，总有些话可聊的。"我不能马上再否决，就点点脑袋"嗯"了一声，又记起什么似的转过话头："有句话我一直想问，一围临走时说了什么话吗？"筱蓓一指自己喉咙说："吕默你迷糊了，一围那时候已经不能开口说话。"我耸耸肩说："我是说他有没有留下文字？"

筱蓓说："你为什么问这个？"我说："不知怎么，这两天我挺惦念一围的，我在回想他最后的那些日子。"筱蓓沉默几秒钟，让话题进入了我想要的轨道。

筱蓓说："吕默你有没有记起来，最后那些日子你到医院探望时，在一围脸上看到了什么？"我眨眨眼说："是骨头浮上来的那种消瘦。"筱蓓说："消瘦里还有东西……是高兴。"我愣了一下，最后几次去见一围，他的情绪的确不差，但那应该是面对朋友时的强打精神。我说："那高兴是撑着的吧？朋友一走就收回去了。"筱蓓说："不是的，那些日子他一直挺愉快。"

筱蓓停一停，回忆了一些细节。一围刚住院时，心情也是不好的。做了喉部手术后病情不仅没刹住，反而向坏的方向滑去。那些天他因为不能说话，整天想着什么，想着想着忽然就开朗了。微笑先来到他的嘴角，然后出现在眼睛里。他开始找些书看，譬如那本《第七天》。再到后来，他身上力气少了下去，看字儿容易累眼，便让筱蓓读小说。有时筱蓓读着读着，他眼睛慢慢眯上就睡过去，脸上还搁着安适的神情。

筱蓓抿一抿嘴，慢慢地说："一个人离死亡很近时，一般是恐惧的或者痛苦的。如果此时这个人开心起来，你觉得他会是什么样子？"我回答不了这样的问题，摇一下头。筱蓓说："诗人。我是说诗人的样子。"我说："为什么这么说？"筱蓓说："那会儿一围整个人是轻的，不是瘦了以后身体的轻，而是心里丢开负担后的轻。他脑子里时不时会出来一些好词好句。"我说："好词好句？他不是不能动口吗？"筱蓓说："不是动口是动笔，有一天他取了一张纸，先写一句：有一种动静，叫太阳的声音。又写一句：蓝天上的白云结了冰。再写一句：真正无限的，不是死亡而是生命。我奇怪地瞧着他，他笑一下用笔告诉我，这些话是作家们说的。"

随后几日，一围还试图体验作家们说的这些话。他穿着棉衣坐在轮椅上，让筱蓓推到住院部楼下院子里。冬日的阳光有些松软，把他的影子投到地上。他瞧着地面却没有在看，因为他静着耳朵去听太阳的声音。听了片刻，进入耳朵的只有院子里一些嘈杂的声响。他有些不满意，便让筱蓓推着轮椅出了医院，往安静的地方走。远处有一片草地，颜色已成枯黄。在枯黄之中，卧着一块不大的水池。经过水池时，一围突然激动起来。他看到水面结了一层清亮的薄冰，上面倒映着蓝色的天空和天空上的白云。他身上似乎长出了力气，想从轮椅上站起来，但没有成功。筱蓓将轮椅再往水边靠几步。一围安静了，身子久久不动。也许在此时，他眼睛看到的是水池里的白云在结冰，耳朵听到的是太阳化开冰面的声音。在他的意识里，那应该是一种冲突中的美丽。

筱蓓说："在那一刻，他喉咙里竟嘶嘶地发出一些声响。他好像要发点儿感慨，可是我没法听明白。"我说："白云结冰呀太阳声音呀这些虚的东西有啥含意吗？对一围意味着什么？"筱蓓说："谁知道呢！人在这个时候吧，脑子里出现一些古怪念头也不奇怪。"筱蓓顿一顿又说："那天从水池边回到病房，一围又在纸上写了一些字递给我看，意思是白云可以从天上到地上，人也可以从地上到天上，天空也是一个大水池。"我轻笑一声说："这时的一围，的确越来越像诗人了。"筱蓓说："这时我也知道，一围剩下的日子不多了。"我说："那后来他还有什么遗言吗？"筱蓓说："也没什么正儿八经的遗书，但他写了几句话，让我把书房里的书处理掉，不要存在家里。"我愣了一下："把书散掉是他的意思呀？他为什么呢？"筱蓓说："他知道这些书对我和儿子没啥用，想让它们遇到阅读的人，这是我的猜测。"我点点头，一围虽然爱书，可这种想法到底没有错。

该问的话已经问过，时间也不早了，我站起身准备告辞。筱蓓想起来说："对了，一围最后还写了两句话，只是我不明白。"我问："什么话？"筱蓓说："一句是：对书上的文字，一双眼睛便是一次公证。另一句是：在对不起上面贴上邮票，从那边寄给这边的你。"我沉吟一下用手推推鼻子，说："这也是哪个作家说的吗？"筱蓓说："也许吧，那会儿我已习惯了他这样，也就没问。"我说："真像是半个诗人呀，也不枉藏了这么多年书。"筱蓓沉默一下说："我跟他也待了这么多年，可他的一些想法我还是不明白。"

告辞出门来到街上，我心里晃晃的还不想回家，上出租车后往市中心随便指一个方向，最后在一个灯光热闹的路口停下。

我站在人行道上给陈宛打了电话，告诉她已见过筱蓓。陈宛嘴里出来几个问号，想知道筱蓓的反应和协议的下落。我说筱蓓神情没有异常，不像知道了这件事。我又说那张协议的藏身处只有朱一围知道，所以也许是永远安全的。陈宛说："也许是永远安全也许是定时炸弹。"我哈了一声说："你不能把这份协议说成是定时炸弹，不然一围会不高兴的。"陈宛不吭声了，过几秒钟才说："吕哥你说得也对，我不应该担心。我又没做亏心事。"我把筱蓓约请吃饭的事说了，问她愿不愿意在一张餐桌上聊聊。陈宛说："聊什么呢？"我说："两个女人在一起，总可以聊些话的。"陈宛哑笑了一声说："可以呀，我和她又不是敌人。"我说："到时候我陪着你们，让一个男人听两个女人聊话。"

摁了手机，我沿着人行道无目的地往前走。两旁一些商店已关了门，一些商店还没关门。我走过一些关了门的商店，又走过一些没关门的商店。我脑子里突然跳出一个念头，一围也许把那张协议书夹在某本书里呢，这是很好的存放方法。临走之际，他改变了躲藏的想法，要让协议跟着书籍流出去，到达某一位有缘分的读者眼里。"对书上的文字，一双眼睛便是一次公证。"他不怕了，他愿意让别人见证自己收藏的情感和来世的日子。当然啦，这只是我的猜想，一时无法去验证。说实话，我现在有些吃不准一围内心的真正样子了。

这么溜着神儿，我的目光就有点散，不经意间掠过街道对面一幢高楼里的灯火。又走一小截路，我刹住脚步再望那高楼一眼，正是一些年前我和一围首次相遇的地方。我脑子一醒，原来今晚我是想让自己到这儿来呢。我掉转脚步，穿过斑马线走几分钟来到大楼跟前。在这个时间点，大门仍进进出出不少胖瘦不一的男女。我想一想，走了进去。

坐电梯上了顶层，那家餐馆还存活着，而且吃喝的喧闹此刻仍未散尽。我一时不知道干什么，就在待客区的椅子上坐下，把携包搁在腿上。我微眯眼睛，脑子里出现了第一次遇见一围的情景。那天他撑着精神，脸上有一种认真的和气，而且老露出微笑，但他的内心，对酒桌上的豪华气氛是有些胆怯的。这一点被我瞧出来了，因为我当时的心情也是这样。可能正是这种暗中的相似，让两个人能够走近。在后来相处的日子里，我不时能见到一围收的一面——不是收敛的收，而是收缩的收。记得有一次我们聊话，不知怎么说到“撤退”这个词，我起了点想法，认为自己和一围的性格里都藏着“撤退”元素，可称为“撤退人士”。之所以这么说，是由于此前我因一件挺无聊的公事跟馆长闹了不快，他觉得这件公事不仅不无聊还很重要，指责我办砸了。我在单位并无斗志，正好借此怂恿自己从图书馆撤出，去了闲散一些的文化公司。

当时一围问：“这撤退人士怎么个理解？”我没有拿出自己的事，而是举了生活例子：“譬如撤退人士是 A，那么三个人散步，A 十次有九次不会走在中间，而一堆人拍集体照，A 十次有九次是站在旁边的。”一围说：“这话儿也是在说，十次中还有一次是例外的。”我一提声音说：“九次往旁边靠的人，会在剩下的那一次使劲往中间挤吗？”一围嘴角露出一丝神秘的微笑，说：“只有在例外的地方，才能找到秘密的出口。”一围又说：“这是一个作家说的。”

旁侧响起什么声音，我弹开眼睛望过去，有一个男人从一扇甩门里出来，手里还拿着一只烟盒。噢，想起来了，那是个小阳台，我和一围曾经在那儿站过一会儿。我起身走过去推开门，仍然是记忆中的样子——一个外伸的弧形阳台，面积不大却有点儿凌空感。

我站在栏杆前，目光往下扫过去，看见了一大片与房子们相缠的灯光。又抬一抬眼睛，看见了更大的一片天空。此刻站在高处，天空似乎也近了一些，几朵白云和几颗星星在夜幕中显出来。夏风吹过来，让人似乎轻了身体。我举着脑袋，突然想到如果让自己跳出阳台，会不会在身子下落的同时灵魂飞向白云？一围就是这么认为的：白云可以从天上到地上，人也可以从地上到天上。

当然，我是不会允许自己这样做的。不过很快，我脑袋里又生出一个念头。我拉开携包，取出那件 T 恤抖展开来，又看一看胸前的签名图案。图案在暗色里仍是清晰的。

我吸一口气，将T恤伸出阳台，一片浅蓝色在我手里飘动起来。我一松手，衣服猛地蹿了出去，先在空中兴奋地转一个身子，然后轻盈地跑向远处。我的目光跟着它，就像跟着一个移动的秘密。

但夜色中我终究没有看清，那片浅蓝色是落到地上，还是飘向了上空。

传 灯

斯继东[*]

1

翁雁，来禀皆收悉。各人之钱亦照付，报未有遗失。家中诸人均平顺。惟生物高涨，维持绝拮据。予收入因高物价大受困难。二哥每月补贴四五十万元，终不够开支。绍地米价每石六十八万元，皂每半块一万五千元，菜一千八百元一斤，鸭子每个一千五百元，麻油每斤一万九千六百元。阿赖胃口已好，要抱不肯停坐，人极乖。汝一切要谨慎。父字。十月卅日。

博物馆的展都去看了吧？有留心到那封手札吗——就是徐生翁写给儿子翁雁，抱怨绍地物价飞涨，什么米价每石六十八万、皂每半块一万五千元那封？

札末有一句：“阿赖胃口已好，要抱不肯停坐，人极乖。”

那个“阿赖”就是我。

翁雁是我爹爹。我的叔叔伯伯都叫我爹爹老四，其实严格说我爹爹行五。

---

* 斯继东，男，1973 年生，浙江嵊州人。文学创作一级，现为《野草》杂志主编，绍兴市作协主席。小说散见《收获》《十月》《人民文学》等刊物及《小说选刊》《小说月报》等各类选刊选本，多次进入《收获》排行榜、中国小说学会排行榜等年度榜单。出版小说集《白牙》《你为何心虚》《今夜无人入眠》等。曾获郁达夫小说奖、林斤澜短篇小说奖、十月文学奖、华语青年作家奖等奖项。

老四是从我娘娘那儿排的，如果从我爷爷那儿排的话我爹爹就得是老五。为什么？因为在我娘娘肩上，我爷爷还有一个大娘娘。大娘娘是在我爷爷三十岁那年病故的，据说是发痧不治——是啊，那年头好像什么病都能索人的命。老店王拢总七子三女，大娘娘留下一儿一女，另外六个儿子两个女儿是我娘娘生的。

我爷爷生于光绪元年，光绪元年就是一八七五年，鉴湖女侠秋瑾生于这一年，那个做过状元夫人的赛金花好像也生于这一年，如果我没记错的话——我早些年看过她的传记。但她们都比我爷爷小，我爷爷的生日是正月初一——比生日哪个大得过伊？老店王死于一九六四年，阳寿八十九岁——绍兴人说“九难过”嘛，那一年我十六岁。

对，我跟我爷爷一道生活了十六年，我是看着伊过背的。我爹爹那时在上海货物税局谋差，但家眷却一埸括子都留在老家。

爷爷晚年一直住在这里。对对，这地方就是老店王润格上署的“东郭孟家桥三十六号”。门牌号码调龙灯样换，地方还是这地方。那时属城郊，极为偏僻。后来城市像摊大饼越摊越大，原先白墙黑瓦的平房大多都被拆了，只保留下东边这么几间。西边本来有一爿早竹园，还有个弄堂，现在都建了楼房。后司门的河倒还是那条河，埠头和踏道也还大体保留着原先的样貌。

因为地势低，加上毗邻竹园，书房时不时有老鼠出没，老店王就养了只大花猫。饭时，我时常看见伊从自己碗里小心翼翼拨出一些饭菜来饲猫。

这屋里已经没什么旧物了。噢对，这眠床是伊困过的。夏天青草蚊子多，床架上会搭个青纱帐。喏，那张照片也是旧物。那时候摄影已勿稀奇，但老店王好像不喜欢拍照，一辈子就留下了这一张半身照，现在各处在用的全都是这一张娘本翻印的。爷爷属猪，可整天虎着一张脸——照我们绍兴话讲，是很“威势”。他极少笑，我基本没见过伊笑，孙辈们聊起来似乎都想象勿出伊笑的样子。你们看看——是不是板着脸，好像谁都亏欠伊似的？

爷爷极少出门做嬉客。他总是把自己关在房间里，不是看书，就是写字。

明明整日宅家，却从来不帮娘娘做家务，百事不管，眼鼻头底下扫帚倒了也勿晓得扶一扶。老店王还时常深更半夜勿困。据我娘娘讲，落雪天公早起，道地屋顶都积起尺把厚的雪，爷爷的房顶却总有一个勿积雪的“坑”——那底下是他放灯烛的地方。“灯油那么贵，老死尸就勿晓得日里写？”讲到这里，我娘娘总要骂上一句。

爷爷偶尔会从房间出来踱步，也不走远，就在家门口转转，立到河埠头呆望望，或者冷眼看我们在竹园里拔草、挖笋，玩游戏，嬉笑打闹。小猢狲哪怕闹得沸反盈天，他也从不出声帮腔。

2

> 行草书，六尺屏四十元，联十元；五尺屏三十二元，联八元；四尺屏二十四元，联六元；屏以四条计，三尺屏同四尺横直，整幅，视屏减半；六尺以上暨长联，来句另议。纨折扇四元。右行数难限，大小随书，如界丝格作楷者另议，泥金笺另议。冷金笺、绢倍之。堂匾、斋匾另议。篆、古隶真倍之。金石刻辞卷册署另议。竹、木、葩、卉画视行草书倍之。润资先惠，劣纸不书，立促不应。丙寅春三月，寓浙江绍兴东郭孟家桥三十六号。
>
> ——李生翁书画润格

那个润格是我娘娘逼着我爷爷立的。

你们见过那润格吗？写得真是夹缠。行草书是一个价，篆隶真翻倍，画又是另一个价，尺幅三至六尺不等，形式屏联横直不同，匾笺扇面另议，金石刻辞卷册署又是各种另议，来句再是一个另议。

有必要定得那么啰里啰唆吗？你看现时的书法家多干脆：六千一平尺。一万一平尺。哪来那么多废话？

我娘娘为什么要逼伊立润格？因为我爷爷他老人家脸皮薄，时常干些“赔肥赔眠床”的行事。明明非亲非故，一府两县，拐上三个弯，凭谁都能跟你拉扯上关系。斯文人碰上木脸皮，客气当福气。人家求字画，侬勿收铜钿，便等于倒贴纸墨——这不是“赔肥赔眠床”吗？可一家老小十几号，就等着他鬻书卖画济口度日呢，日长夕久，如何使得？我娘娘于是对爷爷出恶声了：“人家和尚讲随缘乐助，那是供的泥菩萨，侬也讲随缘乐助，侬把家里十几号活口都当泥塑木雕啊？”

我娘娘其实也是大户人家出身，祖上点过翰林，后来家道中落，加上父母走得早，勿得已续弦给穷书生，真是活唧唧神仙落了凡尘。

价格拟好了，爷爷提笔加一句——“润资先惠”，娘娘点点头。

爷爷蘸墨再添一句——“劣纸不书，立促不应。”

娘娘摇摇头，叹了口气。

我娘娘叹什么气？“画蛇还要添足，那是读书人自己给自己留颜面。”我爹爹答我。

自此，老店王的书房里就多了这份用四号字印制的润格。

来了人客，我娘娘笑盈盈地进去敬茶。看见这一张热脸的同时，来客也便带眼瞧见了背后那一张冷面孔的润格。

3

戊寅小春月朔，贺公培心，暨松泉、秋农、生翁、雪侯、红茶、荔丞、鸿梁、沄簃、印西雅集春水闲鸥馆，内子雪清出肥鳌旧醅饷客，酒酣，处德以素笺索画兰蕙，宾主九人合作是帧，良可宝也，为之记。

——张天汉《九友图》跋

关于戊寅年春头的这次雅集，来我这儿坐的人都会聊到。一般都称之为小云栖寺雅集，但其实张天汉的跋文中只有“雅集春水闲鸥馆”一句，并未提到小云栖寺。照此理解的话，春水闲鸥馆应该就在小云栖寺内。但另有书家却言之凿凿，春水闲鸥馆是张天汉的室号，当然在八字桥张家台门。

提起八字桥张家台门，绍兴人无人勿晓。绍兴是座水城，城内外河道星罗棋布，出门都须以船代步。一般人家出门就是普通的乌篷船，本地叫脚划船，讲究点的便得是三明瓦的画舫。据我娘娘讲，当时整个绍兴城豪华画舫只有三艘——下大路许家、南街姚家和八字桥张家。这其中名头最大的就是张天汉家的那艘“烟波画舫”。民国六年，孙中山来绍兴考察，说绍兴“三多”，什么石牌坊多、坟墓多、粪缸多，坐的就是“烟波画舫”。民国二十五年，浙江省主席黄绍竑受贺扬灵之邀来绍公祭大禹，坐的也是“烟波画舫”。一九三九年，周恩来战时视察绍兴顺带祭祖，坐的还是这艘“烟波画舫”。这画舫的名称也有来历。张天汉自称张岱后人，而据他考证，张志和又是张岱先人。先人的先人张志和自号“烟波钓徒”，于是后辈的后辈张天汉就借了名。

“烟波画舫”平时极少闲在八字桥下，因为三日两头张天汉就会邀书家画友荡舟于耶溪鉴水之间，喝酒赋诗，挥毫泼墨。据我爹爹讲，我娘娘找勿到老店王，便会骂：“乌大菱壳总是氽到一起，老死尸又去烟波画舫鬼混了。”

小云栖寺雅集其实也就是一次家常的小聚，但因为留下了一幅画，张天汉还仿效兰亭雅集题了个跋，日历被定了格，流水宴也便传了下来。

但是，雅集也好鬼混也好，说来说去好像跟小云栖寺没有半点关系啊。你们说，会勿会张天汉的春水闲鸥馆就设在烟波画舫里，而凑巧那一次画舫就泊在小云栖寺门口呢?

那幅《九友图》倒确实有点意思。惯常书画家合作都是各施其长，你画块石头，我添点花卉，他再题个款，相映成趣，所谓珠联璧合。《九友图》上却一式都是兰，而且是各画各兰，不顾不盼。我估计都是老酒喝得稀里糊涂了。不合常理的还有：参加聚会明明有十三人，除去“出肥鳌旧醅饷客”的雪清和“以素笺索画”的处德是小辈外，尚有同好十一人，怎么就被署成了“九友”？《九友图》现藏于我爷爷的弟子沈先生处，他极少示人，我有幸见过，沈松泉和朱秋农只见其名，其余九人捉笔，因贺扬灵只写了叶，由印西和尚补花，共成兰蕙八株。座中诸君皆为越中名流，但其中有一个叫沄簃的，名字陌生，我问了不少书画圈高人，居然都话勿出。

小云栖寺雅集的时间是一九三八年春。三年后，日寇侵入绍兴城，我爷爷和朋友们的好日子就此结束了。在是年的一次空袭中，烟波画舫被炸得八码粉碎。应该也是在同一年，我爷爷不明不白失了他的四子翁旦，连尸首也没下落。

贺扬灵撤离绍兴时是邀过我爷爷的，让他随同去西天目避祸。可一家老小十数口，是管自己跑，还是携家带口走啊？爷爷选择了留下——“不管谁当朝，平头百姓么总还是过自己的小日子。”但爷爷想错了。日本人占了城，自然需要找个有头有脸的本地乡绅出来维持秩序。稍有点脑子的人都晓得，这活儿接勿得。三十六计，走为上计。名单打头的王子余，早两天就躲到了张墅沈复生家，据说金汤侯在寿材里断吃断喝躺了三天，朱仲华也阴声勿响藏了起来。名单再排下来排到了商会会长冯虚舟。冯虚舟也想逃，脚划船出南渡桥时却被鬼子截住，于是就成了维持会会长，再后来又做了绍兴县伪县长。有市面灵的朋友还讲，特务班长长岛最喜欢书画，这下真把爷爷吓着了。城里没法待，去哪呢？爷爷就想到了西郭门外的小云栖寺。住持印西也随贺扬灵去了西天目，看寺的小和尚倒是认得写寺匾的老先生。栖身之处有了，可是总不能十几口人天天随僧食粥吧？乱世惶惶，书画是换勿成盐米了。亏得小和尚机灵，不久就从寺庙老施主那里给接了裱褙锡纸、糊火柴盒的活计，于是老少上阵，每日借此换米，再自种些菜蔬挨日。慢慢地朋友们也知道了音讯，王贶甫、金汤侯等殷实户时勿时会着人来求点字索张画，所谓的“求字索画”其实就是接济——命都勿保了，谁还有原先那份闲情逸致啊？

4

旧时屡过绍兴开元寺，激赏翁三字题榜，峻健开豁，想见早年功力。晚年短札随手写记，拙而不矫，望之类敦煌碎纸，难得。

——沙孟海

我幼小印象最深的事是陪爷爷去东街理发。爷爷平日勿出门，要出门的话便是去东街理发，定煞数每月一次。好像每次都是走着去的——自孟家桥朝西，过东昌坊口到大云桥，再沿大街笔直朝北，至东街口再右折。听我这么一说，即便你们外地客，也知道是绕了远路。去理发为什么要带上两个小猢狲？现在想想，应该是老店王借机给我们做趟嬉客吧。

那一日老店王的兴致总是很高，平时端着的“威势”好像也放下了。一路走走停停、游游荡荡，他会絮絮叨叨给我们讲这个城市的逸事野史，卧薪尝胆的越王勾践，“飞鸟尽，良弓藏”的范蠡文种，王羲之的题扇桥、躲婆弄，徐文长的“山阴勿收，会稽勿管”，姚长子化人坛灭倭，刘宗周水心庵绝食，张岱夜航船伸脚，还有“泥马渡康王”的故事、“王城寺里的和尚——去了大半”的典故。大多当时都似懂非懂，唯有徐文长的故事听着发靥，后来祖孙再出门一路就都是徐文长长徐文长短了。在绍兴人嘴里，徐文长的故事是讲勿完的。他们其实更欢喜把徐文长称作徐老三，什么恶作剧——反正只要侬想得出，都可以挂靠到伊头上。

东街西首自大街到大坊口那一截，以前一直是绍兴城最热闹的地段。邮局、医院、真神教堂皆集中于此，其间店铺鳞次栉比，沿街是各式摊贩，我爷爷光顾的人民理发店就夹在中间。

爷爷理光头，推子推一推，剃刀再刮一刮，花不了多少工夫。但人民理发店生意好，常常得等，一等就是半日。

蹲在街沿，爷爷跟我说，新中国成立以前这里一直叫开元寺前。开元寺在哪？爷爷用手指指人民医院。开元寺一度曾是绍兴城香火最旺的寺庙，寺内塑有罗汉五百,一到正月初一，城里老老小小都会到开元寺来数罗汉。左脚先进左边数起，右脚迈进右首数起，按岁数数到的那个罗汉就代表了你的年运。爷爷又告诉我，开元寺的寺额就是他写的，三个榜字，字大盈丈。“盈丈”是多大，有白篮那么大吗？大得多。这就有点难以想象了。开元寺毁于抗战期间，爷爷比白篮还要大得多的匾额，我自然也就见勿着了。

老店王三十岁开始在本地有书名，之后给许多地方题过匾额，但留存下来的很少。香炉峰禹穴后壁尚有半卷心经，你们有兴趣可以去看看。据沈先生讲，当时是香炉峰了了和尚请我爷爷写大字心经，拟刻于禹穴后侧摩崖。刻至半途，我爷爷去观瞻，连连摇头，说是刻工失真，须翻倒重来。了了和尚却面有难色，大约是铜钿银子不济。很快抗战事起，此事便半途而废。石刻自“般若波罗蜜多”起，至“无挂碍无”止，存一百四十四字。我啊，我勿会写字，只会看看，我们子孙辈没有一个是吃书法米饭的。提到学书法，老店王总是反对，说写字太苦。七子三女中，最有天分的是翁旦，爷爷大概是想托以衣钵的，却偏偏走得最早。据说抗战胜利后，爷爷曾专门邀请文茂山房刻师王宝贤、王伯超等人前往禹庙，在《唐往生碑》上补镌“丁丑浴佛日生翁偕四子翁旦同观”字句，念念至此，可见其不舍。

相比爷爷的字，那时更吸引我的却是满街的行贩。内中有个卖甜酒酿的水泉矮子，最是勾魂。别看伊人矮，嗓门却高——“哎——水泉的甜酒酿来大哉——”癞子多花头，其兜揽顾客的方式也稀刁，甜酒酿装在两只特制的木桶里，水泉用白粉笔在木桶盖上写着几排字，谁要认得出就能白吃一碗甜酒酿。第一次我挤进去看西洋镜，那时我已识得勿少字，但桶盖上的粉笔字看半天却一个也念勿出。边上的人东猜西揣，也都不对。老店王理完发出来，我弟弟搬救兵，拉了伊来认。爷爷从头至尾扫一遍，一声不响退出人堆。我和弟弟都非常失望，连小贩写的字都勿识得，你还威势什么啊？归到家后，老头子破例把我俩喊到了书房。“那些字我都识得，但我识得勿等于你们识得。”“你们来看——”在一本厚沓沓的书里，爷爷把桶盖上的字一个一个找了出来。“天下只有写勿出的字，无有认勿得的字——想吃免费的甜酒酿，那得靠自己本事。”爷爷拿在手里的那本厚沓沓的书，就是《康熙字典》。爷爷出身贫寒，父亲早卒，只在十岁时上过勿到一年的私塾，此后就是靠这一本《康熙字典》识字断文起家，后来专攻书画，也全靠自己摸索钻研。

免费的甜酒酿我和弟弟一直没吃到，因为水泉矮子桶盖上的字总是在换，但我却因此识得了勿少的生僻字，还无师自通地学会了反切法。

5

李徐亦布衣，当代绍兴人，年六十余矣，非贵显，亦不往来贵显者之门，又远离沪上书家之互相标榜，其书名仅绍兴人知之，而绍兴人亦鲜有知书之精湛在沈康吴之上，而其博大雍容且在邓石如之上者。

——胡蕊生

爷爷一辈子偏安一隅，足不出绍兴。唯一的例外可能就是四十六岁时的淳安之行。

关于这次远足，爷爷一直闭口不谈。其间发生了什么没人晓得。娘娘知道的也就是“族人相邀，回原籍看看”一句。爷爷的爷爷辈自淳安迁至绍兴檀渎村，所以淳安算是爷爷的原籍。归来之后，爷爷倒是写了几首诗，极见文采。我读过勿少遍，都能背了。你们且听听——“逆水行舟听楫师，朝朝那有顺风吹。溟濛细雨富春路，贪看桃花不厌迟。”——这首题为《富春江行》。“湿云初散雨犹濛，隐隐轻雷隔断虹。舴艋不掀风浪静，夕阳如茜染江红。”——

这首叫《江上晚霁》。“轻寒挹袖雨余风，独立湖堤夕照中。仿佛宋人团扇画，水天如醉柳花红。”——这一首名《夕照》。后来，他还为朋友章天觉的“翟琴峰山水画卷”题过诗——“野风发发水沄沄，江上人家冷夕曛。如此波光不荡桨，朝朝闲煞白鸥群。”那诗境应该也来自此前的淳安之行。勿是我自道好——你们能想象这些诗是一个只读过勿到一年私塾的人写出来的吗？出去走走多好，开开眼，发发兴。整天克蛇龟一样蛰在屋里干吗啊，真是懂勿着老头子。

大概是在六十五岁那年，爷爷忽然提出了改姓。此前爷爷一直姓李，他早年的落款是李徐，中年为李生翁，晚年伊决定“复姓为徐”。意思是伊本该姓徐。那他又是怎么从徐姓变成李姓的呢？一种说法是他出生后即寄养于别家，这户人家姓李；另一种说法是其父——也就是我的曾祖——幼小时曾寄养于外婆家，就随了外公的姓。孰真孰假反正现在已成了糊涂官司。

姓了大半辈子的姓要改，我娘娘第一个反对，半路杀出个徐生翁，谁认识啊，这不自断财路吗？直骂老头子是“发昏”。书友们也都劝阻，成名成家后改姓，总归是件犯忌的事。爷爷却一意孤行，说改便改。后来在给朋友的信中，爷爷写道“今已复姓为徐，留不久，死无憾矣”。在旁人看来说改便改的事，也许于爷爷却是深思熟虑的结果。而最早触发他动这个念头的，我猜应该就是二十年前的淳安之行——虽然我并勿知道淳安之行发生了什么。也许，还跟他的父祖辈有关。至于怎么个有关法我就不晓得了。我只知道，他的爷爷是檀渎村种田的赤脚农民，他的父亲后来进了城，在一家商店做文牍，但在爷爷十多岁时便故去了。

都说世事如棋。拿爷爷这一生讲，淳安之行好似一着闲棋，但是谁都想勿到却在许多年之后抲了大龙。

爷爷的“复姓为徐”倒是给后来的研究者提供了便利。大家很自然地以落款将其作品划成了早中晚三个阶段，你们都看到了——这次博物馆的展就是这样布的：李徐时代，李生翁时代，徐生翁时代。

6

红茶仁兄，数年不晤，辱书。得悉勅定多豫，深慰驰系。生翁百忧薰心，日为饥饿挣扎，精力益颓，惟书画差有进境耳。属作画册二叶，意颇自好，足下能许頡颃汉人否？函达赐复，不宣。弟徐生翁上复。六月廿四日。画册二附。

爷爷的书名被更多人晓得，应该是在二十世纪八十年代中后期，那时他已过背二十多年。当时社会上有一股书法热，大气候又提倡创新，于是一批隐而不显的书画界人士文物样被挖了出来。

爷爷作为“丑书”代表，由隐到显重出江湖，中间起关键作用的人是他的弟子沈先生。沈先生后来成了隶书大家，记者去采访，他总是讲：你们别写我，写写我的老师徐生翁吧。但是徐生翁是谁啊——记者都闻所未闻。七老八十的沈先生就自己捉了笔写，叙师生机缘情谊，论老师书风为人，写完再投稿给书法报刊。此外他还广罗材料，收集整理作品，撰写生翁年谱，自印生翁事略，各种场合不遗余力推介其师。

爷爷一辈子就收了这么一个弟子。以他当时在绍兴的名声，想拜入山门的人自然很多，但他都一一拒绝。据说这中间就有贺扬灵的夫人林太太，贺扬灵当时是绍兴的县长，两人又有私交，这面子换谁都不能不给，我爷爷也真是做得出，偏生就没松口。他后来谢绝贺的西天目之邀，很难说跟此事没有关系。收沈先生时，爷爷已届耄耋之年，首次授徒，一时传为佳话。按沈先生的说法：“我六岁即受先生嘉勉，时隔二十多年，才执弟子礼。”

爷爷为什么不收弟子呢？这个问题好像从来没人深究。书画圈历来是讲究师承的，所谓师出有门，否则就会被视为野路子。而我的爷爷似乎就是野路子，他一辈子都没拜过师。以我的理解，可能我爷爷骨子里不相信书法是可以教的。

要说师，无碑无帖不是师，谁都可以学，万事万物皆为师，何用得上拜？至于学勿学得到，最后能修炼到哪个份儿上，那就要看各人的悟性和造化了。舍姆娘靠自健，别人是帮勿上多少忙的。

爷爷曾经在文章中写道：“我从小爱好书画，但家无藏弆，乏师友为之指导。今兹略有所获，多靠自己钻研得来。”

爷爷早年习颜。家里买勿起纸，便每日以废纸旧簿本临习。沈先生的年谱中说，爷爷“曾用端正的颜字为家中新置板桌书写年月及名号”，那张四仙桌我确实是看到过的。据说我曾祖当时极为开心，期望儿子长大后写字能像翁同龢一样有名。翁同龢是谁啊，人家可是当朝宰相，皇帝的老师，我曾祖真是异想天开。

要说老师，罗振玉、王国维编的《流沙坠简》可能才是我爷爷这辈子最要紧的老师。这本被称作解读汉简开山之作的书，是我爷爷四十六岁生日时张天汉送他的。书中这些墨迹的敦煌汉简，真是让爷爷开了天眼。你们想啊，之前的汉代书法都是碑，写的人和看的人中间插了个来路勿明的刻工，现在碑刻变为墨迹，你居然可以跟千年前的汉代人面对面了，这种感觉得有多神奇啊？要我看，爷爷的书风真正脱胎换骨就是从接触《流沙坠简》开始的，他后期的书法写得东倒西歪，外行人都看勿懂，被戏称为“孩儿体”。那种生拙、古朴和天真，当是胎息于敦煌汉简。那段时间他给好朋友沈红茶写信，说：“生翁百忧薰心，日为饥饿挣扎，精力益颓——”又说：“惟书画差有进境耳。属作画册二叶，意颇自好，足下能许颉颃汉人否？”想跟汉代的人掰掰手腕，论论短长，应该是他在朋友面前心境的自然流露吧？

说了不收徒子徒孙的，可执拗的爷爷怎么又会在暮年破戒呢？

沈先生立雪徐门的想法由来已久。但是想法归想法，沈先生一直不敢明言。出口的话，就是泼出去的水。一旦我爷爷拒绝，活棋便生生下死了。后来代为出面的是王赆甫、朱仲华、陶冶公“三驾马车”。据沈先生自己的说法，这三位老前辈去之前也是瞒着他的，他们心里也没底，独怕碰壁。后来事情办成了，才兴冲冲跑到学校告知他。爷爷在圈子里是出了名的“硬头颈”“劝勿进”，这三位老先生到底讲了些什么话，让他突然转了念头？

说是师傅徒弟，沈先生的字倒是跟我爷爷一些勿像。这话沙孟海也讲过，他说：“上海有个王蘧常，写的字不像他老师沈寐叟。会稽沈定庵师从徐生翁，作品亦难见生翁的痕迹。”

7

我学书画，不欲专从碑帖古画中寻求资粮，笔法材料多数还是从各种事物中若木工之运斤，泥水工之垩壁，石工之锤石，或诗歌、音乐及自然间一切动静物中取得之。有人问我学何种碑帖图画，我无以举拟。其实我习涂抹数十年，皆自造意，未尝师过一人，宗过一家。我的书画以欲自造，故不做临摹工夫，有时也走入歧途，乃至自觉不知已费去多少年月，迄今尚未有艾。我的书画要避免取巧，要笔少而意足，又要出诸自然，所以有时作一帧画，写一幅字，要换上多少纸，若冶金之一铸而就者极罕。因此我的书画不能多作，人讥笨伯，我亦首肯。我学书画，始终在学造我的书画，能否达到：鹄的是一。

——徐生翁

沈先生曾经跟记者讲过一桩事情。抗战胜利第二年，他从湛江孑然一身逃难回到绍兴，特意带了两幅作品去看望我爷爷，这两幅作品是早年我爷爷送给他父亲华山先生的。颠沛流离中，凡百身外之物都散失，一家七口也独余其一人，这两幅字画能留下实在要算大头天话。展开来看，我爷爷却说勿好勿好——我给你换。沈先生内心万般不舍，在他，这两幅字画已不单是字画，而是劫后余生的一点念想。但作为小辈又勿好拂老人的意，最终自然只能放落字画，快快而归。等到下次再去，我爷爷果真给了他两幅新作：一张画的梅，另一张写的是陶渊明那首“种豆南山下”。

那收回的旧的两幅呢？烧了。

烧了？烧了。

祖父大半辈子累于家室，我后来读到他寄至上海的信，仿佛秦桧召岳飞的十二道金牌，每一封都在催逼：三哥吉期临近聘礼待办，弟妹学费要缴，小妹牙痛得看，七弟学校要做大衣要买英文书，各式人情世故皆大于债，而物价总在涨，已接力的二哥六弟预支了薪水，却总还是不够开销。

到得晚年，子女都有了出路，自己被省文史馆聘为馆员，每月可领津贴六十元，节头年尾统战部还会送上几块慰问金。总算再也勿用为生计忧心了，爷爷却像是入了魔怔。

按我娘娘的说法，老东西是前世作孽，越老越“变死”。借口耳聋，闭门杜客，连家人也不理不睬。年岁大了耳聋最正常，我娘娘却说老死尸是装的。想耳根清净时，铜锣震天也听勿到，要紧关头——侬讲伊一句闲话试试——耳朵煞骨洞亮。整日关在房间里，说是写字，却“写了撕，撕了写”，仿佛跟纸墨结上了仇。我娘娘次日一早进去，总是满地狼藉。老东西最是见勿得自己的字画，遇上了挖骨脑髓都想要归来，要归来干吗，毁尸灭迹——不是撕毁就是烧掉。那些年家里人时常能看见他蹲在堂前一只破搪瓷脸盆面前烧，乌面灶司的，没人劝得进。

老店王怎么入的魔？要我看，应该就是从“复姓为徐”起头的。以前与朋友品书论画，老店王总是讲“出处”、究“来历”。舌头没骨头，涂抹数十年，忽然话锋一转，说是“熟易生难，巧易拙难”，要“自造”，要“笔笔脱尽碑帖”。爷爷给朋友写信：“吾姓固是徐，岂可久假？”又说：“吾书吾自乐耳，讵必人知？”现在回过头再看，这两句话其实是一句话。

剔骨还父、割肉归母——晚年的爷爷总让我想到《封神榜》里那个六亲勿认的混世哪吒。

那段时间，为防老东西闷出毛病，我娘娘时不时会差他出门去办些有要无紧的事体。爷爷出去了，总是整半日勿见归来。娘娘必得再差我或弟弟出去找寻。两蛮汉在当街角力，爷爷围观得津津有味。脚划船从桥洞下过去，爷爷看得痴痴呆呆。府山上两棵半枯的古柏，泥水工用泥夹垩一堵墙，也能让他停驻半天。至于娘娘差他办的事，自然还得我或弟弟再行代劳。

祖父晚年闭门造车，凡俗不识，却也有零星知音。上海的邓散木慕名来绍兴拜访，祖父示以书幅，邓散木看得莫名其妙，隔日拿给他的老师萧蜕庵看，萧蜕庵却拍案叫绝，认为是天人运化之笔。黄宾虹看了祖父书画后，评价说："以书法入画，其晚年所作画，萧疏淡远，虽寥寥几笔，而气韵生动，乃八大山人、徐青藤、倪迂一派风格，为我所拜倒。"其后又专门委托张慕槎上门，转达荐贤出山的意愿，祖父婉谢，答说：我老啰，活不了几年了。那一年祖父八十岁。

到得一九六三年冬天，在为越王台新立的木刻勾践像题写"卧薪尝胆"后，祖父患上了重感冒，此后慢性肾病、痔疮等旧症并发，病势日重。挨到次年一月初，祖父去世。临终前，环顾满堂孝子孝孙，老店王嘴里喃喃，似有交代。我爹爹把耳朵贴到伊嘴边，祖父再喃喃一句，最后那口气塌了下去。

爷爷一死，就有人来将他的书房贴了封条。等出殡之后，又有一帮人上门来搬他的书画、书籍，足足装了有三大箱。箱子出门时，有人还问了句：要不要开个收据？家里不知是谁回答：不用不用。过了些时日，我放学回家，看到家里人在堂前用一些小本子发煤炉。我上前一看，这不是爷爷的小本子吗？我知道爷爷平时读书，都会将喜欢的诗句、对联摘抄下来，用的就是这种他自己装订的黄色小本。看看煤饼炉边还有很高一沓，我就顺手抓了四本。沙孟海说我爷爷"晚年短札随手写记，拙而不矫，望之类敦煌碎纸，难得"，指的应该就是这种本子。

许多年后，我爹爹大限将至，病榻前忽然跟我提起一桩旧事。"你知道你爷爷临终时讲了什么吗？"我自然勿晓得。父亲告诉我说，祖父弥留之际，最后喃喃的那句话是："呆子孙，呆子孙。"

奔马图

陈继明*

身为这座城市的一个居民，我常有义务带外地来的朋友去看桥。世界上最长的跨海大桥，连接香港、澳门、珠海三座城市。实际上，离开我家，步行十分钟就能看见大桥。在长达三十公里的曲折的海岸线上，处处都是看桥的好地方，向东，向南，向北，任意看过去，都是桥，同一座桥。坐在始终贴近海岸线行驶的公交车上，就算闭目养神一刻钟，也不必担心桥会消失。它一直都跟随着你，就像另一个你。

"那还是大桥吗？"

"还是啊，怎么不是？"

接下来就沉默了。

公交车上，一问一答的两个人似乎并不动心。

一车人都是心如止水的样子。

我常常想不通，面对大桥的时候，人们为什么总是平平淡淡的样子？那可是世界上最长也最有流线感的跨海大桥啊。早在我调来之前，它就开始建造，

---

* 陈继明，男，1963 年生，甘肃省甘谷县人。北京师范大学珠海分校教授，广东省作家协会副主席。曾任宁夏回族自治区作家协会副主席。主要作品有长篇小说《一人一个天堂》《七步镇》《平安批》《0.25 秒的静止》，中短篇小说《北京和尚》《灰汉》《陈万水名单》《母亲在世时》《空荡荡的正午》《蝴蝶》等。曾获《小说选刊》奖、《中篇小说选刊》奖、《中华文学选刊》奖、十月文学奖、华语文学传媒盛典"年度小说家"等奖项。

转眼我在这座城市生活已经超过十年，前不久它终于建成通车。十几年了，我和这座城市早就痛痒相关，我当然更希望看到人们激动万分，大惊小怪。好在前不久我终于明白，也许正是因为大桥的存在，这座城市，我是说整个城市，才变得不慌不忙。整个城市无人匆忙。人人都生活在恰到好处的慵懒和倦怠中，随时都在打哈欠，或刚刚打完哈欠。

关于大桥我不能说太多了。我真正要说的，其实是一匹马。大桥边的一匹马。假如是一个我认为可以不必凑热闹的人，我会谨慎地向对方建议，去看一匹马。或者说，去一个有马的地点看桥。我觉得那才是看桥的最佳位置。

那是一匹退役的军马。至于马的品种，奥登堡马，是很晚才知道的。一开始我们只认为它是一匹过于长寿的军马，至少有六十岁了。

那段时间我开始了新一轮的减肥，每天傍晚出去跑步，先开车到海边，再沿某一段僻静的海岸线来来回回跑两小时，几乎上了瘾。

某一天因为晚上有事，改在中午去跑步。那个中午好晴美，在一个小海湾，看见一匹马，正背对着大海和大桥，在吃草。显然不是普通的马，身形伟岸，线条流畅，全身放松又暗含警觉，鬃毛和尾巴是黑色，前腿的两个膝盖也是黑色，其余部位全是白色，令整个小海湾变得有些凉爽了。臀部左侧烫着一个代号：Z23。

我知道，此处半年前还是一个小渔村，十几户人家挤在一起，前方海面上是村子的另一半：十几条各种动力的渔船。可是，某一天渔船和房屋突然消失了，海面上只剩下形单影只的大桥，房屋周围，原本种着一些蔬菜水果的若干小空地，现在是杂草和野花的世界，几棵高大的棕榈树之下是恣意生长的花花草草，茂盛到了无以复加的地步，有一种令人不安的气势。草和花的品种大概有几百种之多，全都奇形怪状，有些是远远超出想象的模样，像鬼才的画家才能画出的作品。但是，它们又像是同一个东西的很多变种。那种一致性十分隐晦，又一目了然。海风吹来，能闻到极度陌生的香味，有时甚至令人喉咙暗痛，眼角发酸。就在两天前，一辆黄色越野车开进草丛，停在草丛的最中央，车头冲着东南边的大海和大桥，一个身穿白裙子的女司机坐在车顶上，伸长双腿，在默默哭泣——明明在哭，但无声无息。当时我想，能用这样一种方式哭泣，已经是天才了。不是号啕大哭，而是默默垂泪，不要任何人陪伴，而是一个人独自哀哭，令城市和大海怀着歉意转过头来与她温柔对视。那个瞬间，借着女司机的眼睛，我才发现这个小海湾真是好，向左可以看海——此处离大桥虽然有些远，但刚好能看见缓缓拐弯中的大桥，有时蜿蜒在薄雾中，有时会被前方高高隆起的海浪遮住，甚至被低垂下来的大团大团的云絮罩住，恰如远和近、虚和实、梦想和现实之间的分界线；向右可以看城市——右前方刚好是城市的主体部分，一个海湾连着一个海湾，半连半断，连中有断，一幅幅生动无比的城市剪影扑面而来。

此刻越野车轧出的两条车辙还在，老马冲着边缘地带的这一条车辙，打算一路吃进去，听见我的脚步声，静静抬起头，尖了尖耳朵。

奇怪的是，只见马，不见人。

我走向巨石筑起的长堤边，看见一个老人坐在较低处。

“是军马吧？”我大声问。

戴着黑色渔夫帽的老人回头看看我，没出声。我走下去，想和他聊几句。在南方，在一座管理系统很完善的海滨城市，遇见一匹马并不容易，又是一匹军马。我相信这个老人和这匹马一定来历不凡，后面一定藏着一个好故事。

“您当过兵吧？”我又问。

他还是不说话，不过，他摇了摇头，秀气的白胡子一抖一抖。我蹲在他身旁，递给他一根烟。他犹豫了一下，伸手接住。

我看见那是老烟鬼才有的手指，拇指、食指和中指都是焦黄焦黄的，我对这样的手指有亲人般的好感。

我用火机给他点着烟。

我问：“您老今年有没有七十？”

他狠着声说：“八十了！”

他的声音有些发飘，因为他嘴里明显没剩几颗牙了。上下大概各有两三颗牙，开口说话的时候，上面的两颗牙不听话地搭在下嘴唇上。

他抽上烟，重新看着近近的海面。

“马呢？马也八十了？”

他说：“差不多，在我家就五十年了。”

我很难相信，马能活这么久。

他猜出我不相信，说：“我家在火车站旁边，一九七八年夏天，我们生产队买了两车皮马，都是军马，一多半带着伤，瘸腿的、瞎眼的……”

我说：“肯定很便宜吧。”

他说：“算是便宜，三十匹马，三百元！”

我说：“十元一匹！”

他笑了笑，说：“现在的十元不多，当时的十元不算少。隔了一年，就分产到户了，地分了，牲口也分了，瞎马没人要，我家要了。”

我朝岸上仰了仰头。

他也向高处翻翻眼睛，露出浓浓的爱意。

我问：“是瞎马？”

他说：“一只眼睛瞎了，右眼，一来就是瞎的。”

我问：“因为瞎，没人要？”

他说：“瞎倒不要紧，关键是家伙身板大，胃口也大，太能吃，肚子是个无底洞，怎么也填不满。生产队驴多马少，一家一头驴，两家一匹马。瞎马搭一块苜蓿地，还是没人要。我爸问，我家只要瞎马，不要苜蓿地行不行？”

“结果呢？同意了？”

“瞎马和苜蓿地都归我家了。”

“为啥偏偏要瞎马？”

“瞎马是母马，会下驹啊。”

我恍然看见他眼神里有了一群马。

他还是看着海面，说："瞎马到我家后立了大功，连续下了三个骡子，个个都和娘老子一样，身板大，力气大，一个比一个能吃，一个比一个能干活。三个骡子我们叫大骡子、二骡子、三骡子，瞎马带着三个骡子去河湾里饮水的时候，三个骡子跑前跑后，把瞎马围在中间，脚步声轰隆轰隆，让全村人的饭碗都端不稳。"

我问："怎么都是骡子？"

他说："先是三个骡子，后是两个马驹。"

我说："你爸可真是聪明。"

我可能无意中触及了他的心事，他的声调变了："我爸和瞎马是我家的两大功臣。没我爸就没瞎马，没瞎马就没有我家的好日子，我家是靠瞎马翻身的，我们弟兄好几个，盖新房、娶媳妇、嫁女儿、子女考学，都靠了瞎马。"

"就叫瞎马，没别的名字？"

"在生产队就叫瞎马，叫习惯了。"

这时瞎马恰好嘶鸣一声，高昂、英烈，只是声音的边沿明显有残破感。

之后我和他就一同上岸了。

瞎马站在草丛外，侧着身子斜对着我们，刚好看不见它的右眼。

他大声说："喂，你喊个屁！"

它听懂了他的话，左前蹄打了打地面，黑色的尾巴也微微甩了甩。这时我才看清，尾巴上的毛很长，鬃毛则更长，齐齐地披在脖子一边，两个前腿的黑色膝盖也是两把长毛。全身上下就这么四处是黑色的，暗沉沉的黑色，老旧的黑色。大面积的白也稍稍泛着一些青，像白玉里有均匀的沁色，那种比较明显的土沁。

老人缓缓走到瞎马身边，瞎马用鼻子碰碰他的肩膀，看得出它太热了，鼻子里喷着热气。他摸了摸马脖子，问："吃饱了还是热的？"

瞎马哼哼两声，像在撒娇。

老人牵着马朝东北方向走了。马转身时我看全了两只眼睛，右眼黑乌乌，像卧着一只黑鸟。我心跳怦怦，觉得同时被它的右眼所谛视。

我愣了片刻，之后继续跑步。

接下来的很多天，我仍然在应该吃晚饭的时间出去跑步，每次都要经过小海湾，只是，再也未能碰见老人和瞎马。我估计，老人总是上午或中午去小海湾放马的，我觉得没必要为了看见一匹马而改变自己的跑步习惯。我这个人，是不能没有午睡的。我便满足于时不时想起那匹马。略有些奇怪的是，虽然我每次想起的是刚刚见过的一匹马，实实在在的一匹马，但每次想起它的一瞬间，它会立即幻化，成为另外一匹马，它的嘶鸣，它的蹄声，它乌黑的右眼，它垂首吃草时向下有力弯曲的脖子，它面朝大海时高大的身影，都是神话里才有的样子，极度不真切，像有些事物注定无法复原。

在小海湾我倒是又一次遇见了那个哭泣的女子。她还是开着那辆很酷的黄色越野，这次我认出是玛莎拉蒂，我一个同事也有同样的一款。这次她没哭泣，车停在草丛外，人坐在长堤边，抽着烟，凝视着夕阳下的粼粼海面。

她回头，对我微微一笑。

我说："前几天在这儿见过你。"

她问："我哭的那天？"

我说："是呀，你可真会哭！"

她撇撇嘴，说："其实没什么大事，就是突然想哭。"

我问："今天呢，怎么不哭了？"

她说："很多事情，尤其是那些最牛叉的创意，只有可能出现一次，再来一次就没意思了。再也找不到更牛叉的哭泣方式了。"

我禁不住多看了她一眼。

她说："你每天都在这儿跑步！"

我问："你怎么知道？"

她说："我家在淇澳岛，这一带是我的势力范围。"

我们都看向东北边的淇澳岛。

随后我继续跑步，跑向城市那边。

又隔了一天，又是因为晚上有事，我提前在中午跑步。果然，在小海湾又碰见了老人和他的瞎马。这一次还有老人的孙子，中学生小可。小可在淇澳岛上一所贵族学校读书，午休时间偷偷溜出来和爷爷见面，顺便骑骑马。

小可留着中分的头，小圆脸，厚嘴唇，脸色偏黑，眼神里有稚气，也有老成。下面的故事大部分是小可告诉我的。他看上去很腼腆，怕说话，实际上却恰恰相反，有强烈的倾诉欲望，会主动说一些我们通常称作隐私的事情。他首先告诉我，他是如何从学校溜出来的：先从校园里爬上一棵荔枝树，再跳到校园外的一棵芒果树上，然后骑着共享单车越过淇澳大桥，来到小海湾。他还主动讲了他的爸爸和妈妈。

他说："我爸爸是个花心大萝卜。平均三年换一个女人。我五岁那年，爸爸和妈妈吵了一架，妈妈跑了，再也没回来。听说妈妈就在这座城市，但她从来都没有联系我，我也没有联系她，我想如今的我要是想办法，肯定能找到她。一次在公交车上好像碰见了她。但我不敢肯定是不是她，也没胆量和她说话，怕认错人，或许还有说不清的原因。其实我经常认错人，在这座城市里，我觉得每一个女人都像我妈妈。我总能轻易发现，一个女人身上的某一部分特别像我妈妈，走路的样子，看人的样子，笑的样子，哭的样子。大街上随便一个女人身上，都有我妈妈的一两个特点。哪怕在一个同班女生身上，我也能找出和我妈像的地方。看见任何一个相似点，我都忍不住想喊一声妈妈。"

他又说："我爸爸是做假发的，生意特别好，产品远销欧美。我是家里唯一的男孩。我爸和第二个第三个女人各生了一个女儿。这就是我爸送我上贵族学校的原因，我大妹妹也在贵族学校，因为在家里，小妈对我们使尽种种攻心计，我和大妹妹合起来，不吃她那一套。我爸呢，也从来不主持公道，总是暗暗偏向小妈。你猜我爷爷是怎么说我爸的？我爷爷说，有了后妈就有了后爹。全世界难道都是这样吗？"

他还说："我是爷爷奶奶带大的，十岁那一年，奶奶死了，爸爸才把我接回来。十岁以前的我是一个乖孩子，胆子也大，学习也好，硬笔书法获过全国奖，虽然是三等奖，也不容易吧。但是，爸爸把我接回来后一切都变了。”

流了一点眼泪之后他起身跑了。

他边跑边看表，回头喊：“不好了，迟到了！”

瞎马冲着小可的背影打了几个夸张的响鼻。

我和老人看懂了，也都笑了。

关于瞎马和老人早前的一些故事，是从老人嘴里或者从小可嘴里，断断续续听来的，前后至少用了小半年时间，下面是我的综述：

大骡子二骡子三骡子和两匹马驹，包括其中一匹马驹又下的三匹马驹，后来陆陆续续都卖掉了。只剩下瞎马，始终留在家里。一是有几亩地还要种；二是瞎马身上留着老人父亲的记忆，留着瞎马用来怀念父亲；三是瞎马实在太老太老，既不能使唤，又不能吃肉，卖不出去。有一次，在子女们的强烈要求下老人把瞎马牵到集市上，故意出价很高，五千元，是一匹好马才敢要的价钱，来人看过牙口，都以为老人有病。那之后，老人干脆横下心一直陪着瞎马，等瞎马老死了自己再死。可是，瞎马好像明白他的意思，偏偏不死，要和他比赛，到底谁活得更久。分产到户时，家里分到了十亩山地十亩水地，山地荒了，水地一直没丢，每年都有耕作，小麦、高粱、荞麦、胡麻、扁豆、洋芋，花样繁多，而且不使用任何化肥和农药，各种粮食成熟后，寄给外地的三个女儿一个儿子，要求他们只吃自己亲手种的东西。一开始还有老伴儿帮忙，之后便只剩下他和瞎马。

据小可说，他发现爷爷后来得了抑郁症，城里人的病，叫爷爷给得上了。每次放寒暑假，小可总是迫不及待回老家，一是陪陪爷爷，二是一直惦记着瞎马，每天骑着瞎马在原野上跑几圈，心里才舒服。他喜欢和爷爷同吃同住，但是，一天的后半夜，月光明亮，他发现爷爷冲着自己的影子，举着右手，伸出右手食指，一遍一遍说：“我要打瞎你的眼睛，信不信？我要打瞎你的两个眼睛，信不信？”小可说爷爷得抑郁症最明显的标志是，爷爷不再喜欢他这个孙子了，爷爷明着下逐客令，要他快点儿离开。以前爷爷最喜欢小可回来，小可每次回来，爷爷总要把平时攒下的钱给小可。所有的钱，壹佰元、伍拾元、拾元、伍元、壹元、壹角，都是新的，没一张旧的。爷爷也不和任何人来往，邻居和亲戚都不来往。整天只和瞎马待在一起，有时直接睡在马圈，满身的马臊味。

回到珠海后，小可把爷爷得抑郁症的情况给爸爸说了。爸爸这个人，除了花心，没别的大毛病，特别孝顺父母，听了小可的话，马上就坐立不安，泪流满面，当时就买了回家的机票，回去没几天，父子二人同乘一趟飞机回来了。万万想不到，又隔了几天，瞎马也来了。爸爸花了几万元，雇了一辆东风车，把瞎马从祖国的西北端运到祖国的东南端。整个车厢里，只有一匹马和一堆草。爸爸还紧急在淇澳岛租了几亩地和几间农房，让爷爷专门养马、种菜。爷爷种菜，还是不用任何化肥和农药。爷爷种的菜，看上去没别人家的菜好看，但吃起来味道大不一样。家里人吃不完就随便送给路人。

后来的故事则是我亲眼所见。首先是，我经常去淇澳岛不花一分钱拿老人种的菜。不使用化肥和农药的菜，味道真是不同，关键是吃起来安心。在老人的菜地里，我第三次遇见那个哭泣的女子。她也是来占便宜的。她在淇澳岛上的家其实是乡间别墅，是农民的房子，废弃多年的老院子，租下来，里里外外进行了改造。我去过一两次，那可真是点石成金、化腐朽为神奇呀，几间老房子，现在有了各种侧翼和延伸部分，小池塘、小假山、瀑布、喷泉、摇椅，眼前的每一样东西都含着一个精美的创意，只有空气还是原本的样子。

我至今只知道她名叫疯子。

她的微信名也是疯子。一个看上去并不疯的女子，甚至偏于柔弱，却自称疯子。很少有人自夸酒量，但是，她主动告诉我，她一次能喝一斤白酒。酒量通常是少说一半甚至更多的，那么，她可能真是海量，喝酒如喝水。这大概正是她以疯子自况的原因。她开着一家文化创意公司，全靠创意赚钱，比如想办法把金融大鳄索罗斯请来讲一次课，围绕索罗斯讲课搞一系列创意活动，用多重方式赚钱。首先请政府出资支持这么一次有档次的文化活动，索罗斯的讲课费就差不多有着落了。索罗斯入住的酒店，不仅不用花一分钱，还要对方再掏钱。来听课的人当然都是有钱人，要交一笔数额不低的学费。另外，和索罗斯吃饭喝茶，比学费更贵。讲课期间请一个收藏家在隔壁搞精品展，把索罗斯和企业家顺便带进去，卖掉东西后疯子按一定比例提成。这样的策划一年搞一次就够了。总之，她是一个靠创意吃饭的人。她说，索罗斯并不难请。不怕做不到，就怕想不到。

她承认自己从小是一个爱哭的人。上小学的时候，假期住在外婆家，外婆对她特别好，但有时莫名其妙就会哭，当时以为是想念妈妈了，几天后回到妈妈身边，明明坐在妈妈怀里，也会不由自主流眼泪，后来终于弄明白，想念的感觉，其实就是想哭的感觉。就这样，爱哭的习惯，一直就延续了下来。如今她的确经常去小海湾哭一哭，因为小海湾是一个特别适合哭的地方，左眼是大海和桥，右眼是城市和山，哭起来有一种被神仙宠着的味道。哭的原因有很多很多，有时是因为实在脑子疼，脑子好像锈住了，想不出任何好点子，无力感会转化为委屈、伤心。有时又相反，太有才了，眉毛一皱，就来创意，可是有了好创意，还得有人喜欢，有人愿意合作，就得四处求人，费尽口舌给人家解释自己的创意，好不容易来到酒桌上，又要成为全酒桌最能说、最能喝、最活宝的那一位。某一次话说多了，接下来的几天，会不经意咬着自己舌头，好像一夜之间舌头变大了，比原来大了一圈，嘴里盛不下了，有时甚至会故意狠狠把舌头咬一口，然后再找个角落大哭一场。搞创意时间长了，生活中的一切，吃的穿的用的看的，样样都要体现创意，追求创意已经成为本能，成为一种强迫症，极端不能容忍平庸和呆板。看见平庸和呆板，会发无名之火，会骂娘，会摔东西，会觉得又孤独又委屈，非要马上找个地方哭出来不可。可是，现在的我想哭不一定能哭得出来，你猜为什么？因为，连哭都需要一个好创意，真他妈要命。

关于疯子，就知道这么多。

接下来还是说回瞎马吧。我在某大学影视系教书，每年都会指导学生拍毕业作品。当时刚好有一组学生，想拍一个和马有关的短片。情节是这样的：黑白双方正在山区激战，黑方的士兵 A 在撤退时迷失了方向，误入白方阵地，因为风是刮向黑方阵地的，这边怎么喊士兵 A 都听不见，黑方指挥官担心士兵 A 若被俘虏，有泄露军事机密的可能，便准备开枪将他击毙，这时士兵 B 骑着战马毅然冲向白方阵地。不久战马回来了，身上驮着一个人，是士兵 A，士兵 B 不幸牺牲了。士兵 A 复员时申请带走这匹马，得到部队允许，回家后士兵 A 把士兵 B 的父母也接到自己家，两对父母，一匹马，又有了新故事。由于出演的战马是瞎的，上述故事就顺势做了修改，战马的右眼中弹了，回来的时候鲜血直流。在新的故事里，战马就是一匹瞎马，一只眼睛是瞎的。

演出中，瞎马受了点儿小伤，后腿内侧被石头刮破了。我以为不要紧，还马给老人时，只道了声歉。老人也没说什么。次日中午我到小海湾，看见瞎马和老人，一个站，一个坐，都没声音。仔细一看，马和人，各生各的闷气。马尾巴上缠着白布条，我看不懂是为什么。老人说，伤口发痒，家伙喜欢用尾巴扫伤口。马脖子两边套了木夹板，也是怕它回头蹭伤口。另外也不能让它卧在地上，以免它用地面蹭伤口，所以老人只好一直盯住，不让它卧下。马实在难受，就用蹄子刨土出气。老人手上有细细的柳枝，抽它的蹄子，担心踢出的尘土感染伤口。我注意到老人手中那柳树枝实在是太细了，抽不疼，只会起一点点提醒作用。马老老实实地站着，闭上左眼生闷气，给足了老人面子。

我很惭愧，不过也长了见识，看到一个人和一匹马，有如此好玩的关系。这个世界的确很平凡很老旧，尘土飞扬，但的确妙趣横生。

随后我还是每天傍晚出去跑步。

再一次见到瞎马，是从微信朋友圈和一些直播平台上。少年小可老练地骑着瞎马，在车流滚滚的大街上高速奔跑。看得出，方向很明确，直冲市中心而去。不知是小可故意，还是瞎马受惊了，反正那种姿态是极为任性接近失控的模样。在若干险急的弯道处，小可和瞎马的身姿看上去令人揪心，有跌进大海、撞向楼房或踩踏人群的可能，可是，每一次都化险为夷，继续前行，飞离地面的瞬间，壁画般静在空中，一动不动。小可和瞎马经过之处，交通相继陷入瘫痪，司机们全都任性地按着喇叭。从沥青路面上弹起的马蹄声好听极了，秒杀了种种闹市的噪音，包括尖锐的喇叭声。在一座现代化城市里出现了一匹马，可以想象，惊叹之余，人们如何纷纷举起手机拍照，再迅速用自媒体发布出去。瞎马和少年小可瞬间成了网红。当然，瞎马和小可被交管部门扣留了。疯子人脉广，没有她不认识的人，没有她搞不定的事，只隔了一晚上就把瞎马和小可领回来了。

“到底是马惊了还是你故意的？”

我问过小可，他没正面回答。

不过在另一次谈话中，他还是泄漏了秘密：“那原本是一个梦，被我搬到现实中了。梦里，我骑着马向市中心一路飞奔，是为了让妈妈看见我，起码让她知道我长大了，会骑马了。果然，大街上，有个女人大声喊着我的名字。”

成为网红后，有人认出了瞎马的血统，奥登堡马，产自欧洲，温血马，十分名贵。瞎马刚好具备奥登堡马的两大特点，一是高大，二是长寿，但能活到三四十岁已经很不容易，瞎马六十岁了还活得好好的，实属罕见。六十岁的马，相当于人类的一百八十岁。这样的一匹马，肯定能申报吉尼斯世界纪录了。所以有人愿意收购它，出价三十万，甚至还可以再商量。如果是壮年的奥登堡马，至少值一百万。不过，无论如何老人都不可能动心的，他儿子是富翁，他本人对吉尼斯世界纪录也不见得感兴趣。

现在，小海湾经过整治，和下了大功夫充分美化过的漫长海岸线完全勾连起来了。小海湾虽然比较偏，却是一个看海和看桥的绝佳角度，因而越来越受欢迎。不知是怎么做到的，瞎马和老人依旧可以来小海湾，不是来吃草，而是每天下午专门候在此处，不收一分钱，义务供四方游客骑玩拍照。大海，大桥，城市，瞎马，真是不可多得的观景和拍摄角度。小可给爷爷整了一身新的行头：帽檐更宽的渔夫帽、迷彩服、军用腰带、防滑的迷彩解放鞋。一嘴牙也是新补的，整个人看上去年轻了十岁。

关于补牙，还有几句话要说。

我曾经问过老人：“为什么不把牙补上？”

他说：“担心突然咽气，身子变冷，来不及把假牙抠出来。”

他张大嘴巴，用手做出抠牙的动作。

我问：“假牙如果不抠出来，就怎么啦？”

他说：“我们那个地方穷讲究，不能带着假牙死。”

那么如今愿意补牙，不再担心将来抠不出来，对他来说，就实在不是一件小事情。我也问过他：“现在怎么不担心假牙抠不出来了？”

他说：“怕把娃娃们吓着了。”

我们身后的草坪上，刚好有两个家庭的七八个家长和孩子，在帐篷里欢笑不已。他们已经骑过马，拍过照了。如今的小海湾的确是孩子们的天堂，除了沙滩和大桥，还有一匹漂亮的老马，可以免费骑来骑去。由老人全程保护，在海边来回走几圈，拍些照片或者视频，再及时发布出去，当然是赏心悦目的一件事情。

编后记

2021年度的中、短篇小说年选，与以往的年选相比，最大的变化是选目范围的调整。以往的年选，为了照顾出版社的编印周期，都是从《小说选刊》上一年度的第11期、第12期到本年度第10期作品之中精简甄选。这样就存在两个月的时间差，再算上原创刊物的发稿日期，时间差扩大到三至四个月，甚至更长，这样结集推出就不足以充分而准确地反映年度小说发表的真实状况。所以这次年选，我们有意调整步伐，将2021年度全部12期的作品都纳入了甄选范围。自此，漓江年选的作品与《小说选刊》的年度选目将是同步对应的。

年选作品的选择标准，还是我们一贯秉承的好作品主义，披沙拣金，优中选优，同时考量作者、原刊、题材、风格的均衡和多样性，真正做到铁凝主席在《小说选刊》创刊四十周年题词中所说的："汇品类之盛，领风气之先。"

因为作者众多，题材多样，风格各异，我们在此不对琳琅满目的作品做简单的归纳和评析，留给读者原汁原味地欣赏品味。但仍然还有几点感想要与读者朋友分享。

2021年年选入选作品的作者主体，依旧是20世纪60年代、70年代出生的中年作家，以及刘庆邦、杨少衡、储福金等几位20世纪50年代出生但创作力依然旺盛、作品愈加炉火纯青的实力作家。同时我们还是欣喜地看到，新时期文学初期就在中国文坛叱咤风云、奉献诸多优秀作品的老一辈作家，如蒋子龙、冯骥才、谌容，宝刀未老笔力犹健，这次各有一篇作品入选。岁月赋予他们的，他们诉之于文学。冯骥才先生新近还推出了长篇小说《艺术家们》，为20世纪60年代的青年艺术家塑像，为半个世纪以来的时代风云留影，年届八旬的老作家展示了旺盛的创造力。作家将生命注入了艺术，艺术也会滋润人生。

继海外华文作家新人辈出群星璀璨之后，跨界写作已经成为中国当代文学一个新的令人惊喜的现象，诗人、散文作家写小说自不必说，往常以文学理论家、文学批评家、文学学者面目亮相的写作者，如吴亮、张柠、朱大可、王尧、项静等，纷纷涉足小说创作，且成绩斐然引发热议，他们的作品也成了文学批评、文学研究的对象。

一个以文学为业的人，不必拘泥于自身以往的角色，不要过早地给自己定位，更不要固化自己的身份角色。每个人的天赋中，都兼具形象思维、理性思维。所谓边界，是文体、学科的内在特性所决定的，而人的心智本身，是没有边界的。文学创作在文体之间可以跨界，文学研究与文学创作之间也可以跨界。

韩东早年以诗歌在文坛扬名立万，后来涉足小说、电影、话剧，他是诗人跨界写小说最早、坚持最久，同时成就也最大的一位。他不仅是“第三代诗歌”的标志性人物，也是“新状态小说”的代表作家。韩东的中短篇小说，近三五年，不仅出产量高，而且在小说技术上益见成熟，成为当今小说界珍稀的亮点。他的小说贴紧生活就近取材，叙事舒缓从容，以微妙的人物心理变化和人际关系转折，催发出源源不断的故事驱动力。本次年选选入了他的短篇小说《M市在北京和上海之间》，写几位朋友结伴出游，愉快的邀约演变成权力游戏，琐碎的日常事物在小说中散发出超拔脱俗的光芒。

中国小说界最近冒出了一位引人注目的特殊“新人”——程永新。在文学期刊界，程永新是举足轻重的资深编辑，他从“（一九）八三年出发”，在《收获》杂志工作了将近四十年，所编发的作品、推出的作家足以构成半部中国新时期文学史。因为《收获》在中国文学界的崇高地位，程永新提前中断了他的小说梦，全身心投入他的编辑事业中，让人忽略了他是一位沉潜已久的小说作家。本次年选选入了他的有武侠韵味的历史题材中篇小说《青城山记》，从中可以窥见他早年的文学滋养、他的文化关切。

每次编辑年选，都会引发我们诸多感慨。收获时节，果实满仓自然带来忙碌与欣喜，甄选时反复斟酌又不免犹疑与迷惑。年选也是一个时间刻度，提醒我们旧年将尽、新年在即。下一年度，将会有什么样的佳作惊艳问世，哪一位新人脱颖而出？会不会有新的文学现象浮出水面？所有的未知都令人期待。

《小说选刊》编辑部

2021 年 12 月 17 日

附　录

老子忘了…… ……………………………谌容（《人民文学》2021.9 《小说选刊》2021.10）

寻常百姓 ……………………………………蒋子龙（《清明》2020.6 《小说选刊》2021.1）

喝汤的声音 …………………………………迟子建（《作家》2021.7 《小说选刊》2021.8）

终于等来了一封信 …………………刘庆邦（《上海文学》2021.6 《小说选刊》2021.8）

船越走越慢 …………………………………徐则臣（《收获》2021.3 《小说选刊》2021.7）

带你们去看灯光秀 …………………邓一光（《北京文学》2021.5 《小说选刊》2021.6）

事逢二月二十八日 …………………………朱辉（《钟山》2021.5 《小说选刊》2021.12）

无法完成的画像 ………………………刘建东（《十月》2021.6 《小说选刊》2021.12）

灵异者及其友人 …………………………鲁敏（《花城》2021.1 《小说选刊》2021.3）

旧情 …………………………………………潘向黎（《青年文学》2021.4 《小说选刊》2021.5）

福地 ……………………………………………田耳（《广州文艺》2021.5 《小说选刊》2021.6）

M 市在北京和上海之间 ……………韩东（《北京文学》2021.4 《小说选刊》2021.5）

合影为什么是留念 ……………………乔叶（《人民文学》2021.6 《小说选刊》2021.7）

山前该有一棵树 ……………………………张者（《收获》2021.3 《小说选刊》2021.8）

蓝牙 ……………………………………………黄咏梅（《钟山》2021.4 《小说选刊》2021.9）

化学 ……………………………………………弋舟（《花城》2021.4 《小说选刊》2021.9）

偶回乡书 ……………………………………潘灵（《青年作家》2021.7 《小说选刊》2021.9）

地上的天空 ………………………………钟求是（《收获》2021.5 《小说选刊》2021.10）

传灯 ………………………………………斯继东（《人民文学》2021.10 《小说选刊》2021.11）

奔马图 ………………………………………陈继明（《朔方》2021.10 《小说选刊》2021.11）

2021年选系列封面绘图画家介绍

黄菁 广西艺术学院美术学院教授，中国美术家协会会员，广西美术家协会理事，漓江画派促进会理事，中国南方油画山水画派研究院研究员，北京当代中国写意油画研究院理事。

《巩义石窟寺》 黄菁 40 cm×50 cm 布面丙烯、油彩 2018 年

黄菁画作短评

（黄菁）不会把自己设计在一个既得的视觉符号里，以此换得所谓风格的建立，即便建立了符号或图式，他也会在有新鲜视觉到来时搁置它而另开新局。因为黄菁忠实于自己的感受，相信作品的独立价值。他认为每个画家都有一定的概念惯性和思维，这其实是风格、特点确立的基础。然而好画家却往往是在建立概念后，打破概念，再建立概念的循环渐进中确立自己并找到快乐的。因而黄菁选择一个题材一种画法的时候，也会很在意它是否可持续发展，是否有开拓专题的前景。

——刘新（广西艺术学院教授）